MARCELA FUENTES

Es graduada del Iowa Writers' Workshop y fue la ganadora de la beca James C. McCreight 2016-2017 en ficción, otorgada por el Wisconsin Institute for Creative Writing. Sus trabajos han sido publicados en distintas revistas literarias, entre ellas Indiana Review, Kenyon Review, The Rumpus y Ploughshares. Su cuento The Observable World fue seleccionado para The Pushcart Prizes 2023.

Título original: *Malas*
Primera edición: junio de 2024

8950 SW 74th Court, Suite 2010
Miami, FL 33156
Publicado por Vintage Español,
una división de Penguin Random House Grupo Editorial

Traducción: Darío Zárate Figueroa
Diseño de cubierta: Kelly Winton

Impreso en Colombia / *Printed in Colombia*

ISBN: 979-8-89098-069-4

MALAS

MARCELA FUENTES

Traducción de Darío Zárate Figueroa

VINTAGE ESPAÑOL

Para Roberto y Lety

y

para mis abuelas

el paso de la muerte

Después de tener hijos, nunca vuelves a estar entera. Después de dar a luz, tu cuerpo regresa incompleto. Estás sola en ti misma, como nunca lo estuviste antes de que un hombre te tomara y te hiciera madre.

Hubo una vez una muchacha de apenas quince años. Una muchacha en una charreada, en otro lugar y otro tiempo. Una muchacha de pie sobre una escalera de metal, con un vaso de limonada sudándole en la mano. Le dio el corazón a un joven charro. Ay, cómo hacía volar el polvo para ella.

Muchacha invisible, tratando de ganarse el cariño de su padre. Tenía quince, pero era un secreto, pecadillo de papá; su cumpleaños un fin de semana de paseo clandestino. "Tú sabes que eres mi favorita", le dijo papá y le compró un montón de vestidos bonitos, una serenata de mariachi al alba y boletos para ir ambos a la charreada. La dejó pasearse entre los vendedores del corral y le dijo: "Cómprate lo que quieras".

La quinceañera estaba comprando limonada cuando el charro se cruzó en su camino.

El charro no era como su papá. No era de la clase de los terratenientes. Joven y moreno, era jinete, vaquero, nacido y criado en el rancho, con fuego en la sangre; su vida entera eran el lazo y la silla de montar, el viento y el cielo abierto. No vestía chaquetilla de charro, si no una camisa blanca con modestos bordados. Sus chaparreras de cuero estaban aceitadas, pero arañadas. Llevaba la cabeza descubierta y el cabello negro le brillaba a la luz de la tarde.

Ella lo sintió a su lado, callado como el sol tibio. Quería que la mirara. Mantuvo la mirada baja, pues era buena muchacha. Cuando el vendedor se dio la vuelta para contar el cambio, el charro se acercó y susurró:

—La siguiente suerte es para ti.

La quinceañera se apartó, pero él se había ido y ya se abría paso entre la multitud.

De camino a su asiento, ella se detuvo en lo alto de la escalera. Allá estaba el charro, de pie en el ruedo, con las riendas de un bayo sin ensillar en la mano. No se le veía la cara bajo el sombrero, apenas el breve destello de sus dientes. Ella no le devolvió la sonrisa. Era buena muchacha. Pero se quedó ahí. Lo miró. Su suerte era para ella.

El charro alzó la mano con tres dedos extendidos ante los espectadores de las gradas y los otros competidores que aguardaban sentados en sus cajones. Tres broncos entraron galopando por la manga hasta el ruedo.

El joven charro saltó del suelo a su caballo. Fue un movimiento ligero, como si alguien lo hubiera levantado. Sus muslos eran esbeltos y duros contra la piel del caballo. La muchacha se quedó de pie, enraizada en el rellano, con el vaso de limonada fría en la mano.

Él llevó su montura junto a los broncos y emparejó el paso de su caballo con el de la yegua principal. Los otros charros arreaban a los animales dando vueltas y vueltas por el ruedo, levantando tormentas de polvo. Los cascos retumbaban en la tierra, las reatas silbaban, y los charros lanzaban gritos graves y fieros para azuzarlos. El joven charro pasó cabalgando con una pierna recogida bajo el cuerpo, listo para saltar.

Ella sintió la ráfaga de aire a su paso. El áspero jadeo del caballo le salpicó de baba la bastilla del vestido nuevo. Su corazón se fue volando a toda velocidad, una golondrina ahuyentada del nido para nunca volver.

El joven charro saltó de un lomo sin ensillar a otro, con el cuerpo medio enroscado, una sombra en el aire polvoriento. Y luego ya estaba al otro lado, con los puños llenos de crin alazana, luchando por conservar la montura mientras el caballo bronco se retorcía bajo su cuerpo. El sombrero se le cayó y se perdió bajo la estampida de pezuñas. Le dio dos vueltas al ruedo a lomos del bronco.

Sus compañeros de equipo alzaron la voz en gritos triunfales:

—¡A-ja-jaaaaayyy! ¡José Alfredo!

Era un joven orgulloso. Pero ella lo era más. ¿Acaso no vieron lo que había hecho por ella? ¿Acaso no sabían?

Buscar a aquella muchacha es como mirar por un telescopio puesto al revés. Está muy lejos y es tan pequeña que puedo taparla con la punta de mi dedo, como quien cubre el sol. Todavía siento su calor. Pero no sé a dónde se fue.

Capítulo uno

Un tiempo feliz

PILAR AGUIRRE, 1951

Los pies hinchados eran la más ridícula de las indignidades del embarazo, decidió Pilar mientras los metía en el balde de agua fría. Peores que el reflujo ácido o los espasmos de su vientre por el hipo del bebé en el útero. Peores que una erupción de acné, peores incluso que los súbitos ataques de flatulencia, los cuales al menos podía reprimir con fuerza de voluntad. Pies gordos y tobillos gordos. Eso era lo peor.

"La de la mala suerte siempre soy yo", pensó. Por supuesto que eso le pasaba ahora. José Alfredo la había invitado a los quince años de Dulce Ramírez. A él no se le daba mucho socializar y la muchacha no era de su familia. Así pues, la invitación era una gran concesión. Una proposición, en realidad. Había invitado a Pilar como un ofrecimiento de paz tras varios meses de reclamos silenciosos. Eso le venía muy bien a ella. Todo Barrio Caimanes vería que, a pesar de que Pilar tenía ocho meses de embarazo de su segundo hijo, su marido aún la trataba como su amante.

Solo que los quince años eran el tercer sábado de agosto. La mañana del baile, Pilar despertó con los pies inflados como panes recién hechos.

Ahora estaba sentada en la escalinata de entrada de la casa de su comadre Romi Muñoz, vaciando sales de Epsom en el balde mientras su hijo de cinco años, Joselito, lanzaba nueces a la calle. Medio barrio debía estar mirándola, pero ¿qué podía hacer? Romi estaba cocinando frijoles para las festividades de la tarde, por lo que la casa era como un baño de vapor.

—Déjalos ahí al menos treinta minutos —dijo Romi tras la puerta de mosquitero de la cocina—. Si no resulta, te presto un par mío.

—Está bien —respondió Pilar, un poco mareada por el denso aroma a manteca de cerdo de los frijoles que hervían a fuego lento—. Pero sal de la cocina, o tendré que peinarte otra vez.

—Ya mero —Romi volvió a desaparecer en el interior de la cocina.

Pilar puso los ojos en blanco. Sabía que no tardaría un minuto. Había acomodado el cabello de Romi en rulos sujetos con pasadores y había envuelto el peinado en una pañoleta con sumo cuidado, pero para cuando empezara la fiesta, estaría plano. Romi, tan lista para organizar cosas y resolver problemas, siempre era descuidada con su aspecto. Simplemente no le importaba cómo lucía. Cierto que tenía cuarenta y siete años, dos décadas más que Pilar. Quizás al llegar a la mediana edad eso dejaba de importar. Tal vez era algo que llegaba con la cintura ancha y las canas. Aun así, Pilar no podía imaginar que dejara de preocuparle su aspecto a cualquier edad.

Flexionó los dedos de los pies en el agua, deseando que volvieran a su tamaño normal. Seguramente, los zapatos de Romi serían más prácticos que elegantes, pero ¿qué otra cosa quedaba? No le quedaba nada de su propio calzado, excepto sus viejos y maltrechos huaraches. La idea de llevarlos al baile la horrorizaba. Había combinado un atuendo elegante para esa noche: una blusa oscura con estampado de pequeñas margaritas y un enorme moño en el cuello. Un par de pantalones negros de algodón. Había cosido un parche elástico a la cintura solo para la fiesta. Llevaría el cabello suelto, partido por la mitad, con tirabuzones a ambos lados de la frente, como María Félix.

Joselito corrió hacia ella y sumergió un puñado de nueces entre sus pies hinchados. El agua les salpicó la cara a ambos. Joselito rio, con el cabello pegado a la frente y una mancha de humedad en el pecho de su camisa, como un babero.

—No, no, mijo —lo reprendió, pero sin convicción. Le dolía la cabeza en aquel calor opresivo y el sonido de su propia voz aumentaba el dolor. Joselito agarró un pliegue de su vestido de algodón y volvió a hundir el puño en el agua.

—Joselito —murmuró ella, tratando de abrirle los dedos—. Pórtate bien para mami.

Debía quedarse en casa esa noche. Ya estaba muy cansada. ¿Por qué querría alguien celebrar en el apogeo de la canícula, la tórrida miseria de las semanas más calurosas del año? Cada día era tan penoso que los perros del barrio se metían bajo las casas para jadear en su miseria. El cielo estaba tan luminoso que irritaba los ojos y ni siquiera se veía azul, sino que era de un feroz blanco amarillento. No, tenía que ir, o José Alfredo no volvería a invitarla. Le diría: "Te invité y dijiste que no".

"Hay que contentarme", pensó, aunque no estaba nada contenta. Sujetó las muñecas de Joselito y trató de apartarlo. Joselito no cedió; sabía que ella no podía vencerlo. Era rápido y ella muy lenta, muy pesada. Muy acalorada.

Sería una reunión al aire libre, pero la noche no la haría más soportable. Tras la puesta del sol, el suelo emitía el calor acumulado, que se quedaba en el aire, incluso después de la medianoche. No había alivio.

Si nada más hubiera sido el calor, habría podido decírselo a José Alfredo. Tal vez no lo habría entendido —¿qué hombre podía entender el embarazo?—, pero le habría tenido compasión, precisamente porque se trataba de un misterio femenino que lo sobrepasaba. Y porque el sufrimiento de Pilar sería un cumplido para él. Al fin y al cabo, ella soportaba ese malestar por él. Sí, pensó Pilar, él estaba orgulloso de eso. Orgulloso de ella quizá, de su amor por él, de que sobrellevara esas cosas por él.

Sí, se habría compadecido de ella. Así habría sido. Pero José Alfredo había comprado una casa en Loma Negra, el cerro al final de la calle de Romi. Pilar odiaba esa casa.

La casa nueva, el resentimiento de Pilar que florecía en silencio. Echaba de menos el departamento que habían alquilado en Barrio Caimanes. Era pequeño, pero limpio y los caseros, Chuy y Romi Muñoz, lo mantenían en buen estado. Le gustaba que estuviera detrás de la casa de los Muñoz, apartado de la calle. Le había gustado vivir cerca de Romi.

Cuando le contó a José Alfredo sobre el nuevo bebé, él dijo que estaba harto de alquilar. La familia estaba creciendo. Necesitaban una casa propia. Unas semanas después, compró una casita en un terreno sin cultivar en la orilla del barrio. Loma Negra era un cerro muy bajo, más bien un promontorio, con vista a Barrio Caimanes. La misma Pilar se había entusiasmado, hasta que vio la casa.

No se podía ignorar el hecho de que su nueva casa se parecía más bien a las casuchas de las colonias de fuera de los límites del pueblo. Era una casa "de escopeta", con fachada de listones de madera y angosta como el paso de una bala. De pie en la puerta principal, se podía ver la puerta trasera. Tenía dos dormitorios, eso sí y a José Alfredo le gustaba el porche envolvente y los grandes nogales del patio. Pilar señaló que la casa no tenía agua corriente. Había un pozo, una bomba y una letrina exterior.

—Pero es nuestra —había dicho José Alfredo—. Yo instalaré las tuberías. Estarán listas antes de que llegue el bebé.

Pilar no pudo negar que eso era razonable y él terminó de poner la mayor parte de las tuberías, pero aun así... El barrio estaba a quince minutos a pie. No muy lejos, pero lejos. En Caimanes había calles de verdad, con alumbrado. Compañeros de juegos para Joselito. Otras esposas con quienes Pilar intercambiaba noticias, a quienes les prestaba y les pedía prestadas cosas. Participaba en la vigilancia colectiva de las madres de Caimanes sobre sus hijos que recorrían el barrio.

Cerca de este lugar solitario no había nadie. Ni siquiera había un camino decente, solamente el que José Alfredo había abierto para su troca. Muchas noches, Pilar despertaba con los aullidos de los coyotes en la oscuridad. José Alfredo, acostumbrado a la vida de rancho, apenas si se movía. Para él, la nueva casa era un respiro del hormiguero, como llamaba al barrio. Mientras él dormía, Pilar se sentaba junto a la ventana de su habitación y miraba hacia la oscuridad, escuchando el murmullo de la maleza sin desbrozar, ignorando si se trataba del viento o de otra cosa. La luz de la luna era espectral y remota. Lo que más la asustaba eran los bajos silbidos de las lechuzas en cacería.

No podía contarle nada de eso a José Alfredo. Él había comprado esa casa para ella. La terminaría. La volvería cómoda. Y eso estaba haciendo, trabajando en la casa por las tardes y todos los fines de semana. Trabajaba todo el tiempo, Pilar se recordaba eso a sí misma. Cuando le pidió que pusiera una valla frente a la casa para que Joselito no saliera del patio, la cosa no salió bien.

—Me dan miedo los coyotes —le dijo—. Joselito siempre quiere estar afuera.

No mencionó las lechuzas. A José Alfredo le parecía absurdo que les tuviera miedo. Había sido vaquero toda su vida, durmiendo al aire libre durante las corridas, cuando arreaban el ganado desde la sierra. Las lechuzas no eran más que aves.

—Los coyotes no vienen de día —señaló José Alfredo, burlón—. Pondré una valla, ten paciencia. Estoy haciendo todo yo solo.

—Yo también hago lo que puedo —respondió ella. Lo que no dijo fue: "Tal vez debiste esperar antes de comprar una casa. Quizá debiste escoger otra".

No dijo esas cosas. Sus palabras estaban atrapadas en su boca, calientes e inmóviles como el aire del verano. No, no le dijo nada. Pero su silencio bastaba.

Terminar la casa estaba tomando más tiempo del que José Alfredo había pensado. Él sabía que había tomado una decisión errada, pero no se disculpó. Sin embargo, una semana atrás había llegado a casa con el correo, que todavía les llegaba a su apartado postal en la Calle Principal y con la invitación en mano. ¿Quería Pilar ir a los quince años? A él le gustaría llevarla. Ésa fue su disculpa. Sabía muy bien que la convencería de perdonarlo.

Pilar gozaba las festividades del barrio con la avidez de quien no tuvo las galas de debutante y novia. Hacía seis años que el tren la había llevado al norte, de los apiñados ranchitos de San Carlos, en el estado de Coahuila, al pueblo de La Ciénega, al otro lado de la frontera, en Texas.

Había llevado el regalo de compromiso de José Alfredo —un par de arracadas de filigrana de oro— cosido al forro de la bolsa de su rosario, sobre su regazo, hasta la frontera. Su tren llegó un viernes a las tres de la tarde. Al cuarto para las cuatro ya se había casado con José Alfredo Aguirre, con su vestido de viaje, pero con las arracadas rozándole el cuello. Tenía entonces diecinueve años.

Pasaron la luna de miel en el lado mexicano de la frontera, en el Hotel Paradiso, en Ciudad Bravo. Cenaron en el elegante comedor, atendidos por meseros con chaquetas cortas y bailaron boleros y clásicos estadounidenses tocados por la banda de la casa. Pilar sentía el peso de las arracadas que se mecían con sus movimientos. Se sintió hermosa. Pero aquello no fue una celebración. No fue una gala.

"Me pondré las arracadas esta noche", pensó Pilar mientras cambiaba de lugar en la escalinata para mantenerse a la sombra de las anchas hojas verdes del plátano. Detrás de ese pensamiento había otro que, sin duda, no se atrevería a admitir, aunque era una molestia que se acercaba traicioneramente a la vanidad: los quince años podrían haber esperado hasta octubre. Todos decían lo mismo. Entonces Pilar habría salido de su confinamiento, su cuerpo sería suyo otra vez y estaría lista para bailar.

Detrás de la casa podía oír a Yolanda, la hija de Romi, que cantaba mientras pelaba nueces en el porche trasero. Tenía una voz muy dulce. Cantaba sin pudor, a la manera de los niños pequeños que creen que están solos cuando no ven a nadie alrededor. Pilar suspiró. Le gustaría que Joselito ayudara a Yolanda a pelar las nueces, pero él no se quedaba quieto para la tarea. Bueno, cuando Romi terminara con los frijoles, quizá llevarían a los niños a caminar, con o sin pies hinchados.

—¿Aquí es la casa de José Alfredo Aguirre?

Frente a la casa, a media calle, estaba de pie una anciana. Vestía un vestido oscuro de cuello alto y una mantilla de encaje negro le cubría el cabello blanco y recogido en un chongo bajo. En el pliegue del brazo llevaba un cuadernillo maltrecho. Era menuda, frágil como lo son las mujeres delgadas en los años de su ocaso. Pilar calculó que tendría unos setenta años.

—Disculpe —dijo Pilar, acomodándose el vestido. Joselito rio y le abrazó la rodilla.

—¿Aquí es la casa de José Alfredo Aguirre? —repitió la mujer. Hablaba con la marcada cadencia de una campesina de rancho. A pesar de su edad, estaba bien erguida, observando a Pilar y, más detenidamente, a Joselito.

—No —respondió Pilar, a quien no le gustó el tono de la mujer. Tenía algo peculiar, a pesar de su pulcro aspecto.

La mujer inclinó la cabeza.

—Miente usted.

—No —reiteró Pilar—. Aquí no es su casa —más que nunca, se alegraba de haber bajado la loma hasta la casa de Romi esta mañana. No le habría gustado enfrentar a esa mujer tan lejos de otra gente.

—Usted lo conoce —insistió la vieja—. No lo niegue. Lo conoce.

—No lo niego —dijo Pilar—. ¿Quién es usted?

La mujer levantó el brazo izquierdo con brusquedad, como un saludo de artillería. En el dedo anular tenía una etiqueta de puro dorada.

—Soy su mujer.

Pilar casi rio, pero era claro que la mujer estaba furiosa. Su cara lucía avinagrada como una manzana marchita.

—Disculpe, mi marido... —Pilar se contuvo de decir: "No más tiene treinta años"—. Mi marido no está aquí, pero créame, se equivoca usted.

—No —dijo la mujer. Le temblaban los labios como si fuera a llorar. Señaló a Joselito con un dedo torcido—. Ahí mismo veo su cara.

La vieja avanzó a pasitos veloces hasta la orilla del césped, todavía apuntando con su dedo nudoso. Pilar se levantó de golpe, volcando el balde y empapando a Joselito, quien tosió y se puso a llorar.

—¡No señale a mi hijo! —sintió a Joselito que sollozaba tras su pantorrilla—. ¡Lárguese de aquí!

Sintió una breve ondulación en el vientre, baja y profunda. La espalda baja se le crispó en pequeños espasmos de agonía, pero se colocó entre Joselito y la vieja. Se mantuvo firme. Hubo un instante de silencio. Yolanda ya no cantaba.

—Señora Aguirre —soltó la vieja con desdén—. Esto es lo único que le pertenece.

La mujer se agachó y pasó los dedos por el polvo a sus pies. Con un rápido giro, le arrojó el puñado de tierra a Pilar. La tierra le dio de lleno en la cara. Se limpió los ojos, frenética, y sintió el ardor. Sintió la tierra dentro de su vestido.

La elegancia de la vieja era aterradora. En el siguiente instante, atravesaría corriendo el césped y arrebataría a Joselito con esos horribles y fuertes dedos. Lo arrebataría y echaría a correr. Pilar trató de sujetar a Joselito con más firmeza, pero lo sintió resbaloso en sus manos. La espalda baja se le crispó de nuevo. "Si se lo lleva, no podré alcanzarla. ¡Ay, no podré alcanzarla!".

La puerta de mosquitero se abrió de golpe y Romi salió a la escalinata con una escoba en las manos.

—¿Qué está pasando aquí?

El barrio despertó al oír la voz de Romi: dos adolescentes que arrastraban una bicicleta por la intersección voltearon a mirar. Al otro de la calle, uno de los Zúñiga asomó por la ventana de su sala.

—Dígame de quién es esta casa —dijo la vieja.

—De Jesús Muñoz —respondió Romi. Era alta y corpulenta, y poseía una imperturbable confianza en sí misma. No había en el barrio mucha gente capaz de plantarle cara—. Yo soy la señora Muñoz. ¿Qué quiere?

La vieja se alisó el frente del vestido con un ademán remilgado, infantil. Entre sus dedos resbalaron partículas de tierra. Su anillo de papel rozó la tela oscura. Le sonrió a Pilar. Los dientes que mostró estaban muy amarillos.

—Éste no es el lugar que busco.

La vieja caminó hacia la intersección, con el borde de su mantilla de encaje ondeando contra sus estrechos hombros. Pilar la miró cruzar la calle y girar hacia el poniente. Solamente había otras tres calles habitadas en esa dirección. Más allá de esas calles, cinco millas de caminos de terracería hasta los barcos que cruzaban el Río Grande. "La vieja era totalmente capaz de hacer ese viaje", pensó Pilar.

—¿Quién era ésa? —preguntó Romi.

—No... no sé —Pilar tenía el vestido mojado y la espalda baja le palpitaba con regularidad. Los chillidos de Joselito se habían convertido en un berrinche.

Romi levantó a Joselito, lo acunó y le dio palmadas con una mano grande y hábil.

—Ya, ya, mijo. Está bien.

—Dijo que José Alfredo es su marido.

Romi resopló de risa.

—Esa vieja podría ser su abuela.

—Debe conocerlo —dijo Pilar, frotándose los ojos con el borde de la mano. Todavía le ardían, aunque ya no tanto—. Reconoció a Joselito.

—Ay, Pili. De seguro lo vio en algún lado y preguntó por ahí quién era. No es tan difícil de averiguar.

—¿Por qué alguien haría eso?

—¿Quién sabe? Esos viejitos. No recuerdan ni su propio nombre, pero se les mete algo a la cabeza y no hay quien se lo saque —Romi suspiró—. Bueno, para allá vamos todos.

Pilar le dirigió una mirada incisiva. Para los del otro lado era distinto. Los hombres llegaban de México como podían: transportados de contrabando o nadando por el río y los más afortunados con el programa de braceros del gobierno. A veces, esos hombres dejaban a sus familias en casa y empezaban nuevas vidas. Y a veces las esposas venían a buscar a sus esposos perdidos. ¿Qué sabía Romi de eso? Ella y su marido eran tejanos, nacidos y criados en Texas, en este mismo pueblo y las líneas de su familia estaban trazadas con claridad, diáfanas.

José Alfredo había llegado a Texas como bracero en el programa gubernamental que llevaba a tantos jóvenes. Estuvo en Estados Unidos tres años enteros antes de mandarla traer. Pilar no sabía cómo lo había logrado. "Hice mi propia suerte", decía él. Ahora, Pilar se preguntaba cómo había hecho esa suerte.

Todo aquello era absurdo, se dijo a sí misma. La mujer era muy vieja. Además, ella y José Alfredo llevaban años casados y viviendo en Texas. ¿Por qué una mujer esperaría tanto tiempo para buscar a un marido descarriado?

—No tiene ninguna esposa secreta —dijo Romi, leyéndole la mente—. Lo conocimos un año antes de que te trajera.

Joselito apoyó la coronilla contra la barbilla de Romi, pero fijó sus ojos en Pilar. Hacía algún tiempo que resentía la incapacidad de Pilar para cargarlo. A ella la recorrió la culpa. Ni siquiera podía consolarlo bien.

—Ay, soy un desastre —se lamentó, apartando la vista de su hijo.

—No importa, ya está bien —dijo Romi, pero frunció el ceño mirando los pies de Pilar—. No creo que la hinchazón disminuya. Ven, entra.

Pilar siguió a Romi a la cocina. Adentro, el aire estaba húmedo por el vapor de los frijoles en ebullición. Pilar fue directo al fregadero y se lavó la cara, el cabello y los brazos hasta los codos. La pequeña Yolanda estaba sentada a la mesa, comiendo una galleta, con los ojos redondos y solemnes, observando el cuerpo empapado de Pilar.

—¿Quién era ésa, mami? —preguntó Yolanda.

—Nadie —respondió Romi—. Ve a limpiar la sala y tu cuarto.

—Sí, mami —asintió Yolanda. Se fue y Pilar se sentó en la silla desocupada, ante la angosta mesa junto a la nevera.

La cocina era pequeña pero pulcra y decorada con frutas artificiales: limones tallados en madera pintada de amarillo, uvas moradas de plástico y una media luna de sandía, de cerámica, en medio de la mesa. Hasta el mantel beige tenía un estampado de oscuros racimos de cerezas. Romi se acomodó a Joselito sobre una cadera y sacó una servilleta del cajón bajo la encimera. Se la dio a Joselito y lo sentó en la silla junto a Pilar.

—Okey —dijo Romi. Metió los dedos en las muescas con forma de semilla de la tapa de la sandía y la levantó. Estaba llena de galletas de vainilla—. Quiero oírte contar hasta tres.

Joselito contó tres galletas del galletero, con la seriedad de un banquero que sumara el total de un retiro. Pilar lo ayudó a extender su servilleta. A Joselito le gustaba acomodar sus galletas en hilera antes de comérselas.

—¿Segura que no quieres? —preguntó Romi—. También hay limonada.

Pilar negó con la cabeza. Todavía le sabía la boca a polvo.

—Necesito ir a casa y bañarme.

—Espera un momento. Pruébate los zapatos que me mandó mi hermana. Son muy chachas, pero me quedan chicos —Romi negó con la cabeza—. Y no son de mi estilo.

Pilar asintió. La duela del pasillo rechinó al retirarse Romi a su habitación. Miró cómo Joselito mordía su segunda galleta.

—Mami, ¿puedo ir a jugar con Yoli? —le brotaron gotitas de sudor en la punta de la nariz. Ya había olvidado el susto, pero ella no.

—Sí, ándale.

Joselito bajó de su silla atropelladamente, con las galletas en la mano. Pilar cerró los ojos y se apretó los párpados con los dedos. Todavía olía la tierra en su cuerpo. Dijo en voz alta, para que Romi la oyera:

—¿Crees que deba contárselo a José Alfredo?

—Tú decides —respondió Romi—. Pero ¿qué hay que decir? Llevaba una etiqueta de puro como anillo de matrimonio. Era una loca.

—Eso es verdad —dijo Pilar, pero pensar eso no la tranquilizaba. La próxima vez, quizá la mujer la encontraría sola en la casa de Loma Negra.

Romi regresó con una caja de zapatos azul claro en las manos. Se sentó a la mesa y puso la caja frente a Pilar y le indicó que la abriera, pero Pilar no la abrió. Romi tomó sus manos dobladas en una de las suyas.

—Tu marido vuelve a casa todos los días. Te ha dado a este niño y ya viene otro. Es fácil sentirte mal ahora que estás tan cansada y nada está en su lugar, pero recuerda, también es una época feliz.

La mano de Romi era grande y firme. El anillo en su dedo anular tenía engarzadas dos imitaciones de las piedras natales de sus hijos. El ópalo era por Miguel, el mayor, que había muerto en la guerra en Filipinas, unos años antes de que Pilar llegara a Texas. "Es fácil hablar contigo", había dicho Romi en los comienzos de su amistad. Tú nunca lo conociste. Se refería a que Pilar no hacía preguntas sobre él. Pilar le había tomado cariño a Romi por la misma razón: nunca le preguntaba por su familia en México. Sus historias eran asunto privado.

—Sí, por supuesto, soy muy afortunada —dijo Pilar con vergüenza. Miguel había sido el único hijo varón de Romi.

—Ándale —la animó Romi, tamborileando en la mesa con los dedos—. Ábrela.

Pilar contuvo la respiración y sus pensamientos oscuros se retiraron como nubes ante el sol. Ahí, envuelto en papel de seda blanco, había un par de sandalias doradas. Sacó el zapato derecho del papel. Tenía tres anchas cintas de tela satinada, cada una anudada ingeniosamente sobre el empeine. La suela era arqueada, elegante. La correa del tobillo tenía un vaporoso listón dorado que se ensanchaba en el broche. El tacón era cuadrado y resistente, de unas cuatro pulgadas.

—No recordaba que fueran tan altos —se sorprendió Romi—. Tal vez tenga otra cosa.

—No, está bien —respondió Pilar y se puso las sandalias. Por primera vez en ese día, sintió que algo estaba bien. Las sandalias eran medio número más grande que los zapatos que usaba normalmente y eso, o quizá el diseño con cintas, significaba que tenía más espacio. Por la razón que fuera, su pie se veía normal. Casi.

—¿Vas a poder abrocharlo? —preguntó Romi—. Ni siquiera puedes verte los pies.

—Claro —respondió Pilar, sorbiendo la nariz. Dobló la pierna para levantarla detrás de su cuerpo y abrochó la correa con destreza. Extendió el pie. Tenía razón en lo del listón: disimulaba su grueso tobillo.

Pilar se puso la otra sandalia y se levantó. No había usado tacones de ningún tipo desde que se le empezó a notar el embarazo. Caminó por la cocina. El *clac–clac–clac* del pesado tacón la hacía sentir audaz, deseable. Más como ella misma.

—No puedo creer que tu hermana te haya dado estos zapatos.

—Me regala cosas que sabe que no uso, no más para que le diga que se las quede —Romi chasqueó los labios—. ¡Pero esta vez no!

Pilar recorrió la cocina una vez más.

—¿Qué te parece?

—Solamente tú podrías usar tacones a un mes de dar a luz —dijo Romi, pero con una sonrisa.

José Alfredo llegó a casa a las cinco y media. Pilar oyó el retumbar de su troca al acercarse a la casa y luego escuchó su voz en el patio.

Venía cantando alguna tonta canción romántica. Siempre estaba cantando algo. Tenía buena voz, aunque era demasiado tímido para cantar en público.

—Hola —saludó ella, saliendo al porche.

—*Y si vivo cien años, cien años pienso en ti* —le cantó él y atravesó el patio hacia la bomba de agua. Se daría un baño completo antes de la fiesta de quince años, pero nunca entraba a la casa y nunca tocaba a Pilar sin lavarse primero la cabeza y el torso después del trabajo.

Se quitó la camisa y la camiseta y se soltó los tirantes. Activó la bomba manual con movimientos fuertes y rápidos. Pilar había hecho lo mismo al llegar a casa, meter la cara en el chorro de agua y quitarse la tierra de la piel. No quería meter la maldad de la vieja a la casa.

Pilar observó cómo el agua le escurría por los anchos hombros, los brazos desnudos y la espalda. Como siempre, sintió un temblor secreto al ver el casual movimiento de los músculos bajo el lustre de su piel morena. Nunca había visto a otro hombre sin ropa, pero no imaginaba que otros maridos se vieran como José Alfredo: esbelto y de caderas estrechas, con la energía acumulada de una pantera en reposo. Se llenó los ojos de él.

Pilar nunca, nunca habría podido hablar de su adoración. Parecía demasiado vívida, urgente y, en cierto modo, peligrosa. Aún más secreta era su absoluta satisfacción por saber que ese hombre era suyo. No importaba lo que dijera nadie más. Era suyo.

Tal vez no debía contarle lo de la mujer. Tal vez no. Después de todo, ¿para qué arruinar la tarde? Y justo antes de la fiesta. Salió al porche para recibirlo.

José Alfredo le dio un ligero beso y posó una mano en su vientre. Ella percibió un olor a jabón Lava y, por debajo, el tenue aroma cobrizo de su piel bronceada. No podía ser cierto lo que había dicho la vieja. No podía ser. Sin embargo, después de que Romi llevara a Pilar y a Joselito a casa, una vez solos en la loma, había vuelto aquel pensamiento. ¿Quién era aquella vieja? Había reconocido a Joselito.

—¿La pasaste bien en lo de Romi?

A José Alfredo le gustaba la amistad de Pilar con Romi, pues imaginaba que era una buena influencia, alguien que le daría consejos de matrona a Pilar.

—Tenía un par de zapatos para mí, gracias al cielo. Todos mis zapatos lindos me aprictan demasiado.

—No más queda un mes —José Alfredo se puso la camisa limpia que Pilar había colgado de un gancho atrás de la puerta de la cocina. En el algodón se extendieron manchas de humedad—. ¿Dónde está *mijo*?

—Dormido en el sofá.

Pilar le sirvió la cena: un plato de fideos y frijoles, y seis tortillas envueltas en una tela caliente. Un vaso de té helado. Él se sentó y sus pantalones soltaron cascarillas en el linóleo. Ella sabia que José Alfredo las recogería después de cenar, tomándolas una a una con los dedos, para tirarlas en el patio cuando saliera a fumar. José Alfredo arrancó una tira de tortilla, la enrolló y comenzó a comer.

—¿Tú no comes?

—No —Pilar negó con la cabeza. Los fideos eran delgados y pálidos y, al verlos entre el espeso jugo rojizo, se sentía un poco enferma—. No tengo ganas.

—Siéntate conmigo —dijo él. Extendió el brazo, tomó su mano y le frotó la palma con el pulgar—. Aunque sea unos bocados.

Pilar cedió ante el toque de su mano. Aunque no tenía hambre, se sentó a su lado y comió lo que le ofrecía. Cerró los ojos cuando la tortilla tocó sus labios. En su mente, vio a la vieja en uno de los barcos de remos que transportaban gente de un lado a otro del Río Grande por dos centavos.

La vieja había partido esa mañana, recogiéndose la falda con cuidado, consciente del duro asiento de madera mientras el barco subía y bajaba y se mecía en el agua. Había llegado por la mañana, cuando había menos polvo en el camino al pueblo. Había venido con su mejor vestido. Pero no sabía de la nueva casa. De haber sabido, quizás habría subido la loma y encontrado a Pilar sola. ¿Y qué habría pasado entonces?

Volvió a preguntarse cómo había logrado José Alfredo traerla a Estados Unidos cuando tantas otras personas andaban atrapadas en romances a larga distancia. Amor de lejos, amor de pendejos, decía el dicho, pero muchas mujeres vivían así y se pasaban la vida esperando que un hombre volviera de la granja estadounidense donde trabajaba. A veces el hombre volvía, pero muchas veces no. Ella había esperado a José Alfredo dos años, pero al final sí la trajo.

Pasó los dedos por el cabello húmedo de José Alfredo. Ella tenía su propio secreto. José Alfredo creía que había huido de su casa para casarse con él. A ella le daba vergüenza decirle la verdad: su padre la había enviado a la frontera sola, sin chaperón. Papá había sentido alivio por ella y por sí mismo, al saber que tenía un lugar a donde ir.

—Alguien vino a buscarte hoy —dijo Pilar, aunque casi había decidido que no se lo diría—. Una mujer.

—¿Ah, sí? —respondió él, sonriendo. No notó su seriedad—. ¿Era bonita?

—No. Era una vieja —respondió Pilar, tratando de no sonar impaciente. Por supuesto que ésa era su respuesta. Por supuesto. Porque no era nada, ¿verdad? Aunque ahora que ya había empezado a contárselo, bien podía decir todo—. No sé quién era, pero me dijo que era tu esposa. Dijo que era tu esposa. Estaba buscándote.

José Alfredo dejó caer el pedazo de tortilla sobre sus fideos. En su cara, ella no vio nada que delatara culpa, ni un poco.

—¿Qué estás diciendo? ¿Qué pasó?

—Fue hoy, hace rato. En la casa de Romi. Me imagino que sabía que antes vivíamos ahí —hizo una pausa y trató de quitarse la amargura de la voz. Ojalá todavía vivieran en Caimanes. Tal vez alguien habría reconocido a la vieja. Sin duda, Pilar se habría sentido más segura en el barrio que aquí, aislada en la loma.

—Parecía conocerte —dijo Pilar con toda la calma que pudo, mirándolo directo a los ojos. De nuevo, no encontró más que desconcierto—. Dijo que Joselito se parece mucho a ti.

—Bueno, ¿y qué? —respondió él, indignado—. ¿Cómo puedes creerle?

—No te acusé —señaló Pilar de inmediato—. Estoy contándote lo que pasó. Le dije que eres mi esposo.

—Bien —respondió José Alfredo, meneando la cabeza—. La corregiste.

—Sí y se enojó mucho —dijo Pilar. Bajó los ojos hacia su mano, su anillo de oro. Recordó la retorcida etiqueta de puro de la vieja—. Me... Me echó tierra.

—¿Por qué no me dijiste esto antes? —preguntó José Alfredo—. ¿Te lastimó?

—No, no. Nada de eso. Romi dice que debe haber estado senil. O confundida.

Romi no había dicho "confundida", pero quizás eso había sido.

—Qué extraño —dijo José Alfredo y tragó un bocado de fideos—. ¿Qué hay de ti? ¿Te sientes bien para ir al baile?

—Sí, estoy bien —respondió ella. No iba a dejar que le quitaran una fiesta.

Para las ocho, el calor se había suavizado en una humedad nocturna que resultaba soportable si Pilar ignoraba el halo de transpiración que amenazaba con escapar del nacimiento de su cabello. Bajaron a Barrio Caimanes en la troca y se estacionaron al pie de la loma, cerca de la casa de los Muñoz. Pilar contuvo un suspiro mientras José Alfredo alisaba la guayabera blanca de Joselito. José Alfredo era melindroso. Si las líneas almidonadas de los hombros no bajaban correctamente, querría cambiarle la camisa a Joselito, aunque tuvieran que regresar a casa para planchar otra.

—Qué guapos, los dos —dijo. Ambos tenían el mismo espeso cabello negro. A pesar de la pomada fresca, sus rizos formaban ondas negras y lustrosas. Se parecían mucho entre sí. Volvió a pensar en que la mujer supo quién era su esposo por la cara de Joselito, pero rechazó el pensamiento: cualquiera podría haberlos visto juntos en cualquier lugar. Eso no significaba nada. Pilar bajó de la troca para pararse junto a ellos y cerró la puerta.

—Ten cuidado —dijo José Alfredo y le tendió la mano—. Esos tacones son medio altos, ¿no?

—Para nada. Están bien —sacó el pie y lo giró para mostrar el listón del tobillo—. Y son muy bonitos.

—Ay, Pili. Diosito nos libre de tu vanidad —exclamó él, torciendo la boca. Le causaba gracia, pero también, notó Pilar, estaba admirándola. Le dio un tirón al enorme moño de su cuello—. Pareces un gatito de Navidad.

Antes de que Pilar pudiera responder, Joselito exclamó:

—¡Miren! ¡Ahí vienen!

La procesión de los quince años llegó doblando el recodo del camino. A la cabeza, un burro gordo y gris con listones rosas y rizados en las orejas tiraba de una rústica carreta. La carreta, conducida por la escolta de la quinceañera, estaba flanqueada por un lado por los padres de la muchacha, Hipólito y Carmen Ramírez. Por el otro, la banda del barrio, el Conjunto Vega, que tocaba Las Mañanitas en honor de la cumpleañera.

Pilar estiró el cuello para ver, gozando, como siempre, la presentación de la muchacha. La quinceañera, Dulce Ramírez, iba sentada en la parte trasera de la carreta, con un vestido rosa y una corona casera de pálidas rosas tiernas en el cabello. El tule y el satín de sus faldas ocupaban todo el asiento. En todas las casas de la cuadra, los vecinos estaban de pie en la acera, esperando. Gritaban sus felicitaciones a Dulce a su paso y luego se formaban detrás del cortejo de la quinceañera: muchachas con vistosos vestidos de fiesta y sus respectivas escoltas.

A pesar del ruido, la quinceañera iba sentada con las manos en el regazo, sonriendo ante los saludos con un aplomo digno de una dama. Su madre iba jadeando junto a la carreta, sin aliento, con la cara morena reluciente de sudor. Mostraba a todos una amplia sonrisa chimuela. El padre de Dulce, Hipólito, se movía con más sobriedad, con los ojos entrecerrados contra los moribundos rayos del sol y una mano posada suavemente en la carreta.

José Alfredo cargó a Joselito en hombros y colocó la mano de Pilar en el hueco de su brazo. *Me ama*, pensó ella. *Ésa es la verdad.*

Pilar miró cómo Hipólito, con un rápido movimiento, le indicaba al conductor de la carreta que debía evitar un bache. La postura del hombre era como la del padre de Pilar, tranquila y melancólica, con el mismo aire de fatiga y sentimentalismo. Su padre no le había dado una fiesta de quince años; no le había dado gran cosa, excepto el sobre lleno de dinero estadounidense y un boleto de tren. *¿Te ama?*, le había preguntado. *Entonces ve. Anda.*

Antes de que Pilar pudiera sofocarla, la antigua amargura salió a la superficie. Su marido la amaba con más sinceridad de lo que jamás la había amado papá. Papá había pagado sus colegiaturas y le había comprado lindos vestidos y le había dicho que era su favorita. De todos sus hijos, solamente Pilar tenía los ojos castaños de su madre. Sin embargo, no quiso reconocerla las pocas veces que lo vio en público con su familia. Para sus quince hicieron un viaje de fin de semana a Saltillo, para ver el campeonato nacional de charrería. Eso lo decidió él, no ella. De todos modos, ella estuvo feliz por caminar con él en público.

Ahora, se recordó que no debía enojarse. Por supuesto que papá únicamente la reconocía entre extraños. Además, aquella remota charreada le había dado a José Alfredo. Entre la feliz aglomeración de convidados, se acercó aún más a su marido, agradecida por su presencia reconfortante.

—¡Felicidades! —gritó José Alfredo sobre la jadeante melodía de un acordeón. Dulce los saludó con la mano al pasar la carreta.

Los ojos de Pilar se fijaron en las mangas abombadas de Dulce y en su brillante cabello negro sujeto en complicados bucles. Texas no era como allá en casa, pensó Pilar, sintiendo en el estómago la vibración del pesado rasgueo del bajo. Aquí, cualquier hija podía tener esta fiesta de rosas. Con razón doña Carmen sonreía con tanto orgullo. Pilar apoyó la mano en su barriga. Algún día, su hija tendría una fiesta así.

Pilar se abrió paso por la calle cubierta de baches, sin hacer caso al ruido de sus apiñados vecinos. Al llegar frente a la iglesia, los músicos tomaron un lugar apartado de las puertas abiertas, frente al pequeño jardín de rosas conde se alzaba la nueva gruta de la Virgen. Continuaron tocando, aunque con más suavidad, mientras la gente entraba en fila al edificio.

Como de costumbre, José Alfredo eligió un banco al fondo de la iglesia, de modo que, si Joselito comenzaba a quejarse, pudieran sacarlo con la mínima distracción. Pilar oyó que Joselito le susurraba a su padre sus intenciones de portarse bien y ahogó un suspiro. Deseaba poder sentarse al frente aunque fuera una vez. Quizá si estuvieran más cerca del púlpito, ante la mirada del sacerdote, Joselito cumpliría su promesa.

—Más te vale —murmuró José Alfredo, con la boca cerca del oído de Joselito—, porque si no, no vamos a la fiesta.

A los diez minutos de la misa, Joselito empezó a retorcerse. Pilar abrió la ventana batiente de vidrio emplomado, con la esperanza de que el aire circulara. El cielo se había oscurecido. En la media luz, la fachada de la tienda al otro lado de la calle se veía abandonada. Los rosales bajo la ventana emanaban un aroma denso y dulce, que le recordaba a Pilar los talcos anticuados que usaban las damas de edad. Su mirada se desplazó del púlpito a los bancos más cercanos a los altares. Alcanzaba a ver las cabezas agachadas de las viudas con sus velos de luto.

—Mami, tengo calor —dijo Joselito, en voz muy alta y Pilar lo calló.

—Voy a sacarlo unos minutos —susurró José Alfredo.

Pilar se abanicó con el misal, molesta. Iba a pasar la misa a solas, como tantas veces. No le gustaba sentarse sola, como si la hubieran abandonado. "No se ve bien", le había dicho muchas veces a su marido. "Dios ve mi corazón, esté en el banco de la iglesia o no", insistía él. No tenía caso discutir. Si José Alfredo no quería hacer algo, no lo hacía.

Bueno, ¿y qué con eso? José Alfredo no era manso. Eso siempre lo había sabido.

Pilar posó los dedos en su barriga abultada, con suavidad. Sería distinto cuando llegara la bebé. José Alfredo también tenía la corazonada de que sería niña. Pilar confiaba en ese presentimiento. Deseaba mucho tener una niña. Había tantas cosas bonitas para una niña... Gorritas de encaje, delicados zapatitos y diminutos diamantes de oro. El vestido de primera comunión. Y, por supuesto, la fiesta de quince años. Pilar miró al grupo de muchachas con vestidos abigarrados. Sí, los quince. Su hija tendría una fiesta tan hermosa como ésta. Mejor todavía.

Pilar oyó el chasquido de un encendedor y un olor a humo de cigarro entró flotando por la ventana. Como había sospechado, José Alfredo iba a saltarse el resto de la ceremonia. Ojalá fumara más lejos.

—Espero que seas niña —le susurró a su vientre—. Al menos te quedarás conmigo mientras los muchachos juegan afuera.

Después de la misa, la congregación siguió a Dulce tras la iglesia, a la gruta de la Virgen. Dulce se arrodilló con delicadeza ante la gruta y depositó su ramo de rosas a los pies de la Virgen. Inclinó la cabeza para rezar, con una mano en el áspero borde de piedra de la gruta.

A Pilar le pareció sagrado el espectáculo de la cabeza agachada de Dulce bajo la mirada de la Virgen. Bajo la capa azul pálido, la Virgen tenía las manos ligeramente plegadas entre los pechos. La leve inclinación de su cabeza daba una clara impresión de placer, como si Dulce, por accidente quizá, hubiera descubierto su alegría secreta.

Dulce se puso en pie y se volvió hacia la gente.

—Gracias por venir a celebrar conmigo. Espero que me acompañen a la recepción en Plaza Estrella.

Estallaron aplausos dispersos y la gente comenzó a pasearse, dirigiéndose a la plaza sin orden. Entonces Pilar lo vio, en la acera frente a la iglesia, hablando con otros dos hombres. Otra vez tenía a Joselito en sus hombros.

—Vamos, mami —dijo Joselito cuando Pilar se les unió—. Quiero pastel.

—Sí, ya voy.

Pilar observó cómo Dulce, su escolta y todo el cortejo de adolescentes se encaminaban a la plaza. A pesar del vestido, Dulce se veía muy pequeña. *Demasiado pequeña*, pensó Pilar. Quizá la semana anterior había estado columpiándose en las rejas y pellizcando a sus hermanas en misa.

Era una fiesta de barrio, así que cada quien se sentaba donde encontraba lugar y después de la cena pasaba el resto de la noche de mesa en mesa. Las mesas plegables, cubiertas con manteles rosas y pequeños platos de polvorones, estaban dispuestas en el pasto alrededor de la plancha de concreto que servía de pista de baile y a ambos lados de la fila de la comida había tinajas con cerveza helada y Coca-Cola. Junto a la mesa con un pastel rosa y blanco en forma de ángel en vuelo y una gran muñeca de porcelana con el pelo rizado había un caballete con el retrato de quinceañera de Dulce.

Pilar vio que Romi zigzagueaba entre la multitud, con dos bandejas repletas de comida en las manos y con el peinado ya medio marchito. Romi miró los tacones de Pilar y asintió en señal de aprobación, pero no se detuvo. Su esposo Chuy estaba esperando que le llevara su cena. Pilar suspiró. Su mesa estaba llena.

Así pues, ella y José Alfredo se sentaron cerca de Trini Sánchez, que trabajaba con José Alfredo en el punto de entrada de ganado. A Pilar le agradaba Trini. Tenía unos cincuenta años, un bigote blanco chueco y solía usar un abollado sombrero de vaquero, de paja. Trini tenía sangre viva, como decía Romi.

—¿Qué dice el hombre? —preguntó Trini, dándole una palmada en el hombro a José Alfredo.

—Nada. Buscando otro trabajo —José Alfredo se encogió de hombros y mordió su taco.

—¿Ya te cansó la caca de vaca?

—No, solamente necesito otro trabajo —José Alfredo movió la mandíbula más rápido y tragó su bocado de tortilla—. Para después del trabajo.

—Debe ser por ti —dijo Trini, señalando a Pilar con la cabeza—. Cada vez que te veo, hay más de ti.

—José Alfredo va a añadirle un cuarto a la casa antes de que llegue la bebé.

—Tengan otro niño, así tendrán sus propios trabajadores —sugirió Trini—. ¿Dónde está el hermano mayor?

—Con ellos —respondió José Alfredo, señalando un grupo de niños que corrían por el parque—. Pero al menos esta noche se dormirá pronto.

Callaron mientras Hipólito llevaba a Dulce a la pista de baile. Un momento después, Carmen se les unió, cargando la muñeca de porcelana. Una punzada de dolor, aguda pero breve, estalló en el vientre de Pilar. Soltó el aire por la nariz, obligándose a no reaccionar. Si José Alfredo se daba cuenta, la llevaría de inmediato a casa.

—Felicidades —dijo Carmen y le dio un beso en la mejilla a Dulce. Hipólito le entregó la muñeca y le deseó muchos años más. Era un gesto ceremonial, la entrega pública del último juguete de la niñez. Pilar se inclinó hacia adelante, a pesar de su incomodidad. Era el momento que esperaba: la expresión del padre en el momento de la transformación de su hija. Los ojos le brillaban de amor. De orgullo.

Hipólito apoyó la mano en la mejilla de Dulce y luego se volvió hacia los invitados.

—Damas y caballeros, mi hija, la señorita Dulce Enríquez.

Pilar aplaudió junto con todos los demás. Así la habría mirado su padre, si hubiera sido su hija en toda regla. Si hubiera llevado su apellido. Bueno, ¿y qué? Así miraría José Alfredo a su hija cuando cumpliera los quince.

Dulce y su padre abrieron el baile y el resto del cortejo de debutantes se les unió después del primer vals. Trini hacía comentarios sobre las danzantes conforme iban pasando. Esta bailaba demasiado rápido, aquella tenía los pies pesados. Una de las damas era buena bailarina y gorda además, lo cual, según Trini, quería decir que se casaría joven. Dulce pasó bailando con su padre. Habían adornado los árboles, en torno a la pista de baile, con bombillas azules. Bajo su luz moteada, la frente de Hipólito brillaba de sudor. A pesar de la humedad de la noche, no se había quitado el saco del traje como habían hecho otros hombres.

—Pobre hombre. Más vale que tenga cuidado con ese muchacho López —Trini señaló a un joven sentado junto a los chambelanes. Era el único de la mesa que no llevaba esmoquin. Vestía un traje color crema con anchas solapas y en la mesa, delante de él, había un sombrero de fieltro a juego.

—Es Raúl, el que trabaja en la tortillería de Frausto —dijo Pilar—. Es buen muchacho.

—¡Míralo nada más! Se quita la masa de encima por una noche y ya se siente *dandy* —se mofó Trini y sacudió la cabeza—. Ay, no, odiaría tener una hija.

José Alfredo resopló de risa y se limpió la boca con una servilleta.

—Tu hija vive en Presidio.

—Y está casada —dijo Trini—. Solo así se pueden tener. De otro modo, te gastas todo tu dinero en armas y en poner barrotes a las ventanas.

—No es cierto —replicó Pilar, riendo, aunque un poco picada. ¿Acaso todos los hombres querían deshacerse de una hija?—. Conocí a Norma cuando vino, la última Pascua. Es una muy buena mujer.

—A lo mejor —Trini bebió un largo trago de cerveza y puso la botella en la mesa con un golpe seco—. Pero ahora, si no lo es, es problema de su marido, no mío.

—No estás comiendo —dijo José Alfredo y empujó el plato de Pilar hacia ella—. No te he visto comer nada esta noche.

—Hace mucho calor para comer.

Aunque el dolor no había vuelto, Pilar no quería abusar de su suerte.

—¿Quieres irte a casa?

—No, no, me siento bien.

Todavía no podía irse. La cena no había terminado. No quería oír que tal vez debieron quedarse en casa. Quería estar en este baile, aunque ciertamente era duro ver a todas las lindas jóvenes, tan hermosas con sus vestidos de baile, mientras ella estaba hinchada y desgarbada, y parecía ser pura panza. Ojalá hubieran postergado los quince hasta octubre.

—Dale a esta pobre muchacha algo de pastel y helado, hombre —dijo Trini—. Anda, ya están sirviendo.

—Voy contigo —dijo Pilar, levantándose—. Necesito vigilar a Joselito.

Caminar era mejor. Pilar sintió que su malestar disminuía al formarse en la fila del pastel. La madre de Dulce, Carmen, estaba poniendo hileras de platos delgados con cuadrados rosas de pastel en una de las mesas largas. Carmen ahuyentó a un joven de esmoquin. El cortejo había terminado sus primeros bailes y dos chambelanes rondaban la mesa del pastel, robando dulces.

—¿Cuánto te falta? ¿Seis semanas? Déjame verte —Carmen le puso la mano en el vientre a Pilar. Su mano era ligera y firme—. Es niña. Mira a qué altura está y cómo sobresale.

—¡Nosotros pensamos lo mismo! Pero el último mes es muy largo —dijo Pilar con un suspiro—. José Alfredo, vamos a buscar a *mijo*. Ya debe tener hambre.

—Lo dudo. Está colgado del quiosco —respondió José Alfredo, señalando al grupo de niños pequeños que trepaban por el barandal de madera. Pilar volteó a tiempo para ver a Joselito que saltaba de lo alto del barandal. Se levantó y empezó a subir de nuevo—. Déjalo por ahora.

Al regresar a su mesa encontraron a Trini; él era el centro de atención. Varios adolescentes habían acercado sillas para oírlo hablar. También estaba ahí el *dandy* Raúl López, despatarrado en un banco junto a Dulce.

—¿Qué es esto? —preguntó Pilar, riendo—. ¿Estás contándoles lo de la mano peluda?

La mano peluda era uno de los cuentos favoritos de Trini, siempre con una situación distinta en la que la mano atacaba a alguien.

José Alfredo siempre trataba de asustar a Pilar agarrándola durante la narración.

—Ésa no —respondió Trini—. Es otra cosa.

—Hoy ya tuve un susto —dijo Pilar, sintiendo que al hablar del asunto lo volvería más pequeño, menos real: la vieja como historia, no como una persona que la odiaba.

—¿Ah, sí? —preguntó Trini—. ¿Qué pasó?

—No fue nada —dijo José Alfredo, evidentemente molesto con Pilar por sacarlo a colación—. Una vieja loca que la molestó.

—Con las mujeres nunca se sabe. Sobre todo con las locas —respondió Trini con un guiño—. Yo sé lo que digo.

—Seguro que sí —dijo Pilar, fingiendo no notar la irritación de José Alfredo. Quería oír esta historia. Ambos la oirían.

—¡No por experiencia personal! —exclamó Trini con una risa—. Pero esto de verdad le pasó a alguien que conozco.

—Cuéntenos, Trini —lo animó el muchacho López, acomodándose cerca de Dulce.

—Alguien tráigame una cerveza —dijo Trini y entonces comenzó.

"Esto pasó el verano pasado, cuando trabajaba en un huerto de naranjos en Harlingen —Trini les sonrió a Pilar y José Alfredo mientras se sentaban—. Había un gran grupo de trabajadores de ambos lados del Río Grande, unos veinte hombres trabajando en los huertos.

"Había un chavo de Sinaloa, de nombre Antonio. Joven, de unos diecisiete años. Comenzamos a notar que los jueves y viernes vomitaba sangre. No todas las semanas, pero siempre en esos días. Les digo, estábamos hasta arriba de nuestras escaleras y a eso de las dos de la tarde, empezaba a toser. Tos de la mala. Se bajaba lo más rápido que podía y a veces lo lograba, pero muchas veces se caía.

—Dios mío, verlo me ponía la carne de gallina. Se quedaba ahí tirado al pie del árbol, tosiendo —Trini se dobló, agarrándose el estómago con las manos— tan fuerte que todo el cuerpo se le sacudía. Y entonces se oía un silbido fuerte, muy feo, y yo sabía que estaba llorando, pero que no tenía aliento. Se vomitaba encima. Y lo único que salía era sangre".

Trini le dio un trago a su cerveza. Los muchachos estaban callados. Una debutante pecosa miró a Pilar, como para juzgar si ella también estaba asustada.

—¿Murió?

—Bueno, pensarías que alguien que vomita sangre está en su lecho de muerte, pero no —Trini se encogió de hombros—. Todos los demás días estaba bien. Incluso después de esos ataques estaba bien. Eso era lo más raro. Muy curioso.

Conforme avanzaba el verano, más hombres del campamento fueron dándose cuenta del extraño problema del muchacho. Caray, llegó a pasar que al final de cada semana había hombres rondando por ahí para ver si era cierto.

—Qué horror —dijo Pilar, temblando.

—Así es —dijo Trini—, pero así es la gente. Como sea, cierto jueves un hombre, Pancho Morales, llegó a nuestra sección del huerto y, por supuesto, la cosa volvió a ocurrir. Al día siguiente regresó y le pidió a Antonio y a los demás de esa parte del huerto, que rezáramos con él. Después, nos dijo lo que pensaba. Dijo que Antonio vomitaba sangre porque lo había embrujado alguien del pueblo en México de donde venía. '¿Quieres que me deshaga del embrujo?', preguntó Pancho y, por supuesto, Antonio dijo que sí.

—Bueno, incluso si uno no lo cree, es más barato que el doctor —dijo el muchacho López, sonriéndole a Dulce.

—Es verdad —dijo Trini—, pero si llevaras semanas vomitando sangre, tal vez ya habrías empezado a creerlo.

"El viernes siguiente, Pancho fue a un rancho cercano por una soga. Esa noche regresó al huerto, donde muchos de nosotros estábamos durmiendo. Comenzó el ritual atando doce nudos en la soga y rezando una oración entre nudo y nudo.

"Mientras él ataba los nudos, una lechuza hacía un ruido en el otro extremo de la hilera de árboles; sonaba como una lechuza grande. Pancho ató el último nudo en la soga y luego recogió una rama caída y empezó a caminar hacia el árbol".

Trini hizo una pausa y miró a los adolescentes.

—La parte que sigue es un poco dura para las muchachas.

—Yo quiero oírla —dijo Dulce. Las otras muchachas asintieron, incluso la de las pecas, nerviosa—. Ándele, señor Sánchez. ¿Qué pasó?

—Bueno, no podía ver tan lejos a oscuras. Estaba al final de la hilera y yo no pensaba ir hasta allá para verlo de cerca. Pero debe haber sacado a la lechuza del árbol, porque la oí peleando, ¿saben?, como pelea una gallina y después de un rato empezó a gritar. Pancho estaba pegándole con la rama del árbol.

"Eso siguió por unos veinte minutos. Yo alcanzaba a oír cuando, a veces, Pancho erraba el golpe y le pegaba a un árbol. Era como cuando oyes una pistola disparando a lo lejos —Trini le dio otro sorbo a su cerveza, como si contar eso le hubiera dejado un mal sabor de boca.

"Y de repente hubo silencio. Mucho silencio. Y en el silencio oí que una mujer lloraba".

En la mente de Pilar surgió una imagen de su padre: la cara enrojecida, la boca ancha, gritando, gritando como nunca lo había hecho, el resto de su rostro trabado por el esfuerzo de su furia. El recuerdo se hizo presente de pronto, vívido y entero, como si llevara todo ese tiempo en el fondo de su mente, esperando el momento para sorprenderla. Su padre gritando. Una mujer huyendo a toda prisa, ensombrecida en la penumbra antes del amanecer y su voz grave, burlona.

José Alfredo la acercó a su lado y le apretó el hombro, pero lo hizo distraído. Ya estaba picado. Quería oír la historia.

—No te asustes —susurró.

Pilar no le respondió. Era muy joven cuando papá ahuyentó a la mujer. Todavía vivía con su vieja criada Facunda en una casita de adobe en las tierras de la familia de papá.

Trini continuó:

—Pancho se quedó allá afuera un rato, hablando con esa mujer. Yo no podía oír lo que decían, pero oía sus voces. Él hablaba con mucha calma, pero ella gritaba y gruñía todo el tiempo. Por fin, Pancho regresó. Respiraba pesado y sudaba, en serio, le escurría el sudor. Tenía la camisa ensangrentada y desgarrada y los antebrazos cubiertos de arañazos.

Pilar sintió frío en todo el cuerpo, a pesar de la humedad de la noche. *No se salga de la casa, mi niña,* decía Facunda, con una expresión solemne y vigilante en la cara. *Andan por ahí rondando.* Pero nunca dijo qué o quién rondaba al otro lado de la puerta.

—Estaba de pie sobre los demás —dijo Trini—. Estábamos tendidos en nuestros petates, demasiado asustados para ponernos de pie con él. Se agachó sobre Antonio y lo sacudió, medio fuerte. '¿Conoces a...?'. Bueno, no voy a decir su nombre, pero Pancho le preguntó a Antonio si conocía a cierta mujer y Antonio admitió que sí.

Papá no había admitido nada. Cuando Pilar le preguntó sobre su pelea con la mujer, él dijo que debió haberlo soñado. Ahora, escuchando a Trini, Pilar pensó: *Papá me mintió. Claro que sí.*

—Pancho le dijo: "Tienes que quemar toda tu ropa" —continuó Trini—. "Toda. Ahora mismo; ve por el queroseno". Así que Antonio recogió su petate y su morral, y él y Pancho se alejaron un poco del huerto. Dios mío, quemaron toda la ropa del muchacho, hasta su último par de calzoncillos. Regresó desnudo y uno de los otros muchachos tuvo que prestarle pantalones y camisa. Caray, usó esa ropa el resto del verano, porque no tenía mucho dinero para comprar ropa nueva.

—¿Y funcionó? —preguntó uno de los chambelanes, un joven lleno de granos, con un leve bigote.

—Sip —respondió Trini, eructando en su puño cerrado—. No tuvo ni un ataque en el resto del verano. Pero... —Trini miró a los adolescentes que lo rodeaban—. El muchacho tuvo que regresar a su pueblo en Sinaloa y quemar el resto de su ropa. ¿Se imaginan tener que quemar toda su ropa? —le sonrió a Raúl López y el muchacho frunció el ceño—. Es verdad. La lechuza apenas era el espíritu; la mujer de verdad, una bruja, vivía en Sinaloa. Cuando Antonio fue a terminar su limpia, lo acompañaron dos de sus tíos para buscarla. La atraparon, e iban a quemarla, pero la bruja se puso a llorar, les rogó que la dejaran ir porque tenía un hijito que cuidar y prometió que si la dejaban libre, nunca volvería a practicar la brujería. Así que, al final, la dejaron en paz.

Pilar se estremeció. Facunda decía que silbaban en la oscuridad. Que chasqueaban sus garras como tijeras. A veces imitaban el llanto de un niño o decían tu nombre para hacerte salir. Papá la había regañado por repetir las tonterías de Facunda. *María del Pilar Corrales,* dijo con severidad. *No hables como una india pata rajada.* Poco después, la envió a vivir en el pueblo, con las monjas.

—No debieron dejarla ir —opinó Raúl López—. Cuando el niño crezca, seguramente hará brujería como su madre.

—Qué corazón tan duro tienes —dijo José Alfredo mientras le arrancaba la punta a un puro y la escupía en el pasto—. Ella no quería matar a Antonio. Si hubiera querido, él estaría muerto.

Pilar se preguntó si José Alfredo pensaría lo mismo de haber visto a la vieja esa mañana. Lo vio encender su puro y notó la cinta dorada. José Alfredo también había negado saber cualquier cosa sobre la mujer inesperada. Pero no. Él no era como papá. Él no.

—Es la verdad. El estúpido fue Antonio, por hacer enojar a una bruja. Claro que nunca se sabe qué hay detrás de una cara bonita —Trini alzó las cejas y le dio un tirón al volante del vestido de Dulce—. ¿Verdad, Dulce?

Dulce soltó una risita, pero no respondió. "Qué tonta niña", pensó Pilar. "No se lo toma en serio. Para ella es solo un cuento. ¿Qué sabe de la vida?".

—Mi consejo para todos los enamorados —dijo Trini, levantándose, con su plato vacío en la mano—: Tengan cuidado.

En el escenario, el acordeonista empezó a tocar una vivaz polka al estilo tacuachito. Los adolescentes de la mesa de Pilar se levantaron. En otras mesas, las parejas también se levantaron de sus asientos para ir a la pista de baile. José Alfredo apoyó el brazo en el respaldo de la silla de Pilar.

—Nosotros también bailaremos, cuando toquen un vals.

—Está bien —respondió ella y buscó a tientas la mano que él le había puesto en el hombro. José Alfredo quería bailar porque estaba listo para irse. Siempre la sacaba a bailar al menos una vez antes de volver a casa. Incluso en su consideración era metódico y su transparencia era reconfortante. ¿Por qué Pilar se había permitido alterarse tanto por un cuento?

—Oye —dijo José Alfredo cuando Joselito pasó corriendo con otros dos niños—. Ven a cenar.

—¡No tengo hambre! —gritó Joselito, aumentando la velocidad para evadir a su padre. Pilar notó la mancha de pasto en su camisa blanca y que el sudor le había quitado la pomada del cabello. Suspiró. Joselito no se calmaría a menos que José Alfredo lo llevara a rastras a la mesa y entonces se negaría a comer. Esperaría hasta llegar a casa para decir que tenía hambre. Siempre era así.

—No le des de comer cuando estemos en casa —propuso José Alfredo, mirando cómo Joselito trepaba al estrado—. Tenemos que quitarle ese hábito.

—Tú dile que no, entonces —respondió ella—. Yo no soporto verlo con hambre.

—Ay, una noche no le hará daño.

El Conjunto Vega tocó un vals norteño y la melodía del acordeonista era dulce, de mal de amores. Era una vieja y querida canción, "La Panchita", de Lucha Reyes. Por primera vez en toda la noche, Pilar sintió un entusiasmo sin reservas. Era una buena canción y no demasiado rápida para su enorme vientre.

José Alfredo la llevó a una esquina de la pista de baile. El pasto estaba húmedo. Los Ramírez lo habían regado antes de la fiesta, o quizá ya había caído el rocío nocturno. Se acoplaron al ritmo en la orilla del círculo de danzantes.

No sé qué siento cuando me mira, mamita del alma, esa Panchita recondenada me roba la calma, cantaba José Alfredo y se lo cantaba a ella, mientras la conducía entre las parejas. Hizo una cara graciosa para indicar que estaba bromeando, que no era una serenata de verdad. Pilar sabía que sí lo hacía en serio, a su manera. Que bromeaba para ocultar que lo hacía en serio.

—Ve a cantar con el Conjunto Vega —rio Pilar—. Suenas mejor que Ernesto.

—Estoy donde quiero estar —respondió él y la atrajo hacia sí para darle una vuelta.

—Yo también —dijo ella. Levantó la mano, le apartó un rizo de la frente, permitió que sus dedos recorrieran la curva de su rostro. Moreno y suave, de nariz y mandíbula fuertes. Ojos oscuros, penetrantes, unas cejas negras y perfectamente rectas. Una cara que no resultaba severa porque, al hablar, revelaba un hoyuelo.

Pilar cerró los ojos al movimiento borroso de los otros danzantes, gozando el placer de la música, de estar en brazos de su marido. Sentía su aliento ligero y cálido en el oído. José Alfredo siempre había tenido una gracia que hacía que se sintiera como si estuviera hecho de viento al llevarla entre la multitud. Era un poco como ir volando por los aires, pero Pilar no tenía miedo. José Alfredo sabía cómo equilibrarla. Ya habían bailado durante todo su primer embarazo.

Una descarga de dolor se apoderó de su bajo vientre. Abrió los ojos. Varias imágenes pasaron ante sus ojos: Dulce, en brazos de un muchacho larguirucho; Hipólito y Carmen en los escalones del quiosco; la muñeca junto al pastel cortado, con su piel de porcelana brillando bajo la luz tenue; el dandy Raúl, con el ceño fruncido, solo en la orilla de la pista. La música retumbaba. El calambre disminuyó, pero luego volvió a aumentar, profundo, fortalecido. Pilar sintió un chorro de humedad entre los muslos.

Se derrumbó contra José Alfredo.

—¡Para! ¡Para!

—¿Qué pasa?

José Alfredo se detuvo a medio paso de baile, pero la multitud de danzantes no. Se los quitó de encima y trató de protegerla. Pilar sentía una presión, como un muro de hierro, contra su garganta y pulmones.

—No puedo respirar. No puedo respirar.

José Alfredo la tenía agarrada del codo. Trastabillaron entre la multitud y las muchachas con sus vestidos de fiesta se hacían a un lado, curiosas, mientras las parejas de danzantes chocaban entre sí en su prisa por despejar el camino. Pilar tropezó al llegar al pasto.

—Te dije que esos zapatos eran malos —dijo José Alfredo con voz dura, aunque sonaba más temeroso que enojado.

—¿Qué pasó? —exclamó Romi, trotando hacia ellos.

—¿Puedes cuidar a Joselito? —preguntó José Alfredo—. Vamos con el doctor Mireles.

—Vayan —dijo Romi—. Vayan ya.

Pilar gimió de terror y dolor. Sentía las piernas resbalosas hasta las pantorrillas. Era como un jarro roto que derramaba todo por el fondo.

Capítulo dos

La muertita

No debía ser así. Pilar observaba cómo las calles a oscuras pasaban ante la ventana de la troca y sentía que estaba soñando. En la versión más probable de su vida, estaba en casa después del baile, dejando que Joselito comiera un pedazo de pastel antes de irse a dormir, aunque José Alfredo mascullara que lo estaba malcriando.

Ni siquiera había tenido tiempo para ver a su hijo antes de que ella y José Alfredo salieran de la fiesta para ir directo a la casa del doctor Mireles. Había demasiada gente, demasiado ruido. José Alfredo la había llevado a prisa, medio cargándola. En cuanto estuvo en la troca, le quitó los tacones y los lanzó a la parte de atrás. Como si eso fuera a resolver algo.

—Siempre quieres andar de coquetona —espetó José Alfredo, mirando al frente—. Te importa más verte bonita que estar segura. Es irresponsable.

—Tú fuiste el que quiso bailar —respondió ella con incredulidad—. ¿Por qué no te importó entonces? Debe haber sido que me diste tantas vueltas.

—Deja de discutir conmigo. Le hace mal a la bebé.

Pilar se tragó otro comentario. El dolor la dejaba sin aliento y en desventaja en la discusión. Ahora llegaba a intervalos regulares. Trató de recordar lo que le había dicho Romi cuando nació Joselito. *Elige un objeto y concéntrate. Respira contra el dolor.* Frente a ella estaba la brillante jaladera cromada de la guantera. La noche se había quebrado en mil pedazos y José Alfredo la culpaba a ella. Se apretó el vientre con las manos. *Respira de todos modos. Respira. Respira. Por el bien de la bebé.*

—Todo saldrá bien —dijo José Alfredo, apretándole el brazo. Lo sentía, pero, como de costumbre, no quería decirlo—. Ya casi llegamos.

El doctor Mireles no estaba. Él y su familia habían viajado tres horas hacia el sur, a Laredo, para asistir a una boda. Regresarían el lunes por la mañana, quizá. Eso dijo la ama de llaves de los Mireles, que respondió a los frenéticos golpes de José en la puerta.

—Tenemos que ir al Inmaculado —dijo José Alfredo mientras salía de la entrada de los Mireles—. Allá tienen de todo.

—Está bien —dijo Pilar—. Si es la única opción, vamos ya.

El Centro Médico Inmaculado Corazón de María, o el Inmaculado, como se le conocía en Barrio Caimanes, era el único hospital en La Ciénega que atendía mexicanos. En las puertas de cristal de la entrada había un letrero blanco con letras de molde negras: *Latins*

Welcome. Latin era la palabra que los anglos usaban para referirse con cortesía a los mexicanos. Ocasionalmente, alguien usaba la palabra *Spanish*, pero ésa era para mexicanos ricos, de piel clara. No para mestizos prietos.

Cuando los blancos no te querían, decían *Mexican*, sin importar de qué lado de la frontera fueras; *Mexican* aplicaba para todos. Tejanos, mexicanos, no importaba. Casi en todas partes había letreros: *No se admiten perros ni mexicanos*. En ese orden.

Pero el Inmaculado era un hospital católico y, como tal, tenía vínculos con las parroquias de cada uno de los barrios del pueblo. Pilar había ido al Inmaculado un año antes, cuando Joselito tuvo amigdalitis. Era buen hospital, a su manera, si era forzoso estar en un hospital lleno de enfermeras blancas que únicamente hablaban inglés y te trataban, a ti y a todos los demás mexicanos, con un aire de superioridad, condescendiente en el mejor de los casos y abiertamente desdeñoso en otros. Los latinos eran bienvenidos, pero no debían olvidar su lugar.

—Va a tener al bebé demasiado pronto —le dijo José Alfredo, en inglés, a la enfermera anglo de la recepción, al llegar al hospital—. Nuestro médico de cabecera no está en el pueblo.

—Imagino que es de los pacientes del doctor M. —dijo la enfermera. Era una mujer mayor, de húmedos ojos azules y rostro delgado—. No se preocupe. Nuestro doctor Allen conoce los procedimientos más novedosos.

—Sí, gracias —respondió José Alfredo.

—¿Cuánto tiene de embarazo?

—Ocho meses.

—Así que está muy cerca de dar a luz —dijo la enfermera mientras deslizaba una hoja de papel sobre el escritorio—. Por favor llenen el formulario de admisión.

Pilar no dijo nada. José Alfredo se había negado a dejar que volviera a ponerse los tacones, aunque fuera para caminar dentro del hospital. Descalza ante el escritorio de la recepción, lidiaba con una enfermera que quería que llenaran papeles. El piso estaba helado y seguramente muy sucio. Pilar estaba consciente de que su cuerpo seguía escurriendo y, aunque eso le daba vergüenza, lo que más sentía era ansiedad. Lo único que importaba era su bebé. ¿A quién le importaban los formularios?

José Alfredo le apretó la mano. Ella correspondió el apretón, aunque no quería. La mano de José Alfredo se sentía fuerte y cálida en la suya. El hospital la asustaba. La luz era demasiado brillante y artificial, en cierto modo intimidante. Ojalá tuviera unos zapatos, los que fueran.

—Tengo frío en los pies —le susurró.

—Te conseguiré algo. Sé paciente —prometió él. La enfermera frunció el ceño.

—¿Su esposa habla inglés? —preguntó.

—Sí —respondió Pilar.

—Entonces que lo hable.

Pilar apretó los labios. No volvería a hablarle a esa mujer, en ningún idioma, si podía evitarlo. José Alfredo también ignoró a la enfermera; firmó al final del formulario de admisión y se lo pasó en completo silencio.

—Esperen ahí —ordenó la enfermera, con ojos de pedernal—. Los llamarán pronto.

La sala de espera estaba abarrotada de gente enferma y herida en actitud sumisa y otros que sin duda esperaban a sus familiares. Un par de mujeres de mediana edad y, en medio de ellas, su frágil y anciana madre. Un viejo leyendo un periódico. Una madre con dos hijos pequeños, niño y niña, que veían juntos un libro ilustrado mientras ella estaba sentada con su libro de bolsillo en las manos. Tres muchachos adolescentes que susurraban y reían, incluso el que tenía la frente ensangrentada.

—Vamos a sentarnos allá —dijo José Alfredo y señaló un sofá en un rincón de la sala—. ¿Cómo te sientes?

Ella se sentó y escondió los pies descalzos bajo el sofá. Era humillante que la vieran descalza en un lugar público, como si fuera una niña del barrio jugando en la calle.

—Esto no pasó por esos tacones. No me caí ni nada.

—No, por supuesto que no —respondió él—. Es que me sorprendí mucho. A veces los bebés llegan antes de tiempo, ¿sabes? Estarás bien.

Una contracción se apoderó de ella. Trató de respirar, e intentó, con menos éxito, ignorar el resentimiento que se encendió en ella al oír la explicación de José Alfredo. La había culpado, cuando no era su culpa en modo alguno; pero, por supuesto, solamente estaba dispuesto a admitir que *se sorprendió*.

—Iré por tus cosas en cuanto te hagan pasar —dijo José Alfredo—. No tardaré mucho. Sabes que Romi estará en la casa, recogiendo la pijama de Joselito. Seguro que también anda empacando algo para ti.

—Gracias al cielo por ella —respondió Pilar con voz fría—. Más vale que se apuren o voy a tener a la bebé aquí en este sofá.

—Exagerada —dijo José Alfredo—. Acabamos de sentarnos.

—¿Quién ha tenido un bebé antes? ¿Tú o yo?

José Alfredo calló. En la mesita de centro había un surtido de revistas: *Ladies' Home Journal*, *Better Homes & Gardens*, *Western Horseman* y, pese a la insistencia de la enfermera malhumorada en que se hablara inglés, *Revista Católica*.

Despacio, Pilar tomó una revista femenina y la abrió. El artículo contenía consejos para perfeccionar un peinado de *poodle*. Respiró hondo al llegar otra contracción. Ahora llegaban más rápido. Y pensar que algunas mujeres compraban esas revistas y las acomodaban artísticamente en las mesas de centro de sus salas. Mujeres que tenían dinero para gastar y estaban acostumbradas a hospitales fríos y luminosos. Sintió la mirada de José Alfredo. Lo ignoró. No pensaba levantar la vista. Leería todo el absurdo artículo.

José Alfredo tomó la *Western Horseman*. Pilar torció la boca, pero guardó silencio. Él no podría leer los artículos. No sabía leer tan bien en inglés. Ella sí, pero, por supuesto, él no iba a pedirle ayuda, así como no iba a disculparse.

En todo caso, él tenía la culpa y no solamente por hacerla girar en el baile. ¿Acaso no había venido a buscarlo esa mujer, el mismo día? Aunque José Alfredo no fuera un marido descarriado y no creía que lo fuera, la mujer había tenido la intención de maldecirla. Por José Alfredo. Y aquí estaban ahora y ella, sin zapatos siquiera.

Una sensación de picor, de cosquilleo, le recorrió el cuerpo, como partículas de polvo sobre su piel. También por la mañana había estado descalza, cuando la mujer la enfrentó. *Señora Aguirre, esto es lo único que le pertenece.*

—Señora Aguirre, estamos listos para usted —dijo una joven enfermera que empujaba una silla de ruedas—. ¿Puede sentarse o necesita ayuda?¿

—Sí —Pilar se acomodó en la silla y se alisó el cabello. No quería pensar en mujeres extrañas ni en maldiciones, ni siquiera en la discusión con su esposo. No cuando su bebé estaba por llegar al mundo.

—Vas a estar bien —dijo José Alfredo.

—Ya sé —respondió ella, como se hacía al hablar con el marido. Una aceptaba no preocuparse, no temer. Lo aceptaba nada más para dejar de recibir sermones por cosas que él jamás comprendería. Lo aceptaba porque la exasperaba y quería alejarse de él.

—Está bien, enójate —dijo él. Se agachó, le dio un beso en la sien, otro en plena boca. Le sonrió. La retó a resistirse a él, aun cuando había hecho mal—. Al menos si te enojas no estarás asustada.

Llegó otra contracción. Pilar bufó. Él era el que se veía asustado, pensó. Ya no estaba bromeando.

—Tenemos que irnos —dijo la joven enfermera y condujo a Pilar más allá de la recepción, al laberinto de pasillos blancos.

◇◇◇

Este parto no fue como el de Joselito.

Joselito había nacido en casa. El doctor Mireles llevó una enfermera—comadrona, Azucena González, a quien Pilar conocía un poco de la iglesia. Fue un parto doloroso pero sin complicaciones, con Azucena charlando todo el tiempo para darle ánimos. Al final lavaron a Joselito, lo envolvieron y se lo entregaron. José Alfredo entró de inmediato, en cuanto todo terminó.

El doctor Mireles le dio a Pilar una lista de alimentos que debía evitar mientras lactaba, sobre todo el repollo y los frijoles si el bebé tenía cólicos. Antes de irse, el doctor tomó un *whiskycito* con José Alfredo para celebrar a su primogénito. Por la mañana, José Alfredo le preparó a Pilar un desayuno con tocino y pan de campo en una fogata en el patio. Estaba orgulloso y feliz de tener un hijo.

Dar a luz en el Inmaculado no fue así.

Primero llevaron a Pilar a una sala pequeña y austera, con el mismo linóleo verde pálido de la sala de espera. Le pidieron que se pusiera una bata de hospital. Se quitó el vestido de fiesta, oscurecido y empapado por el derrame de fluidos. La enfermera, una joven anglo con cabello castaño sujeto en un pulcro chongo bajo la cofia blanca, tuvo la decencia de ponerse de espaldas mientras Pilar se desvestía.

—Muy bien, a la cama —dijo la enfermera, dando una palmada en el estrecho colchón. Pilar nunca había visto una cama así. Tenía estribos en el pie y cuatro correas de cuero sujetas al marco, una en cada estribo y una en cada lado de los barrotes metálicos.

—No —replicó Pilar.

—No te preocupes —dijo la enfermera—. Eso es exclusiva para pacientes epilépticos. Por si les dan convulsiones. Adelante. Estarás bien —le sonrió.

Pilar se acostó, vacilante. Otra enfermera entró. Era mayor, quizá de la edad de Romi. Tenía una jeringa.

—¿Qué es eso? —preguntó Pilar. La enfermera mayor la ignoró.

—Es medicina —dijo la otra enfermera menor, lo bastante joven para no dominar el arte de fingir no haber oído—. *Sueño crepuscular, anestesia con sedante*, para el dolor. Es el procedimiento.

La enfermera joven agarró el brazo izquierdo de Pilar y la enfermera mayor le clavó rápidamente la aguja hipodérmica. Casi de inmediato, el mundo se difuminó ante los ojos de Pilar.

—¡No! —exclamó Pilar—. ¡Suéltenme!

—Calla —ordenó la enfermera mayor—. Necesitas calmarte. Sujétala, Deborah.

Pilar sintió que se aflojaba y que flotaba al mismo tiempo. Le sujetaron las muñecas a la cama. La enfermera joven, Deborah, era una mentirosa. De ella, con esos ojos grandes y amables, debió haber desconfiado Pilar. Ay, la traición. No debía haber subido a esa cama. La enfermera mayor no endulzaba las cosas, pero no engañaba.

Pilar las vio descubrirle ambas piernas y sujetarlas a los estribos, pero lo vio como desde lejos. ¿Eran sus piernas? Debían serlo. Podía ver las marcas en sus empeines, donde habían estado las correas de las sandalias.

—¿Por qué hacen esto? —preguntó. Nadie le respondió. Luego se hundió en la oscuridad.

Aquí está José Alfredo. Aquí está con ella, la abraza, le da amor. La cucharea, con un brazo sobre su pecho, como suele hacer en la intimidad, en su habitación, a oscuras excepto por la luz de luna que entra por la ventana.

Ella oye el murmullo de grandes pájaros que se posan en los árboles de afuera. Grandes pájaros nocturnos, seguramente lechuzas. El sonido de su aleteo, como un seco murmullo de papel, la deja fría. El antebrazo de José Alfredo le aprieta el pecho, su mano se aferra a su hombro. Quiere apartar su brazo, pero por alguna razón, no puede. Él no sabe que aprieta demasiado. Afuera, los pájaros escuchan. Ella quiere decirle, pero no tiene aliento. Le parece oír dos voces, pero quizá solo es una, que masculla para sí.

—Espera —murmura ella, incapaz de hablar en voz alta. Quisiera que José Alfredo parara. No quiere que el ave los escuche haciendo el amor. "Nos va a oír", quiere decir, pero la voz le falla.

La lechuza hace un ruido grave y pendenciero, como si la hubieran quitado a la fuerza de otro lugar de descanso y tuviera que conformarse con el nogal del patio. Ella agarra con fuerza el antebrazo de José Alfredo. Él murmura su nombre con voz grave, cálido su aliento contra su cuello. El murmullo crece hasta que ella no puede ya concentrarse en el acoplamiento. No hay placer, solamente la agitación hostil de las hojas.

Afuera, el ave lanza un chillido penetrante y despega desde el árbol, partiendo ramitas. José Alfredo se aparta, dejándola vacía y jadeante. Ella se queda quieta, sintiendo su propio infortunio, la extraña palpitación de sus entrañas. En cualquier momento se despedazará, se desintegrará en diminutos pedazos dolientes. Tal vez ya ha ocurrido. Quizá únicamente era el brazo de él, pesado como es, lo que la mantenía unida.

Él se acerca a la ventana, desnudo. Está de pie como si estuviera en el lienzo charro, con los pies separados, listo. Ella recorre con los ojos la curva de sus nalgas, los muslos gruesos y lisos. Ha tocado cada pulgada de su piel, ha pasado las palmas y la boca por todo su cuerpo, asombrada de que sea suyo. Él es suyo.

José Alfredo pone las manos en el alféizar de la ventana e inclina la cabeza para ver el cielo. A ella la recorre el terror, radiante y ardiente. A la luz de la luna, la lechuza verá su cara vuelta hacia arriba. Descenderá y le sacará los ojos.

—No —dice ella. Ya una enorme silueta oscura flota al otro lado de la ventana, proyectando un nimbo de sombras. Ella trata de levantarse, pero el cuerpo le falla—. ¡Quítate de ahí!¡Aléjate de la ventana!

—No vendrá ahorita —señala José Alfredo.

—¿Qué es? —pregunta ella. Oh, pero ya lo sabe. "Es ella", quiere decir. "Aléjate de ahí, es ella". Pero no puede decir eso.

José Alfredo se vuelve hacia Pilar. Ella puede ver las líneas de su frente bajo el rayo de luna. El resto de su cara está ensombrecida.

—Es la lechuza que no es una lechuza.

La hija que llegó era pequeña y estaba muerta. El doctor Allen, el joven médico anglo, le dijo a Pilar que la bebé había muerto en el vientre. Que el cuerpo de Pilar la expulsó, dijo el doctor Allen. Que por eso había llegado tan pronto.

—No fue nada que usted haya hecho. Simplemente, a veces sucede. Lo lamento mucho —informó el doctor Allen, en un español vacilante pero perfectamente comprensible. Tal vez nadie le había dicho lo de las políticas del hospital.

—No —dijo Pilar—. No, no es verdad.

"Todavía no he tenido mi bebé", pensó. Pero ahí estaba su vientre, flácido y grueso, que le decía lo contrario. Por el aspecto de la luz en la ventana supuso que era media mañana. "Ahí es donde estaba la lechuza", pensó, pero entonces se dio cuenta de que no se veía ningún árbol afuera. ¿De verdad habían estado ahí?

José Alfredo estaba sentado junto a la cama. Lloraba, cosa que ella nunca le había visto en su vida. Y el doctor, diciendo esa cosa imposible.

—No es verdad —repitió Pilar. Tenía mucha sed. Sentía la cabeza ligera, la sombra de una jaqueca, o su final, o quizás apenas el principio.

—Pili —dijo José Alfredo y tomó su mano entre las suyas, tan fuerte que le causó dolor—. Pili, mi amor, trata de entender.

Él lloraba como si no se diera cuenta, con los ojos brillantes y pesados, derramando un torrente silencioso de lágrimas. Todavía tenía puesta la camisa de la fiesta, arrugada, como si hubiera dormido con ella. José Alfredo, en público con una camisa sucia. Era imposible. Todo era imposible.

—La quiero —suplicó Pilar. Cuando le trajeran a la bebé, verían que se equivocaban—. ¿Dónde está?

—No —respondió Alfredo con suavidad—. No debemos ver a la bebé. Eso te enfermará.

—Quiero verla.

—No puedo —dijo él—. No puedo hacerlo.

—¿Qué estás diciendo? Es nuestra hija.

—Por favor, Pili, no. —Ella vio, con claridad, que él no era inconsciente de sus lágrimas: le daban vergüenza—. No puedo.

El dolor floreció en su cabeza, pero eso le dio fuerzas. Fijó los ojos en el doctor.

—Tráigame a mi hija. Soy su madre. Voy a verla.

—Sí, sí, está bien —dijo el doctor Allen. Sus ojos eran muy azules y lucían ansiosos—. La traeremos.

José Alfredo hizo un sonido como si se ahogara y salió corriendo del cuarto. Pilar no podía creerlo. ¿Cómo podía ser tan cobarde? Que se fuera, pues; no lo llamaría.

El doctor Allen habló un momento con una enfermera afuera del cuarto de Pilar. El doctor se veía joven, más joven que la propia Pilar, aunque ella sabía que no podía ser así. Quizás era por su cabello rubio o sus modos torpes. Sin duda, él habría preferido que escuchara a su marido. No importaba.

—Trate de mantener la calma —sugirió el doctor cuando la enfermera de cabello castaño trajo el pequeño envoltorio.

—Ay —dijo Pilar—. Ay, preciosa.

La bebé estaba terminada. Tenía hasta las uñitas diminutas. y el cuerpo cubierto de una pelusa ligera, fina y suave como la aterciopelada cara interior de los pétalos de una rosa. Pilar pasó el dedo por las delgadas líneas rojas sobre sus párpados cerrados, donde habrían crecido las cejas. La capa de pelusa se desprendió con facilidad bajo su dedo. Ahí estaba su hija, la única que tendría.

El doctor no había cometido ningún error. El único error era que de alguna manera, a pesar de ser perfecta, la bebé estaba muerta.

—Lo lamento mucho, mucho —dijo el doctor, y él también escapó veloz del cuarto.

Pilar tuvo media hora con su hija. Después, la misma enfermera trató de llevarse a la bebé, argumentando que tenían que lavarla.

—No —replicó Pilar—. Aquí hay una palangana. Yo puedo hacerlo.

—La traeré de regreso —dijo la enfermera.

—Mientes —respondió Pilar. Luchó hasta que la enfermera llamó a otras dos, incluyendo a la mayor, que Pilar recordaba.

—Cálmate —dijo la vieja enfermera—. Devuélvenosla o te amarraremos de nuevo.

—No. ¡No van a llevarse a mi hija!

—Suéltala —ordenó la vieja enfermera—. Suéltala o usaremos las correas.

Ellas eran tres. Pilar sabía que lo harían. Las odiaba a todas, en especial a la más vieja. La odiaba como nunca había odiado a nada ni a nadie. Le vino a la mente, con cruda claridad, que quería matar a esa mujer. Miró el gafete de la vieja enfermera: Susan.

Pilar abrió las manos, detestándose a sí misma. Miró fijamente a los ojos de la vieja enfermera. Sí, cuando saliera de este hospital regresaría para matar a Susan.

La vieja mujer tomó a la bebé, aunque no con brusquedad.

—Es una lástima —dijo.

Pilar no quería su simpatía.

—La sentí moverse, hace pocos días. ¿Cómo es posible esto?

La vieja enfermera sacudió la cabeza.

—Tienes que preguntarle al doctor.

Más tarde, cuando Pilar pidió a su hija, otra enfermera le dijo que no era bueno que volviera a ver el cuerpo.

—¿Dónde está? —insistió Pilar. Incluso cuando les hablaba en inglés, no le decían. Se sentía miserable y débil y enfebrecida. De todos modos, bajó de la cama y caminó por un pasillo verde pálido.

Pero las enfermeras la encontraron. La ataron a la cama, aunque Pilar logró darle un golpe en la cara a la enfermera vieja y arrancarle un buen mechón de pelo antes de que la sujetaran.

Le dieron un sedante. Esta vez, no soñó. La segunda vez que despertó seguía atada a la cama. Le pareció oír la voz de José Alfredo en algún lugar del pasillo. Fue Romi quien entró al cuarto unos minutos después. Tenía puesto un vestido a cuadros azules y el cabello castaño recogido en un rígido chongo.

—Ay, Dios —Romi tanteó las correas—. Vamos. Te traje tu ropa. Vámonos de aquí —dijo en español.

—¡No podemos irnos! —exclamó Pilar—. ¡Se llevaron a mi hija!

—Pili, le pegaste a esa enfermera —dijo Romi—. ¡No te culpo, pero, Madre santísima, vámonos! Le di todo mi dinero para huevos para que no llamara al *sheriff*.

—Ay, Romi.

—No importa —dijo Romi mientras la liberaba. Le sobó las manos—. ¿Te lastimaron?

—No —Pilar se echó a llorar—. No puedo creer que esto haya pasado. ¿Por qué pasó?

—No sé —dijo Romi—. A veces sucede así. Lo lamento. Vamos, vístete.

—José Alfredo me dejó sola —Pilar señaló la puerta—. Se fue.

—Está aquí. Haciendo... arreglos.

—No quiso ver a la bebé. Huyó.

—Bueno, es hombre —dijo Romi—. No son como nosotras. Nosotras aguantamos.

—Tenemos que ir por mi hija. No podemos dejarla aquí.

—Pili —Romi respiró hondo—. No puedes llevártela a casa así nada más. No te dejarán llevarte el cuerpo. Va en contra de la ley.

Pilar no respondió. No quería volver a oír que llamaran a su hija "el cuerpo" ni una sola vez. Quería discutir, aunque ella también lo sabía: a los muertos no se les podía llevar a casa. Pero no le quedaba más energía. Se sentía vacía, hueca como un hueso seco. Además, no podía discutir con Romi, que estaba llena de un pesar palpable.

—¿Y Joselito?

—Está bien. Ha preguntado por ti.

Pilar se vistió en silencio, exhausta. Había sido igual cuando nació Joselito, el mismo hondo dolor en sus entrañas. La pesadez al moverse.

Afuera, en el estacionamiento, vio a Joselito en brazos de la pequeña Yolanda, ambos sentados en la caja de la troca de Chuy. Chuy, recargado en su troca, parecía un viejo perro triste. Joselito se retorció para liberarse de los brazos de Yolanda y corrió hacia ella.

—No, no, mijo —dijo Romi—. Ahorita tienes que ser delicado con mami. ¿Okey?

Pilar volvió a sentir el dolor cuando Joselito la abrazó, pero no le importó.

—Estoy bien. Estoy bien. Vente, mijo.

Estrujó el firme cuerpecito de su hijo contra el suyo. Su aliento cálido y agitado fue un bálsamo sobre su piel. Esperaron en silencio hasta que apareció José Alfredo. Parecía sorprendido de verlos a todos reunidos en torno a la entrada del edificio. Ya no lloraba.

—Pili lleva un rato sola —dijo Romi.

—Romi, no —murmuró Chuy.

—Tuve que pagar la cuenta —dijo José Alfredo. Después de eso, apenas le quedó suficiente cortesía para agradecer a los Muñoz por su ayuda. Una vez se fueron, acomodó a Pilar en la troca con mucha suavidad y acunó su nuca en su mano—. Lamento haberte dejado sola. Por favor perdóname.

Pilar ignoró su disculpa.

—¿Dónde está mi hija? ¿Qué arreglaste?

—No voy a hablar de eso delante de Joselito —respondió él y retiró la mano.

Oh, su implacabilidad de siempre. La furia de Pilar fue inmediata y palpitaba en sus adentros como un animal salvaje. Era insoportable estar tan enojada y exhausta al mismo tiempo. Apoyó la cabeza contra el frío cristal de la ventana de la troca.

—Bueno.

Afuera había mucha luz, era casi mediodía. No hablaron el resto del camino, ni en casa. José Alfredo pasó el día en el patio, limpiando su equipo de montar con una piel de oveja aceitada. Ella se acostó en su habitación a oscuras, debilitada por los dolores de su cuerpo y arrullada por el incesante murmullo de las palomas torcazas y por Joselito, que tarareaba y jugaba con sus soldaditos de plástico en su cuarto. Durmió y durmió.

Cuando despertó, ya era de noche. Joselito estaba dormido. José Alfredo fumaba, sentado en la escalinata del porche. Pilar fue a verlo e insistió en preguntarle, una vez más, qué era lo que había ocurrido con su hija.

—Murió adentro —dijo José Alfredo—. Eso es lo que ocurrió. Ya lo sabes.

—¿Cómo pudo pasar eso? —preguntó ella—. La sentí adentro mío. Moviéndose. Ayer mismo. ¿Cómo pudo morir de repente?

—No sé —dijo él—. No soy el doctor.

—¡No eres el doctor! —estalló ella—. ¡Nadie habla conmigo! ¿Qué hicieron con ella?

Él se sonrojó.

—No sé. No me dijeron.

—¿No les preguntaste qué hicieron con tu hija?

—La bebé está muerta, Pili. Hicieron lo que tienen que hacer con los que nacen muertos.

—¡La tuve en mis manos! —gritó Pilar—. ¡Tiene que estar en alguna parte! ¡Tenemos que regresar por ella!

—Te vas a enfermar —dijo José Alfredo—. Por favor cálmate.

—Tenemos que regresar. Tenemos que ir por nuestra bebé.

—No, Pili —dijo José Alfredo. Le temblaba el labio, pero su voz sonaba firme—. No podemos.

—¿Qué hicieron? —preguntó Pilar, mirándolo fijamente—. Tú lo sabes.

—Tuve que pagarles cien dólares —confesó él al fin—. Creman a los que nacen muertos. Cuesta cien dólares.

—La quemaron —murmuró Pilar, horrorizada—. Ni siquiera quisiste verla, pero pagaste para que la quemaran.

—Tuve que hacerlo —no se atrevió a mirarla.

—No va a tener entierro. Ni siquiera tiene nombre. ¿Eso no te importa?

—Pili —dijo él, en voz baja. Miró hacia la oscuridad—. No podía tener nombre en el certificado de defunción porque no nació viva. Así es la ley para todos los bebés que nacen muertos. Para darle nombre, tendríamos que solicitar cambiar el certificado después de archivarlo. Para solicitar el cambio, tendríamos que ir al notario. Tendríamos que pagarle al notario. Tendríamos que pagar para cambiar el certificado. Tendríamos que esperar dos semanas para que llegara el certificado nuevo.

José Alfredo se agarró el cabello con la mano crispada.

—La funeraria no puede enterrarla con nombre hasta que cambiemos el certificado. Tenemos que pagar para que guarden el cuerpo hasta que eso pase, que guarden el cuerpo por dos semanas. Eso es lo que me dijeron. ¿Qué podía hacer?

Dios santo, ¿cuántas veces más iban a llamar a su hija *el cuerpo*? ¿Acaso su bebé no era más que ese pedazo descartado de carne mortal? Pilar tenía ganas de gritar.

Bajo la deslucida luz amarilla del porche, las manos de José Alfredo tiraron de su cabello una y otra vez; el resto de él estaba en sombras. Pilar sabía que mientras ella luchaba por su vida, por la vida de su bebé, en el parto, él había tenido que enfrentar al personal blanco del hospital y su papeleo. José Alfredo, que no sabía leer muy bien. Pero aun así, él había hecho esto y Pilar lo odiaba. Simplemente lo *odiaba*.

—¿Cómo sabes eso? —dijo en tono despectivo—. ¿Lo leíste en algún lado, tú solito?

—No —respondió él, sin avergonzarse siquiera por el insulto—. Chuy me ayudó a leer todo. Por eso no pude verla —admitió—. Dios mío, no pude verla.

Pilar nunca había visto así a su esposo, tan derrotado. Deshecho. Pero no había lástima por él en su interior, únicamente una espantosa claridad.

—Fue por el precio de las dos semanas en la funeraria, ¿no es así?

Él se quedó callado.

—No tenemos el dinero —lo acusó Pilar—. Porque lo gastaste en esta casa. Por eso.

Él seguía negándose a responderle. Pilar sabía que estaba en lo cierto.

—Tenías que tener tu casa. Tenías que tenerla.

—Déjame en paz —respondió él, en un murmullo—. Déjame en paz.

—¡Quemaste a nuestra hija!

José Alfredo huyó de ella. Bajó corriendo del porche y subió de un salto a su troca. Ella lo vio alejarse, cansada hasta los huesos, adolorida por el duelo y por la agonía de la leche acumulada en sus pechos. No tenía energía ni ganas de pedirle que volviera. Lo peor de todo fue que Joselito despertó. Pilar oyó su vocecita ansiosa en la oscuridad y sus pies descalzos que corrían hacia ella.

Las manitas de Joselito se agarraron de su camisón y su cabeza chocó una y otra vez contra su muslo.

—¿A dónde va papi?

—A la tienda —respondió Pilar, alisándole los rizos—. Volverá pronto. Tienes que ir a dormir.

—Tengo sed.

Lo levantó en sus brazos. Aunque era pesado, lo cargó, fue a la cocina y llenó un vaso de agua. Joselito bebió apenas unos sorbos y luego se quedó dormitando sobre ella. Pilar lo cargó hasta su habitación y se hizo ovillo a su lado. Joselito se durmió de inmediato.

No son como nosotras, había dicho Romi. Cuánta razón tenía, pensó Pilar. Una noche después de perder a su hija, estaba a solas con su primogénito dormido. Su marido había huido, solo Dios sabía a dónde.

José Alfredo no regresó a casa esa noche. Pilar puso la mano en el costado de Joselito, con suavidad, sintiendo cómo se elevaba y bajaba milagrosamente con cada dulce aliento. Los coyotes lanzaban sus agudos quejidos nocturnos. Las lechuzas silbaban y reían en los árboles. Por primera vez, Pilar no tuvo miedo a la oscuridad al otro lado de su puerta.

Estaba acostada, despierta, llena de una calma que no era serenidad. En atento silencio, esperando a que José Alfredo regresara. Una ira sorda que perduraría y perduraría y perduraría en su interior, más terrible que cualquier cosa que rondara entre la maleza en Loma Negra.

mi nombre

LULÚ MUÑOZ, 1994

Los papás mexicanos son tercos para elegir nombres para sus hijas. Son anticuados. Quieren algo religioso, como María Guadalupe o súper romántico, como Isabela. Casi todas las chicas mexicanas se llaman María Guadalupe o Isabela, pero los papás mexicanos nunca se ponen a pensar en eso. ¿Por qué lo harían? Son papás mexicanos. Lo que dicen se hace, punto.

Lo peor es cuando eres una chica y tu papá fue un adolescente mexicano a fines de los años sesenta, bajo el hechizo cósmico del Movimiento Chicano. Aunque no le interesaran las huelgas escolares ni protestar frente a la corte, aunque su única acción por la causa fuera escuchar a los Royal Jesters mientras fumaba en su Chevy Nova, se volvió chicano para siempre.

Mala suerte. Porque en vez de ponerse religioso o romántico, se puso político y le puso a su hija Crystal, por Crystal City, Texas, la cuna del Partido Raza Unida. O algo idealista, como Esperanza, o volvió a sus raíces aztecas con Xóchitl. No le importó que fueras a ir por la vida como una Crystal entre quinientas. No le importó que algún idiota fuera a apodarte Esperanto o, lo peor, Xoch-Panoch. Es sentimental.

Mala suerte. Porque eres una chica y él es un mexicano a la antigua, aunque escuche a Cream y Deep Purple y The Hollies en el estéreo mientras trabaja en el patio. No te deja usar Doc Martens, porque son para hombres y lesbianas. No te deja ir a conciertos. ¿Qué? ¿Piensas que es un gran pendejo? Su hija no va a juntarse con un montón de marihuanos adoradores del diablo que lo único que quieren es cogérsela. Y que quede claro, ésos solo son los metaleros satánicos. Todos los hombres quieren cogerse a su hija.

Es horrible ser su hija. Sobre todo si tienes una banda de *rock*, como yo. Mis compañeros de banda son chicos y, si alguna vez pusiera un pie en sus casas, mi papá los mataría. No les digo eso, pero lo saben. Es tan *Mexican* que es mexicano.

Mi papá es militante de Don't Tell Me About His Panic, Viva Aztlán y Brown Power. Por eso soy la única Lucha de mi prepa. Lucha, sustantivo y verbo. Lucha, el grito de batalla. Lucha es el nombre que me puso mi papá.

La abuela Romi dice que nunca ha conocido a alguien a quien le guste más pelear con la gente que a mi papá. "Excepto tú, Lulú", me dice últimamente.

No es mi intención. Es mi papá... Lo que quiere. Lo que dice. Todo el tiempo.

Como estos quince años. Estamos en un punto muerto desde el verano pasado. Va a tener su fiesta de quince años en febrero. Así es, es *su* fiesta. A mí no me importa cumplir quince años; no quiero pegar de brincos en un vestidito con holanes. No soy una pinche debutante. Además, es pura pendejada; dicen que es una fiesta de presentación para convertirte en mujer, como cuando te confirmas en la iglesia, pero nada más es mi papá gastando dinero en un circo para poder exhibirme como un *poodle* adiestrado. Y después, la misma hora límite, las mismas reglas, pero hay un enorme retrato mío con tiara colgado en la sala.

La ciencia dice que me hice mujer a los once años. Eso fue hace tres años, pero ¿crees que puedo comprar una caja de tampones sin que él se vuelva loco? Nop. Puras toallas abultadas para mí, porque los aplicadores de plástico lo asustan. Si no me vigila, puedo volverme *mala*. Y para un hombre mexicano, ser mala es lo peor. Una vez que su hija se vuelve mala, será mala para siempre. Así que su trabajo es asegurarse de que nunca tenga esa oportunidad. Ésa es la idea de mi papá de "volverse mujer".

Pero no puedo explicarle nada de esto a la abuela, porque es vieja, vieja, vieja. Si se queda sentada mucho rato, se duerme.

"Es muy triste lo que está pasando", dice la abuela. Se refiere a mi papá y a mí, a nuestras peleas. Últimamente es lo único que hacemos, pero no siempre fue así. Después de la muerte de mi madre, yo no podía estar lejos de él. Tenía cinco años y, fuera del trabajo, mi papá me llevaba con él a todos lados. Yo era la niña llorona al fondo de la sala de cine. Me acostaba en las cabinas de los restaurantes y dormía bajo su chamarra de cuero. Necesitaba estar donde pudiera extender la mano y encontrarlo.

Quiero contarle a la abuela que una vez me hice bolita en la parte trasera de la Blazer mientras papá y su amigo Jesse llevaban a un trío de músicos para darle serenata a una muchacha que le gustaba a Jesse. La muchacha ni siquiera encendió la luz para que Jesse supiera que estaba escuchando. "Que se joda esa perra", dijo mi papá y para alegrar a Jesse dio vueltas por dos horas con los músicos amontonados en el asiento de en medio. Había un violinista, un guitarrista y un hombre con un bajo acústico tan grande que tenía que bajar la ventana para tocarlo. Mi papá no los dejó salir hasta que tocaron el tiempo que Jesse había pagado, además de mis complacencias: "¿Qué quieres oír, Lulú? Toquen algo para mi nena". Maldijeron a mi papá, pero tocaron.

El guitarrista cantaba con una dulce voz aguda que temblaba cuando la Blazer pasaba sobre baches. Mi papá también cantó y me maravilló ver que se sabía la letra de todas las canciones. Me acosté en el piso y los escuché cantar. La brisa fría sacaba sus voces por la ventana abierta y afuera las luces de la calle aparecían y desaparecían, aparecían y desaparecían, hasta que me quedé dormida.

En estos días, mi papá brama, "¡Lucha!", y yo estoy lista para estallar. Estoy atrapada como aquellos músicos, aguantando hasta que termine el viaje. Pero yo no voy a tocar para él.

Capítulo tres

Suerte de bruja

Mi abuela Romi murió en la primera semana de octubre. La noche de su muerte, mi papá estaba en su sillón reclinable, viendo *El show de Johnny Canales* y bebiéndose un cartón de Coors Light mientras yo hacía mi tarea de física en la mesa del comedor.

—Este chavo es muy bueno —dijo, con un tono casual todo falso, como si no supiera que yo no quería hablar con él—. Ése es un conjunto de verdad.

Era una presentación en vivo: un joven con sombrero de vaquero y camisa negra con diamantes falsos canturreaba dolido en el escenario, acentuando la letra con tristes florituras de acordeón. En la parte baja de la pantalla aparecía el nombre del tipo, Michael Salgado.

—Ajá —respondí, evasiva. No quería hablar con él. No lo había perdonado. De ninguna manera.

—¿Cuáles crees que son sus influencias? —preguntó mi papá. Le encantaba interrogarme sobre música. Su música—. ¿Las identificas?

Metió la mano a la hielera Igloo que tenía junto a su sillón y abrió una cerveza nueva. Debía ser la octava desde que se había acomodado ahí. Estaba poniéndose parlanchín. Yo tenía la vista fija en mi tarea. Beber también lo pone sensible. Si me iba directo a mi cuarto, se lo tomaría personal.

—No sé —dije, garabateando en el papel. Desde la muerte de Gonzy, hablaba lo menos posible. Pero el silencio se puso demasiado incómodo—. Supongo que suena como... ¿Cornelio Reyna?

Gracias a mi papá, yo sabía sobre música de conjunto. El conjunto es lo que ocurrió cuando los inmigrantes alemanes y los mexicanos rurales norteños se pusieron a tocar juntos, a partir de fines del siglo diecinueve. Polkas, valses y cumbias, y el sonido característico es el del acordeón de teclas. No importa. Ya no me gusta el juego de las adivinanzas.

—Así es, mija. El viejo Corny —me mostró su sonrisa. Mi mejor amiga Marina dice que mi papá no parece un papá de verdad. Tal vez no. Es medio musculoso, con cabello negro, espeso y perfectamente lacio, y lo lleva un poco largo. Además, es el único papá mexicano del rumbo que está en sus cuarentas y no tiene un enorme bigote a lo Tony Orlando. Sin embargo, esta noche se veía demacrado. Se notaba que no había dormido en un par de días. Pero, aun así, cuando sonríe, es difícil no devolverle la sonrisa.

Lo del viejo Corny era un chiste nuestro. Le encantaba Cornelio Reyna, un cantante mexicano de los años sesenta. Lo llamaba el viejo Corny, que es "cursi" en inglés y yo decía: "Papá, toda esa música es cursi". Esta vez me negué a responder, volví la cabeza hacia mi cuaderno. Lástima por él.

—Como sea, por eso me gusta este tipo —dijo mi papá, un poco malhumorado, señalando a la tele con la mano en que tenía la cerveza—. Toca más norteño que tejano.

—Michael Salgado es estadounidense —señalé, nada más para llevarle la contraria—. Es tejano.

—Él sí, pero la música no. Ya te dije, no importa de qué lado venga.

Ése es uno de los sermones habituales de mi papá: ¡Los estadounidenses se robaron Texas, pero el conjunto nació a ambos lados de la frontera! Al otro lado del río, se llama norteño. De este lado, es tejano.

—Es obvio que importa —dije. La diferencia entre el norteño y el tejano es como ser mexicano o mexicano-americano. No, no somos lo mismo—. Por eso el tejano suena más moderno.

—Agringado, dirás.

Otra de sus quejas: la música tejana no es lo bastante mexicana. En estos días, el tejano está lleno de sintetizadores, guitarras eléctricas, jazz, blues, pop y otros estilos estadounidenses. Con menos acordeón. Algunos grupos visten de vaquero, pero muchos otros usan llamativos trajes con lentejuelas y *mullets* como el de El DeBarge. Eso ofende personalmente a mi papá. Él piensa que lo mexicano debe mantenerse mexicano.

Consideré molestarlo aún más diciéndole que *él*, técnicamente, no es mexicano, pues nació aquí, pero entonces sonó el teléfono. Levanté el inalámbrico, imaginando que era Marina. Era una buena oportunidad de escapar a mi cuarto.

—Dile a tu amiguita que es tarde para estar llamando y haz el favor y deja el teléfono —dijo mi papá. Definitivamente, le había puesto los nervios de punta.

Era una señora que preguntaba por Jules. No por "tu papá", ni por el señor Muñoz, ni siquiera por Julio. Preguntó por Jules. Casi se me fue el aliento.

—Es para ti —solté, fulminándolo con la mirada. Era la misma señora. Estaba segura.

Él también debe haberlo sabido. Me arrebató el inalámbrico y salió al patio trasero, cerrando la puerta corrediza de vidrio a sus espaldas. Yo volví a la mesa del comedor, pero ni siquiera traté de terminar mi tarea. Me esforcé por oír lo que decía, pero apenas alcancé a percibir el tono grave de su voz.

—Necesito regresar al taller —dijo al volver a entrar—. Tengo que terminar una Suburban para mañana por la mañana. Prepárate para ir a casa de tu abuela.

—Sí, okey —asentí. Increíble. Bam, así nada más. "Lulú, empaca una maleta, vas a pasar la noche en donde tu abuela". Siempre me avienta a su casa. Pero eso no era lo malo. Era esa pinche señora.

—*Hey* —dijo mientras guardaba mi libro de física—. Ve a darle de comer al cachorro.

—Es tu perro, hazlo tú.

Se puso una de sus botas negras de ingeniero.

—Ándale, Lulú. Tengo que prepararme.

—¡De ninguna manera! —corrí a mi cuarto y azoté la puerta. Como si un cachorrito nuevo pudiera compensar lo que le pasó a mi pobre viejo Gonzy.

Oí que mi papá maldecía en la sala, pero no me siguió. Tal vez nada más quería darse prisa; ya casi eran las ocho. Saqué del clóset mis Mary Janes negros de algodón, los guardé junto con una camiseta en unos jeans limpios enrollados y metí todo el envoltorio en mi mochila.

—Vas a tener que empezar a cuidarlo —dijo mi papá cuando volví a la sala—. También es tu perro.

Lo miré con furia.

—Mi perro está muerto. Alguien lo asesinó.

Mi padre era tan cretino que ni siquiera podía mirarme a los ojos. Lo sabía. Simplemente no le importaba.

—Apúrate —ordenó y salió a su troca dando pisotones.

No hablamos en el camino. Fue un viaje largo, porque cuando anda conmigo no toma el camino del río. Fuimos por la Autopista de la Avenida La Ciénega. Seis carriles que corren al oeste de San Antonio, hasta el puente internacional de Ciudad Bravo. El camino del río es más rápido, pero ahí es donde ocurrió el accidente de motocicleta hace ocho años, cuando murió mi mamá.

Mi papá es totalmente supersticioso. Cree que tiene la maldición de la suerte de doble filo, la suerte de bruja. Él es quien da mala suerte a los demás. El accidente que mató a mi mamá, a él nada más le rompió la muñeca. En vez de culpar al conductor ebrio que chocó con ellos, mi papá decidió que había sido "la maldición". Por eso no tengo vida social.

La calle de la abuela está por la salida que tiene el letrero verde de **Puente Comercial La Ciénega 1 | Puerto de Entrada de los Estados Unidos | Cd. Bravo, Coahuila, Méx.** No vive en México, pero casi. El barrio de la abuela está lleno de gallinas sueltas, techos de lámina y medias calles. Está a una milla del puente internacional, pero al otro lado del pueblo para nosotros. Vivimos en el lado norte, donde el vecindario está lleno de topes y esposas de patrulleros fronterizos conduciendo camionetas deportivas.

La abuela nos saludó tras el mosquitero mientras la troca se detenía en su entrada cubierta de grava. Una luz azul parpadeaba en la ventana de la sala de estar: la telenovela de las ocho de la abuela, ambientada en el México colonial.

Mi papá le devolvió el saludo, pero no salió de la troca. Trató de darme un abrazo de despedida, pero bajé de un salto y azoté la puerta de la troca.

—Que te diviertas "trabajando" —dije, haciendo comillas con los dedos.

—¡Entra a la maldita casa!

Pisó el acelerador, lanzando un montón de grava contra mis pies. Se alejó de la casa y vi la luz de sus faros traseros en la intersección. No iba a trabajar. No iba de regreso a casa. Se dirigía al centro y ni siquiera se molestaba en ocultarlo.

Fue entonces cuando decidí deshacerme del cachorro. Esa misma noche, mientras mi papá estuviera haciendo quién sabe qué. Nunca sabría que fui yo. A ver si volvía a ignorar un perro muerto.

—¿Qué fue todo eso? —preguntó la abuela cuando subí los escalones.

Ella siempre estaba tras el mosquitero, esperando a que llegáramos. No sé, tal vez esperaba hasta los comerciales, o tal vez iba a la puerta en cuanto colgaba el teléfono.

—Nada.

—No parece que no sea nada —dijo.

No dije nada. Había sobras calentándose en la estufa: papas fritas y unas tortillas de harina. Levantó una tortilla caliente del comal de hierro forjado, cosa que yo no podía hacer sin quemarme los dedos y le puso una cucharada de papas en medio.

Me dejé caer en una silla frente a la mesa de la cocina.

—De repente tiene que volver al trabajo. Sí, cómo no.

—Mija —añadió la abuela, con voz cansada—. Hay gente que cree que puede tapar el sol con el dedo meñique, pero no engaña a nadie. Y mucho menos a una muchacha lista como tú.

—Lo siento.

La abuela recogió el resto de las tortillas del comal, las envolvió y puso el envoltorio en la mesa. Tenía los dedos delgados y apergaminados. El pesado anillo con las piedras natales de todos sus hijos se había ido de lado. Extendí la mano y se lo enderecé.

—Ése es el de tu papá —dijo, tocando el rubí. Yo ya lo sabía. Mi papá le compró ese anillo, con piedras de verdad. Me las sé de memoria: ópalo por Miguel, zafiro por Yolanda, rubí por mi papá. El tío Miguel murió en la Segunda Guerra Mundial. Únicamente quedan la tía Yoli y mi papá.

La tía Yoli vive en Houston. La quiero, pero la veo únicamente en vacaciones. Ahora que su hijo Carlos está en la universidad, quiere que la abuela vaya a vivir con ella, pero la abuela siempre dice que no. Y no la culpo. Yoli es muy mandona.

Mi papá es el menor. La abuela lo tuvo casi a los cincuenta años. Fue un bebé sorpresa, que le cambió la vida, pero la abuela se divierte inventando historias sobre él. Dice que el abuelo Chuy, que trabajó como jinete del río para el gobierno, encontró a mi papá junto al Río Grande y se lo llevó, enlodado y cubierto de pelo de caballo porque lo envolvió en una manta para silla de montar. Son historias muy ridículas, pero cuando lo digo, la abuela lo único que hace es reírse. "La gente se cree ese cuento diez veces más fácil que la verdad".

La abuela envolvió el taco en una toalla de papel y me lo entregó.

—Entiendo que estés molesta. Eso no significa que tengas que hacer un espectáculo en mi patio.

Mordí un enorme bocado de mi taco para no decir: "Es un mentiroso y lo sabes". No discutiría con la abuela, por ningún motivo. Además, aunque mi papá es un terror, es su favorito, su bebé milagro y su cruz, todo en uno. La abuela dice que mi papá es la prueba de que Dios tiene un hilo de plata para todos, pero también dice que el de mi papá debe estar hecho de alambre de púas.

—Termina de comer —dijo la abuela—. Voy afuera a regar mis plantas.

En realidad, iba afuera a fumar un Lucky Strike. Ambas lo sabíamos. Simplemente no quería decirlo. La abuela fuma un cigarrillo diario. Solo uno. Siempre le digo que eso hace daño, pero no me hace caso. Dice que tiene ochenta y ocho años, así que lo tiene permitido.

—Yo lavo los platos, abuela —me ofrecí. Lo dije para no sentirme tan mal por pelear con mi papá frente a ella, pero no cambié de parecer sobre mi plan.

Más tarde, me acuclillé junto a la puerta de mi cuarto con un montón de galletas de crema de cacahuate en el bolsillo de mi sudadera, esperando la medianoche. La abuela tenía en la sala uno de esos relojes antiguos, de los que se ponen a chirriar cuando se preparan para marcar la hora en punto. A mediodía y a medianoche, esa cosa hace *gong–gong–gong* por casi cinco minutos.

La abuela llevaba una hora en la cama. Oía sus ronquidos, pero aun así, necesitaba que el reloj ruidoso me cubriera. Esto no era como estar sentada en el patio trasero de mi casa, hablando con Marina por el teléfono inalámbrico mientras mi papá dormía en la sala. La abuela sentía el movimiento de la duela cuando salía sigilosamente al baño en la oscuridad. Iba a ver por qué la lámpara estaba encendida cuando me quedaba despierta escribiendo en mi diario. Tenía un radar.

El reloj empezó con su escándalo de medianoche y yo atravesé la sala a hurtadillas. Abrí la puerta de la entrada como si arrancara un curita. La pesada madera rechinó una vez, pero eso fue todo. Descolgué el teléfono de su sitio junto a la puerta y salí.

La noche estaba llena de sonidos. Fuertes ráfagas de viento sacudían los árboles y las ranas en apareamiento croaban, con tono fuerte y aflautado, desde la zanja detrás de la casa. Cerré la puerta, lo más sigilosamente que pude, dejando una rendija apenas para que pasara el cable del teléfono. Pegué la oreja a la rendija. No se oía más que el tictac del reloj y, desde su cuarto, mi abuela que roncaba como una sierra eléctrica.

Estaba viva a la medianoche. La oí.

Me escondí detrás de la buganvilia de la abuela y le marqué a Ernie, mi único amigo con auto. Seguía en el trabajo. Trabajaba en el patio de carga desde mediados del verano, descargando camiones. Desde que tenía trabajo, ya no tenía hora límite para volver a su casa. Por lo que a mí respectaba, eso ya valía el esfuerzo de arrastrar cajas.

Volví a colgar y llamé a Cuento de Hadas por Teléfono, el cuentacuentos automático de la biblioteca pública. Fue uno de los primeros números que memoricé de niña. La grabación contaba más o menos una hora de cuentos antes de interrumpirse. La escuchaba todo el tiempo.

En estos días, llamaba ahí cuando quería hablar con Ernie. Era una buena forma de ocupar la línea para que el teléfono no sonara. El cuento era el de la niña con todos los hermanos cisnes. A veces me dormía antes de que Ernie llamara, pero con el viento frío contra mi cuello, el cuento no me adormeció. Me alegré cuando escuché el *bip* de llamada en espera.

—*Hey*, esta noche estoy en casa de mi abuela.

—Bueno, no te duermas —dijo Ernie—. Te llamo cuando llegue a casa. Salgo en veinte minutos.

—Espera, no cuelgues.

—Estoy en la oficina de Sal —dijo Ernie con impaciencia—. Tengo que salir de aquí antes de que regrese.

—¿Quieres ir al lago?

Ernie se quedó callado. Pensé que querría preguntarme por qué, pero no lo hizo.

—Sí, okey. Nos vemos en mi cuadra.

—Okey.

—¿Quieres algo?

—No. ¿Como qué?

—No sé. Olvídalo —colgó.

Descolgué el teléfono y lo escondí entre los arbustos. Lo mejor que podía hacer era evitar la calle. Podía subir la loma al final de la calle de la abuela, atravesar el patio frontal de la casa abandonada de los Aguirre y bajar al parque de Azteca Courts. La casa de Ernie quedaba a dos cuadras de ahí. Me daba miedo caminar a oscuras, pero era la ruta más corta.

Salí de la casa de la abuela, con cuidado de llevar puesta la capucha de la sudadera y evitar los faroles. A un par de cuadras de camino, la calle topaba con el pie de la Loma Negra. Subí por la loma, unos diez minutos de naturaleza: un serpenteante sendero de venados, cubierto de espinosos arbustos de gatuño que se enganchaban en mis mangas. Para cuando llegué a la casa, tenía los nervios de punta por los murmullos furtivos de cosas que se movían entre la maleza.

La casa de los Aguirre es la única casa en Loma Negra. Da miedo, sin duda. Vieja, de madera, como las casas del barrio de la abuela, pero vacía. Detrás de la casa hay un antiguo cobertizo casi del tamaño de un granero. No paré a mirar, porque la casa ya daba bastante miedo. Hasta tenía un desvencijado porche envolvente de madera; era de esos lugares donde miras por encima de tu hombro y hay algo acercándose por detrás.

Dicen que la casa de los Aguirre está maldita. Una sola familia vivió ahí. La madre asesinó a su hijo. Dice la leyenda que si pasas la noche en el patio, puedes ver su fantasma mirándote desde las ventanas. Es una casa vacía, porque ¿quién quiere vivir en un viejo basurero embrujado? ¡No, no soy supersticiosa! Aun así, el roce de los árboles pelados en el viento me ponía tan nerviosa, que atravesé el patio corriendo, demasiado asustada para mirar atrás.

Salté sobre la zanja de riego al pie de la loma, con las mangas de mi sudadera agarradas en los puños. Al otro lado había un parque que era casi puro asfalto, nada más una cancha de basquetbol y una delgada orilla de pasto con un carrusel.

Cuatro niños flacos estaban jugando básquet a oscuras, pero encestaban sin problemas. En la acera junto a la cancha, un tipo con un jersey de los Spurs andaba recostado en un Buick LeSabre, abrazando a una chica que yo había visto, pero cuyo nombre no lograba recordar. El chico inclinó la cara hacia el oído de la chica, ella soltó una risita y fingió golpearlo, diciendo: "Como quieras, Jaime. Como quieras".

Seguí caminando. Ya casi estaba la siguiente cuadra; iba pasando junto a un patio donde unos hombres, un poco mayores que mi padre, anadaban bebiendo cerveza en camiseta y escuchando la estación mexicana, cuando la chica soltó una risa aguda, de ésas que se elevan y viajan en el aire como el grito de un ave.

Uno de los hombres se levantó de un salto de su silla de aluminio y salió a zancadas a la calle, agarrando la botella de cerveza por el cuello.

—¡Bren-da! ¡Entra a la casa!

De inmediato, Brenda entró corriendo a una de las casas. El hombre de la botella de cerveza se quedó parado en la calle hasta que el chico entró a su auto. El auto arrancó y dobló la esquina opuesta, lento e insolente.

—Y tú —dijo el hombre, volviendo sus ojos inyectados de sangre hacia mí—. ¡Tú también llévate ese culo a tu casa!

Eché a correr. Los hombres del patio se rieron. Pinches pendejos. No sé por qué mi papá se fue de ese barrio. Habría estado en su elemento con esos tipos. Una chica podría hacer cualquier cosa o nada, y él diría que la chica estaba puteando por ahí, una huila sin duda. En la clase de español, el profesor Ramos dice que esa palabra significa "papalote". Cuando mi papá la dice, se refiere a su otro significado, pero yo imagino chicas volando como papalotes con los hilos cortados, vagando libres por el cielo.

Corrí el resto del camino hasta la calle de Ernie. Él vivía en el último tramo de calle antes de que el barrio cediera el lugar a los cenagales de la ribera del Río Grande. Primero olí el agua rancia y enlamada, y luego vi su Chevelle '72 estacionado frente al letrero de Calle Sin Salida. Sentado sobre la cajuela, todavía con su uniforme de Yellow Freight, fumaba un cigarrillo.

—Primero tenemos que parar en mi casa —le dije—. Necesito recoger algo.

—¿Estás loca? ¿No está ahí tu papá?

—No creo, pero dejé mi diario en el patio.

—Entonces él ya debe tenerlo.

—No lo tiene. Pero tengo que recogerlo.

—¿Por qué? ¿Sobre quién escribiste?

—No es asunto tuyo.

—Sobre mí. Lo sé.

—Yo sé que eres un estúpido.

—En serio, ¿sobre quién escribiste?

—¡Sobre nadie, Ernie! ¿Podemos ir y ya?

—Okey, okey, caray. Al menos déjame cambiarme de ropa —frunció el ceño—. Mejor espera aquí afuera. Mi mamá se volverá loca si te encuentra en la casa.

Ernie regresó con el cabello húmedo. Vestía una camiseta sin mangas negra de Suicidal Tendencies. Desde que consiguió el trabajo de cargador, la mayoría de las playeras que compraba eran ajustadas o no tenían mangas. Se veía sexy, pero era un idiota; siempre enseñando los músculos y diciendo ñoñerías como "Mira nomás qué pistolas".

—Mira —dijo y levantó una botella de Don Pedro a medio terminar—. Vamos a fiestear.

—Suena bien —coincidí mientras me acomodaba en el asiento—. Pero no pienso beber eso. Esa mierda es asquerosa.

—Por eso inventaron los Slurpees. Por nenas como tú.

Esquivó mi puño y se rio.

Los semáforos de la avenida estaban en amarillo intermitente. Era miércoles por la noche y no había muchos autos en la calle, solamente un grupito de camiones en el Denny's.

No sabía qué iba a decirle a Ernie. Algunas cosas podían decirse. Cuando mi papá encontró mis *cassettes* de heavy metal secretos y los pisoteó, Ernie dijo: "Yo te hago unas copias" y puso el teléfono junto a su estéreo para que oyera lo que estaba grabando para mí. Algunas otras cosas podían decirse en cierto modo. En vez de decirle a Ernie que alguien había matado a Doctor Gonzo, mi viejo y querido pastor alemán de ocho años y hocico completamente gris (mi mamá me lo regaló de cumpleaños el año de su muerte), en vez de decirle que alguien había entrado al patio para dispararle en la cabeza y ni siquiera se había molestado en cerrar la reja al salir, le dije que a Gonzy lo había atropellado un auto. Ernie dibujó a lápiz un retrato increíble de Gonzy (pero lo firmó como *Ernesto Vega*, así que lo fijé con el spray para el cabello de Marina y lo escondí en mi carpeta escolar, porque no pensaba poner el nombre de Ernie donde mi papá pudiera verlo) y mi mejor amiga Marina dijo "Ay Dios, le gustas a Ernie" y yo dije "Cállate", pero era verdad.

Por eso Ernie me llevó al otro lado del pueblo. Yo sabía que lo haría. Era una mierda de mi parte, porque si mi papá lo veía, le partiría la madre. Ernie también lo sabía, pero yo le gustaba mucho. Yo era una ojete, porque contaba con gustarle lo suficiente para que me llevara.

Tardamos treinta minutos en llegar al lado norte. Vivo en la nueva subdivisión, donde las casas son idénticas y están distribuidas a intervalos regulares, y detrás de nuestra calle todavía hay bulldozers despejando los matorrales de salvia. La tierra detrás de mi casa es un desierto abierto, plano. Ahí le dije a Ernie que se estacionara.

Salí del auto. Las hileras de lucecitas del segundo puente internacional, el que pasaba sobre el lago, parpadeaban en el horizonte hacia el oeste. Allá pensaba llevar al cachorro. Lo tiraría del puente. Ya podía verlo: la figura blanca del cachorro hundiéndose, desapareciendo. Nada más un leve chapuzón y luego las aguas calmándose como si no hubiera caído nada.

—Okey —dije—. Si ves que se encienden las luces, lárgate de aquí. En serio.

—Esto está raro —dijo Ernie—. ¿Qué pasa?

—Nada más hazlo, ¿sí?

Sacudió la cabeza.

—Mierda.

Corrí hasta la cerca, consciente de lo fácil que era que alguien me viera. El suelo se veía blanco y seco a la luz de la luna. Miré atrás y vi la silueta negra del auto. Pero no alcanzaba a ver a Ernie y eso ya era algo. Esperaba que de verdad se fuera si se encendían las luces.

La casa estaba a oscuras. Trepé la cerca y caí con un golpe seco en el césped de Home Depot que mi papá acababa de instalar. El cuarto de lavandería quedaba junto al patio trasero. No era un cuarto de verdad, sino un cobertizo con celosías de madera en vez de paredes. Ahí estaba la perrera del cachorro, junto a la secadora.

El cachorro estaba despierto. Abrí la puerta de la perrera y lo levanté. Me olisqueó la mano mientras lo metía en mi sudadera y sacudió la colita con fuerza. Le puse una galleta en la boca para que estuviera callado.

Estaba a punto de salir cuando me di cuenta de que la puerta corrediza de vidrio que daba al patio estaba abierta. Oí a mi papá decir *Margarita*. Un nombre de mujer. Margarita, en voz baja, dulce e incitadora. Era así como imaginaba, cuando pasaba el dedo por la firma de Ernie en el dibujo que me regaló, que sonaría decir *Ernesto*.

En ese momento, si mi papá hubiera salido, yo no me habría echado para atrás. Porque ahora tenía la certeza. Sabía el nombre. ¿Qué habría hecho él? ¿Fingir que ella no existía, como fingía que a Gonzy no le había pasado nada, como fingía que no existían todas las cosas malas que hacía? Quería que los dos salieran para poder verlos. Para que él supiera que yo sabía.

Era su culpa que Gonzy hubiera muerto. Le dije lo del hombre que llamó a la casa ese día cuando volví de la escuela, pero no me hizo caso. "Tu papá es carne muerta", dijo el hombre, y colgó. Me dieron ganas de vomitar el sándwich que estaba comiendo. Y unos días después, ahí estaba Gonzy con la cabeza reventada y sesos rosas y grises regados en el patio.

Le grité en la cara a mi estúpido, estúpido papá, que creía que yo no entendería por qué le habían disparado a Gonzy. "¡Pendejo estúpido! ¿Crees que no sé por qué pasó esto? ¿Crees que no sé por qué ese tipo está tan encabronado?". Por supuesto que lo sabía. Todos lo sabían, hasta la abuela, que no podía ver *Montel* sin dormirse.

Mi papá estaba metiendo a Gonzy en una bolsa negra de plástico, para deshacerse de él. Ni siquiera se atrevió a regañarme por llamarlo pendejo. Únicamente agarró la bolsa de plástico y salió del patio a toda prisa.

Esa noche, mi papá no volvió a casa. Hablé por teléfono con Marina todo lo que quise, a media sala incluso, pero nunca le conté. Ni siquiera después.

Porque ¿qué voy a decir? ¿Que un par de días después mi papá trajo un cachorro nuevo? ¿Que sigue cogiéndose a una perra llamada Margarita, cuyo marido mató a mi perro?

El cachorro se acurrucó contra mi pecho, con el hocico en el hueco de mi cuello. Lo apreté, temblando toda entera. Contuve y contuve esas ganas de llorar hasta que se apretaron como un puño. Ernie estaba esperando afuera.

Ya no había voces, apenas el tenue sonido de la música que salía de más adentro, seguramente del cuarto de mi papá. Salí al patio con el cachorro acomodado en el hueco de mi codo y no miré atrás. Me costó más trabajo trepar la cerca con una sola mano libre. Resbalé, me desgarré la manga y me raspé el antebrazo, desde la muñeca hasta el codo. Me ardía con el aire frío. Le di otro par de galletas al perro. Debía tener la playera embarrada de crema de cacahuate, pero no me importó.

Ernie sudaba. Le brillaba toda la cara.

—¡Jesús, Lulú! ¿Por qué tardaste tanto?

—Lo siento —murmuré. Y sí lo sentía, pero aun así no le dije lo que estábamos haciendo—. Vámonos de aquí.

El auto avanzó lento y callado entre los bulldozers, pero justo cuando salíamos a la calle, Ernie se puso nervioso y pisó a fondo el acelerador.

—¡Cuidado, cuidado! —grité, pero pasó a toda velocidad sobre un tope. El auto dio un brinco y cayó con un horrible chirrido contra el asfalto. Me golpeé la frente contra la ventana. El cachorro se puso a ladrar como loco.

—¿Qué diablos es eso?

—Es un perro, *duh*. ¡Vamos!

—¿Te robaste a tu propio perro? ¡Eso es una pendejada! —dijo y le dio un ataque de risa, y el motor del auto se ahogó.

—¡Apúrate, mi papá está en casa!

—Mierda —dijo, riendo aún. Condujo por la calle, dando volantazos para esquivar los topes a toda velocidad. Apoyé la mejilla contra la ventana, fingiendo que era su manera de conducir lo que me revolvía el estómago.

En la bifurcación antes de llegar a la autopista, paró en un 7-Eleven y compró dos Slurpees sabor chicle. Luego se agachó junto a la puerta abierta del auto, con una linterna y estiró el cuello para ver el chasís.

—Bueno —dijo al fin—, el recogedor de aceite sigue ahí.

—Viejo, no puedo creer que te hayas ahogado así.

—Cállate —volvió a subir al auto y esbozó una sonrisita—. A ver el perro.

Me abrí la sudadera. El cachorro parpadeó y luego saltó al asiento, olisqueando la palanca de velocidades.

—Caray. Es un pitbull.

Ernie le puso la mano en la cara al cachorro, que forcejeó contra su brazo, gruñendo y agarrándole la muñeca con sus dientecitos. Ernie me miró por encima de la robusta cabeza del cachorro.

—Bueno, ¿qué onda con este perro?

—Tiene que irse.

—¿Por qué quieres deshacerte de tu perro?

—Mi papá es un pendejo. No quiero hablar de eso.

—Como quieras —Ernie se encogió de hombros—. Apuesto a que Sal lo compraría. Dice que quiere un perro guardián en Yellow Freight. Seguro que nos da doscientos cincuenta dólares.

—¿Venderlo?

—Pues claro. ¿Qué pensabas hacer, abandonarlo junto a la autopista? Lo atropellaría un auto.

—¿Y?

—Carajo, Lulú. ¿Todos los Muñoz son así de desgraciados?

Mi plan lucía muy distinto con Ernie sentado junto a mí y la luz fluorescente del 7-Eleven entrando por el parabrisas. No pude responderle, así que dije:

—Vamos mitad y mitad con lo que nos den por él.

—Claro —dijo Ernie y meneó la cabeza—. Espero nunca hacerte enojar.

En el lago, Ernie bajó la velocidad al final de un camino de caliche cerca del puente ferroviario. Era un viejo puente de hierro adornado con bajos arcos negros de metal, como una hilera de jorobas que corría sobre el agua.

El segundo puente internacional estaba más al sur. Vi las tenues luces amarillas de la aduana a lo lejos.

Ernie se estacionó entre los arbustos para evitar que la patrulla fronteriza viera el auto y se acercara a molestarnos por beber. Sacó la botella de Don Pedro y los Slurpees. El cachorro se había quedado dormido en el camino, así que lo dejé dormir bajo mi sudadera en el asiento trasero.

—¿Crees que alguien más lo compraría? ¿Alguien que no conozca a mi papá? —no pude evitar preguntarle—. ¿Qué tal si se topa con Sal o algo?

—Lulú, acabas de entrar a la casa de tu papá cuando él estaba dentro. Querías matar un cachorrito. No te me acobardes.

—El cobarde eres tú.

Encontramos una gran piedra para sentarnos. Ernie le puso el piquete a mi Slurpee, que quedó con un sabor rancio. Él bebió directo de la botella para burlarse de mí, pero bebía a sorbitos, así que no me sentí tan tonta.

La noche tenía un brillo difuso. Una luna como una uña. Multitud de estrellas blancas. Estábamos en el chaparral, que incluso a fines del otoño se llenaba de pálidos cenizos grises, de modo que la tierra sobre la ribera parecía cubierta de nubes de plata. El puente ferroviario se extendía sobre el agua, con sus jorobas tachonadas de luces azules. Solamente el lago lucía negro y liso.

Ernie no dejaba de frotarse contra mí por accidente, pero a propósito. ¿Por qué tenía que ser así? Todos fingían que no lo hacían, cuando sí.

—¿Qué haces? ¿Quieres besarme o algo?

—No —dijo. Qué mentiroso.

Bajó de la piedra y dijo que necesitaba música. Unos minutos después, Los Fabulosos Cadillacs sonaban en el estéreo. No regresó. Me daba igual. No lo necesitaba. Nada más quería estar ahí. Sin pendejadas. Nada más que el agua golpeteando las piedras.

—¡Voy a entrar al agua! —grité, más que nada para poder decir que avisé.

Me quité la playera y los jeans y entré al agua. Carajo, qué fría fría. Me alejé de la orilla, pataleando con fuerza, estirando los brazos, adentrándome en las negras ondas.

Estuve en el equipo de natación toda la secundaria. Cosa de mi papá, más que nada. Dice que su hija tiene que saber cómo arreglárselas en el agua. Así que soy muy buena. Mejor que mi papá. Puedo nadar más que él cualquier día de la semana. Claro que no es difícil ganarle a un cuarentón cuyo único ejercicio es beber cerveza todas las noches, pero aun así. Por eso ya no compite conmigo. Ahora solo alardea que voy a ser la única de primer año en el equipo de la universidad.

No sabe que no entré al equipo. Fue fácil no registrarme y ya. El entrenador dejó un mensaje en nuestra contestadora, pero lo borré.

Floté de espaldas y nadé plácidamente en círculos. Estaba cerca del puente ferroviario y las luces suspendidas sobre el agua ya no eran pequeñas. El agua se alzaba y me mecía. Era bueno estar ahí, afuera de todo. Nada de puertas abiertas en el patio. Ni chicas que ahogaban perros. Únicamente el chapoteo ocasional de los róbalos que saltaban en el agua. Hasta la música se había detenido. No quería regresar a casa, pero el viento empezaba a soplar y las olas a picarse. No podía seguir ahí mucho más tiempo.

Ernie gritó mi nombre; su voz sonaba lejana y distorsionada. Volvió a gritar, más fuerte —"¡Lulú! ¡Lulú!"— y un ave nocturna le respondió: un grito largo, gorjeante, como una mujer que gimiera y riera a la vez. De esas cosas que asustan a mi supersticioso papá.

De pronto, recordé que Michael Boyd se había ahogado en ese lugar. En febrero. Fuimos al mismo torneo de matemáticas el fin de semana antes de su muerte. En el camino de regreso, me prestó su Walkman. El fin de semana siguiente fue uno de esos amagos de oleada de calor que a veces ocurren en invierno en el sur de Texas, con sol y ochenta grados de la nada. Michael salió en bote con su hermano menor y el hermano se cayó del bote. Mike se zambulló tras él y le salvó la vida, pero le dio hipotermia porque no salió a tiempo. Era horrible pensar en eso mientras flotaba en el agua en mitad de la noche, aunque fuera la mejor en los doscientos metros de estilo libre.

Si me ahogaba, mi papá sabría que me había llevado el perro. Sabría que lo había visto con ella. Con Margarita. Pero eso no lo haría arrepentirse de nada de lo que había hecho. Probablemente, decidiría que era su estúpida maldición de la suerte de bruja. Pero ay, la abuela. Se le rompería el corazón si yo muriera como ladrona y borracha. Me invadió un sentimiento de inquietud: digo, ésa sería una forma maldita de morir, ¿no?

—¡Ernie! —grité—. ¡Aquí estoy!

Una lanza de luz atravesó el agua, estrecha, pero lo bastante brillante para guiarme: los faros del auto. Parecían muy lejanos.

Me costó trabajo nadar de regreso. Las olas eran fuertes. Luché contra ellas, me sacudieron y luché un poco más. Mantuve la vista fija en la luz de los faros. No estaba lejos, no estaba lejos. Fui estúpida al entregarme al pánico en vez de ir con calma. Empezaba a cansarme. Mierda, de verdad me sentía cansada. Peor aún, empezaba a sentir frío de verdad. Me dolía levantar los brazos y surcar el agua con ellos. Pero podía ver a Ernie en los espacios entre las olas, una silueta negra corriendo por la orilla.

Llegué a las aguas someras con los pulmones ardiendo, apenas capaz de mover las piernas. Ahí estaba la orilla rocosa y el auto entre los arbustos de acacia, con las luces altas encendidas. Y Ernie en el agua, chapoteando hacia mí.

—¡Jesús! ¿Estás loca? ¡Está helado, carajo!

El fondo del lago estaba justo debajo de nosotros; Ernie estaba de pie, pero yo no era lo bastante alta para pararme. Me agarró de los antebrazos y me levantó.

—Estoy bien —dije, tosiendo—. De verdad.

Pero no lo estaba. Cuando me arrastró a la orilla, sentía las piernas como de hule y tan frías que apenas podía caminar. Ernie me siguió hasta el auto. El cachorro empezó a llorar en cuanto abrí la puerta del auto y Ernie lo cargó y lo puso afuera. El cachorro echó a correr hacia los arbustos. Me hundí en el asiento del copiloto, tratando de recuperar el aliento. Ernie se inclinó sobre mí.

—¿Qué haces?

—Estoy encendiendo la puta calefacción —tomó una chamarra de mezclilla del asiento trasero—. Toma, estúpida, tápate con esto.

Me acurruqué bajo la chamarra, pero era como tratar de calentarme con un pedazo de cartón. Al menos la calefacción funcionaba.

Ernie caminó por la orilla, recogiendo mi ropa. Me la trajo hecha bola. Volteó a mirar a otro lado todo el tiempo que estuvo cerca de mí. Se subió al capó del auto, con la espalda vuelta hacia mí y dijo:

—Apúrate. Quiero irme a casa.

Ernie debía tener frío, sentado ahí con la ropa mojada. Ni siquiera bebía alcohol; la botella estaba junto a mí, en el asiento del conductor, todavía medio llena. Dejó caer su paquete de cigarrillos al suelo, maldiciendo porque se habían mojado.

Hasta entonces no sabía lo fácil que me resulta ser una cabrona hecha y derecha. Probablemente, las demás personas nacieron buenas. Yo no.

—Ernie, lo siento. Anda, viejo, al menos siéntate conmigo.

—Me da igual.

Pero a los pocos minutos entró al auto. Echó los asientos hacia atrás y subí los pies descalzos al tablero para que el aire tibio los secara. Estuvimos así sentados un largo rato, escuchando el *cassette* de los Fabulosos, hasta mucho después de que el cachorro volviera al auto y se durmiera de nuevo.

—Es el perro más dormilón de todos los tiempos —bromeé—. Perro narcoléptico.

—Sal lo comprará. Unos doscientos dólares, fácil —dijo Ernie—. Se lo llevaré mañana por la noche.

—Gracias.

—¿Lista para irnos? —preguntó. Seguía enojado, pero ya no tanto.

—¿Podemos escuchar otra cosa?

—Supongo —sacó la caja de *cassettes* que guardaba bajo el asiento del conductor—. ¿Qué quieres oír?

Me elevé sobre los asientos individuales y me acomodé en su regazo. Se tensó un poco, pero no dijo nada.

—¿Qué tal ésta?

Se movió bajo mi cuerpo, de modo que quedé inclinada hacia él, con la cara apoyada en el hueco de su cuello y su mano en mi cadera. Sentí su aliento contra mi frente.

—Sí, ésa está bien.

Me sorprendió que, así de cerca, fuera mucho mayor que yo. Yo cabía en el hueco del brazo que tenía apoyado en la ventana, entre el frío cristal y yo, y aun así él pudo meter el *cassette* en el estéreo sin moverme siquiera, sin problemas.

—Lulú —dijo con el ceño fruncido—. El lago está muy frío.

—No estuve dentro tanto tiempo —dije y lo besé. Fue un beso torpe, rápido, en la comisura de la boca, pero fue la luz verde que Ernie necesitaba.

La sensación que tienes cuando estás calentándote, cuando has tenido tanto frío que tu cuerpo anda medio muerto y finalmente empieza a volver a la vida, es de un zumbido como de un millón de abejas vivas bajo tu piel. Tiemblas y tiritas, y casi duele tocar cualquier cosa porque sigues helado. Solamente tu interior está caliente y fundido, y esa sensación se esparce por el resto de tu ser. Por eso sientes cosquillas; porque, poco a poco, va matando todo el frío. Esa es la sensación tuve cuando Ernie me levantó y me besó.

Esta mañana, esa sensación queda muy lejana. Eclipsada, como algo que dejé en la oscuridad. Porque el sol salió y tuve que llamar a mi papá para decirle que la abuela no estaba respirando.

Él dice que debe haber pasado mientras dormía. Pero no le creo. Todavía siento el olor del lago en mi cabello y sé que esa noche, bajo el mismo pedazo de cielo, la abuela despertó de una pesadilla en la que yo me ahogaba y, de inmediato, ofreció su hilo de plata a cambio del mío.

Capítulo cuatro

El funeral

Lo que cuentan los viejos sobre esa *mala* es siempre lo mismo: que sus padres le prohibieron ir al baile, pero ella fue de todos modos. Había un apuesto desconocido, el sujeto por el cual todas las muchachas esperaban, pero él, por supuesto, nada más tenía ojos para ella. La abrazó durante todas las canciones. Giraban tan rápido que flotaban sobre la pista de baile, sin dejar de marcar el compás. Eran todos sus sueños cumplidos, hasta que los demás danzantes comenzaron a gritar.

Ella miró hacia abajo y vio sus pies delatores: la pezuña hendida y la pata de gallo, las partes que el diablo no puede ocultar con ningún encantamiento.

Sucedió en el año 75, en el Club Nocturno El Camaroncito. O sucedió en el Koko Loco, al otro lado de la frontera, en Ciudad Bravo, en el 68. Dondequiera que haya ocurrido, fue demasiado tarde para la muchacha. Él se apoderó de ella y no quedó más que un olor a cerillos quemados y la huella humeante de una pezuña en el piso.

Todo porque (y al contar esta parte, las ancianas doblan un dedo y entrecierran los ojos) era voluntariosa y no obedecía. Era una mala.

Yo siempre pensé que ocurrió porque la muchacha era estúpida. Eso le dije una vez a la abuela Romi.

—Y tú serías más lista, ¿no? —dijo la abuela—. El diablo más tramposo es el que vive en tu corazón. Ése viene a la luz del día, lo mismo que en la noche.

Lo que quiso decir fue "pon atención; ten cuidado, Lulú". Pero no le hice caso. Hace cinco días, en esa nada especial noche de miércoles, me escabullí. ¿Por qué no? Mi papá lo hace todo el tiempo.

Quería atraparlo. Por una vez decirle: "Mientes" y tener la prueba. Pero ahora soy yo la que está llena de mentiras. Yo estaba ausente, andaba haciendo mis porquerías, cuando Dios extendió Su mano y me arrancó a la abuela Romi. Le mentí. La dejé y nunca volveré a verla. Si pienso en eso, no puedo respirar.

Desde que murió, vivimos sin gravedad. Las cosas flotan a nuestro alrededor, en espera de que tropecemos con ellas. Mi papá ni siquiera ha mencionado la estúpida fiesta de quince años, excepto para decir que supone que ahora mi tía Yoli ordenará las invitaciones. Entonces se puso a llorar, porque la abuela iba a encargarse de eso y aunque sigo sin querer una fiesta de quince años, yo también lloré.

No se ha dado cuenta de que el cachorro no está. No sé cómo alguien puede olvidar un perro entero, pero lo ha olvidado y no pienso sacar el tema. Ya es suficiente con que me haya salido con la mía. Pero no siento que sea así, porque es una de esas cosas que quedan en el aire, como la fiesta de quince años. Y como Ernie.

Ernie fue la primera persona que vi al salir de la limusina fúnebre. Estaba en la escalinata de la iglesia con sus tíos, los tres con trajes negros de mariachi. Sus tíos tienen un conjunto, el Conjunto Vega, y Ernie ha estado tocando el bajo con ellos. Yo sabía que mi papá los había contratado. Debo haber dejado mi cerebro en el otro lado del abismo de la ausencia de la abuela, porque aun así no esperaba verlo.

Ernie bajó los escalones como si fuera a hablarme delante de mi papá. ¡Debía tener ganas de morir! Presa del pánico, hui corriendo al jardín de rosas detrás de la iglesia.

Me senté en uno de los bancos del jardín, frente a la estatua de la Virgen María. La estatua estaba sobre un afloramiento rocoso en un estanque de poca profundidad, como si en cualquier momento fuera a meter los pies al agua. Había velas en frascos de colores —rojo, azul, rosa, blanco— en el agua bajo sus pies.

No había nadie cerca y eso me dio gusto. No sabía qué decirle a Ernie. Está molesto porque tuvimos relaciones y no le he hablado desde entonces. Quiere saber por qué. No tengo respuesta. La verdad es que Ernie es mejor persona que yo. Tiene el corazón abierto de par en par para amarme. Yo soy como mi papá. Negligente.

Oí que Yoli me llamaba y que mi papá le decía que me dejara en paz, que me diera unos minutos. Mi papá piensa que me dio el susto por encontrar el cuerpo de la abuela. No sabe que Ernie existe.

Me llevé los dedos a las sienes, con la esperanza de que, por una vez, la tía Yoli hiciera caso y me dejara en paz. La tía Yoli tenía su propio drama. Ella y mi primo Carlos estaban presentes, pero mi tío Charlie no. No puedo creer que no haya asistido. Es blanco, pero ya debe saber que en una familia mexicana, faltar al funeral de tu suegra es, básicamente, traición.

La tía Yoli había llegado el día de la muerte de mi abuela, seis horas después de que la llamáramos. Subió a su auto y condujo desde Houston. Apareció con los párpados caídos y el corazón roto, pero también con su actitud de siempre: la generalísima en jefe. Estaba lista para hablar con el párroco para planear la misa, regatear por el ataúd con la funeraria, encargarse de la comida en la reunión posterior, e imprimir las tarjetas para la novena. Lo que no hizo fue decirnos por qué el tío Charlie no había venido con ella, simplemente comentó que no quería hablar de eso.

Pero Yoli es toda una bocona, así que se la pasó criticando todo lo demás. Todo el camino a la iglesia estuvo despotricando que no había pagado tanto dinero a la funeraria para que un mexicano con mal gusto le pusiera sombra de ojos azul a su madre.

Odio cuando dice cosas así. La Ciénega es un pueblucho fronterizo donde la gente piensa que es *cool* usar sandalias de lamé dorado con pantimedias *y jeans* y si ordenas comida en Subway, es probable que el empleado te pregunte cómo quieres tu *sángüich*, pero Yoli actúa como si no supiera eso. Aunque ahora viva en Houston y tenga la sala beige y crema de Bed Bath & Beyond, ella también es de aquí.

Sí, la sombra de ojos se veía mal, pero la verdad es que a la abuela le habría gustado. No era de su estilo, pero aun así, habría dicho que es *muy chacha* y se la habría pasado parpadeando para que la gente la notara. Casi podía verla. Sentí un lento vuelco en el estómago, como si fuera a vomitar.

Esa mañana encontré a mi abuela. Su cuerpo estaba ahí tendido en la posición en que dormía, con un brazo sobre la cabeza como si estuviera desmayándose. El cuarto estaba en silencio; únicamente sonaba el tictac del reloj despertador en su mesa de noche.

Al pensar en eso, me erizaba. Lo que encontré en su cama fue... algo dejado atrás. Como si se hubiera quitado el disfraz de abuela y su verdadero ser se hubiera ido a otro lugar. ¿Cómo podría no saber sobre sus párpados de Debbie Harry o que en su funeral todos peleábamos y fingíamos no pelear? ¿Cómo podría no saber lo que hice esa noche? ¿Acaso uno no se entera de todo cuando llega al cielo? ¿Qué me diría cuando volviera a verla? Lo recordaría todo, aunque hubiera pasado mucho tiempo. Yo lo recordaría.

Mi momento a solas fue breve. Oí pisadas de botas en la acera, al otro lado de la barda de la iglesia. Al principio no supe quién era. Un seto enorme rodea el jardín, supongo que para que la gente pueda orar sin distracciones.

—Lulú —susurró Ernie—. Soy yo.

—¡No puedes estar aquí! Mi papá va a venir a buscarme en un minuto.

—Bueno, ¿cuándo diablos se supone que puedo hablar contigo? Ni siquiera sé qué pasó.

—¿No es obvio? Mi abuela murió.

—No, digo lo que pasó después de... Digo... —calló.

—No. Nadie sabe nada.

—Ay, gracias a Dios —dijo de inmediato—. Pensé que...

—No te preocupes, estás a salvo. Ya puedes bajarle a tu ego —era más fácil estar enojada con él. Más seguro.

—Ay, cálmate, Lulú. No fue idea mía —ya ni siquiera se molestaba en susurrar—. Nada fue idea mía.

—No puedo hablar de eso ahora. Tengo que leer en diez minutos.

—Lamento mucho lo de tu abuela —dijo. No se fue. Así es Ernie. Ahora que sabía a dónde mirar, alcanzaba a ver sus piernas, sobre todo con el bordado plateado de sus pantalones de mariachi.

—Te llamaré cuando llegue a la casa de mi abuela para el rosario —le dije. Se sentía horrible decir "de mi abuela", porque ella ya no volvería a estar ahí. Sentí que se me cerraba la garganta y traté de respirar más despacio. No quería llorar delante de él. ¿Por qué no captaba la indirecta?—. Viejo, vas a meterme en problemas. Mi papá está adentro.

Siguió sin ceder.

—¿Qué vas a leer?

—Lázaro. En español.

—¿Ah, sí?

—Sí y necesito practicar. Así que ¿puedes irte ya, por favor?

—Di "murciélago".

—¿Qué?

—Dilo.

—Murciélago. ¿Qué es eso?

—El animal, como un vampiro. Tiene todas las vocales. Calienta un poco la lengua, *coconut*.*

Se fue. Resistí (a duras penas) el impulso de gritarle, *Fuck you!* Sus padres ni siquiera hablan inglés, así que, claro, para él no es gran cosa. Pero si le digo que no soy un coco, solo responde: "Cierto, en realidad ni siquiera eres tan morena".

Mi español no es tan mal, y ése es el problema. Es un español de B—, que es el más vergonzoso. Si no estoy nerviosa, puedo arreglármelas, pero si no me concentro, me equivoco con las vocales o se me enreda la lengua y todo se va al diablo.

* Término empleado por latinos en EEUU para referirse a quien reniega de su identidad para asimilarse a la cultura dominante: "prieto por fuera, blanco por dentro", como un coco. (N. del T.)

Sin embargo, no tenía ninguna idea mejor, así que abrí el monedero de chaquiras que mi tía me había dado y saqué el texto. Repetí la palabra "murciélago" como veinte veces. Mur-cié-la-go. Murciélago. Ernie tenía razón, eso ayudaba.

—Pinche Ernie —dije en voz alta.

Un destello de color amarillo sol apareció al otro lado del seto. Alguien pasaba por ahí. Me llevé una mano a la boca.

Era una mujer. Se detuvo a mi lado. No podía verla, pero ahí estaba. Podía oler su perfume, un denso aroma almizcleño. Soltó una risa grave y ronca. Desagradable. Luego se fue, taconeando por la acera hasta la entrada de la iglesia.

Una de las ventanas batientes en el costado de la iglesia se abrió y mi papá sacó la cabeza. Tenía unas ojeras enormes.

—Mija —susurró—. ¿Estás bien?

—Estaba repasando esto una última vez —respondí, con el papel en la mano. Tal vez parecía que estaba rezando.

—Bueno, tienes que entrar ya —dijo con voz muy suave. Quizá se sentía aliviado de que no estuviera sufriendo una crisis nerviosa o algo—. No te preocupes, lo harás bien.

—Ya voy.

—Entra por la puerta lateral, ¿okey?

Cerró la ventana. La virgen me miraba, beatífica y serena con su manto pintado de azul. Quería rezar, pero no podía. ¿Acaso no acababa de pelear con Ernie, ahí junto a la iglesia? La gente mala no debe pedirle nada a Dios.

Entré. Ahí estaba el cuerpo de mi pobre abuela, tendido en el ataúd. Los tirabuzones plateados que enmarcaban su rostro me hicieron evocar una imagen: su cabello, suave y fino como de bebé, con olor a agua de rosas. Ay, pensé que iba a derrumbarme ahí mismo.

—Lulú, ven a sentarte conmigo —susurró Carlos. Su voz me salvó de una crisis total. Tiene dieciocho años y es mi único primo, casi como un hermano mayor, pero no tanto, porque siempre es amable conmigo. Me di la vuelta para sentarme en el banco de adelante, junto a él.

La mujer que se había reído de mí estaba en el vestíbulo. Era una reina de belleza vieja y arrugada, con una mascada de seda amarillo canario enredada en el cuello y los hombros, como una capa. Además llevaba unos grandes lentes de sol ovalados, dentro de la iglesia. No la identifiqué.

Mi papá la vio y también todos los demás. Todos los viejos comenzaron a murmurar. Yoli se veía como si alguien le hubiera pegado las cejas al nacimiento del cabello. Fue como en esas telenovelas ridículas a las que era adicta la abuela, donde los personajes se fulminan con la mirada de un lado a otro de la habitación y la música es melodramática.

La mujer de la mascada amarilla avanzó por el pasillo central hasta el ataúd, sin prestar atención a nadie. Cuando pasó junto a nosotros, mi papá tensó el cuello, me agarró el brazo por encima del codo, con fuerza —ay, dolió— y me alejó de Carlos, que estaba al final del banco.

—Regresa allá —dijo y me empujó tras él.

La mujer apoyó las manos en el borde del ataúd y agachó la cabeza. Tenía el cabello negro peinado en una trenza enredada sobre su cabeza como corona, a lo Frida; ese negro lustroso que da el tinte de caja. Sabrá Dios cuál era su edad. No era tan vieja como la abuela, pero sí lo suficiente para que le dieran un café con descuento en Wal-Mart.

A los pocos minutos, se enderezó y se volvió hacia nosotros, con los lentes de sol todavía en la cara. Podría haber sido ciega o estrella de cine. Yoli se puso de pie y obstruyó el final de nuestro banco con su cuerpo. Era como la abuela, parecía un camión.

—Mi sentido pésame —le dijo la mujer en español.

—¿Cómo te atreves a venir aquí? —bufó Yoli—. ¡Lárgate!

No pareció molestarle en absoluto que mi tía le dijera que se fuera. En inglés, le respondió:

—Romi era mi mejor amiga. Le prometí que vendría.

La mujer se acercó un poco más. Se quitó los lentes, despacio, como si odiara hacerlo. Me miró, detenidamente, como si me reconociera, aunque nunca la había visto en mi vida. Me asustaba y deseé que se hubiera dejado los lentes puestos. Tenía ojos de pajarillo hambriento, si un pajarillo usara maquillaje dramático y tuviera cejas súper depiladas. Probablemente le encantaba la sombra de ojos azul.

—Bien —dijo la tía Yoli—. Cumpliste tu promesa. Vete. Ya.

—Sí, Yolanda. Ya me voy.

La mujer salió de la iglesia por la puerta lateral por la que yo había entrado un momento antes. Desapareció en un santiamén. ¿La mejor amiga de mi abuela? Nunca la había visto.

—Mamá, ¿qué está pasando? —preguntó Carlos en voz baja. Me miró, pero ¿yo qué sabía? Negué con la cabeza. La tía Yoli nos ignoró.

Las personas en el pasillo seguían ahí paradas, murmurando, como si esperaran que una voz en el intercomunicador les dijera qué hacer. El padre Richard estaba de pie en el púlpito, confundido. Nada sorprendente: ese tipo necesita ponerse listo. Lo único que hace es hablar de adolescentes que irán al infierno por fornicar, de que todos deben votar siguiendo su conciencia y orar para que ganen los Vaqueros de Dallas. Una vez, en confesión, le conté que mi papá se emborrachaba mucho y no sabía qué hacer. Me dijo que, como mi mamá está muerta, yo tengo que ser la luz de la casa. Poner flores en la mesa, ese tipo de cosas. Qué idiota.

Yoli miró hacia las ventanas con el ceño fruncido, buscando a la mujer, pero ¿qué cosa iba a ver por los vitrales del Vía Crucis? Y, de todos modos, aquella señora no parecía de las que se esconden y merodean.

—Papá —susurré—. ¿Quién era ésa?

Yoli había peleado a gritos con mi papá tres veces desde su llegada de Houston, una de ellas esa misma mañana antes de la misa, porque se enojó con papá por llamar al tío Charlie para preguntarle por qué no había venido. Pero, aun así, Yolanda posó su enorme mano, con manicure, en el hombro de mi papá. Era su hermanito.

—¿Papá? —repetí.

Yoli me fulminó con la mirada.

—Lulú, ¿quieres dejar eso en paz?

El padre Richard carraspeó y dijo:

—Oremos por nuestra hermana Romi Muñoz.

Todos se callaron y tomaron asiento. Mi papá sudaba. La línea del cabello por encima de su oreja estaba húmeda y brillante, y algunos mechones empezaban a rizarse.

—Dios nos libre —susurró el señor Espinoza, el vecino de la abuela, en algún lugar a mis espaldas—. Te lo juro, esa malvada es...

—¡Cállate, Rogelio! —bufó su esposa.

Miré al frente, avergonzada, fingiendo no oírlos. Todos actuaban como si la mujer fuera una aparición evocada con chismes y medias verdades. El hada malvada de un cuento. A mi lado, mi papá se hundió en el banco, con los ojos cerrados y se santiguó. Él nunca hacía eso. Nunca rezaba. No desde la muerte de mi mamá. Nunca había visto a mi padre asustado, por nada, en toda mi vida. Ahora estaba asustado. Era algo real.

¿Era aquella vieja extraña y glamorosa una antigua amiga de mi abuela? ¿Una enemiga encarnizada? Me invadió un sentimiento de inquietud. La abuela Romi había vivido casi un siglo y yo apenas era una chispa diminuta en ese tiempo. Toda su larga, larga vida había llegado a su fin y gran parte de esa vida era algo que yo jamás podría conocer.

Debería haber sido algo hermoso: una serenata para el abuelo y la abuela, que por fin estaban juntos de nuevo. Una tarde entera de romances y boleros, los viejos clásicos que el abuelo Chuy había pedido para honrar a la abuela.

El abuelo Chuy murió en 1974. Teníamos una nota escrita a mano con sus instrucciones: todas las canciones que quería que tocaran para la abuela. Yo había visto esa nota toda mi vida, guardada en el cajón de abajo del alhajero de la abuela, junto al anillo matrimonial del abuelo Chuy. Sus notas estaban por toda la casa: especificaciones para el calentador de agua escritas a lápiz en una pared del cobertizo, la lista de los tamaños de llaves de tuercas pegada en el interior de su caja de herramientas y los detalles anotados en el reverso de viejas fotografías. Mi favorita era la foto de Yoli bebé, vestida de china poblana, con la apretada cursiva negra del abuelo: *15 de julio de 1944. Yolanda Muñoz, dos años. Pobrecita, ese día tenía fiebre.*

Sin embargo, estaban pasando demasiadas cosas. Yoli y mi papá empezaron a discutir de nuevo en la limusina, esta vez porque mi papá dijo que iría al velorio, pero no al rosario en casa de la abuela por la noche. Para cuando llegamos al cementerio, simplemente ignoraba a Yoli y ella fingía no darse cuenta, excepto cuando no había otra gente cerca.

—No puedes faltar al rosario de mamá —dijo Yoli.

Los cuatro estábamos de pie bajo la carpa que la funeraria había instalado para dar sombra a los deudos mientras el Conjunto Vega tocaba. Las personas se acercaban constantemente para darnos el pésame.

Mi papá resopló.

—Tu esposo no vino al funeral de mamá.

—Tío —dijo Carlos y me dio un escalofrío por él. Tratar de disuadir a mi papá de cualquier cosa era mala idea—. A la abuela no le gustaría que faltaras.

—Hay muchas cosas que a tu abuela no le gustarían, ¿verdad? —respondió mi papá.

Carlos se encogió. Se fue a buscar un asiento. Mi tía se volvió hacia mi papá y ordenó:

—Ya basta.

Trabaron miradas. Pensé que iban a empezar otra pelea a gritos ahí mismo, junto a la tumba. Un hombre mayor se acercó a dar el pésame. Yo fui detrás de Carlos para alejarme de Yoli y mi papá.

—*Hey* —dije al sentarme a su lado—. ¿Qué pasa?

—Nada —respondió. Su boca era una línea delgada. Pero luego me agarró la mano y me dio dos breves apretones, como si yo tuviera cinco años—. Pensemos en la abuela, ¿okey?

—Sí —coincidí y deseé saber cuánto tiempo se quedaría Carlos.

Carlos acababa de empezar la universidad en California. Antes de eso, pasaba medio verano con la abuela todos los años. Era muy cercano a la abuela y a mí. Siempre llegaba con música nueva para mí, por lo general electrónica, pero buena. Hasta cuando no estaba presente se sentía cerca. Él y la abuela veían las mismas telenovelas; lo sé porque a veces yo estaba ahí cuando él llamaba por teléfono y hablaban de lo que había pasado en el último episodio.

—¿Pero tú y mi papá están bien? —pregunté.

—Claro —respondió, pero no me miró a los ojos.

Otra mentira. Claro, habían peleado en el verano, la última vez que Carlos estuvo aquí. Pero no sabían que yo sabía.

"No te metas". Las palabras de mi abuela sonaron en mi mente. Eso me habría dicho, que no me metiera. Dolía sentirla, tan clara y firme, tan palpable que podría haber estado de pie junto a mí. Muchas veces me había dicho que, cuando algo era muy difícil, le pedía consejo a su madre y la respuesta llegaba a su mente. Yo no le había pedido nada, pero ahí estaba, dándome lo necesario. Como siempre.

—No puedo hacer esto —dijo Carlos. Tenía la tez del tío Charlie, pálida y pecosa. Tenía la cara hinchada de llorar, con lágrimas silenciosas y moco corriéndole por la cara—. Dile a mi mamá que regresé a la casa de la abuela. Lo siento, Lulú.

Me quedé mirando, atónita, mientras él se levantaba, salía de la sombra de la carpa y se marchaba del cementerio. De verdad iba a regresar a la casa de la abuela a medio entierro. Era peor que mi papá con eso de no querer ir al rosario.

En ese momento, mi mejor amiga Marina se acercó a darme el pésame. Creo que mi abuela debe haberla enviado. Me dio mucho gusto verla. Todos en mi familia se comportaban como unos verdaderos cabrones.

—Estoy sentada por allá con mis padres —susurró Marina—. Ve a buscarme.

—Vamos de una vez —dije. No pensaba sentarme sola al frente. Alguien más podía decirle a mi tía que Carlos se había ido.

Marina y yo no fuimos a sentarnos con sus padres; fuimos al lado opuesto de la carpa, a buscar asientos lejos de Yoli y mi papá. Sin embargo, muy pronto noté que el lugar donde estábamos no era mucho mejor, porque tendría que escuchar al Conjunto Vega y fingir que no conocía a Ernie.

Declararon el amor del abuelo Chuy en apasionados canturreos y suspiros, rasgueando sus instrumentos como si se les rompiera el corazón. *Eres la gema que Dios convirtiera en mujer. Hay unos ojos que si me miran hacen que mi alma tiemble de amor.* Dios, no sé cómo alguien puede soportar las serenatas; son tan ridículamente directas. Ernie me miró todo el rato, hasta que me dieron ganas de saltar tras las coronas de flores y esconderme el resto del funeral.

—¿Soy yo o se porta raro? —preguntó Marina.

—Debe estar molesto porque no hemos encontrado un lugar nuevo para practicar —dije. Era técnicamente cierto.

Antes practicábamos por las tardes durante las clases de verano en la escuela. Yo estaba ahí para tomar Álgebra II por las mañanas, para poder adelantarme y entrar a física cuando empezara el año escolar... Pero me quedaba todo el día para hacer la tarea en la biblioteca. En realidad, a mi papá no le daban ganas de ir por mí a la hora de la comida, así que ahí me dejaba. No me molestaba. Después de clases, iba a la sala de música y los chicos y yo practicábamos toda la tarde. El director de la banda nos lo permitía porque Ernie es su favorito. Ernie es el músico más talentoso de toda la escuela.

En agosto, mudamos la banda a la cochera de Olmeca, que vive frente a la escuela. Funcionó por un tiempo. Yo tenía un par de horas al día entre semana, porque mi papá creía que estaba en las prácticas de natación. Solamente tenía que mojarme el cabello antes de que me recogiera. Pero la mamá de Olmeca se hartó de nuestro ruido y dijo que teníamos que ir a otro lado. No hemos encontrado dónde reunirnos. Digo, no puedo decirle a mi papá, así como así: "Oye, voy a juntarme con tres pelados por un par de horas todos los días. No te preocupes, haré mi tarea".

Pero la verdad es que el problema de los ensayos de la banda era una excusa. Simplemente no quería contarle a Marina lo que había ocurrido con Ernie en el lago. Todavía no.

No es que no confíe en ella. Es que va a decir: "¿Ves? Te lo dije. ¿Ahora son novios o qué?" y entonces se armaría la gorda. "Ay, Dios, Lulú, ¿por qué hiciste eso?". No sé qué le parecerá más impactante: que tuve relaciones, que fue con Ernie, o que no tengo una buena razón. Al final entendería que estuve con Ernie la noche que mi abuela murió. En cualquier caso, lo que le dije no bastó para despistarla.

—La banda —dijo Marina con sorna—. No le preocupa eso. Ese tipo está enamorado de ti, pero no lo admite. O sea, chico, ya invítala a salir o supéralo —calló un momento—. Digo, no ahora, en el funeral de tu abuela. Eso sería de muy mal gusto.

—Sí, no sé —dije—. Él es genial, pero en realidad no quiero tener novio.

Marina puso los ojos en blanco.

—Ay, ay. Eres demasiado *punk* para tener novio.

En ese momento, alguna metiche le dijo algo en voz baja a su comadre.

—Imagínate —dijo, en español—. Esa mujer apareció después de tantos años. ¡Y frente a la iglesia!

—Oí que ella y Romi eran muy cercanas. Antes —cuchicheó la otra voz, también en español.

—¿Es verdad? —preguntó la primera voz—. Romi nunca dijo nada sobre ella.

—Bueno, claro que no iba a decirlo, ¿no?

—Apuesto a que Yolanda sabe.

Dios bendiga a Marina. Su cara estaba inmóvil, letal, como una cobra lista para atacar. Se echó el largo cabello negro sobre un hombro, hizo girar su silla, se llevó el dedo a los labios y las calló: un fuerte *shhh*, como el de una bibliotecaria furiosa.

—Escuchamos todo lo que dicen —advirtió en su español más altanero—. ¿Pueden mostrar un poco de respeto, por favor?

Miré por encima de mi hombro. Cómo no, ahí estaban la señora Fabela y la señora Acevedo, las más chismosas del mundo, sentadas a nuestras espaldas. Se veían agraviadas, como solo pueden verse unas señoras de edad a las que acaba de regañar una adolescente. Ahogué algo: risas o sollozos, no sé.

Para empeorar las cosas, el tío Cero estaba sentado junto a ellas. No es mi tío de verdad, sino el mejor amigo de mi papá. Su verdadero nombre es Eliseo. Es un hombre corpulento, con los ojos siempre somnolientos y rizos grises y alborotados. Mi papá dice que le pusieron ese apodo porque cero es la cantidad de trabajo que hace.

—¡Órale! —exclamó Cero con una carcajada—. ¡Ya la oyeron! ¡Váyanse a su casa si quieren contar historias!

—Cállate, Eliseo —le dijo la señora Fabela a Cero, en español. Ella y la señora Acevedo se marcharon, enojadas. Cero seguía riendo. Marina y yo nos sonreímos y tratamos de no reír también.

Un día, Marina y yo seremos comadres. Tu comadre es tu incondicional. Comparten secretos y chismes, y se conocen tan bien que aunque no le digas algo, ella seguramente lo adivinará y no dirá que ya lo sabe, porque no estás lista para decirlo y eso también lo sabe. Y tú haces lo mismo. Estás presente para ella y ella para ti. Siempre. La única razón por la que todavía no somos comadres es porque no tenemos la edad.

Nada más las mujeres adultas pueden ser comadres. Aunque la palabra es co-madres, no se necesita ser madre de verdad. La tía Yoli dice que las comadres son las que se hicieron mujeres contigo y conocen todo tu accidentado camino como tú conoces el suyo. "Sabes, mija, la verdad es que tu hombre no más es un hombre y no entiende ni madres, pero tus comadres siempre entenderán". Anda muy enojada con el tío Charlie por algo. No sé por qué, pero estoy cien por ciento segura de que sus comadres saben.

Siempre que hay mujeres riendo y hablando muy fuerte, acaparando espacio, mi papá dice que están comadreando. Pero lo dice donde no puedan oírlo, porque si son comadres de verdad, todas juntas, más vale que nadie les diga nada. Ni siquiera Jules Muñoz.

Marina pudo callar a esas señoras y salirse con la suya porque soy la nieta de Romi. Sabían que estaban chismeando delante de mí. Aun así, las vi salir de la carpa con las cabezas inclinadas una hacia la otra, murmurando quién sabe qué cosas, seguramente sobre lo groseras que éramos Marina y yo.

—Esas pinches viejas —dijo Marina, entrecerrando los ojos.

Quise reírme, pero mi cara no dejaba de temblar. Suena tonto porque mi abuela tenía casi noventa años, pero parecía imposible que de verdad estuviera muerta. ¿Cómo podía estarlo? ¿Cómo podía ser verdad? Sentía que en cualquier momento alguien iba a decir: "Es broma, soñaste todo esto. Es hora de despertar". Al mismo tiempo, me sentía furiosa, porque era su funeral y esa señora loca lo había arruinado. Con razón todos estaban hablando.

—Digo, un montón de gente debe estar diciendo cosas —dije, sacudiendo la cabeza—. Esa señora en la iglesia hizo toda una escena, ¿no? Espero que no regrese.

—Si volviera a asomar la cara, tu tía la echaría —y luego, como nunca puede evitar decir lo que piensa, Marina añadió—: Además, probablemente puede vernos desde su casa.

—¿Qué?

—Por allá —Marina señaló la loma al otro lado del cementerio—. Oí decir que esa casa de allá arriba es suya. Eso dicen.

Sentí que se me retorcían las tripas. Loma Negra. Había estado ahí la noche de la muerte de mi abuela. Horrorizada, pensé en la risa grave y ronca de la mujer. Se suponía que había matado a su propio hijito. ¿Había estado en su casa esa noche, me había visto atravesar su patio?

—La vieja casa de los Aguirre. ¿Es *esa* Aguirre?

—Eso dice mi mamá.

—No puede ser. Mi abuela no era la mejor amiga de una asesina.

—No seas tonta —se mofó Marina—. Si hubiera matado a alguien, estaría en la cárcel. Solamente son estúpidos rumores.

Me hundí en mi silla, regañándome a mí misma en mi mente. Marina tenía razón. Eran chismes. En La Ciénega, la gente no podía dejar las cosas como estaban. Siempre tenían que poner mucha salsa a los tacos, como si una historia no fuera buena a menos que tuviera detalles extra.

—Sea quien sea, odio que haya hecho una escena —dije, buscando a mi familia en la carpa—. Como si no estuvieran pasando suficientes cosas.

—No te preocupes por eso. Siempre hay drama en los funerales. Cuando murió mi abuelo, mi papá y mi tío Esteban se pelearon a golpes junto a la tumba.

—Recuerdo eso —dijo el tío Cero, entrometiéndose—. Le rompió la nariz a tu tío.

—En fin —suspiró Marina.

El tío Cero entendió la indirecta y dijo que iba a buscar a mi papá. En cuanto se fue, me volví hacia Marina. Era más fácil concentrarme en la mujer extraña que en los pleitos de mi familia.

—Ahí tiene que haber algo.

—Tal vez robó algo —sugirió Marina—. O tal vez era la sancha de tu abuelo. ¿Qué otra cosa separaría a unas mejores amigas?

—Asco —dije, riendo. Tal vez era verdad. El apodo de mi papá en el barrio es Muy Romeo, porque las mujeres se le amontonan. Quizás el abuelo Chuy también fue un Romeo.

—Dinero o traición —dijo Marina—. Eso tiene que ser.

—Yoli jamás me lo dirá.

Como si la hubiera invocado al decir su nombre, Yoli se dejó caer en una silla junto a mí. Comenzó a desahogarse, como si Marina no estuviera ahí sentada.

—¡Tu papá dice que no irá al rosario esta noche! Ya no sé qué hacer. Ve a hablar con él.

—Él nunca hace caso, Yoli —me di la vuelta para quedar de espaldas a Ernie. Mi tía ni siquiera notó que Carlos se había ido. Únicamente pensaba en lograr que mi papá hiciera lo que ella quería.

—Bueno, aun así. Está por allá, en algún lado. Anda —me mandó.

—Te guardo el asiento —dijo Marina—. No te preocupes.

Traté de mirar a mi alrededor y evitar a Ernie al mismo tiempo. Las personas se reunían en pequeños grupos, fingiendo escuchar al conjunto y murmurando, sin suda sobre la presencia de aquella mujer en la iglesia, o quizás incluso sobre mi tío y primo ausentes. Cero hablaba con el director de la funeraria. Las viejecitas querían abrazarme al verme pasar y yo lo permitía. Debían comprar todas en las mismas tiendas, porque todas olían al talco elegante que la abuela tenía en el cajón de su cómoda.

Vi a mi papá en el estacionamiento. Tenía la espalda vuelta hacia mí y hablaba hacia la ventana de un auto. Era un pequeño Honda CRX deportivo. Amarillo. Mi papá tenía el brazo apoyado en el toldo del auto y, a través del triángulo que formaba su cuerpo, alcancé a ver que el conductor tenía el cabello largo y rojo. Caminé más rápido.

Mi papá se enderezó abruptamente y golpeó el toldo del auto con el puño.

—No puedes estar aquí. Es mi familia.

—Y por eso debo estar —dijo una mujer. Todavía no le veía la cara—. Es tu mamá.

—Es broma, ¿verdad? —preguntó él. Luego miró por encima de su hombro y me vio—. Espera, Lulú.

Levantó la mano, como si eso fuera a impedirme ver el auto. Apreté el paso. Margarita, la de la medianoche. Margarita, la casada. Era ella, tenía que ser.

—Mira, no te quiero aquí —le advirtió mi papá a la conductora, con voz muy fría.

El CRX salió chirriando del estacionamiento. Lo vi alejarse mientras memorizaba las placas. En la defensa trasera tenía una calcomanía que decía La Gente Mala Apesta.

—¿Quién era ésa? —pregunté, con la vista aún fija en el auto.

—No sé. Alguien que necesitaba indicaciones.

El mismo de siempre; miente hasta la muerte. Apenas había pasado una semana y ya andaba otra vez con sus cosas. No importaba lo que le había pasado a mi perro Gonzy. Ni siquiera importaba que estuvieran enterrando a la abuela ahí mismo, bajo la carpa. Ahí estaba él, reuniéndose con esa señora casada y mintiéndome a la cara, como siempre. Sofoqué mis ganas de gritar porque era el funeral de la abuela. ¿Cómo podía hacerlo? ¿Cómo podía?

No le pregunté por Margarita. No le dije que sabía su nombre. Nop. No mostré mis cartas. Dije otra cosa. Fue mezquino de mi parte, muy mezquino. Por eso lo hice. Porque se lo merecía. Por no respetar a la abuela en su día. Por no respetarme nunca.

—Me refiero a hace rato. En la iglesia. El señor Espinoza dijo que esa señora era la novia de tu papá —dije, inventando yo también una historia, solo para molestarlo—. ¿Era la sancha del abuelo Chuy?

—¿Qué te pasa? —preguntó. Su cara estaba tan cerca que pude ver las diminutas gotas de sudor en su nariz. Aunque nunca lo ha hecho, por un momento pensé que iba a pegarme. En vez de eso, apuntó con el dedo hacia la carpa.

—Tu abuela está en su ataúd. ¿Cómo puedes faltarle al respeto así?

—Bueno, ¿quién era ésa? —pregunté.

—Una persona horrible que no respeta a la familia —respondió con voz inexpresiva. Maldición, siempre sabe cómo bajarme los humos. Le resulta fácil.

—Hablando de familia, tu madre está por allá, no en el estacionamiento —respondí sin vacilar. Lo miré a los ojos para demostrar que no me asustaba, aunque sí lo hacía un poco—. Yoli me mandó a buscarte.

Se alejó sin una palabra más. No miró atrás para ver si lo seguía y no lo seguí.

Lo vi regresar al funeral. Se veía lo enojado que estaba por su forma de caminar: pasos cortos y rápidos, la cabeza baja. No me importó. Pensaba que podía decir cualquier cosa que quisiera porque soy joven. Como si debiera creerle a él en vez de a mis ojos.

Desde mi lugar en el estacionamiento, todos se veían pequeños y borrosos. Simplemente eran siluetas que se movían bajo el pálido bulto de la carpa. Mi papá se metió entre ellos y lo perdí. El Conjunto Vega tocaba *Las golondrinas*. Los compases de la música eran lo que se oía con más claridad. Uno de los tíos de Ernie entonaba el final, *adiós, adiós*, con una impresionante voz de tenor. El cielo estaba despejado y azul sobre los oscuros abetos.

A veces uno mismo sabe la mierda de persona que es y, aun así, está muy lejos de lamentarlo. Así me sentía yo. No lo lamentaba ni un poquito. Estaba feliz. Bueno, no feliz, en realidad, pero sentía que por fin le había dado donde le dolía. Eso me hacía sentir fuerte. Era satisfactorio.

Debí recordar lo que había dicho la abuela Romi: el diablo que viene a la luz del día, el que toca a las puertas de tu corazón. Para mí, no fue la huella humeante de una pezuña, sino el *clic clac* de unos tacones altos en la acera, lo que guio al diablo a mi corazón.

Es verdad. Porque mis ojos se levantaron de la línea de los abetos al cerro del fondo, atraídos por un oscuro pensamiento hacia Loma Negra. Fuera cual fuese la historia verdadera, yo sabía una cosa: nadie causa un escándalo así en un funeral por nada. La extraña y la abuela Romi habían sido comadres. Miré hacia la loma, con el corazón hinchado de orgullo y rabia y supe lo que mi papá de verdad odiaría. Lo que de verdad le dolería.

Capítulo cinco

La Llorona con Levis

Después del funeral, mi papá me dejó con Yoli y dijo que ya volvía. Que iba a llenarle el tanque a la troca. Pero luego no llegó al primer rosario de la novena de la abuela y no regresó en la mañana. Yoli me llevó a mi casa por ropa limpia y noté que mi papá no había pasado por ahí. Todo estaba como lo dejamos la mañana del funeral de la abuela, hasta el cuchillo para mantequilla que se quedó junto al fregadero. Daba miedo.

—¿Va a volver o ahora soy huérfana? —le pregunté a Yoli la cuarta noche de la novena de la abuela. Ella y sus comadres, Renata y Élida, estaban sentadas en la cocina de la abuela. Habían estado ahí todas las tardes desde el funeral, ayudando a preparar todo para la novena de la noche. Después, pasaban horas sentadas en la cocina, hablando y bebiendo vino. Las copetonas, las llamaba mi papá a sus espaldas, por sus peinados. Eran las mejores amigas de Yoli desde la primaria.

—No seas tan dramática —dijo Yoli. Tenía el rímel un poco corrido por llorar, pero su voz sonaba firme—. Estás con tu familia.

—Estoy contigo —respondí. Carlos ya había regresado a la universidad. Acababa de irse esa mañana. Ahora solo quedaba yo en la casa, en la periferia de Yoli, gracias al imbécil de mi papá.

—Lulú, no molestes, ¿okey? —dijo Yoli, con voz de cansancio. Era una bola de energía todo el día, todos los días, cumpliendo lista tras lista de pendientes. Vi su cuadernito de papel y las tareas tachadas: seguro, banco, especificaciones de la lápida, pagarle al tipo del césped. Por las tardes, se transformaba en la anfitriona perfecta. Alta y ancha, igual que la abuela Romi, con su vestido negro de seda, lista para consolar a los demás. Únicamente lloraba al terminar todo. De noche, con Renata y Élida.

—Tu papá volverá —dijo Renata mientras encendía un cigarrillo. Tenía una sonrisa caída, que le daba el aspecto de estar siempre riéndose de uno—. Es lo que hace él. También se desapareció un tiempo después de la muerte de tu madre. ¿Cuánto fue? ¿Un par de semanas?

—Sí, eso creo —asintió Élida. Ella era la que mejor me caía, incluso con su horrendo peinado de mamá. Era más fácil hablar con ella que con Yoli y era mucho más amable que Renata.

—¿No es la primera vez que me abandona? —pregunté, pero sí recordaba un poco. En esa ocasión nos quedamos mi perro Gonzy y yo con la abuela Romi. La abuela me dijo que mi papá estaba en un viaje de trabajo. Le creí. Además, cuando regresó, lucía normal. Grandes abrazos y regalos extravagantes para todos. A la abuela le trajo su nuevo anillo de madre, con piedras de verdad por cada uno de sus hijos. A mí me trajo muñecas de *Jem y los Hologramas*; el juego completo, con todo y sus rivales, las Inadaptadas. Hasta a Gonzy le trajo una bolsa de bocadillos de hígado.

Ahora sabía que mi papá nos sobornaba para calmar su sucia conciencia. Guao. Eso me dio más determinación para ir en busca de aquella mujer de la iglesia, la supuesta ex comadre de mi abuela. Si eso no le gustaba a papá, pues quizá debería estar presente en vez de huir cuando le daba la gana.

—No está abandonándote —Élida envolvió una bandeja de enchiladas con un pedazo de papel aluminio. Había al menos otras tres bandejas con guisados caseros, una cubeta de pollo frito y una caja de donas. La gente traía montones de comida cada noche—. Cada quien pasa su duelo a su manera, mija. Tu tía se mantiene ocupada. Tu papá...

—Julio apenas si está educado —intervino Yoli con una palmada en la mesa. Tenía la cara enrojecida y húmeda por el vino tinto y el dolor—. Mamá siempre lo mimó. Bueno, pues yo no soy ella. No voy a inventarme una historia para cubrirlo cada vez que le den ganas de escapar.

—Ay, Yoli —dijo Renata, mirando entre nosotras dos—. No le digas eso. Es una niña.

—Ya tiene edad —respondió Yoli—. Carajo, vive con él. Ya sabe cómo es.

—Él no es así —repliqué, herida. Pero era verdad. Me dejaba con la abuela varias veces a la semana, siempre que quería irse. Yoli negó con la cabeza. Ya lo sabía.

—Lulú, ayúdame a guardar algo de esto en el refri de afuera —dijo Élida.

Agarré dos de los platos y la seguí afuera, hasta la vieja cochera en el patio trasero de mi abuela. No era una cochera de verdad; más bien era como un pequeño departamento, con cocina y baño, pero la abuela únicamente lo había usado como bodega. Puse los platos en el refrigerador, junto a las sobras de las noches anteriores.

—Jamás nos comeremos todo esto —dije—. Se echará a perder.

—Ah, mañana Yoli y yo la pondremos en orden. Llevaré un poco a casa para mis niños —dijo Élida. Sus hijos eran los gemelos De la Garza, de último año en mi prepa—. Se lo refinarán sin problema.

—¿Es verdad? —le pregunté. No pude evitarlo—. ¿De verdad mi abuela quería a mi papá más que a Yoli solo por ser hombre?

—No —respondió Élida—. Es que ahorita tu tía está muy molesta con tu papá.

—Suena a que está enojada con mi abuela.

Élida se quedó callada mientras salíamos al patio. Eran pasadas las once y la noche estaba despejada y con brisa: el frío suficiente para que deseara haberme puesto mi sudadera. Al llegar cerca de la casa, se detuvo y me hizo una seña para que me quedara con ella. Yo podía ver claramente por la ventana de la cocina. Yoli y Renata seguían sentadas juntas. Mi tía tenía los codos en la mesa y la cara entre las manos.

—Es complicado para tu tía. Tu abuela tuvo otro hijo, Miguel. Tenía dieciocho años cuando lo mataron.

—Sí. Sé sobre él —dije. La abuela casi no hablaba de él, pero tenía su fotografía en su cómoda: él con su uniforme, probablemente pocos meses antes de morir, en 1944, a un año del fin de la guerra.

—Tu abuela era como Yolanda. Le mostraba una cara fuerte al mundo, pero llevaba su dolor por dentro. Yoli era bebé cuando Miguel murió, así que no lo conoció. Lo único que conoció el dolor de tu abuela.

—Ajá —asentí, incómoda. Aquello me resultaba familiar. Recordaba a mi madre, pero la pesadumbre de mi padre era una parte más grande de mi vida. A veces se ponía melancólico varias semanas. Siempre cuando se acercaba el cumpleaños de mi madre o el aniversario del accidente. Y cuando bebía mucho, me decía: "Debí haber sabido que iba a perderla. Doy mala suerte a todos".

"A mí no, papi", insistía yo. "A mí no". Y lo abrazaba para que no se sintiera mal. Le decía que si había una maldición, yo la rompería. Yo lo salvaría.

—Cuando llegó tu papá, fue una segunda oportunidad para tus abuelos. Sobre todo para tu abuela. Otra vez tenía un hijo. Tal vez por eso lo dejaba salirse tanto con la suya. Se sentía muy feliz de tenerlo —Élida se movió un poco a mi lado, pero estaba demasiado oscuro para ver su expresión—. Ha sido difícil para Yoli estar entre Miguel y Julio.

—¿Quién era la mujer de la iglesia? —al oír mi propia voz, supe que debía preocuparme por Yoli, por lo difícil que era todo para ella. Lo sabía. Pero yo estaba en otro canal.

—Ah, ella —Élida hizo un gesto con la mano, como si una posible "mataniños" no fuera gran cosa—. Era amiga de tu abuela hace mucho tiempo. No sé por qué vino. Se pelearon y nunca volvieron a hablar.

—¿Qué pasó?

—No sé —dijo Élida, molesta y avanzó hacia la casa—. No vayas a preguntarle a tu tía sobre eso. Ya tiene suficientes problemas.

No fue difícil visitar a la vieja amiga de mi abuela. Ya era sábado y Yoli dijo que iba al centro comercial por más trajes "apropiados para la novena". Supongo que no quería que nadie la viera dos veces con el mismo vestido.

—¿Quieres venir conmigo? —me preguntó. Estaba parada en el baño de la abuela, haciendo caras ante el espejo y arrancándose algunos pelos rebeldes de la cara—. Y también podemos almorzar.

—No, gracias —me sentía un poco mal al recordar lo que Élida me había contado, pero no tanto como para pasar toda la tarde con Yoli—. Creo que voy a ir al centro, a la tienda de Cheve. Solo para mirar.

—Claro —dijo Yoli—. Regresa a tiempo para la novena.

Sí fui a Música y Curiosidades Cheve para tener más tiempo de sentirme lista. Ahora que de verdad iba a hacerlo, no sabía exactamente qué le diría a la señora Aguirre. Además, me encanta revisar la sección de guitarras de Cheve.

—¿Qué onda, viejo? —dijo Cheve cuando entré—. ¿Cómo te va?

—Bien —respondí. Cheve es un viejo hippie. Tiene una enorme barriga temblorosa y siempre usa el tipo de playera que regalan los negocios. Llama *viejo* a todo mundo. Debe ser mi adulto favorito, además de la abuela. No le importa que haya chicos en su tienda y si quieres hablar de música *rock* poco conocida, es el indicado.

—Chido, chido —dijo Cheve con una sonrisa somnolienta. Podría apostar a que andaba pacheco—. Voy a estar en la oficina, así que échame un grito si me necesitas.

Asentí y vagué por los pasillos. Era mitad tienda de segunda mano y mitad tienda de música. El cuarto delantero estaba repleto de baratijas y consignaciones de pared a pared: bolsos clásicos, discos, muñecas antiguas, sombreros vaqueros, joyería de fantasía, cobertores San Marcos, zapatos viejos... de todo.

El cuarto trasero estaba lleno de instrumentos musicales. Trompetas y saxofones, tambores, flautas y pícolos, acordeones, hasta un piano. Y guitarras. Ay, las guitarras. Al fondo de la tienda, toda una pared de guitarras.

La guitarra de mis sueños es la Gibson ES-335, pero cuesta cinco mil dólares. Completamente fuera de mi alcance y, de todos modos, Cheve no tiene nada tan caro en su tienda. La siguiente opción es la Epiphone Casino, que se ve casi idéntica a una Gibson. A un precio de cuatrocientos dólares, es *casi* algo que yo podría comprar. Cheve tenía una hermosa, de color turquesa, colgada en la pared del fondo.

Ernie dice que debo conseguir algo barato para aprender, como la Fender Squier: cien dólares, con un mini amplificador incluido y probablemente más barata en la tienda de empeños. Pero me encanta la figura curvilínea de la Gibson. Siempre que podía, entraba a mirar esa Epiphone turquesa.

Pasé un dedo por el lustroso cuerpo de la guitarra. No tenía caso pedirle a Cheve que la bajara para mí. Todavía no. Pero si Ernie vendía el cachorro, como decía, tendría la mitad del dinero. Suficiente para pagar un adelanto. Pero ¿dónde la guardaría? No podía esconderla en casa, ni en casa de la abuela.

La idea aterrizó en mi mente cual pájaro en una rama. *Sí* había un lugar donde nadie iría, alguien que quizá me alquilaría el cobertizo en su propiedad. De eso podía hablar con la mujer. Una transacción. Podía decir que no, pero se había colado en el funeral. Quizá me diría que sí a mí, por ser la nieta de Romi. De ser así, tal vez me enteraría de la verdadera historia entre ella y la abuela Romi.

Eso, suponiendo que siguiera en el pueblo. Si ya no estaba, la casa estaría vacía y, embrujada o no, sería un buen lugar para guardar mis cosas. Me besé los dedos y volví a acariciar la Epiphone.

—Volveré por ti —susurré.

Por segunda vez en dos semanas, me dirigí a Loma Negra. A pleno día era mejor: más fácil encontrar el camino de terracería que conducía a la casa. Alguien había pasado en auto por ahí recientemente, lo noté por las huellas de llantas. Además, alguien había podado los espinosos arbustos de gatuño.

Llegué a la punta de la loma y la casa apareció ante mi vista. A la luz del día, era una casa ordinaria en medio de un amplio claro, con cuatro grandes nogales en el patio frontal. Humilde y vieja, como tantas casas en el barrio de la abuela. Una casa angosta con sucio exterior de listones de madera y techo en punta con tejillas de verdad, no de lámina. Había una amplia ventana en un marco negro paralelo a la puerta de entrada, que también era de madera pero estaba pintada de un color oscuro. El conjunto daba a la casa la apariencia de tener dos ojos negros. El porche envolvente ensanchaba la casa y la hacía parecer más grande. En el porche había un sillón rojo y aterciopelado. Se veía nuevo. A unas veinte yardas de la casa había una estructura gris, una especie de mezcla entre granero y cochera. Cerca de ahí estaba estacionada una pequeña troca, Chevy S-10, también de un rojo brillante.

De pronto, un gran perro salió corriendo de detrás de la troca. Un enorme labrador chocolate. Me embistió lanzando una sarta de ladridos. Me detuve en seco y dejé que mis brazos colgaran a mis costados. *Sé un árbol*, me había enseñado mi papá. *Raíces fuertes, ramas blandas. Nada de contacto visual.*

Sin embargo, el labrador no quería hacerme daño. Se notaba que estaba sonando la alarma. Gonzy también lo hacía. Me quedé quieta mientras el perro me olisqueaba los pies y los dedos. Un minuto después, ya meneaba la cola con fuerza. Le froté los cachetes y gruñó de felicidad.

—Hola, chico. Hola, buen chico —dije. El labrador frotó todo su cuerpo contra mis piernas. Era tan gordo que tenía forma de *nugget* de pollo. Algo en el grato volumen de ese perro, en su afectuosa corpulencia, me recordó a mi Gonzo. Me dolió, pero también me hizo sentir en casa.

—¡Ssssst! ¡Wicho! ¡Ven acá!

Una voz de mujer, nítida e imperiosa. El perro volteó a verla, pero no se apartó de mi lado.

Ella estaba en el porche. Pequeña como gorrión, con piel como café con demasiada leche. Sin duda era vieja, pero su piel no tenía arrugas grandes. O quizá sus ojos, castaños y de grandes pestañas, alejaban la atención de las líneas de expresión en torno a su boca. Su cabello negro, trenzado como una larga soga, descansaba sobre uno de sus hombros. Nunca había visto a alguien de su edad con el cabello así de largo. Vestía unos Levis ajustados y llevaba una camisa de trabajo a cuadros anudada en la cintura. Sus pies lucían diminutos en un par de Reeboks rojos de caña alta, casi del mismo color que el sillón aterciopelado. Tenía un rollo de papel tapiz en la mano.

No sonrió ni dio señales de darme la bienvenida, sino que me recorrió con la mirada otra vez. Me dio un cosquilleo en la piel. Podía sentir su mirada sobre mis tenis y mis jeans manchados de pasto. Sobre mi cara.

—Usted fue al funeral de mi abuela —solté bruscamente. No sabía qué otra cosa decir. Definitivamente no podía ser: "¡Oiga!¿Puedo dejar una guitarra aquí?".

—Así es —dijo. No me dio nada más. ¿era ésa la terrible leyenda, la mujer de la que todos hablaban en murmullos? *Los Aguirre eran una familia maldita. La madre se volvió loca y mató a su hijito. Ahora su fantasma recorre la casa por las noches.* Qué decepción. Más que nada, parecía una señora de edad a medio remodelar su casa.

—Este muchacho es genial —reconocí y volví a sobarle la cabeza al perro. Caminé hasta el centro del patio y el perro me siguió.

—Está muy consentido —afirmó. Chasqueó los dedos y el perro, vacilante, volvió con ella.

Hice un tercer intento:

—Me llamo Lucha. Todos me llaman Lulú.

—Pilar Aguirre —dijo la mujer. Tenía un tono curiosamente plano. Eso, o de verdad le importaba una mierda conocer a los parientes de la abuela Romi, aunque hubiera arruinado su funeral.

—¿De dónde conocía a mi abuela? —pregunté, sin importarme si sonaba grosera.

—De hace mucho tiempo —dijo y se cruzó de brazos—. ¿Qué haces aquí? Es obvio que quieres algo. ¿Qué es?

—Nada —respondí—. ¿Quién dijo que quiero algo?

—Viniste aquí sin razón.

—No es ilegal. Pura curiosidad.

—Ah, eres curiosa. ¿Viniste a ver si tengo cuernos?

—¿Por qué fue al funeral de mi abuela si nadie la quería ahí? Podría haberse despedido de ella en el cementerio. Después de que todos se fueran.

—Tal vez tenía curiosidad —dijo Pilar. Su boca se torció como si quisiera sonreír, aunque no en forma amistosa—. Por ver a la familia de Romelia.

Entrecerré los ojos. Quería que nosotros la viéramos, mejor dicho.

—Yo soy la familia de Romelia.

—Oh —dijo Pilar, con una extraña media sonrisa—. Bueno, tienes su misma actitud. Ella era audaz. Resuelta. Yo admiraba eso en ella.

—Así era —respondí. Era la verdad. De alguna manera, oírlo en boca de esa extraña lo hacía más real. Más importante. Un pedazo de la abuela Romi que yo no tenía antes. Esa mujer la había conocido antes de que mi papá naciera. Cuando era otra Romi.

—¿Cuántos años tienes? —me preguntó, mirándome otra vez de esa forma curiosa, como si estuviera decidiendo qué pensaba de mí.

—En febrero cumplo quince.

Eso significó algo para ella. Por primera vez, una chispa de interés.

—Ah, ¿así que tendrás fiesta?

—Sí. Es la cosa más estúpida. No significa nada.

—Significa que eres mujer —aseguró Pilar—. Para eso es.

—No. Es una fiesta para mi papá. Para que pueda presumir todo el dinero que gastó. Para mí, nada cambiará.

Para mi sorpresa, se rio: la misma risita baja que había oído tras los arbustos de la iglesia. Nada amistosa.

—Por supuesto. Es hombre. Así son todos.

Dejó el rollo de papel tapiz en la escalinata y se acercó para estar junto a mí. Su voz sonó ávida, casi como si me contara un secreto:

—Pero sigue siendo una fiesta, toda para ti. Tus trajes y tu música, tus chambelanes. En tu honor. ¿No quieres eso?

—No me importa —me encogí de hombros. Se sentía extraño estar tan cerca de ella, pero no me moví. No quería que supiera que me ponía nerviosa. Aunque no fuera una mamá asesina, no se parecía en nada a una señora de la tercera edad común.

—Bueno —dijo y su atención se desvió de mí al pasto, salpicado de nueces cafés. Empujó una con la punta de su zapato—. Seguro que Romelia lo esperaba con ansias.

Pilar me atrapó. ¿Cuántas veces había postergado elegir las invitaciones? Casi podía oír a mi abuela insistiéndome. “Lulú, ándale. No más escoge algo”. Y a mí diciendo: “Ya lo haré”, pero no haciéndolo.

—Así era —admití.

Pilar se agachó rápidamente, recogió una nuez y la lanzó al otro lado del patio. El perro fue corriendo tras ella, jadeando de emoción. Perdió de vista la nuez y se quedó ahí parado, mirando a su alrededor, confundido. Me reí.

—¿Cómo dijiste que se llama?

—Wicho —respondió—. Tiene cinco años.

No me preguntó nada más, simplemente me dio unas nueces.

—Puedes lanzarle estas. Le hace falta ejercicio.

Pilar tomó un recogedor de nueces amarillo de un lado de la casa y se paseó por el patio recolectando nueces. Yo estuve jugando con el perro un rato, lanzando nueces a la orilla del patio para que Wicho las persiguiera. Era muy torpe, tan tonto que corría a toda velocidad tras cada nuez, pero una vez que las tenía, siempre las escupía.

—Qué tonto eres —dije riendo—. Ni siquiera te gusta el sabor.

Wicho me dirigió su gran sonrisa de perro y dio de brincos ante mí, ansioso de que le lanzara otra.

—Ese perro. Creo que seguiría jugando una hora entera si se lo permitiera —dijo Pilar, con ese tono que suena a queja pero en realidad es afecto.

A Gonzy también le encantaba jugar a atrapar cosas cuando era joven, sobre todo *frisbees*. Le encantaba atraparlos, lanzarse al aire y cerrar los dientes sobre el disco giratorio. Estuve a punto de contárselo a Pilar, pero no la conocía bien.

—Tengo que irme. En un rato es la novena de mi abuela.

Pilar asintió.

—La quinta noche. Estoy haciendo la mía por acá.

—Eso está bien.

En un par de horas, la gente se reuniría en la casa de mi abuela y llenaría la casa de más comida. Pasaríamos cuarenta minutos rezando un rosario completo, con responsos. Pilar estaría aquí arriba, rezando con nosotros. Más evidencia de una abuela que yo no conocía y que había sido importante para esta mujer. Dinero o traición, había dicho Marina. Pero esta mujer no actuaba como si tuviera la conciencia sucia.

—Si quieres puedes regresar y jugar con Wicho —dijo Pilar—. Le caes bien.

—Gracias —respondí, dándole palmadas en el ancho lomo al perro—. Lo haré.

Capítulo seis

Amachada

PILAR AGUIRRE, 1951

—Chuy no me dijo que cremaron a la bebé —gruñó Romi—. Me va a oír por dejar que tu marido hiciera eso.

Pilar ahogó un suspiro mientras colgaba la funda de la almohada de Joselito en el tendedero. *Ella* habría cambiado las cosas. *Ella* habría detenido la cremación de la bebé.

—José Alfredo hace lo que quiere. Créeme.

Romi había venido a pasar la tarde con ella. En una hora, irían juntas a la escuela en la troca de Romi, para recoger a Joselito y Yolanda después de clases. Pilar reprimió su irritación. Desde su salida del hospital, Romi había pasado por su casa casi todos los días, aunque fuera por unos minutos.

—Así son todos —dijo Romi. Probablemente sí regañaría a Chuy, pensó Pilar. Por su nariz dilatada se notaba que estaba enojada.

Vio a Romi poner una sábana húmeda sobre el tendedero y ponerle las pinzas con dedos rápidos y eficientes. Romi, corpulenta y de cara ancha, con las pinzas de madera en la mano y un delantal multiusos sobre su vestido. El resentimiento volvió a agitarse en el interior de Pilar. Qué cosa, poder indignarse aunque fuera una vez porque su marido no la consultó.

"Soy mucho más guapa que ella", pensó Pilar y se avergonzó. Esnobismo, el refugio de las mentes débiles. Además, eso no era exactamente cierto. Romi era de mediana edad, pero era alta y escultural, y poseía una clase de atractivo contundente que tenía que ver más con su personalidad que con su simetría.

Romi era la única mujer del barrio que sabía conducir los grandes camiones cargados de productos del campo si su hermano Rufino, el abarrotero del barrio, estaba ocupado con otro encargo. Ella no tendría empacho en explicarle a su marido que debería haberla consultado. Así era Romi, siempre capaz, nunca intimidada por la vida; se mantenía a flote gracias a alguna misteriosa cualidad que Pilar no poseía.

—Me dijo lo caro que habría sido todo —comentó Pilar—. Por cómo ocurrió.

—Bueno, sí —dijo Romi mientras sujetaba la última sábana al tendedero—. Y estaba loco de preocupación. Tenemos que recordar eso.

—Supongo que sí —respondió Pilar.

Habían pasado dos meses desde el parto de su hija, dos meses desde que José Alfredo pasara toda la noche fuera. Le había dicho, en cuanto regresó a la casa, que no quería discutir. Que era terrible lo que había ocurrido, pero lo hecho, hecho estaba. Que le pediría al padre Camacho que dedicara una misa especial a la bebé.

Cuando José Alfredo regresó, Pilar andaba remendando unos pantalones de Joselito. Siguió cosiendo como si él no estuviera presente. Tenía en la punta de la lengua la respuesta: "Ah, ¿y te quedarás sentado toda la misa?". Pero era más satisfactorio no decir nada.

—Anoche no fui a ningún lado. Me estacioné al pie de la loma y volví a subir más tarde. Dormí en el patio. En realidad no te dejé sola.

Aunque José Alfredo no se había disculpado, sus palabras apresuradas daban a entender que le remordía la conciencia.

Una vez más, Pilar no dijo nada. Así que había dormido en el patio. Qué bueno. Que sintiera su culpa. No había sido ella quien se fue o fingió irse. Siguió cosiendo hasta que él, por fin, se marchó.

Así habían sido las cosas desde entonces, con muchos silencios.

Hubo una misa para la bebé, con plegarias por Alondra Belén Aguirre. José Alfredo le dio a su hija el nombre que Pilar había deseado. Aunque Alondra no podía ser bautizada, la bendición ya era algo. Al menos se dijo su nombre en la iglesia. Eso ablandó a Pilar un poco, aunque, sentada junto a José Alfredo durante la misa, se preguntó qué imaginaba él cuando pensaba en su hija. Ella era la única en la iglesia que había visto a Alondra. Nadie más la vería nunca.

Entretanto, el cuerpo de Pilar sanaba. Las hemorragias por fin cesaron; sus entrañas estaban sensibles, pero en buen estado. Hasta el ardor de sus pechos cedió al secársele la leche. Supuso que sí, por fin había aceptado la realidad de la ley, los costos de la corte y la jurisdicción de la vida y la muerte. Había cedido ante José Alfredo y Romi: era algo terrible, una parte trágica pero natural de la vida y no el resultado de la maldición de una vieja a la que nadie podía encontrar.

Aun así, la realidad de su hijita, quemada sin que nadie la reclamara, pesaba como una piedra en su corazón.

—Amolda tu mente al perdón —aconsejó Romi, como si le leyera el pensamiento—. Tienes a tu familia y toda tu vida por delante, con este hombre. Nada puede tomar el lugar de tu hija, pero ya te llegarán otras alegrías.

Su hija. Llorarla era un dolor fantasma, extrañísimo. Esa hija que, a pesar de la evidencia, no había existido de forma definida. Los muertos, al parecer, tenían su lugar. Los vivos sin duda tenían el suyo. Pero ¿qué sería de quien nunca había vivido ni muerto, el alma que simplemente no había llegado a su envoltura terrenal? Su hija no podía tener tumba. Ni bautizo. Ni lápida. De haber vivido tan solo diez minutos, habría podido tener esas cosas.

Lo que aterraba a Pilar era la imperfección de su memoria, el breve momento que había tenido con su bebé. Recordaba haberla abrazado, pero no más que eso. Era la conciencia del recuerdo, más que el recuerdo mismo. No hubo nada que marcara su existencia excepto el cuerpo de Pilar que recuperaba sus anteriores dimensiones. Excepto su dolor.

Su dolor seguía vivo. Eclipsaba la mayor parte de su vida. Le llegarían otras alegrías. ¿Dónde estaban?

—Lo intento —aseguró Pilar, aunque no era así y lo sabía. Y tampoco quería. Su furia contra José Alfredo era como una bestia enjaulada que se paseaba tras el muro de su silencio—. Lo intento. Pero ya no es lo mismo.

—Bueno, no será lo mismo... —comenzó a decir Romi.

—Él no es el mismo —dijo Pilar, sentada en la escalinata del porche, con la cesta vacía a su lado. Se le estaba saliendo la verdad—. Muchas veces llega tarde a casa y no me dice a dónde fue.

Romi se sentó junto a Pilar. Metió la mano al bolsillo de su delantal y sacó un cigarrillo de su caja de Lucky Strikes. No le ofreció uno a Pilar, porque sabía que lo rechazaría. A José Alfredo le parecía que fumar no era de damas. También a Chuy, para el caso, pero a Romi no le importaba, o él nunca la había descubierto. Fumaba exactamente un cigarrillo al día.

—Chuy se puso igual después de que mataron a Miguel —dijo Romi mientras encendía su cigarrillo—. No podía hablar conmigo. No hizo más que trabajar y emborracharse seis meses seguidos.

—¿Qué hiciste? —preguntó Pilar, despacio. Romi casi nunca hablaba de su hijo y nunca de su muerte.

—¿Qué podía hacer? Estaba destruida. Ambos lo estábamos.

Romi se fumó todo el cigarrillo en silencio. Pilar tomó su otra mano y la apretó con fuerza.

—Lo lamento, comadre.

—El dolor nunca se va —dijo Romi con ojos destellantes. Nunca lloraba. Tenía demasiado orgullo—. Dicen que el tiempo lo cura todo, pero es mentira. No más te acostumbras a cargar el dolor.

—Sí —convino Pilar. Sentía que era verdad—. Pero ¿qué estuvo haciendo Chuy? ¿Pasaba todas esas noches bebiendo?

—Aguantando. ¿Qué más? —Romi sacó un segundo cigarrillo, cosa que Pilar nunca la había visto hacer—. Pero luego se calmó. Eso me pareció bien.

—Ya han pasado dos meses.

—¿José Alfredo está… diferente contigo? —preguntó Romi—. ¿En la cama?

—No estamos teniendo relaciones —respondió Pilar, sonrojándose un poco. José Alfredo no se lo había pedido desde la llegada del bebé y ella no lo había alentado.

Pilar reflexionó. José Alfredo prefería el pequeño universo de su familia, la casa lejos de los vecinos, su taller atrás de la casa. Había crecido como trabajador de rancho y aún tenía las costumbres solitarias del vaquero. ¿Sería posible que se hubiera descarriado? O algo peor: quizás había vuelto con la vieja y abandonado su vida con Pilar. No podía hablar de ese miedo con nadie. Sonaría como una loca.

Siempre que Pilar preguntaba, José Alfredo decía que estaba trabajando. Se negaba a decir nada más al respecto. "Estoy trabajando. Ya te dije. Deja de preguntarme". Había llegado un punto en el que ya no se saludaban cuando él entraba a la casa. Pilar volvió a pensar en la mujer lanzándole tierra, en la maldición. En la historia que había contado Trini. ¿No se había enfermado el hombre aquel, vomitando sangre, por una maldición? El hombre había admitido que conocía a la bruja en cuestión. Que tenía historia con ella. Pilar se miró las manos y el anillo de oro en su dedo. No le confiaba esos pensamientos a nadie. Ni siquiera a Romi. Pero ¿y si era verdad y por eso la pequeña Alondra había llegado muerta?

Cuando Pilar se permitía pensar esas cosas, su furia era tan sobrecogedora que la asustaba. Si era verdad, José Alfredo lo había hecho. O había hecho algo, en todo caso.

—¿A qué huele cuando llega a casa? —preguntó Romi, directo al grano—. ¿A alcohol?

—No —respondió Pilar—. Siempre está sobrio.

Guardaron silencio. Romi no hizo la otra pregunta, pero Pilar la tenía en la mente: "¿Huele a mujer?".

—¿Quieres que pregunte por ahí?

—No —respondió Pilar—. Quiero descubrirlo yo misma.

—Buena idea —dijo Romi—. Así nadie suelta la lengua sobre que lo buscas.

—Exacto —convino Pilar.

Romi fumó en silencio unos minutos, pensativa. A su lado, Pilar lamentó aún más haber tenido aquellos pensamientos hirientes sobre su amiga. Romi la ayudaría. Siempre lo hacía.

—Bueno —concluyó Romi, exhalando por la nariz—. Lo primero que tienes que hacer es aprender a conducir.

Lo difícil de conducir era aprender a equilibrar el embrague y el acelerador al cambiar de velocidad. Romi le aseguró que el conocimiento llegaría con la práctica, así como el pie aprendía a activar el pedal de una máquina de coser de modo que una apenas lo pensaba. Así era.

—Lo que más me costó a mí fue recordar dónde están todas las velocidades —comentó Romi mientras daban vuelta hacia la avenida del centro—. Pero tú lo aprendiste muy rápido.

Iban camino a la frontera, Pilar al volante y Romi a su lado, con un brazo descansando en la ventana del copiloto y un cigarrillo entre los dedos. Últimamente fumaba su cigarrillo diario cuando iban en auto. Decía que la hacía sentir glamorosa.

—Además, estoy tratando de actuar con naturalidad —señaló Romi. Llevaba puestos unos lentes oscuros que había comprado en Woolworth en su último paseo. Tenía el cabello negro recogido con una mascada blanca con lunares azules que ondeaba en la brisa.

—¿Como si no tuviéramos preocupaciones?

—Exactamente —Romi rio y exhaló una voluta de humo por la ventana.

Pilar llevaba casi tres semanas conduciendo. Últimamente, cuando salían a practicar —siempre de día, mientras los niños estaban en la escuela—, Romi elegía un desconocido para que Pilar lo siguiera por veinte minutos sin que la detectaran. Una mujer en un Studebaker blanco. Una familia en una pickup Chevy abollada, los cuatro adolescentes amontonados en la caja. El joven y guapo conductor del camión de leche de Sunshine Dairy. Y una vez, un oficial de policía en su lustrosa patrulla blanca y negra. Solo él se dio cuenta de que lo seguían e, incluso entonces, no vieron más que el rápido destello de sus ojos en el retrovisor.

—¿Quién te enseñó esto? —preguntó Pilar. Romi sabía cuándo quedarse atrás y qué tan lejos. Cuándo ponerse detrás de otro auto. Cómo estacionarse discretamente sin perder de vista al objetivo.

—Aprendí sola cuando Chuy consiguió el trabajo en el río —dijo Romi—. Trabaja fuera del pueblo toda la semana. Por supuesto que lo vigilo.

—¿Lo sigues al campamento de vaqueros? —preguntó Pilar, asombrada. El campamento quedaba a casi treinta millas.

—Todos los lunes por la mañana, desde hace años —confesó Romi con tranquilidad—. Nunca me ha visto. Nada más quiero cerciorarme de que va a donde dice. Es un buen hombre, pero nunca se sabe.

—No —convino Pilar. No preguntó si Chuy siempre estaba donde decía—. Nunca se sabe.

Hoy, Romi retó a Pilar a seguir a un Buick Skylark azul claro. El conductor era un joven blanco con un tupido bigote rubio. Siguieron al auto por la aduana y sobre el puente hasta el otro lado de la frontera. Pilar logró no ahogar el motor mientras pagaban la cuota, pasarse al carril de Nada que Declarar y luego abrirse paso por las estrechas calles de un solo carril de Ciudad Bravo. El joven no las detectó, aunque ¿por qué habría de hacerlo? Eran dos señoras mexicanas en una troca vieja. No eran nada.

—Déjalo —dijo Romi mientras entraban a la avenida del centro—. Quiero comer unos tacos en la placita.

—Ah, buena idea —coincidió Pilar. Comer por capricho. Se podía hacer eso cuando una tenía un vehículo. Podía hacer lo que quisiera. José Alfredo no sabía dónde estaba, ni siquiera sabía que había salido. Estarían de regreso antes de que él volviera del trabajo o de donde hubiera ido. Él nunca sabría que había salido del barrio. Era emocionante.

El joven atravesó la siguiente intersección. Pilar dio vuelta a la derecha. Unas cuadras más adelante, se estacionó junto a la acera en la plaza, donde los vendedores ambulantes vendían fruta con chile en polvo, elote en vaso, tacos al pastor. Era una fortuna, pensó, que no hubiera muchos vehículos en torno a la plaza. Todavía no era buena para estacionarse en paralelo.

—Perfecto —dijo Romi cuando Pilar apagó el motor—. Creo que ni siquiera doblaste el espejo lateral.

Compraron tacos al pastor, calientes y envueltos en papel aluminio. Romi les puso cebolla, cilantro y salsa. Pilar pidió los suyos simples. Los sabores fuertes le irritaban el estómago y no quería enfermarse tan lejos de casa. Le sucedía desde lo de Alondra, aunque el doctor Mireles decía que no tenía ningún problema físico. Debían ser los nervios, sugirió el doctor con un tono gentil que la hizo sentir vergüenza y furia, y le aconsejó que descansara más.

Pilar y Romi se sentaron en una banca de la plaza mientras desenvolvían sus tacos. Había rosas en grandes jardineras rojas por toda la plaza. Aunque hacía mucho que el calor del verano había terminado, era un cálido día de noviembre y las rosas estaban en flor. Pilar dio una mordida a su taco. Alondra jamás vería un día de verano. Ese pensamiento se prendió en su mente como un oscuro gancho; así solía ocurrir con ese tipo de pensamientos. Masticó sin cesar, repentinamente incapaz de soportar las coloridas jardineras.

—Como es viernes, voy a comprar una docena para llevar a casa —anunció Romi—. Así no tendré que preparar la cena. Todos los fines de semana, Chuy llega a casa apestando a caballo y medio muerto de hambre. No sé qué come toda la semana en el campamento.

Pilar se obligó a sonreír, tratando de ahuyentar los malos pensamientos. Chuy era uno de los pocos tejanos empleados como jinetes del río para el Departamento de Agricultura de los Estados Unidos. De lunes a jueves se quedaba en el campamento de vaqueros del sector, patrullando su pedazo de frontera. Ahí pasaba todo el día a caballo, recorriendo el río en busca de ganado errante de cualquier lado de la frontera, inspeccionando a los animales para cerciorarse de que no tuvieran las garrapatas que transmiten la fiebre bovina.

—Compra una docena, entonces —dijo Pilar, procurando sonar despreocupada—. ¿Hay nuevas vacantes?

—No sé —respondió Romi—. Esta noche le preguntaré a Chuy.

—Gracias.

Desde que recibió su permiso de residencia, José Alfredo quería trabajar como jinete en el río. Pilar había protestado, pues no le gustaba la idea de que su marido trabajara fuera del pueblo toda la semana. Sin embargo, tal como anadaban las cosas, quizá fuera mejor. El creciente silencio entre ellos se notaría menos si él no estaba. Y tal vez el trabajo lo alejaría de lo que fuera que estaba haciendo todas las tardes. Después de todo, los hombres no tenían permitido salir del campamento durante la semana. Si contrataban a José Alfredo, Pilar acompañaría a Romi los lunes por la mañana solamente para estar segura.

—Creo... —dijo Pilar lentamente—, creo que ya es hora de que conduzca sola.

—Sé que ya puedes conducir —respondió Romi, con los ojos muy serios—. Pero ¿estás lista?

—Sí.

El plan era simple: un día entre semana, cuando Chuy estuviera en el campamento, Romi cuidaría a Joselito después de clases y Pilar tomaría prestada su troca. Poco antes de las cinco treinta, se estacionaría afuera de la entrada del corral de La Ciénega, a suficiente distancia para que José Alfredo no notara lo que no esperaba ver: a Pilar tras el volante, a la expectativa. Lo vería salir de la reja y lo seguiría. Descubriría su secreto.

—El lunes por la tarde —dijo Pilar. Decirlo en voz alta aflojó algo en su interior. Por primera vez en mucho tiempo, le volvió el apetito. Se comió el resto de su taco con verdadero placer.

Los corrales estaban a cinco millas del pueblo, a un lado de la autopista que iba por el oeste hacia Sanderson, pero había una bodega y una gasolinería al otro lado de la autopista. Pilar se estacionó detrás de un gran camión comercial, para quedar oculta y poder ver el tramo de autopista que conducía de regreso a La Ciénega.

No esperó mucho. La *pickup* negra de José Alfredo, con su brillante rejilla cromada, pasó veloz. Pilar salió del estacionamiento, pero se mantuvo a cierta distancia, sin dejar de tenerlo a la vista, donde pudiera ver hacia dónde giraba.

José Alfredo condujo hacia el este, más allá de Barrio Caimanes, más allá de los vecindarios de anglos con su cuidado césped, más allá de la estación de trenes, más allá del límite oriental del pueblo. Volvieron a salir a la autopista, con cactos y mezquites a ambos lados del camino.

Pilar no conocía a nadie que viviera por ahí. Había puros ranchos de propietarios blancos. Con trabajadores mexicanos y quizás algunas mujeres. Una cocinera. La hija de algún vaquero. O una vieja, una ama de llaves, una nana anciana que sigue con la familia tras años de servicio. Quizá fuera *la* vieja. Tal vez pasaban tiempo juntos ahí, fuera de la vista de Pilar. Se aferró al volante y resistió las ganas de pisar el acelerador a fondo.

Vio el brillo rojo de las luces de frenado. José Alfredo viró a la derecha. Pilar se fijó en el lugar, junto a un grupo de mezquites. Unos momentos después, pasó junto a los árboles. Ahí estaba a la angosta vereda del rancho, serpenteando entre la maleza. Pilar condujo otra milla antes de detenerse. Estaría bien dejarlo llegar, darle tiempo para acomodarse. Trató de imaginar su cara cuando la viera. ¿Luciría avergonzado, descubierto? La cara de la vieja le vino a la mente con más claridad: diminuta y arrugada, como un gato hambriento. Los ojos que destellaban de desprecio y rabia.

Pilar no tenía miedo. Ya no. Si la vieja estaba ahí con José Alfredo, ambos responderían por su hija.

Recorrió tres millas por un camino de caliche, según el odómetro de la troca de Romi, antes de llegar a la reja. El arco sobre la entrada decía Rancho Dos Espuelas. Dos gigantescas espuelas de hierro forjado adornaban cada lado del arco, con los picos extendiéndose en el aire. Salió de la troca para abrir la larga puerta para ganado. Aunque no tenía candado, la invadió un ataque de nervios. Estaba invadiendo propiedad privada y en un rancho de anglos.

"Vengo a buscar trabajo", decidió. "Si no lo veo y alguien me detiene, vengo a buscar trabajo".

Después de otra curva, el camino se abría de pronto hacia un claro de tierra aplanada. Dos Espuelas no era un rancho ganadero. Era una pequeña caballeriza. Hilera tras hilera de casetas cubiertas y galpones dispuestos en forma de media luna, y una media docena de trocas estacionadas en una u otra sección de los establos. En uno de los establos había un viejo blanco trabajando con la cuerda a un potro ruano. Había dos caballos atados en un andador, mordisqueando el suelo sin preocupaciones. A cierta distancia había un modesto rodeo, con todo y gradas de aluminio. Ahí, junto a las gradas, estaba la troca de José Alfredo.

Pilar condujo hasta el ruedo; ya no le daba ansiedad que la atraparan. Nadie la detendría en ese lugar. Lo único que verían esos hombres era una troca más, una persona más que venía a trabajar o adiestrar a su caballo. ¿Qué estaría haciendo José Alfredo? Al menos no era una mujer, vieja ni joven. Era alguna otra cosa. Se estacionó junto a la troca de José Alfredo, tan cerca que a él se le habría dificultado abrir la puerta del conductor. Pilar subió la escalinata hacia las gradas.

José Alfredo estaba de pie al otro lado del ruedo, hablando con un hombre sentado sobre el barandal de un cajón para monta. Pilar no alcanzaba a entender lo que decía. Tenía una soga enrollada en la mano izquierda. Por la inclinación de su cabeza, la deliberación con que sacudía el lazo con la mano derecha y las inflexiones de su voz, se notaba que daba instrucciones. Aunque le tomó un momento, Pilar reconoció al hombre sentado sobre el cajón de monta. El doctor Allen.

Pilar se sentó en la primera hilera de gradas; de pronto estaba sin aliento. ¿Por qué estaba ahí José Alfredo, con el doctor Allen? Ese hombre que, sin duda, lo había convencido de quemar a su hija. Pilar casi deseó haber hallado a su marido con una amante.

El pequeño lazo subía y bajaba, desenroscándose con cada giro de la muñeca de José Alfredo. Izquierda, derecha, izquierda otra vez. Levantó la mano derecha sobre su cabeza y el lazo dio lentos giros a su alrededor. Cuando el lazo fue lo bastante grande, lo elevó en el aire y lo bajó hasta quedar de pie en el centro del bucle giratorio. Estaba enseñándole al doctor Allen a florear la soga.

José Alfredo elevó el lazo y lo alejó de su cuerpo. El lazo ya tenía casi seis pies de diámetro, así que José Alfredo giró, siguiendo el lazo para controlar sus revoluciones. Entonces la vio. Ella lo supo por la manera en que el lazo se deformó, apenas un poco.

José Alfredo enderezó el lazo y completó su vuelta. Le dio la espalda. Dijo algo ininteligible, pero Pilar supo que le indicaba al doctor que debía *llevar la cuenta*. Inhaló entre dientes. La arrogancia de José Alfredo. La absoluta arrogancia. No iba a hacer una escena. No pensaba llamarlo. Él tendría que ir hacia ella, aunque tuviera que esperar toda la lección. Iría hacia ella.

José Alfredo enviaba el lazo hacia adelante y lo regresaba de un tirón. Lo atravesó de un salto, luego un segundo salto en el regreso y un tercero. Pase tras pase, saltaba a la cuenta, como si estuviera bailando. A pesar de su furia, Pilar no podía evitar admirar sus ágiles saltos, su dominio del lazo. Siempre había amado verlo en el ruedo:

su destreza, su precisión. El cálido cosquilleo que sentía al verlo moverse. Se enfureció aún más, contra sí misma, por sentirse así incluso en este momento.

Su esposo encogió el lazo y volvió a enrollar la soga. Le indicó al doctor Allen que bajara del cajón. El doctor hizo unos pases temblorosos, pero aceptables, con el lazo. Podía deslizarlo por su brazo y elevarlo de nuevo, pero hasta ahí parecían llegar sus habilidades. Aun así, Pilar sabía que el doctor debía llevar varias semanas practicando para poder hacer eso. Así que eso había estado haciendo José Alfredo. Enseñarle suertes charras al doctor anglo. Le ardían los ojos. No iba a llorar. No pensaba llorar.

José Alfredo le dijo algo al doctor, luego subió al cajón y se dejó caer al otro lado de la valla del ruedo. Un momento después, estaba de pie en lo alto de la escalinata de las gradas. Pilar también se puso de pie.

—Tienes que irte a casa —dijo él, en voz baja. Le hablaba como si hablara con Joselito, no como si ella lo hubiera descubierto—. Estoy trabajando.

Pilar sintió ganas de abofetearlo. Se asustó. Nunca en su vida había deseado golpearlo. Sujetó los pliegues de su vestido para que sus manos no saltaran a la cara de José Alfredo.

—¿Por qué trabajas para él? ¡De toda la gente, *él*!

—No alces la voz —susurró él, agarrándola del codo. Su cara estaba tan cerca que Pilar sintió su cálido aliento. Olió el polvo del ruedo que lo cubría. Él la llevó por el brazo, escaleras abajo. No lo hizo con dureza, pero no aflojó la mano.

—¿Por qué haces esto, después de lo que hizo? —preguntó Pilar, con la cara escurriendo de lágrimas ante él. Se odió por eso. ¿Por qué no podía ser de piedra, como José Alfredo?

—Pilar, tienes que irte —dijo él cuando llegaron a la zona de estacionamiento. Vio la troca de Romi—. ¿Dónde está tu comadre?

Pilar se liberó de su mano de un tirón. Subió a la troca de Romi y azotó la puerta.

—Esta noche hablaremos de eso. Te lo garantizo —dijo Pilar. Encendió el motor y pisó el acelerador. José Alfredo parecía atónito, como si de verdad lo hubiera abofeteado. La invadió la euforia—. Así es. El doctor no es el único que está aprendiendo cosas nuevas.

Sus últimas palabras le supieron dulces. Se alejó antes de que él pudiera responder.

Al acercarse a la salida del rancho miró por el retrovisor. José Alfredo seguía de pie donde lo había dejado, junto a su troca. Pilar encendió el radio y se rio. *La que se fue* de Pedro Infante —una señal donde las hubiera— resonó en la cabina de la troca.

Giró la perilla del volumen al máximo. Bajó su ventana. Echó atrás la cabeza y soltó un largo y sonoro grito mientras se alejaba. Sí, señor. Ya iba a verla.

Capítulo siete

El último hijo

El doctor Allen había llegado del este. De Boston. Casi desde su llegada a La Ciénega, había estado enamorado de Celeste Ruiz, hija de don Álvaro Ruiz, exportador de ganado mexicano y patriarca de la acaudalada familia Ruiz. El doctor se convirtió al catolicismo para dar gusto al escéptico padre de Celeste y, como don Álvaro era el principal mecenas del equipo de charrería de Ciudad Bravo, el doctor juró hacerse charro.

—Así que ese gringo quiere ser charro. ¿Qué nos importa eso? —preguntó Pilar cuando José Alfredo le contó esta absurda historia, la mañana siguiente en el desayuno—. ¿Cómo puedes trabajar para él?

—¿Qué otra cosa puedo hacer? —preguntó José Alfredo, con una calma exasperante, mientras les ponía salsa verde a sus papas fritas—. Le debía el dinero. Así que negocié con él.

—Ya pagaste la cuenta.

"Por quemar a mi bebé". Pilar se tragó esas palabras, pero fue difícil. Se acordó de que ya estaba hecho. No podía deshacerse. Sus amargas protestas no servirían de nada con él.

—No toda —dijo José Alfredo. Masticó en silencio un momento—. Era más dinero del que tenía. Me ofreció un trato, así que lo acepté.

—No debió pedírtelo. Está mal.

José Alfredo negó con la cabeza.

—Por eso no te dije, Pili. Lo que pasó no fue su culpa. No fue culpa de nadie.

—Necesito ir por Joselito y vestirme —dijo Pilar y salió abruptamente de la cocina. No podía soportar a José Alfredo un momento más. Decía que era culpa de ella que no se lo hubiera dicho. Estaba tratando de hacerla tropezar otra vez.

La noche anterior, al llegar del rancho gringo, José Alfredo le había dicho a quemarropa que abandonara su espionaje infantil *de inmediato*; además, ¿cómo pudo aprender a conducir detrás de sus espaldas, cuando podía haberle pedido que le enseñara? Había demostrado que no era digna de confiar.

Ahora dijo tras ella:

—Me voy al trabajo. ¿Quieres decir algo más?

—¿Como qué? —preguntó ella, con una mano en la puerta de Joselito, que estaba parcialmente abierta. Joselito seguía dormido. Había tirado su cobija al piso.

—No tengo idea —dijo José Alfredo—. Si hay algo más que debas decirme, lo dejo a tu conciencia.

—¿Y qué hay de tu conciencia? —preguntó ella, incapaz de mantener la voz baja. Joselito se movió, pero, gracias al cielo, no despertó.

—La mía me dice que pague mis deudas —respondió José Alfredo y salió azotando la puerta de mosquitero.

—Ay, Pilar —dijo Romi esa tarde, cuando Pilar fue a contarle las noticias—. El plan era seguirlo. Averiguar a dónde iba. Eso dijimos. ¿Por qué lo confrontaste?

—Fue a mis espaldas —respondió Pilar. No le importaba si Romi estaba de acuerdo o no—. Está trabajando con ese doctor.

—Ése es exactamente el punto —enfatizó Romi, entre dientes—. No andaba con otra mujer, sino trabajando.

Estaban en el patio frontal de Romi. Romi estaba regando el plátano junto a la escalinata del porche. Las luces de la calle acababan de encenderse y varios niños mayores seguían jugando a la pelota. Joselito y Yolanda habían entrado a la casa a mirar *El Llanero Solitario.*

—No puedo creer que te pongas de su lado.

—Estoy de tu lado, Pili —dijo Romi—. Siempre estoy de tu lado. Te digo esto por tu bien. Está trabajando. Eso es lo único que está haciendo. Así que déjalo.

—Debería buscar trabajo en otra parte —discutió Pilar—. Debe haber otras cosas que pueda hacer en vez de enseñarle a montar a ese doctor.

Romi se cruzó de brazos y miró hacia el horizonte. Se veía seria y triste, con un aire de callada emoción.

—¿Te importa siquiera que se lo cuente a Chuy? Porque eso hará.

—Le dije que tú no sabías —respondió rápidamente Pilar—. Le dije que solo te pedí prestada tu troca.

—Pero Chuy va a decirme que ya no te la preste —dijo Romi—. Se enojará porque te dejé conducir sin decirle a tu marido. No debiste hacerlo, Pili.

—¿Y qué? ¿Le tienes miedo a tu marido?

—No —respondió Romi con calma, mientras buscaba su paquete de Lucky Strikes en el bolsillo de su delantal. Sacó uno y lo encendió—. Pero no necesito tener problemas con él por tus tonterías.

—Ah, ¿es eso?

Por alguna razón, oír eso de boca de Romi se sentía peor que todo lo que José Alfredo le había dicho.

—Sí —dijo Romi, y las palabras brotaron de su boca—. Es hombre. No va a contarte todo. Nunca lo hará. Tienes que olvidarte de esto. No vas a recuperarlo peleando con él por un trabajo.

—¡No necesito recuperarlo! —estalló Pilar.

—Espero que nunca tengas que hacerlo —respondió Romi. Cerró el grifo del agua y comenzó a enrollar la manguera del jardín en su gancho—. Estoy tratando de darte consejos.

—Haz lo que te dé la gana.

Pilar no quería ningún consejo.

—Olvídalo —dijo Romi, mirándola directo a los ojos—. No está con otra mujer. Está trabajando.

Pilar fue hacia la puerta de mosquitero para decirle a Joselito que era hora de volver a casa. A Romi, su marido le contaba todo. ¿Qué tenía de malo que Pilar esperara lo mismo del suyo? El problema era el hombre, más que nada. No eran tonterías. Ese hombre había quemado a su bebé.

—Mami —dijo Joselito al salir y dejó que la puerta de mosquitero se azotara tras él. Ella lo cargó y su tibio peso calmó un poco su ira—. ¿Sabías que el amigo del Llanero Solitario se llama Tonto?

—Eso no es nada amable. ¿Por qué el Llanero Solitario llamaría así a su amigo? —preguntó Pilar, consciente de que sonaba como una niña mimada. Gracias a Romi había podido averiguar lo que hacía José Alfredo. Y sí, era cierto que José Alfredo se lo contaría a Chuy y éste haría que Romi dejara de prestarle la troca.

Romi estaba ahí parada fumando su cigarrillo y fingiendo no oír los comentarios de la malhumorada Pilar. Era insufrible.

—Pero es chistoso —dijo Joselito, riendo—. Anda por ahí y se llama Tonto y ni siquiera lo sabe.

—Vamos, no puedo cargarte hasta la casa —dijo Pilar. Lo puso en el suelo y le agarró la mano—. Vámonos, papacito.

—¡Adiós, gracias! —le gritó Joselito a Romi, que le mandó un beso.

—Nos vemos, angelito —dijo Romi.

Pilar sabía muy bien que Romi la llevaría a casa si se lo pedía. Si no, tendría que caminar veinte minutos entre la maleza, con Joselito tratando de zafarse de su mano todo el camino. Pero Romi no iba a ofrecérselo y eso era culpa de Pilar, por cómo se había comportado. Lo sabía.

Pilar levantó la barbilla. No pidió que la llevara.

—¿Vas a contárselo a Chuy? —preguntó Pilar el siguiente viernes por la noche, a oscuras, mientras ella y José Alfredo estaban en la cama, hechos ovillo y dándose la espalda.

Chuy ya estaba en su casa esa noche y se quedaría hasta el lunes por la mañana. Pilar no había visitado a Romi en toda la semana, temiendo, a pesar de su bravuconería, lo que pudiera ocurrir. Tal vez Chuy le prohibiría conducir a Romi. Pilar no creía que Romi estuviera dispuesta a aceptar eso, pero podía convertirse en una pelea. Y todo por sus tonterías; Pilar lo admitía ante sí misma. Debió haber sido más prudente.

—No. Estoy harto de pelear —dijo José Alfredo sin rodeos—. No quiero que los demás también peleen. Solo quiero tener una vida normal otra vez.

—Yo también —admitió Pilar con un hilo de voz.

De inmediato, José Alfredo se dio la vuelta y la tomó en sus brazos. Ella apretó la cara contra su pecho, escuchando los latidos de du corazón. Qué dulce y maravilloso era, cuán benditamente familiar resultaba estar entre sus brazos.

—Sé que ha sido muy difícil para ti —dijo él, hablando entre su cabello. Pilar casi lo sentía temblar, como temblaba ella misma—. Algún día tendremos otro bebé. Lo haremos.

—No quiero hablar de eso —replicó ella. Sintió que la oscura ira se removía en su interior y amenazaba con surgir. El asunto no parecía tener caducidad, pero ella sospechaba, a pesar de la diligencia de José Alfredo, que su paciencia sí. Cerró los ojos, deseando que la ira desapareciera—. Por favor. No quiero hablar de otro bebé.

—Está bien —dijo él con voz suave, besándola, subiéndole el camisón sobre los muslos—. Está bien. No lo haremos.

Fue fácil cerrar los ojos. Dejar que la amara y corresponderlo.

Para diciembre, la vida parecía, si no mejor, al menos más soportable. Pilar pasaba los días con cuidado de mantener la voz tranquila, de acomodarse de nuevo en su viejo ser, sobre todo porque el mundo ya estaba listo para que su tristeza terminara.

Tal vez sí iba mejorando. Al menos, ahora veía que era posible así fuera con el tiempo. Si lo intentaba. Si lo permitía. Aunque, en verdad, la idea de superar su duelo le parecía una traición. Ahora lo llevaba en secreto. Era como una herida que sentía todo el tiempo, pero frente a los demás, Pilar podía representar la ausencia de dolor. Por José Alfredo, se ponía el buen humor como una prenda todos los días y hasta fingía haber perdonado al doctor. Porque José Alfredo seguía trabajando para él.

José Alfredo había negociado su deuda con el hospital. El doctor era un jinete competente y podía ejecutar algunas suertes charras. Podía pararse sobre un caballo ensillado y florear la soga, y hasta saltar por el lazo. Llegaría a ser un charro decente, le dijo José Alfredo a Pilar. Lo bastante bueno para no hacer el ridículo en el ruedo.

Ahora José Alfredo adiestraba caballos para él: un par de yeguas andaluzas que el doctor había comprado como regalo para su futuro suegro. José Alfredo trabajaba con las yeguas del doctor los sábados y dos tardes por semana.

—Es buen dinero para nosotros —le dijo a Pilar una tarde, después de su jornada habitual en el punto de entrada de ganado—. Ni siquiera intentó regatear. La familia de ese gringo debe estar forrada. Le trajeron esos caballos desde Argentina. Sé que no habría podido traerlos de su propio bolsillo, aunque sea doctor.

—Me sorprende que no haya pedido a uno de los hombres de don Álvaro que los adiestre. Puede elegir entre todo el equipo de charros —sostuvo Pilar, con el tono neutral que había decidido adoptar siempre que hablaran de ese hombre.

—No, no —dijo José Alfredo, negando con la cabeza—. Tiene que hacerlo por su cuenta, o don Álvaro no lo respetará.

—Bueno, a ti te funciona —respondió ella, acomodándose en los escalones del porche para mirar cómo José Alfredo levantaba a Joselito hasta la rama más baja del nogal. Algo les pasaba a los niños al hacerse hombres. Mientras menos hablaba Pilar de su dolor y sus sospechas, más le hablaba José Alfredo sobre todo lo demás. Sin embargo, Joselito se daba cuenta de todo. A veces le abrazaba las rodillas y preguntaba: "Mami, ¿qué pasa?".

¿Qué pasaba, pues? Pasaba que no le había llegado la regla y eso la llenaba de terror. Volver a pasar por todo aquello, tan pronto después de Alondra. Se negaba a decírselo a José Alfredo. Él querría verla feliz y no podía fingir felicidad por esto.

—Son bonitos caballos —se atrevió a decir José Alfredo—. Tal vez, una vez domados, te gustaría verlos.

—Me gustaría —dijo ella, aunque no era verdad. Quería decir que sí porque José Alfredo se lo había preguntado. "Sé más amable", había dicho Romi. "Él te ama. Quiere que seas feliz".

—¡Yo también! —gritó Joselito y se dejó caer desde el árbol hacia su padre. José Alfredo lo atrapó y besó sus rizos.

—Claro que tú también —dijo y volvió a subirlo a la rama.

El doctor Allen tenía sus caballos al otro lado de la frontera, en el Lienzo Charro Los Potrillos, en las afueras de Ciudad Bravo. Era un viaje un poco largo: hora y media en troca desde su puerta hasta el mercado al otro lado de la frontera y otros quince minutos a las afueras del pueblo y la autopista que se bifurcaba al sur hacia Monterrey y Saltillo, al norte a Ojinaga. El lienzo charro, donde se celebraban charreadas, coleaderos y jaripeos, estaba pasando la bifurcación.

Los lienzos eran para celebraciones, pensó Pilar mientras atravesaban la reja de hierro forjado. El enorme pabellón blanco, instalado a buena distancia de los establos y el ruedo, era lo bastante espacioso para un centenar de danzantes. El patio en torno a los establos estaba verde y bien cuidado. A intervalos regulares, a lo largo de las veredas, había bancas de madera y arbustos con flores rosas y amarillas, en jardineras de mármol. Casi se podía olvidar que no lejos de ahí, el terreno del rancho recuperaba su vegetación espinosa.

Mientras José Alfredo estacionaba la troca, comenzó a alzarse la niebla, suave y gris, y dio al aire un olor a arcilla húmeda. José Alfredo sacó a Joselito de la troca y fue hacia el otro lado para ayudar a Pilar.

—Estoy bien —aseguró Pilar. Se echó el rebozo a los hombros y miró al cielo con los ojos entrecerrados—. No sé cuánto tiempo más demorará la lluvia.

—Creo que va a pasar de largo —dijo José Alfredo—. Y si no, regresaremos pronto.

—¡Freddie! —saludó el doctor al verlos acercarse. Su bronceado le daba el aspecto de hijo de algún ranchero. Saludó a Pilar con un breve movimiento de cabeza—. Traigan acá a ese niño. ¡Vengan a ver a las señoritas!

Las nuevas yeguas del doctor eran hermosas. Las había sacado de sus casetas para dejarlas pastar en uno de los encierros aledaños a los establos. Tenían músculos fuertes, como los caballos de cuarto de milla, pero eran más altas, con pelaje gris claro y crines plateadas que les caían en ondas más abajo de los hombros. El doctor cargó a Joselito para que le acariciara el cuello a una yegua. La yegua pastaba y el mechón de su frente era tan largo que caía por debajo de su mandíbula.

—Mira, mami —dijo Joselito, señalando con un pequeño dedo—. Tienen el cabello como princesas.

—Sí, así es —asintió Pilar, sonriendo—. No había visto caballos así.

—Andaluzas —dijo el doctor—. Mi suegro no les halla defecto.

—Bueno —dijo José Alfredo mientras le daba palmadas en el lomo a la segunda yegua—, son demasiado altas para la charrería, pero él ya no compite.

—Quiero montar, papi —suplicó Joselito.

—Quizá su esposa quiera montar también —sugirió el doctor—. En el potrero. Es más seguro.

—No, no —dijo Pilar. No pensaba montar las yeguas del doctor, por lindas que fueran—. Prefiero mirar.

—Espera —le dijo José Alfredo a Joselito—. Primero vamos a calentarlas un poco. Ve con mami a ver a los otros caballos.

Pilar recorrió la primera hilera de casetas, con Joselito corriendo a su lado y pateando el polvo con olor a estiércol. A la vuelta de la esquina había otra hilera de casetas. Los caballos asomaban la cabeza sobre las medias puertas al pasar Pilar y Joselito. Pasando las casetas estaban los galpones y dos grandes baños de cemento para los caballos. La valla de alambre de púas que dividía el lienzo propiamente dicho del rancho donde guardaban el ganado pasaba a unas yardas de los galpones. Un mozo de cuadra adolescente lavaba un caballo bayo en uno de los baños; Pilar vio que el caballo alzaba los labios al caerle el agua en la cabeza.

—Mira, mami —dijo Joselito, risueño—. Está haciendo caras.

—Está tratando de evitar que el agua le entre en la nariz —explicó Pilar—. Mira cómo dobla el labio.

—¿Qué es eso? —Joselito ya había encontrado algo nuevo. Señaló al horizonte—. Esas cosas blancas.

Al principio, Pilar tampoco supo qué miraba: a lo lejos, unas figuras pequeñas, cafés y blancas, corrían de un lado a otro entre la maleza en las lomitas pardas. Pilar subió con su hijo por el camino de terracería y volvieron a atravesar la entrada del rancho. Desde ahí alcanzaba a ver media docena de jacalitos con techo de paja desperdigados por las lomas. El humo de los fogones salía por las chimeneas hechizas. Al ver aquel asentamiento, los animalillos cobraron sentido: chivos que correteaban entre la salvia.

—Chivitos —dijo—. Son de los rancheritos que viven allá arriba.

José Alfredo y el doctor, a lomos de las yeguas, dieron vuelta a la esquina cerca de los baños. Pararon a charlar con el mozo, que dejó su bayo capado para dar una palmada en el ancho hombro de la montura del doctor. José Alfredo saludó al mozo con la cabeza y cabalgó a trote hasta la puerta del rancho.

—Sube al poste de la reja, mijo —sugirió José Alfredo, cabalgando a lo largo de la valla—. Mami no puede levantarte.

—Sí puedo —dijo Pilar.

—Yo puedo trepar —aseguró Joselito, agarrándose del poste. Pilar le puso la mano en la espalda para darle estabilidad mientras trepaba la reja.

—¿Hasta dónde irán?

—Nomás hasta los corrales de los broncos y de regreso. No tardaremos mucho.

—Quiero que tardemos mucho —dijo Joselito desde lo alto del poste. Extendió la mano y José Alfredo le agarró un brazo y lo subió al frente de su silla. La yegua bailó un poco, pero Joselito no tuvo miedo. Alzó la mano para quitarle el sombrero a su padre y ponérselo él.

—Míralo, míralo —indicó José Alfredo, inclinando el sombrero hacia atrás para que Pilar viera la cara de Joselito—. Vamos, hombre rudo.

—Vayan, pues —les dijo Pilar, tratando de no sonreír. Joselito iba agarrado del pomo de la silla, con la carita seria, como un vaquero escudriñando el llano—. Yo voy a caminar un rato.

—No me caeré —dijo Joselito, pateando el grueso cuero de la silla—. No vengas, mami.

—No le hables así a tu mami o te bajas ahora mismo —lo reprendió José Alfredo y le dio un manotazo en el costado de la pierna. Su hijo frunció el ceño, pero no dijo nada.

—Bueno, voy a adelantarme —anunció Pilar, antes de que Joselito se pusiera gruñón. En eso, Joselito se parecía a su padre: Pilar tenía que dejar que su mal humor pasara, fingiendo no notarlo—. De todos modos tienen que esperar al doctor.

Unos minutos después, los tres pasaron cabalgando a su lado, mientras ella caminaba junto a la carretera. Más adelante, cerca de una pendiente en el camino, los nopales estaban coronados de jugosas tunas rojas. De regreso, le pediría a José Alfredo que cortara unas. Los vio remontar la siguiente loma. Hacia el oeste, el cielo azul oscuro espumaba de nubes de tormenta. Joselito volvió a señalar los cerros en el horizonte y su padre giró hacia donde apuntaba su manita. De perfil, se le notaba la línea marcada por el sombrero en la nuca descubierta. Luego bajaron y Pilar ya no alcanzó a verlos.

Comenzó a lloviznar. Pilar apretó el paso y el suelo húmedo comenzó a cambiar de color ante sus ojos. La tierra estaba tan seca que las gotas de lluvia no hacían más que oscurecer el pálido sendero.

Más tarde, Pilar recordaría las cosas de otro modo. En su memoria, la lluvia significaba algo, y ella lo había sabido desde el momento en que se alzó la niebla. Pero en el momento en que bajaba por la suave pendiente del sendero, era apenas una lluvia ligera, inesperada y breve. No le molestaba sentirla en la cara, incluso con el viento que empezaba a soplar. Los vio de nuevo cuando pasaron junto a un antiguo corral roto. Joselito estiró el pie y tiró uno de los viejos postes. Pilar oyó el enérgico "¡Deja eso!" de José Alfredo.

El momento siguiente, el lapso de unas cuantas respiraciones, echó raíz en sus adentros, vivo, constante como el latido de su corazón, de modo que largo tiempo después Pilar seguía suspendida entre esas respiraciones, incapaz de librarse de la imagen ante sus ojos: cómo las avispas se alzaron desde la madera podrida en un negro enjambre, cómo la yegua del doctor echó a correr hacia los arbustos. La yegua de José Alfredo encabritándose. José Alfredo retorciéndose a lomos de la yegua, con un brazo cerrado sobre Joselito, que gritaba y gritaba agitando sus bracitos en el aire. José Alfredo chocando de cara con un poste del corral. El pelaje de la yegua, gris oscuro bajo la lluvia, sus mechones de princesa pegados a su cuello, Joselito atrapado por un momento entre sus cascos. Pilar misma corriendo y corriendo, pero demasiado lento. El húmedo roce del viento al pasar corriendo la yegua a pocas pulgadas de ella. Joselito, flácido en el suelo, con la cara oscura e hinchada de piquetes de avispa. Las avispas mismas tragadas por la lluvia.

—No, no, no —Pilar tomó la cara de Joselito entre sus manos. Su piel se sentía caliente y magullada. Estaba quieto. Demasiado.

—¡No lo muevas! —exclamó José Alfredo con voz ahogada y con la cara hecha un revoltijo de sangre. Se puso en pie, tambaleándose y cayó de nuevo.

Pilar escuchaba pero no escuchaba. El cielo se cerraba sobre sus cabezas. La lluvia cayó con más fuerza.

El doctor volvió al camino, tambaleándose. Por el estado de su ropa era evidente que se había caído de su yegua. Tenía la cara y el cuello cubiertos de ronchas rojas. Se agachó en el suelo junto a Pilar y apartó sus manos con delicadeza. Tocó la garganta de Joselito y sacudió la cabeza.

—Se rompió el cuello —dijo en voz baja.

—Nunca he visto eso —balbuceó José Alfredo, todavía en el suelo donde había caído—. Nunca las he visto salir en la lluvia.

Siguió diciendo eso todo el camino hasta el hospital de Ciudad Bravo, como si aquello no pudiera ser verdad porque nunca lo había visto. Pilar sujetaba a Joselito contra su pecho, con los dedos entrelazados en su cabello. Se apoyó contra la esquina de la cabina de la troca, con la cara contra la ventana. Joselito estaba quieto, muy quieto y el calor de su cuerpo se escapaba. Solamente sus rizos, sudados en las raíces, se sentían como debían sentirse.

Enterraron a Joselito un martes, después de la fiesta de la Virgen de Guadalupe. La mañana del funeral, Pilar oyó que José Alfredo hacía unos ruidos roncos en el cuarto oscuro de Joselito: algo parecido al llanto. Sus sollozos sonaban dolorosos, como las convulsiones de un estómago vacío. Ese sonido era una ofensa. ¿Debilidad, en él? ¿Después de haberle quitado todo? No, eso sí que no.

—No voy a sentarme contigo en la iglesia —dijo Pilar, de pie en el umbral. José Alfredo estaba sentado en el piso junto a la cama de Joselito—. No si vas a llorar como mujer.

Podía decirle eso y mirarlo a los ojos, y demostrarle que ella, aunque mujer, tenía dominio de sí, mientras que él no. Su propio dolor estaba endurecido y mudo, como un hueso blanqueado por el sol. Porque era verdad. Ahora lo sabía. La vieja había desaparecido, pero su maldición no.

—No empieces —suplicó José Alfredo—. Esta mañana no.

—Eres un buen jinete —aseguró ella—. Eres el mejor. Todos lo dicen. ¿Cómo pudiste soltarlo? No es posible. Fue esa mujer. Ella lo provocó.

—Para. No más para —dijo José Alfredo. Los huecos oscuros bajo sus ojos los hacían parecer más grandes, como los de un perro suplicante.

Ella disfrutó notar que casi lo había oído decir "por favor". Por favor para. Quizá jamás lo oiría decirlo, pero estaba ahí, debajo de su orgullo.

—Pili, no has estado bien desde que te enfermaste —dijo él. Nunca hablaba de la bebé, excepto como un acontecimiento oscuro, como un accidente junto a la carretera, un atisbo de horror, difuminado y desaparecido de inmediato.

—No estuve enferma. Tuve una bebé.

—Estás mal —sentenció él con esa manera suya de insistir y evitar a la vez—. La pura verdad es que estás mal.

—Mis hijos están muertos por tu culpa. ¡No llores! ¡Tú lo hiciste! ¡Ella vino a buscarte!

José Alfredo saltó hacia ella, tan rápido que no le dio tiempo de moverse. Le dio una bofetada. A Pilar no le importó: ya todo quedaba al descubierto, ya no tenía que fingir.

—No estoy loca. Algo hiciste —repitió. Se alejó de él y volvió a entrar al cuarto. Él no la siguió.

Oyó su voz que llegaba desde la sala:

—Vamos a sentarnos juntos en la iglesia. Somos sus padres.

Pilar no tuvo que preguntar qué habían hecho con el cuerpo de su hijo. Con los niños crecidos era distinto. Los doctores no los desaparecían. Habían llevado a Joselito a la funeraria, ella lo sabía. Había visto su cuerpo preparado: los párpados pegados, el maquillaje embadurnado que le parecía obsceno, aunque sabía que era para disimular el tatuaje de ronchas que le habían dejado las avispas.

Pilar había elegido la ropa que Joselito vestiría en su ataúd. Había asistido con José Alfredo a la reunión con el director de la funeraria, que les dio los precios de los servicios. La lápida ya era otro asunto, pero podían comprarla en cualquier momento, incluso años después. Por el momento, acordaron una pequeña placa grabada con el nombre de Joselito y las fechas de su vida. No hubo mucho dinero para Joselito, tan poco tiempo después de la cuenta del hospital. De la estancia de Pilar en el hospital, como la llamaba José Alfredo.

Por Joselito, Pilar accedió, sin decir nada, a que José Alfredo vendiera sus arracadas de oro. Él no le prometió recuperarlas, ni le habría creído si lo hubiera prometido. Además, Pilar se dio cuenta de que ya no quería esas arracadas. Algún día, quizá, compraría otras. Con su dinero. Esos pensamientos llegaron a su mente sin previo aviso, pero endulzados por su ira. Un día, las cosas que le pertenecían serían solamente suyas. Nadie volvería a quitarle nada. Un día. Pero se guardó esas medias fantasías.

José Alfredo también guardó silencio. Aunque el suyo era amargo, de piedra. Quería perdón. Lo deseaba sin pedirlo. Pero ella ya no pensaba ceder ante él. Cuando miraba hacia él, su mirada lo atravesaba. Él estaba furioso, azotaba las puertas y pisaba fuerte por toda la casa, estruendoso e incisivo en su silencio.

No importaba. Pilar había encontrado algo en lo que podía ser más fuerte que él, para siempre. Que rabiara y rompiera. Que la golpeara. Ella perduraría.

A solas en su cuarto, Pilar dispuso su ropa para el funeral sobre la cama. Sus enaguas y sus medias. Usaría unos aretes de perlas falsas y un cuello de encaje blanco. El vestido era negro con cuerpo abotonado, sencillo pero elegante, con botonadura asimétrica, en curva. Quizá, si tenía razón con lo de su regla, en unos meses no le quedaría. No le había dicho a José Alfredo; no quería decirle. Él se consolaría con la noticia. "No hay mal que por bien no venga", diría. Pilar casi podía ver su rostro, sonrojado de alivio y gratitud, ansioso de descartar el horror a cambio de un nuevo bebé. Todos lo harían, y la sofocarían con su insistente exigencia de que fuera feliz. "¡Qué maravilla! ¿Ves? ¡Después de una tormenta siempre sale el sol!", decididos a eclipsar a Joselito, relegarlo al pasado. Se volvería, como Alondra, una historia que nadie quiere oír. No, no podría soportarlo.

Pilar se rizó y se sujetó el cabello, inspeccionándose en el espejo. Se pintó la boca con un lápiz labial oscuro y chasqueó los labios. No pensaba decirle a José Alfredo, ni a nadie. No hasta que tuviera que hacerlo.

El funeral fue misericordiosamente breve. Se sentó con José Alfredo, que puso la mano sobre la suya y la retiró al ver que ella no movía un dedo. Él lloró. Ella no. Mantuvo la vista fija en el ataúd. Después, nunca pudo recordar lo que había dicho el sacerdote. Lo unico que recordaba de ese momento era haber besado la fría cara de su hijo.

Siempre recordaría eso. El beso en su carita fría. El olor, que ya no era el tibio aroma de Joselito, casi como de cachorro, sino una mezcla de maquillaje y algún químico astringente. Su rigidez, su inmovilidad. Aun así, una loca compulsión se apoderó de ella: tomarlo en sus brazos y huir. ¡Su cuerpecito! Muerto o no, era Joselito. Quería quedarse con él para siempre.

No se lo llevó. Pero estuvo a punto.

—Ven, Pili —dijo Romi—. Vámonos.

—Quiero ir contigo y Chuy al cementerio.

—Está bien —accedió Romi—. Le diré a tu marido que vienes conmigo. ¿Puedes esperar junto a la troca?

—Sí —respondió Pilar—. Ya voy.

José Alfredo se puso tan furioso porque Pilar se iba de la iglesia con los Muñoz que no se sentó a su lado en el cementerio. Se quedó de pie junto al trío de músicos que tocaban canciones para Joselito. Cuando todo terminó, Pilar volvió con los Muñoz, no a su casa en la loma, sino a la casa de Romi. Romi le dijo que fuera a acostarse. Eso hizo Pilar, sintiendo una especie de serenidad por no estar cerca de su esposo.

—Necesita descansar —oyó que Chuy decía afuera de la casa—. Déjala. La llevaremos a su casa en la noche, para la novena.

Al parecer, José Alfredo no respondió, porque Pilar únicamente oyó el bramido de la troca al irse. Esa tarde, los vecinos se reunieron para la primera noche de la novena de Joselito. Romi se instaló como matrona a cargo.

—Ve a sentarte en la sala —le dijo a Pilar—. Yo me encargo de todo.

Su presencia fue un alivio: alguien que dirigiera a los vecinos en su luto comunal. Alguien que organizara la cocina y dispusiera los asientos. Pilar agradeció poder acomodarse en un sillón. Lo único que tenía que hacer era aceptar condolencias, pero era agotador.

Las mujeres del barrio llenaron la casa. Alguien trajo jarras de limonada y una bandeja de polvorones. Alguien más trajo chiles rellenos, suficientes para la comida de dos noches. A las seis treinta empezaron a llegar los demás vecinos, peinados y con la ropa planchada, y pusieron sus sillas en un círculo afuera de la puerta de la cocina. Esperaron, con sus bebidas al pie de sus sillas, charlando de cualquier cosa, hasta que Romi le dijo a Pilar que tenía que salir. Pilar salió, caminando con lentitud.

A las siete empezó la novena. Pilar se sentó con el rosario en la mano, mirando a sus vecinos —los Camacho, los Rodríguez, los Silva, tres ancianas Uribe solteronas— que oraban por su hijo muerto. Al pedir a la Virgen que intercediera por él, lo llamaban el último hijo de José Alfredo Aguirre, como si se hubiera perdido una multitud de hijos.

José Alfredo no regresó a casa. Pilar tomó eso como evidencia de su culpa. Por supuesto, debía haber ido en busca de la vieja. Para castigarla por sus crímenes, o quizá para volver con ella. Pilar se fue a la cama y se negó a mirar hacia las ventanas. Que se quedara fuera. Mejor así.

José Alfredo regresó para la tercera noche, entre las sonoras Ave Marías. Ella notó su olor antes de darse la vuelta. *Todos lo olieron,* pensó al verlos moverse en sus asientos, fingiendo no notarlo. El aire en torno a José Alfredo era agrio, cargado de whisky y humo de puro. Se apoyó en un rincón de la casa, con la camisa arrugada y los ojos lagañosos, inyectados de sangre. Quizás, a pesar de la hora, acababa de despertar de su desenfreno. Durante el siguiente Padre Nuestro, comenzó a rezar, contando las Ave Marías con los dedos. Su voz sonaba áspera, como si no la hubiera usado.

Después del rosario, José Alfredo se llevó galletas a la boca, puñado tras puñado de polvorones, hasta que Romi le dijo que había tamales calentándose en el horno. Pilar se sentó a la mesa de la cocina, cansada, odiándolo. Él se agachó sobre la estufa y comió sus tamales sin plato, con azúcar morena pegada al mentón y las mejillas.

—Deberías ver cómo luces —dijo Pilar—. Imbécil.

—Déjame en paz —dijo él. Se limpió los dedos en el frente de la camisa y salió al pasillo para dirigirse al cuarto de Joselito.

Romi volvió a entrar tan rápido que Pilar supo que había estado escuchando. Volvió a distribuir las galletas en la bandeja para cubrir las partes que José Alfredo se había comido.

—Está borracho —susurró—. No empeores las cosas. No más ignóralo.

Afuera, los vecinos estaban relajados, charlando en voz baja. Con José Alfredo dormido en su borrachera, pensó Pilar, lo correcto era sentarse con ellos un rato. Salió y se sentó junto a Romi. El señor Camacho y el señor Silva hablaban del nuevo Woolworth del centro. Una de las hermanas Uribe tenía un perro nuevo. Por una vez, nadie contaba historias sobre niños.

Dieron las nueve antes de que los últimos invitados se fueran. Pilar oyó que José Alfredo roncaba en el cuarto de Joselito. Se asomó a verlo. Estaba dormido en el piso, en camiseta y había amontonado el resto de su sucia ropa junto a la pata de la cama. Pilar suspiró. Eso era típico de él: no quería ensuciar los muebles. Pilar recogió la ropa y la llevó a la cocina, cuidando la navaja y la cartera. Se pondría a lavar por la mañana, pero la ropa apestaba a humo y al cuerpo sin lavar de José Alfredo. Quería ponerla al aire en el porche.

Vació los bolsillos de los pantalones en la mesa de la cocina: pelusa, unos centavos, la llave de la casa. Un pedazo de papel se le atoró en la uña al voltear el bolsillo: una etiqueta de puro, de papel dorado, pegada a la costura.

Pilar dejó caer el pedazo de papel dorado sobre la mesa. Sintió su propio pulso en las puntas de los dedos. Sacó la camisa del montón de ropa y alisó las arrugas. La espalda y las mangas estaban cubiertas de pelillos grises, y el cuello tenía una larga hebra plateada. Arrugó toda la ropa sucia, excepto la camisa y fue a tirarla en el bote de la basura afuera de la casa. Volvió a limpiar la mesa de la cocina, fregando la cubierta de Formica hasta quitarle el olor a humo. Se lavó las manos con jabón Lava, aunque le dejó las palmas rojas.

Recogió la camisa. volvió a entrar al cuarto de Joselito y encendió la luz. Pateó a José Alfredo con el dedo gordo del pie hasta despertarlo.

—Ay, déjame ya —gruñó él, con la voz ronca de sueño y embriaguez.

—Volviste con ella —dijo Pilar, acusadora—. La encontraste, ¿verdad?

—¿De qué diablos estás hablando?

—La mujer que vino. Tu otra esposa.

José Alfredo se frotó el ojo con la mano.

—No entiendo.

—La mujer que vino. El día que perdí a nuestra hija. Admítelo. Aquí está su cabello —lo acusó Pilar y le lanzó la camisa.

Él parpadeó y levantó la camisa hacia la luz.

—Es pelo de caballo. Me quedé en los establos en el punto de entrada de ganado.

—Nunca vas a admitir la verdad, ¿no? —dijo Pilar en voz baja, más para sí misma que para él. Por supuesto que no. Era hombre. No necesitaba hacerlo. Jamás.

José Alfredo dejó caer la camisa y se dio la vuelta para darle la espalda.

—Déjame en paz. Estoy cansado.

Ése fue el principio del fin. José Alfredo comenzó a dormir en el cuarto de Joselito. Sus movimientos le eran ajenos a Pilar. No sabía cuándo llegaba a casa, ni de dónde. Él ya no comía lo que ella cocinaba y pronto Pilar dejó de preparar las comidas que le gustaban. No le dijo lo que crecía en su interior y no solo por despecho. Aquello había adquirido un significado terrible. Tal vez la vieja lo había puesto ahí, en su interior, de algún modo. Quizá nacería deforme o con alguna señal de una maldad intrínseca. El pecado de su marido.

Ahora su soledad era algo vivo que latía en sus adentros como un corazón. Sin embargo, ya no le desagradaba. Era mejor que José Alfredo. Era preferible a su compañía.

Sin importar lo que hubiera hecho y fuera quien fuese la vieja, sueño o realidad, su verdadera esposa o alguna despechada, José Alfredo era culpable. Era culpable y Pilar no cambiaría de parecer al respecto. Cada vez que lo miraba, veía su culpa flotando como un aura oscura. La maldición que de alguna manera había atraído hasta que su familia se disolvió en la nada. Ahora solamente quedaban ellos dos, viviendo en ese silencio, moviéndose en sus órbitas separadas.

José Alfredo se entregó al trabajo en la casa. Abrió el sendero de la loma y lo llenó de caliche, para que, aunque no estuviera pavimentado, fuera un verdadero camino. Siempre andaba reparando algo. Estaba decidido a terminar su casa, a pesar de no tener nada que poner dentro excepto a su esposa atormentada.

Un día terminó. Pilar lo supo porque él se lo dijo. Fueron las primeras palabras que intercambiaron en varias semanas.

—Oh —respondió ella—. Qué bueno.

—Mírala —dijo él. Estaba de pie en la oscuridad, mirando hacia afuera por la ventana del cuarto. Hacía mucho tiempo que no entraba a su cuarto—. Dime qué necesitas.

—No necesito nada.

—No —convino él—. Supongo que no.

Al día siguiente, José Alfredo se fue. Salió a trabajar, o eso pensó ella, pero nunca volvió. No volvería, comprendió Pilar. Había dejado un poco de dinero, la tarjeta de su cuenta bancaria y las escrituras de la casa, todo pulcramente apilado en la mesa de la cocina.

—¿Quieres volver a mudarte al departamento? —le preguntó Romi una semana después—. Está más cerca de la parada de autobuses. Y de todo.

—No, me quedo aquí —respondió Pilar. No pensaba vivir en el barrio, donde vería a todos murmurando sobre ella. No quería la lástima de Romi; apenas si podía soportar sus amables ojos cafés—. Solo quiero que te vayas. Déjame sola.

—Está bien —dijo Romi—. Aquí estoy si me necesitas.

"No la necesitaré", pensó Pilar mientras veía cómo la troca de Romi desaparecía por el camino de caliche. Las siguientes veces que

Romi tocó a su puerta, Pilar no abrió. Estaba presa de su terror y furia, de su propio cuerpo, de los meses que transcurrirían hasta que llegara su hijo maldito. Y qué criatura miserable sería entonces, a ojos del mundo entero.

Al cabo de otra semana, Pilar bajó la loma hasta Caimanes y tomó el autobús a la fábrica de zapatos. El capataz le dijo que había un empleo disponible, si lo quería.

Capítulo ocho

De pinta

LULÚ MUÑOZ, 1994

El año pasado, cuando conocí a Ernie, su banda eran tres chicos que necesitaban un vocalista. Se llamaban Los Pinches Nacos. Ernie en la guitarra, Olmeca en la batería y Jorge en el bajo. Me aceptaron en la banda porque demostré que podía cantar *Dear Prudence* y gritar *Seek and Destroy* lo bastante bien. Y también porque Olmeca dijo que tener una chica vocalista estaba chido, casi tan *cool* como una chica baterista.

Durante el verano la banda se llamó Los Perdedores con Suerte y, en la primera semana de clases, cuando Jorge pensó que su novia Ximena estaba embarazada, cambió nuestro nombre a El Bebé Demonio de Ximena. Resultó ser falsa alarma, pero ella lo dejó al enterarse.

Desde hace como un mes, somos Vómito Rosa. Se me ocurrió después de que mi amigo Danny Flippo vomitó Cheetos Flamin' Hot en el aula común. Tal vez sea nuestro nombre definitivo. Los chicos dicen que refleja una sensibilidad *punk*. Además, Jorge se siente listo para volver con Ximena. No ha sucedido, pero es demasiado estúpido para rendirse.

Marina tolera a Vómito Rosa, más o menos. Le gusta el *rock* en español, *pop*, *country* y el tejano. También le entra al heavy metal. No es el estilo de nuestra banda lo que le molesta es que esté perdiendo mi tiempo. Está enojada porque renuncié al torneo de matemáticas para ensayar canciones de *punk* en la cochera de Olmeca; porque los chicos no son serios. De hecho, dice que no son artistas. Cuando Marina dice "artistas", importa más. Un "artista" es un talento extraordinario, como Juan Gabriel o Selena.

—Sí que está trabajando mi amiga —dijo Marina esta mañana en nuestros casilleros.

Yo tenía en la punta de la lengua que sí habíamos estado trabajando duro, que nos habíamos topado con un imprevisto y yo planeaba resolver pidiéndole a Pilar que nos dejara usar su cochera. Pero no sabía muy bien cómo decírselo a Marina, sobre todo porque se molestaría porque no la llevé conmigo a ver a Pilar.

—Selena siempre anda de gira. Art y yo la vimos tres veces el verano pasado.

—No me lo recuerdes —le pedí. Nunca había visto a Selena, aunque siempre hace giras por el sur de Texas. No puedo ir a conciertos, a ninguno, porque mi papá no me quiere *vagando por las calles*. A menos que esté con un familiar de sangre; comer en Applebee's de noche es *vagar por las calles*.

—El próximo mes vendrá de nuevo. Dile a tu papá que vas a dormir en mi casa.

—No sé —mi papá ya había regresado, de modo que yo estaba de vuelta en casa. Era mucho más fácil ir a lugares cuando me quedaba con Yoli.

—Lulú, ¿cómo es que estás en esa banda de *punk*, cómo puedes ser *punk* siquiera, si ni siquiera te atreves a ver a Selena?

—Okey, okey —dije—. A diferencia de Marina, no tengo cuarenta millones de primas casadas, así que no puedo mentir y decir que estoy con mi familia mientras me cubren, como hace ella cuando sale en citas secretas con su novio Arturo.

—Bueno, lo único que digo es que, si quieres algo, tienes que trabajar por ello.

Trabajar por ello es algo real, pero Marina lo único que quiere es que vaya a ver a Selena con ella. No le importa Vómito Rosa. En eso es como mi papá: si algo no te da dinero, ¿para qué sirve? No puedo argumentar que mis compañeros de banda califican como artistas, porque ella tiene razón: son solamente unos chicos estúpidos.

Solo Ernie es un músico de verdad. Es un Vega y la familia Vega tiene una banda desde hace generaciones. Pero que Ernie pueda tocar seis instrumentos distintos no significa que no sea un chico estúpido. Creo que tal vez sea el más estúpido.

Marina y yo somos mejores amigas desde el quinto año. Así que, en vez de discutir con ella, adopté una postura con la que ella estaría de acuerdo.

—Entiendo tu punto. Pero en serio, nadie puede ser Selena.

—Verdad —respondió. Y eso fue todo, porque mis gustos y los de Marina tienen dos intersecciones musicales incontrovertibles: Metallica y Selena.

Yo me considero una aficionada al *heavy metal*, pero la muy femenina Marina es la fan de Metallica más salvaje del mundo. Al igual que yo, tiene un papá mexicano, así que no tiene permitido escuchar su música. Dice que haberse perdido la gira de Metallica y Guns N' Roses el verano pasado la dejará marcada de por vida. Le creo.

Para demostrar su lealtad, roba revistas: *Circus, Guitar World, Spin, Hit Parader, Rolling Stone*, cualquier cosa que mencione a la banda. Tiene todo un sistema: memoriza las entrevistas, recorta cuidadosamente las fotos, guarda sus *cassettes* (también robados) y las fotos en su casillero y tira las revistas para que no quede evidencia. Está tan comprometida con su pasión que, en un viaje de decatlón académico a Austin, se robó de Vulcan Video el VHS de la película *Johnny got his gun*, de 1971, únicamente porque es una gran influencia en *One*, la canción de Metallica. En esa misma ocasión, también se robó un ejemplar de *The Last American Virgin* , porque le encantan irremediablemente las historias trágicas de amor. Pero fue por Metallica que se volvió cleptomaníaca.

Verdad: Metallica es la mejor banda de *thrash metal*. Tienen composiciones más interesantes que Megadeth y Slayer, mejores músicos que Anthrax. Verdad: *Ride the Lightning* es su mejor álbum, y *...And Justice for All* es el segundo. Como Marina y yo sabemos que ésa es la verdad, nunca peleamos porque mi segunda banda favorita de *thrash* es Pantera y la suya es Sepultura.

Y luego está Selena. Selena Quintanilla, la vocalista de Selena y Los Dinos.

Selena no solo es la verdad, es la pura verdad. Ni siquiera me gusta tanto la música tejana, pero a ella la idolatro. Tengo todos sus discos y me los sé de memoria. La vi en *El show de Johnny Canales*. En el escenario, era puro ritmo e hipnótica electricidad en un *bustier* negro y unos ajustados jeans Rocky Mountain.

Me mata nunca haber visto a Selena en vivo. En vez de eso, cada vez que Selena da un concierto en el pueblo, me siento en mi cuarto con la ventana abierta y escucho. Vivo cerca del anfiteatro y su voz llega con claridad. La oigo hablar con la multitud, bromear, alborotarlos. Escucho cada palabra, cada nota, su respiración entre frases.

Su voz es cambiante y caprichosa como el océano. Sostiene una nota temblorosa en el borde de las lágrimas, hasta que yo también quiero llorar. Me saca la cumbia de la lavadora, aunque soy pésima para bailar y me devasta cuando canta mariachi con un ronco aullido de *banshee* que me despedaza el alma con sus vibratos.

Si Selena cantara en inglés, la gente la conocería como conocen a Whitney Houston. Selena no es nada más una artista, es una diva hecha y derecha. Cuando tenga sesenta años, será legendaria como Aretha Franklin, gordísima sin que le importe un bledo, pavoneándose entre todas las novatas y todas inclínense ante La Reina.

Pero, por ahora, Selena es una chica con un papá mexicano. Él es su representante y el jefe de todo. Ella es la reina de la música tejana, colecciona Grammys, usa sostenes con diamantes falsos como Madonna, llena *shows* en México y todos los hombres, jóvenes y viejos, están enamorados de esas nalgas que paran el tráfico, ¿y qué? Tiene un papá mexicano, igual que Marina. Igual que yo.

Selena tuvo que salir a escondidas con su guitarrista—novio secreto porque su papá no la dejaba tener novio. El escándalo casi separó a Los Dinos. Su papá despidió al novio y le prohibió a Selena volver a verlo. Selena acabó huyendo con él.

Cuando la historia se hizo pública, yo dije que era una locura. Imagínate casarte a los veinte años. A Marina le pareció muy romántico.

—Es amor verdadero —aseguró—. Están destinados a estar juntos. Y Chris Pérez está súper bueno.

—Verdad —dije, porque con eso podía estar de acuerdo. Aunque Marina es la más práctica de las dos, no entiende: Selena tiene más talento en la uña del meñique de lo que yo tendré jamás, pero es la prueba de que, aunque estés destinada a conquistar el mundo, un papá mexicano siempre será el jefe de tu vida. No me imagino a mi papá conociendo a Ernie, Jorge y Olmeca; ya no hablemos de ser el representante de nuestra banda. Probablemente yo también acabaría huyendo.

Pero no para casarme. Un marido es otro hombre que te dice qué hacer. Créanme, es el mismo montón de problemas.

Antes de que entrara al segundo turno de inglés, Ernie me detuvo y me dio una nota. No dijo nada, ni siquiera hola. Así había estado conmigo toda la semana, desde que tuvimos relaciones y no me enamoré.

—¿Qué es esto? —pregunté. Estaba harta de su rutina melancólica.

Se encogió de hombros.

—Solo dímelo a la cara. No quiero leer tu estúpida nota.

—Tú eres la que dejó de hablarme —comenzó a decir. Entonces, algo detrás de mí llamó mi atención.

Miré por encima de mi hombro. Ahí estaba César Allen en el otro extremo del pasillo, acercándose para pedirme mis apuntes de física otra vez. Al parecer acababa de llegar a la escuela, porque tenía su casco de motocicleta bajo el brazo, pero no tenía prisa. Todos le hablaban.

Me hizo una seña para que lo esperara, como hacía casi todas las mañanas.

—Ese cabrón —dijo Ernie y se fue. Ernie detesta a César.

No pensaba ganarme un retardo porque César avanzaba a tres pies por hora, así que me fui a mi clase. Mi maestra de inglés, la profesora Williams, estaba frunciendo los labios frente a su espejo portátil, cerciorándose de que su brillo labial estuviera bien puesto. Es la única maestra de la prepa que se maquilla en clase, como si no hubiera veinticinco personas viéndola.

—¿Dónde está Ernie? —preguntó Marina cuando me senté en nuestro pupitre—. No vino a clase esta mañana.

Me encogí de hombros, procurando mantener un aire casual. Todavía no le había contado a Marina lo ocurrido con Ernie.

—Tal vez no tenía dinero para gasolina y tuvo que caminar.

—Pues el profe B. dice que Ernie está a punto de reprobar por exceso de faltas. Necesita ponerse las pilas.

Marina colgó la chamarra de su novio Arturo en el respaldo de su silla, como toda una novia de deportista, para que se viera su nombre: Guzmán, bordado en cursiva entre los hombros. Arturo estaba en el equipo de atletismo y era miembro de la Sociedad Nacional de Honor. *Es importante que tu hombre tenga madera de universitario,* le gustaba decir a Marina.

La nota de Ernie era breve: *Chaparral Disco Rodeo 1:30 pm, tal vez tocada. Veo a Jorge en el estacionamiento. TIENES QUE IR. Regresamos a las 4:30 a más tardar. Lo prometo.*

Nunca me había saltado una clase. Mi papá me recogía a las seis todos los días, después de salir de su trabajo. Tiempo suficiente para participar en clubes escolares o hacer tarea en la biblioteca. ¿Bastaría para ir a México y regresar?

Marina me arrebató la nota de la mano.

—Ay, Dios, ¿vas a ir?

Ninguna de nosotras había ido a Chaparral Disco Rodeo, pero sabíamos que era un club nocturno al otro lado de la frontera. Chaparral Disco Rodeo, o CDR, tenía baile y monta de toros.

—Cállate, Mari —susurré—. ¿Por qué no les dices a todos?

Ella se metió la nota al bolsillo y murmuró:

—¿Irás?

César asomó la cabeza por la puerta. La profesora Williams levantó la vista de su espejo y dijo:

—Más vale que para cuando termine de pasar lista estés fuera de aquí.

—¿Qué me perdí esta mañana? —me preguntó César, saludó a la profesora Williams y se sentó frente a mí. Lo dijo en español, por supuesto; los fresas nunca hablan inglés, a menos que estén hablando con gente blanca. Son demasiado engreídos.

—Hicimos revisión. Hay prueba el viernes.

Mi papá siempre presume porque soy una de las dos personas de primer año en Física I, pero es horrible. Por algo el señor popular César Allen nunca entra al primer turno: es el paraíso de los nerds.

Marina le dirigió una enorme sonrisa a César. Le encantan sus visitas matutinas. Para ella, lo único mejor que un chico con madera de universitario es un fresa: un pinche ciudadano mexicano rico. Aunque, cuando digo que César es fresa, Marina dice que no es tan engreído para serlo de verdad. Pero se equivoca.

En la frontera hay nombres para todos y reglas para los nombres: los nacos son la escoria, y puedes ser mexicano o mexicoamericano y ser naco. Además, ser naco es muy *punk*.

Fresas es como llamamos a los mexicanos ricos. Se visten con ropa de diseñador y parlotean constantemente en perfecto español de clase alta; nunca la versión de vato, como Ernie, ni el español rancherito. Saludan a sus amigas con molestos besos en la mejilla.

No se puede ser fresa y mexicoamericano. Hay fresas *posers*, pero no tienen la familia, el dinero ni los ranchos ancestrales para respaldarlo o son mexicoamericanos, no mexicanos de verdad. Si eres de una familia adinerada con tierras en este lado de la frontera, eres un vaquero blanco.

Si eres mexicoamericano rico, no tienes dinero generacional, como los fresas o las familias de rancheros blancos. Eres pudiente, así que eres hispano.

Mi papá me ha dicho que, en realidad, los fresas y las verdaderas familias de viejos rancheros anglos en el lado de Texas son lo mismo. Tienen toda una historia de matrimonios y ciudadanía doble, y poseen tierras en ambos lados de la frontera. Hablan perfecto español. Sé que esa parte es verdad. Colby Halston es de una familia de rancheros y habla el mejor español de mi clase. Lo aprendió de la nana de su familia.

Sé todas estas cosas y Marina también. César es todo un fresa. No importa que tenga apellido de blanco: pertenece a la familia Ruiz, de México.

Los Ruiz son como esas familias poderosas de las telenovelas, que viven en una hacienda enorme en la Sierra Madre pero también tienen un edificio de departamentos en la Ciudad de México. Mi papá me contó que uno de los tíos de César fue gobernador de Coahuila. La mamá de César tiene muchas tiendas modernas en la zona turística al otro lado de la frontera. Su familia tiene muchos ranchos. Poseen una enorme extensión de tierra en el lado mexicano del Río Grande. Algunas compañías industriales estadounidenses, como ALCOA y GWR, tienen fábricas de ese lado, porque es más barato y no hay muchas regulaciones ambientales. Esas compañías le rentan la tierra de sus fábricas a la familia Ruiz, porque no pueden comprarla. No me imagino cuánto cuesta la renta mensual de un par de fábricas. Una verdadera dinastía.

Marina ya debe saberlo. No importa que César no le ponga mala cara por ser de este lado y tener un papá camionero: es un Ruiz y punto.

Marina y yo no somos blancas ni ciudadanas mexicanas ricas y no tenemos suficiente dinero para ser hispanas. No somos estadounidenses para los chicos rancheros blancos, que pueden tratarnos con amabilidad —o no—, pero saben que son mejores que nosotras porque son blancos y nosotras no. Y no somos lo bastante mexicanas para los fresas, que saben que son mejores que nosotras porque son mexicanos de verdad y nosotras no. Estamos atrapadas en el medio, somos ambas cosas y ninguna. Somos tejanas.

Mi papá guarda una montaña de resentimiento por eso. Anhela ser mexicano, puro mexicano —lo que sea que piense que es eso—, pero no es tonto. Yo sé estas cosas porque se sentó a explicármelas.

Marina es como mucha gente por aquí: no ve todo esto, porque lo lleva dentro. Cree que el amor vence todo. O tal vez cree que tiene poder para cruzar esas líneas. Yo no creo en cuentos de hadas. No confío en nadie excepto en la abuela y Marina. César es buen tipo, hasta cierto punto. Pasado ese punto, es lo que es, como todos.

César entró a mi clase de inglés en busca de apuntes y la profesora Williams lo aceptó. He ahí un tipo que nunca entra al primer turno y puedes apostar a que nuestro profesor no va a reprobarlo por exceso de faltas. No a César Ruiz Allen.

—Toma —saqué mi cuaderno de física y lo tiré a la mesa—. Después me lo devuelves. Más vale que te levantes a tiempo para la prueba del viernes.

—Gracias, Lulis —escribió "prueba viernes" en su brazo y se puso la pluma detrás de la oreja, como si eso lo hiciera parecer más listo—. Volví a atorarme en el puente.

—Cómo no. Hueles a McDonald's.

César solamente sonrió. La mayoría de la gente no sonreiría después de que alguien les señala su aliento a McMuffin de huevo, pero así es César. Es imposible hacerlo enojar.

—¿Tienes chicle?

Dije que no, pero Marina sacó un pedazo de Dentyne de su bolso. César metió mi cuaderno en su mochila y nos guiñó el ojo.

Marina se despidió con los dedos, pero yo solo dije:

—A-D-I-Ó-S.

—¿Por qué eres así? —susurró Marina una vez que César se fue.

—¿Así cómo?

—Grosera.

—Porque siempre está copiándome los apuntes.

—Si fuera yo, lo elegiría en vez de a Ernie —dijo Marina.

—Eres tonta.

—Ya sé que a esos chicos les gustan las fresas y las blancas, pero a él le gustas, Lulú. De verdad.

Marina es lista cuando de chicos se trata. Digo, a ella tampoco le permiten tener citas, pero ha tenido novios a escondidas desde sexto. Sabe cuando a alguien le gusta alguien. Sin embargo, con César su radar se equivoca. Nada más piensa eso porque el año pasado, cuando estábamos en octavo grado y él en primero de la prepa, César me habló en JCPenney.

—No le gusto. Créeme.

Mi papá me advirtió sobre los chicos fresas. Puede que se acuesten conmigo, pero nunca saldrán conmigo porque soy una pocha: mal español, nada de dinero. No soy buen material para novia. César me trata como a una hermana menor, pero aunque no fuera así, yo no me metería en eso. Nunca quiero ver ese lado suyo. No quiero pruebas. Porque entonces ya no podría ser su amiga.

—Bueno, entonces ¿por qué viene a buscarte?

—Porque es demasiado flojo para entrar a clases.

Marina puso los ojos en blanco.

—Como digas, Lu-lis.

—Lo conozco desde la primaria.

Ella resopló de risa.

—Ah, claro. Es por eso.

—Nuestros padres murieron el mismo año —dije. Me sentía como una cabrona por recordarle eso, pero se calló, como suponía. Una mamá muerta siempre arruina la fiesta.

El año en que mi mamá murió, yo estaba en segundo grado. César estaba en quinto. Su papá ya había muerto: seis meses antes que mi madre y también en un accidente de tránsito.

César era gordito. Tenía unos enormes dientes frontales y los laterales todavía no le crecían. Era fresa, pero todavía no por completo, porque tenía diez años. Ese año, los niños grandes de la Academia San Agustín se ponían apodos de comida, lo cual les parecía súper *cool*. El suyo era "la Ensalada César". Así se presentó conmigo: "Soy la Ensalada César. Mucho gusto".

—Nadie en tu grupo te va a hablar en un tiempo —me dijo. Eso fue poco antes de Acción de Gracias. Mi mamá llevaba como una semana muerta.

—¿Por qué no? —yo me sentaba sola en el cajón de arena, pero porque quería estar sola. No sabía que los demás me evitaban.

Se sentó en la arena.

—Porque les das miedo.

—¿Por qué?

—No sé. Pero es por un tiempo y luego se les olvida.

—¿Cómo pueden olvidar que mi mamá murió? —le pregunté.

—Lo olvidan. Te lo digo yo.

Lloré como la tonta niña que era. Para mí, todo era mi mamá. Su ausencia era una enorme dentadura que me masticaba todo el tiempo. ¿Cómo podía no importarle eso a alguien?

—Yo hablaré contigo —me dijo—. Cuando nadie me hablaba, lo odiaba.

—¡Estás mintiendo! —comencé a patearlo, gritar y arrojarle arena—. ¡Vete! ¡Aléjate de mí!

Pero no se fue. Salté sobre él, dando golpes y patadas. Se hizo bolita, como una gran cochinilla, de modo que no le pegué a nada más que a sus gordos hombros.

—¡Es verdad! ¡Es verdad! —sonaba como un perro llorón. No me devolvió los golpes, pero hacía un movimiento de barrido con el brazo para apartarme de su espalda. No poder lastimarlo me hacía enojar aún más.

La hermana Agatha nos llevó a rastras a la oficina por pelear. Ruiz o no, le dieron unas nalgadas, porque era niño y mayor. A mí me enviaron a casa. Me quedé con la abuela Romi tres días más. Cuando regresé a la escuela, César jugó conmigo todos los días en el recreo hasta las vacaciones. Era el único.

Él tenía razón. Después de las vacaciones de Navidad, los demás niños empezaron a actuar como si nada hubiera sucedido.

Ese primer año de ausencia de mi mamá, César fue mi amigo de verdad. Jugaba conmigo aunque los demás niños se burlaran de él. Me indignaba que todos los demás actuaran como si hubieran olvidado a mi mamá. O tal vez de verdad la habían olvidado, lo cual era peor. ¿Cómo se atrevían?

—Ellos no entienden, Lulis —dijo César cuando estallé, una tarde en el recreo. Estábamos en el cajón de arena, nuestro lugar de costumbre—. Para ellos, es como una noticia vieja.

—Eso es una pendejada —aseguré. Decir groserías era algo nuevo para mí. A César le parecía graciosísimo cuando las soltaba. Excepto la palabra con *f*, *fuck*. Ésa me la prohibía, porque no era para niñas pequeñas. Además, si la hermana Agatha me oía, César podía recibir más nalgadas.

—Sí, son pendejadas —dijo, trazando lentos ochos en la arena con el dedo índice—. Solo quiero recordar a mi papá. Era genial.

—A veces no dejo de pensar en mi mamá. Y no puedo respirar.

No fue un juramento de sangre, pero básicamente acordamos que recordaríamos. Recordaríamos cuando nadie más recordara. El año siguiente, César se fue a la secundaria. Casi no lo había visto hasta ahora, en la prepa.

César no se junta conmigo. Es de último año y el rey de los fresas. Yo soy una nadie de primero. Sin embargo, en el fondo, todavía lo conozco. Por eso le doy mis apuntes de física. Pero no pensaba explicarle eso a Marina.

No importaba, porque ella estuvo callada el resto de la clase de inglés. Sería de muy mal gusto decir "Sí, es verdad, se me olvidó lo de tu mamá muerta". Estaba bien. Esperé hasta que el momento incómodo pasó.

Cuando sonó la campana, Marina dijo:

—Al baño. Si vas a México, tenemos que maquillarte.

—Pero decías que la banda es una pérdida de tiempo.

—No si puede que te paguen —miró mi cabello con ojo crítico—. Dios, ojalá no te hubieras hecho una cola de caballo hoy.

El cuarto turno de Ernie es su almuerzo, porque nunca entra a química. No le importa. Tiene un plan: conseguir un certificado de Desarrollo Educativo General y enrolarse en los marines en diciembre, cuando cumpla diecisiete. Su papá aceptó firmar el permiso de exención; así Ernie se cortará el cabello y conseguirá un trabajo de verdad al mismo tiempo.

Eso pasa cuando eres chico. Haces lo que quieres. ¿Cruzar la frontera en mitad de una tarde de martes? No hay problema.

—No puede ser —dijo Jorge cuando salí al estacionamiento—. No puedo creer que ella también venga.

—Vete a la mierda —solté. Fue la respuesta correcta, porque sonrió y chocó palmas conmigo. Ni siquiera se rio de la combinación de labios rojos y delineado alado que Marina me había puesto. Las alas eran llamativas y delicadas, simplemente *cool*. Marina es una genio del maquillaje. Yo siempre soy su conejillo de indias, pero solo en mi cuarto. El delineador me picaba un poco. Tenía que recordarme constantemente que no debía tocarme la cara.

—Estamos esperando a Carla —dijo Ernie—. Ella nos llevará.

Carla es la chica con la que Jorge está saliendo ahora. Jorge es un imán de locas. O, como dice Ernie, le gusta la mala vida. Antes de que Ximena lo dejara, eran la pareja de los rompimientos públicos semanales. Ximena es toda una demente: grita como arpía, da bofetadas, espía por celos, acuchilla llantas. Jorge dice que es el amor de su vida. Está saliendo con Carla porque sabe que eso pondrá furiosa a Ximena.

Aunque Ximena esté loca, estoy de acuerdo en ella en esto: Carla Bowden apesta. Es esquelética, flácida y siempre tiene quemaduras de cigarro en los brazos pálidos. Ella y sus amigos van por los pasillos totalmente drogados, o se hacen bolita en los cubículos de los baños, pálidos y temblorosos como fantasmas llorones. Entran a clase para dormir la siesta.

—¿Dónde está Olmeca? —pregunté. No lo había visto en la escuela en toda la semana. En realidad se llama Óscar. Todos lo llaman Olmeca porque su cara es igualita a esas cabezas colosales olmecas: cachetes gordos de jaguar, nariz chata, labios gruesos. Ojos negros, pequeños, de párpados curvos. Parece la reencarnación de un guerrero mesoamericano, pero con Vans y corte de pelo de *skater*.

—Ese huevón volvió a quedarse en su casa —informó Jorge—. Dijo que nos ve allá.

Estar ahí parada me ponía nerviosa. No había ninguna regla que prohibiera ir al estacionamiento durante el almuerzo, pero aun así, no quería que me confundieran con esos fracasados que fuman hierba en sus autos.

—¿Dónde está Carla? —preguntó Ernie, con cara de molestia.

—Chicas —suspiró Jorge, como si tuviera todas las respuestas del universo—. Siempre tarde.

Carla salió del ala de ciencias justo cuando estábamos amontonados alrededor de su Civic rojo. Me barrió con la mirada y luego me ignoró. Odio eso. Odio que una perra vulgar pueda hacerme sentir tan insignificante.

Aun así, fue todo un espectáculo verla atravesar el estacionamiento, lenta y hosca. Vestía un minivestido con un descolorido estampado de cachemir rosa: una prenda fea, que se suponía que debía verse fea—sexy, que es exactamente el estilo de Carla. No me imagino usar algo así. No así de corto. No así de desaliñado, con el cinturón blanco cosido encima y el bolsillo negro sobre un pecho, y con mallas verde metálico y lustrosas botas azules hasta el tobillo.

—¿Listo? —le preguntó a Jorge, como si no nos viera a todos esperando afuera de su auto. Ella y Jorge se juntaron. Los seguí, emparejándome con Ernie, aunque no me hablaba.

De camino al otro lado de la frontera, Jorge acaparó el espacio hablando en el auto. Teníamos un par de horas que matar. La reunión con el representante de CDR era a la una treinta. Jorge le había dado un *cassette* con algunas canciones.

Estar con ellos tres me hacía sentir rara. Jorge y Carla tocándose, coqueteando. Ernie conmigo, tieso y callado, como si nunca hubiéramos sido amigos. El viaje fue rápido; no había tráfico en la autopista. Jorge pagó un dólar en la caseta de la frontera, cruzamos el Río Grande, nos pasamos al carril de Nada que Declarar y llegamos a México.

Carla se estacionó detrás de la gran tienda de Curiosidades Martínez. Vendían todo tipo de cosas de gusto corriente: pequeñas maracas, sombreros de paja aguados, grupos de mariachi enteros hechos con ranas toro disecadas (todas con trompetitas de latón y guitarras y trajes con moño en el cuello); retratos de Elvis, Jesús y Emiliano Zapata en terciopelo; montones de alcohol y vasos tequileros. Por cada tres dólares gastados en la tienda te daban una hora de estacionamiento, así que compramos un montón de Chiclets antes de salir a la calle.

—Nos vemos en Chaparral a la una treinta —dijo Jorge—. Olmeca dijo que estará ahí.

Ernie alzó los pulgares. Nos dirigimos al sur, hacia el centro de la ciudad. Había luces en las fachadas de los bares, con el neón apagado de modo que únicamente destacaban las letras desvencijadas y se veía lo sucias que estaban las bombillas. Quizá lucía diferente a oscuras, pero bajo el sol de mediodía era deprimente. Había letreros de BAR PARA DAMAS y BILLAR pintados en las fachadas, pero no sé qué damas entraban ahí. Solo veíamos viejos malhumorados.

En la siguiente cuadra, la de los despachos legales embutidos entre dentistas, optometristas y farmacias, los tejanos de invierno vagaban en grupitos ansiosos. Se notaba de inmediato que todos esos cuellos de pavo no eran del lugar. Los gringos viejos de La Ciénega son vaqueros hechos y derechos. Ni muertos andarían en bermudas y sandalias con velcro. Y definitivamente no cargan tubitos de bloqueador solar en cangureras. Ni siquiera las vaqueras viejas usan velcro; ellas llevarían enormes bolsos de cuero de vaca, quizá teñido de turquesa.

—Crucemos la calle —sugirió Ernie—. Si se dan cuenta de que somos estadounidenses, pasaremos la siguiente hora ayudándoles a comprar sus medicamentos.

Y así nomás, ya estábamos bien otra vez. No sabía cómo había ocurrido, pero me alegré.

Cortamos camino por la plaza. El tipo que vendía sandías en la parte de atrás de una camioneta estaba acostado en su techo, dormido. Dos vendedoras de flores estaban sentadas en la escalinata del pabellón, fumando y charlando, con sus flores tiradas a un lado, marchitándose al sol. Las calles estaban llenas de música. Las zapaterías y tiendas de ropa, la frutería rosa mexicano y mi favorita: la tienda de artículos de cuero con el caballo de yeso a tamaño natural en la entrada, con todos los aperos, donde mi papá me sentaba cuando visitábamos la plaza: todos y cada uno de esos negocios tenían música de conjunto a todo volumen. La moto Kawasaki verde de César estaba estacionada afuera de Casa Tropical, la mueblería de su mamá. Los dos vimos la moto y ambos fingimos no verla.

Los dependientes de las tiendas de curiosidades nos miraban sin decir nada. Supongo que Ernie y yo no éramos nada emocionante, porque ni siquiera intentaban invitarnos a entrar, aunque parecían aburridos.

—Debemos parecer tacaños —dije.

—Somos mexicanos sin dinero. No van a molestarnos.

Terminamos en Cien Diez. Las hamburguesas de ahí son una locura: gruesas rebanadas de jamón frito sobre la carne, dos tipos de queso, aguacate, mostaza, jitomates, cebollas, jalapeños, todo apilado.

Ernie me compró una cerveza Sol. Traté de beber, pero no pude.

—Esto es asqueroso.

—Así sabe la cerveza.

—Guácala.

—Bueno, no siempre tengo Don Pedro y Slurpees —agregó.

No me gustó que mencionara lo que había ocurrido en el lago. Pero el día estaba soleado y el aire olía a carne frita y cebollas. La luz y el ajetreo del día me hacían sentir tranquila. Reí y dije que iba por una coca.

—Yo voy —dijo—. ¿Siquiera sabes ordenar en español?

—Como quieras —respondí. Pero dejé que fuera. No iba a decirle que solamente quería ser su amiga. No ahora, cuando por fin se le había pasado el enojo.

—¿Nos vamos? —pregunté después de beber tres cocas.

—Todavía nos queda como una hora. Vamos a Ninfa's.

—¿Has comido ahí?

Ninfa's es uno de los lugares más caros de la ciudad.

—A veces el mariachi de mi papá toca ahí —respondió—. Conozco a los meseros. Ellos se encargarán de nosotros. Además, Chaparral está en esa misma calle.

Acepté y caminamos unas cuadras más al sur de la zona central, hacia donde la calle principal se bifurca en una autopista que lleva a Saltillo. Pasamos por el Gran Mercado, donde venden verduras y animales pequeños —pollos, sobre todo— y ahí estaba Ninfa's, como un oasis antes de la tierra de nadie del desierto.

El tipo de la entrada parecía sorprendido cuando nos acercamos. Tenía un bigotito muy acicalado y el cabello peinado hacia atrás.

—Ernesto —dijo con una sonrisa.

—¿Qué tal? —saludó Ernesto.

—La cosa está lenta —respondió el tipo, encogiéndose de hombros—. Siéntense donde quieran, excepto en la sala de fiestas.

—Gracias —dijo Ernie. Parecía a gusto, a pesar de que éramos dos chicos estúpidos con chamarras de mezclilla.

Un mesero nos sentó en una mesita cerca del patio. El interior del restaurante estaba casi vacío: al fondo, unos viejos tejanos de esos que solo vienen en invierno comían lo que parecía ser el plato mexicano; un hombre leía un libro frente a su taza de café y tres mujeres cuarentonas, borrachas, reían como gallinas en la barra. Se notaba que había habido mucha gente recientemente: los garroteros estaban ocupados despejando mesas por todo el restaurante.

El mesero se llamaba Rafael. Tenía unos ojillos negros y los lados de la cabeza rapados. Nos sonrió.

—Saliste temprano.

—Oye, tráenos unos flanes de chocolate, hombre.

—Sí, claro. Pero al menos ordenen unas limonadas. Tengo que entregar una cuenta por la mesa.

—Esta mequetrefe quiere una piña colada —dijo Ernie—. Eso compraré.

Yo acababa de llevarme un enorme pedazo de flan a la boca cuando unos veinte mafiosos entraron al restaurante. Había varios viejos con pinta de abuelo, con guayaberas y pantalones de vestir, hablando entre ellos. Un tipo rechoncho con un cepillo de cabello blanco, como un jabalí anciano, era evidentemente el mandamás. Todos los demás en la comitiva eran jóvenes y llevaban aretes, chamarras de cuero y camisas vaqueras. Todos estaban armados. Se veían muchos lentes oscuros.

Sé que esas cosas pasan. Así es la vida en el lado mexicano de la frontera: a veces hay mafiosos por ahí, y uno simplemente lo acepta. Hasta mi papá tiene historias. Pero aun así, escupí mi flan. Cayó junto a mi plato, todo babeado, asqueroso.

—Es el Chivo Mireles —murmuró Ernie—. Solo come. No van a molestarnos.

Ernie se veía un poco nervioso, pero nada más. Empujé el pedazo de flan de regreso al plato y dejé mi cuchara. No, no podía comer un bocado más.

—El deber me llama —dijo Rafael y se alejó sin una palabra más.

Miré a los mafiosos desde el rabillo del ojo. Un tipo con cola de caballo y barba, como Marco Antonio Solís de Los Bukis, se acercó al jefe de meseros. El Buki le dio una palmada en el hombro y le murmuró algo al oído. El jefe de meseros se apresuró a acomodar al grupo en la sala de fiestas.

No todos fueron. El Buki se volvió hacia el resto de la clientela. Hasta las gallinas risueñas de la barra pusieron atención. Él indicó a dos de los tipos que se habían quedado que custodiaran la entrada. Unos cuantos más fueron a la cocina y al patio.

—Por favor disculpen —dijo el Buki, en un español excesivamente cortés, ante todo el restaurante—. Lamentamos mucho interrumpir su tarde. Mi patrón necesita seguridad absoluta durante su comida. Se disculpa, pero nadie entrará ni saldrá del lugar hasta que haya terminado. Él entiende que esto es inconveniente. Por supuesto, lo compensará pagando la cuenta de todos. ¡Así que, por favor, disfruten! Aquellos que se vean afectados en su trabajo, por favor dennos los nombres de sus supervisores. Estoy seguro de que entenderán cuando les expliquemos. Gracias.

Los turistas se veían emocionados. Las señoras aullaron y ordenaron otra ronda de bebidas. Una de ellas invitó al Buki a tomar un trago con ella. Él le respondió con el mismo tono alegre. Hasta se acercó y le dio un sorbo a su bebida afrutada. Estúpidos turistas blancos. Regresarían a Ohio, o a donde fuera, con una loca historia de la frontera.

—No sé cuánto tiempo vamos a estar aquí —dijo Ernie—. Ojalá no hubiera comido ya.

—Nos vamos a perder la reunión —dije, procurando no sonar asustada.

—El Chivo come despacio. Seguro que Jorge y Carla nos dejan por no aparecer —Ernie miró a los turistas con el ceño fruncido—. Carajo. Nuestra primera tocada se fue al caño. ¡Nunca tendremos una oportunidad!

—Si no regreso a tiempo, estoy muerta —mascullé.

—Estaremos bien. No van a meterse con un par de chicos. Esperaremos y tomaremos un taxi de regreso.

—Sí y mi papá se va a poner como chango cuando llegue a recogerme y no me encuentre.

—Cálmate —dijo Ernie—. Si hubiéramos conseguido la tocada en Chaparral, saldríamos como a la una de la mañana. ¿Cómo ibas a explicar eso, si ni siquiera puedes regresar tarde de la escuela?

—Puedo salir si él ya cree que estoy dentro —repliqué—. Esto no es lo mismo.

—Si tú lo dices —dijo Ernie. Y luego, por supuesto, tocó el tema—: ¿Estabas evitándome porque te arrepientes? Yo no voy a ir con el chisme. No soy Jorge.

—No creo que seas como Jorge.

—¿Y entonces?

—No sé —no quería decirle que me sentía culpable por haber salido de la casa de mi abuela esa noche. Que tal vez yo causé su muerte, por hacer lo que hice con él. Sonaría como una tonta si lo decía en voz alta—. Mi abuela murió. Nada más quedamos mi papá y yo. Estoy muy pinche triste.

—Por supuesto —dijo Ernie, pero se veía aliviado—. Mierda, qué estúpido soy.

—¿Podemos hablar de otra cosa?

—¿Sabes qué? —asintió Ernie. Por como lo dijo, supe que llevaba un tiempo planeándolo, quizá desde que me dio la nota en la mañana—. El mariachi de mi papá va a abrir el concierto de Selena el mes próximo. Tenemos pases especiales. Ven conmigo.

Tuve que decir que sí. ¿Cómo no iba a aceptar?

Terminamos pasando toda la tarde ahí sentados, bebiendo limonadas y escuchando, al parecer, todas las canciones grabadas por

Eydie Gormé y Los Panchos. Ernie ordenó un par de entradas por puro aburrimiento, pero no pude comer nada. Para las tres, estaba vuelta loca. Sin duda ya nos habían dejado. En poco tiempo, el tráfico de la hora pico haría aún más difícil el viaje de regreso.

—No puedo esperar más —le susurré a Ernie—. ¡Mi papá llega a las seis! ¿Crees que voy a darle su nombre a ese mafioso para que me escriba un justificante?

—No podemos irnos, Lulú.

—¿Qué voy a decirle a mi papá?

—Algo se nos ocurrirá. Tal vez fuiste a casa de Marina. Tal vez... No sé. Ordena algo más, si quieres. ¿Qué más podemos hacer? Al menos él paga.

—No quiero nada más. Tengo que regresar a la escuela.

—Pues no podemos.

No pude discutir. La mayoría de los hombres habían entrado a la sala de fiestas, pero todavía había al menos seis mafiosos paseándose por el restaurante y el tipo de la entrada ni siquiera se molestaba en esconder su arma de nueve milímetros.

—Qué mal —dijo Rafael, el mesero, al pasar junto a nuestra mesa—. Ya debería haber salido. Pinche suerte.

Nos quedamos callados. El jefe de meseros ofreció champaña a todos. La probé, pero sabía agria.

—No quiero más.

—¿Segura? —preguntó Ernie.

—Sí, tómala tú. Tengo que ir al baño —dije—. Ya vuelvo.

—Con cuidado —advirtió Ernie.

Atravesé el restaurante casi sin problema. El Buki me preguntó si necesitaba algo, que supongo quería decir "¿Qué estás haciendo?".

—Uhhm, el baño —dije en vacilante español. Me indicó que siguiera. Adentro había otro guardia, pero salió al verme entrar. Supongo que hasta a los mafiosos les da vergüenza que una chica los encuentre en el baño de mujeres.

—Disculpe —respondió en español.

Ya estaba terminando cuando oí algo que definitivamente no era parte del ruido de fondo del restaurante. Afuera, alguien llamaba a otra persona. O como cuando podrías jurar que oíste a alguien decir tu nombre junto a ti, pero cuando te das la vuelta no hay nadie. Fue así. Y la abuela Romi siempre me había dicho que, cuando eso pasara, pusiera atención. *Así me visita mi madre*, decía. *Cuando necesito ayuda, me muestra el camino.*

Cerré el grifo y fui hacia la pared con la ventana alta, cercana al techo. Era una ventanita, un rectángulo angosto. Si me paraba sobre la puerta del cubículo, podía ver hacia afuera. Podía salir.

Vi el Gran Mercado al otro lado de la autopista. Abrí los pestillos. Estaba apretado; un adulto no podría pasar, ni siquiera Marina que tenía pechos desde quinto, pero yo sí podría pasar por esa ventana, si me apretujaba.

Me apoyé en la pared de azulejo del baño y en la parte alta de la puerta del cubículo, aunque me lastimé las rodillas. El delgado borde superior de la puerta metálica me dejó moretones que duraron el resto de la semana. Metí los dedos bajo la ventana y tiré. Se abrió y pasé contoneándome.

No es fácil pasar por una ventana alta, aunque seas tan pequeño como para caber. No es como en las películas. Me raspé toda la panza tratando de agarrarme a la ventana para no caer de cabeza. No funcionó muy bien. Caí de panza en el asfalto y casi vomité del dolor. No podía respirar de tanto que me dolía. Por fin logré incorporarme agarrándome a la pared y eché a correr hacia la autopista, esperando una lluvia de balas en cualquier momento.

No pasó nada. Crucé la autopista y entré al Gran Mercado. Miré el estacionamiento de Ninfa's desde el espacio entre dos puestos del mercado, donde una mujer vendía ollas para frijoles con motivos aztecas y otra estaba sentada en una manta, con joyería de chaquira acomodada en hileras frente a ella. Uno de los mafiosos se paseó perezosamente tras el restaurante, pero ni siquiera miró hacia la ventana.

Corrí, agarrándome la panza adolorida. Regresé a la calle principal a eso de las cuatro, según el reloj del Banco Nacional. La Kawasaki verde de César seguía estacionada frente a la mueblería. El local estaba vacío, porque ¿quién diablos compra auténticos muebles de madera tallada a mano de Oaxaca a media siesta del martes? César estaba sentado tras el mostrador, haciendo su tarea.

—Lulú —dijo, levantándose—. ¿Qué haces aquí? —estaba tan sorprendido que me habló en inglés.

—Hombre, por favor ayúdame a regresar a la escuela —supliqué entre jadeos.

—¿Alguien te lastimó? —preguntó rápidamente—. Tienes una cortada en la barbilla.

—No, me caí.

—Qué pasó?

—Salí por la ventana del baño de Ninfa's. Cerraron el lugar. El Chivo Mireles y sus hombres.

—Odio cuando eso pasa —dijo César, doblando su tarea y metiéndola bajo la caja registradora—. La última vez Sylvia y yo estuvimos atrapados ahí casi tres horas.

—¿Puedes llevarme al otro lado? Tengo que regresar ahora mismo.

—Sí —miró por toda la tienda—. Solo déjame poner una nota para mi mamá. ¿Qué hacías aquí, en todo caso?

—Vine con Jorge y Ernie. Pero Ernie y yo nos quedamos atrapados en el restaurante y Jorge se fue sin nosotros.

—Jorge y Ernie. Por supuesto. Te meterás en problemas por juntarte con ellos.

—Tú faltas a clases todo el tiempo.

—Por ayudar a mi mamá —replicó.

Estuve a punto de decir que su mamá podía pagarle a alguien, pero me contuve. Necesitaba un favor. Además, empezaba a sentirme mal por abandonar a Ernie. Me preguntaba si ya habría notado que me había escapado. Se pondría furioso.

César escribió su nota y me pasó su casco.

—Vamos.

Se rio al ver la facilidad con que subí a la moto detrás de él.

—Bueno, chica ruda. Vámonos.

—Sé viajar en moto —dije—. Por favor. He viajado muchas veces con mi papá.

—Sí, claro. Inclínate cuando yo me incline —indicó.

Entramos al tránsito. Avanzó zigzagueando entre los autos. Dimos vuelta a la esquina y pasamos por la plaza, con rumbo al puente internacional.

—¿Estás bien? Gritó sobre el ruido del motor.

—¡Sí!

En la última cuadra antes del puente de cuota, ya me había acostumbrado a viajar con César. Estábamos esperando el semáforo cuando vi que Pilar salía de la Zapatería Suday. Tenía una enorme bolsa de compras en las manos. Llevaba el cabello trenzado y enredado en torno a la coronilla, y los mismos lentes de sol que en el funeral de mi abuela. Estaba de compras, así que quizás estuviera hospedándose en la ciudad. Me había invitado a visitarla de nuevo. Podía tomarle la palabra. Si quisiera.

Pilar no me vio. O al menos, si hubiera mirado hacia mí, no me habría visto. El casco de César me tapaba toda la cara. La vi caminar hacia la esquina y, sin querer, apreté un poco a César cuando ella cruzó la calle ante nosotros. César se crispó. Sentí sus músculos bajo mis manos. Luego el semáforo cambió.

—Agárrate —dijo César.

No respondí. Me apoyé contra su espalda, procurando dejar suficiente espacio para respirar. Me movía cuando él se movía, me inclinaba cuando él se inclinaba, y era fácil seguirle el ritmo.

—Buena chica —dijo y aceleró.

Y *puf*: ya estábamos fuera del tráfico y todo se veía borroso al pasar. No era como viajar en moto con mi papá: no era una pesada Harley que iba rugiendo por el camino.

Llegamos a la caseta mexicana y pasamos por el puente. El oficial estadounidense nos dejó pasar; debió reconocer la moto verde de César. Me pregunté a cuántas chicas habría transportado así, agarradas a él, con el cabello ondeando tras el casco. Tenía ganas de decir: "Yo no soy así. Nada más necesito un viaje". Luego entramos a la Autopista de la Avenida La Ciénega y entonces aceleró de verdad. Apreté la cara contra su espalda. Olía a detergente. Tide. El mismo que nosotros compramos.

Ya eran casi las cinco cuarenta y cinco cuando llegamos a la escuela. Salté de la moto en cuanto se estacionó y le lancé el casco.

—¡Adiós! —exclamé y corrí.

—¡Oye! —lo oí gritar a mis espaldas, pero ya estaba camino al baño de chicas para lavarme la cara antes de que mi papá llegara por mí.

Capítulo nueve

Rock con guitarras resonantes

Cuando mi papá está de mal humor, prefiere la versión de *Little Wing* de Derek and the Dominos. Puras voces roncas y quejidos de guitarra, punteados por amplios rasguidos de *rock* clásico: trum, trum, trum, trum-trum-trum. Cuando está de buenas, oigo una versión distinta salir por las ventanas de la sala: Jimi Hendrix o quizá Stevie Ray Vaughan. Eso es en los fines de semana en que las puertas de su taller en el patio trasero están abiertas de par en par. Pero desde que regresó a casa, ha estado encerrado con el álbum *Layla* a suficiente volumen para sacudir las paredes. Cuando mi papá siente lástima por sí mismo, no hay nada como Clapton para él. Excepto tal vez Vicente Fernández.

El objeto que más ama en el mundo vive en su taller. Es una Harley Davidson XLCH Sportster de 1970, la que tenía cuando mi mamá seguía viva. Ahora tiene otra Harley, una Softail de 1983, más grande y pesada, que usa cuando hay buen clima. A veces me lleva, si no estamos peleando. Esa moto está en la cochera. Solamente es una moto.

La Sportster de su taller es una carta de amor a mi madre. Hace ocho años que murió en el accidente. Mi papá reconstruyó la moto por completo, carrocería y todo. Me sé las especificaciones de tanto oírlo ordenar partes por teléfono.

Pero nunca termina. No deja de cambiarle cosas. Este mes le pintó una estampida de rizos que bajan por el tanque y la carrocería. No sé cómo se pueden pintar rizos negros sobre una moto negra, pero lo hizo. Usó una de esas pinturas para *low riders*, de modo que, cuando le da la luz, lanza destellos plateados y púrpuras. Es el cabello de mi mamá, sus rizos negros ondeando al viento.

Antes de que mi papá abriera su taller, cuando vivíamos en el departamento y él era mecánico en la agencia de Ford, solíamos ir a exhibiciones de autos por todo Texas. Siempre remolcábamos una casa rodante, pero si era un viaje corto, digamos a San Antonio o San Angelo, mi mamá y yo íbamos en la Blazer y él en la motocicleta. Yo lo miraba, con mi cara apoyada contra la ventana del copiloto. Si cierro los ojos, todavía puedo verlo fácilmente: su cabello echado hacia atrás, sus *gogles* de cuero, sus muecas al viento y, tras él, la reverberante tajada de roca pálida conde habían abierto la carretera en mitad de la ladera de la montaña.

Si mi mamá iba conduciendo, escuchábamos a Donna Summer todo el camino. Si conducía mi papá, escuchábamos a Cream o The Doors. Mi mamá dejaba a mi papá en la exhibición para que limpiara la moto y nosotras íbamos a Kmart. Nada más a Kmart, nunca a gasolinerías. Así ella podía comprar refrescos, toallitas húmedas, galletas de crema de cacahuate y hasta lápiz labial de emergencia si lo necesitaba. Luego se ponía bella en el baño de mujeres. Recuerdo que yo era muy pequeña y no alcanzaba el lavabo.

Hay quien no puede imaginar a sus padres siendo sexys. Yo tengo un claro recuerdo del trasero de mi mamá enfundado en unos shorts de satín blanco recortados.

—Revísame —decía ella, arqueándose para mirar por encima de su hombro mientras yo la inspeccionaba en busca de manchas o desgarrones. A principios de los años ochenta, cuando todas las mujeres llevaban cortes a lo Pat Benatar, mi mamá todavía tenía su kilométrico cabello de los setenta. Cuando se movía, su cabello se mecía de lado a lado en su espalda baja, justo donde comenzaban sus shorts. Una vez puestos sus *shorts*, era como si estuviera dentro de un campo de fuerza: nada, y en serio digo nada, podía tocarla. Sus manos se extendían para enchinarme las coletas con una uña laqueada. Y nada de tocarla a ella.

Yo también tenía mi uniforme para las exhibiciones de autos: una camisa casual y un overol con el parche de águila de Harley Davidson. Mi mamá me compraba Pop Rocks y yo los guardaba en el bolsillo de mi overol. Mi papá fingía que iba a darle una nalgada y ella lo fulminaba con la mirada, de mentiras, y decía: "No te atrevas a mancharme de grasa, Jules Muñoz".

Ella era pequeña. Mi papá le había metido mano una y otra vez a la motocicleta para hacerla tan ligera que ella pudiera maniobrarla. Dice que por eso se destruyó cuando el camión de Yellow Freight los arrolló. Yo la vi cuando mi papá la recogió del depósito de la policía. Parecía un pretzel chamuscado.

Antes del accidente, la moto era roja, con llamas anaranjadas. Mi mamá daba vueltas en ella por los estacionamientos de las exhibiciones de autos, lentamente, como una bola de fuego que se pavoneara.

Pronto, los hombres se acercaban a donde ella se detenía, delante de nuestra troca, y se ponían a hablar con mi papá sobre modificaciones de autos.

Cuando volvíamos a casa, mi papá metía la motocicleta a la casa rodante. Conducía con el brazo en torno a los hombros de mi mamá y ponían música cursi en español que me hacía dormir de aburrimiento.

Ésa fue la parte feliz de nuestras vidas. Mi madre estaba viva y era hermosa. Sé que todo mundo dice eso sobre su madre, pero no pueden creer cómo era antes de tener hijos e hipoteca y esas cosas. No exagero. Era hermosa. Por supuesto que lo era. Tenía veinticuatro años cuando murió. Se llamaba Nayeli.

Para prepararme para el largo fin de semana que me esperaba, decidí grabar dos *cassettes* de mezclas: *Rock con guitarras resonantes* y *Originales y versiones*. Eso ocuparía mi día mientras lavaba la ropa y esperaba, básicamente, a que mi papá saliera a respirar. O, si él no salía, al menos grabar los *cassettes* me mantendría ocupada hasta que fuera lo bastante noche para usar el teléfono sin que se diera cuenta.

Acababa de empezar a lavar los jeans cuando Marina me llamó. Siempre empezaba con los jeans porque nuestra secadora se da por vencida a la cuarta o quinta carga, así que procuro acabar primero con lo más pesado. Mi papá dice que eso no pasaría si no esperara hasta ensuciar todo antes de lavar, pero no lo veo ayudándome, así que da igual.

—¿Qué haces?

—Nada. Lavo la ropa.

—Voy para allá. Mi papá acaba de llegar a casa.

El papá de Marina es camionero. Cuando el señor Salazar llega a casa después de una larga corrida, lo único que quiere hacer el primer día es cenar sus enchiladas rojas favoritas y luego dormir diez horas. Y más vale que la casa esté en silencio. Nada de televisión, teléfono desconectado, letrero de NO TOCAR junto al timbre. La mamá de Marina ni siquiera lava los platos antes de que él despierte, para que no oiga el agua de la cocina.

—¿Cuándo?

—Tal vez en media hora. Después de que termine de comer, mi mamá va a llevarnos a todos con mi abuela —lanzó un suspiro dramático. Sabía que estaba poniendo los ojos en blanco—. Van a pasar el día haciendo tortillas y viendo tontas novelas en la tele de la cocina. Por eso voy a pasar la noche contigo.

Vi mi oportunidad.

—¿Tu mamá puede llevarme a la tienda de abarrotes?

—Claro —respondió Marina.

—Okey. Le diré a mi papá.

Tuve que aporrear la puerta del cobertizo por casi cinco minutos antes de que el volumen de la música por fin bajara y la puerta se abriera. Mi papá salió al patio, parpadeando como topo, sin rasurar y con los ojos rojos. Creo que ni siquiera había dormido la noche anterior.

—¿Todo bien? —preguntó. Así es él. Algo tiene que andar mal para que le interese.

—¿Puede venir Marina a pasar la noche?

—Supongo que sí. ¿Tenemos que ir por ella?

Si quisiera, probablemente podría tener pijamadas en mi casa todos los fines de semana y él no protestaría. Siempre y cuando aprobara a mis invitadas, claro. Marina le cae bien porque es lo que él llama *femenina*. Eso es porque Marina nunca sale de su casa sin sus aretes.

—No, su mamá la traerá en un ratito. Pero primero iremos a la tienda.

—Ah, bien —buscó en su cartera y me entregó su tarjeta de crédito—. Compra lo que quieras y no olvides el recibo. Ah... y tráeme unos duraznos.

—Okey.

La mamá de Marina nos dejó vagar juntas por los pasillos de la tienda y escoger lo que quisiéramos para nuestra pijamada: bombones, helado, ingredientes para espagueti —que Marina dijo que me enseñaría a preparar—, queso en aerosol, ositos de goma, barras Hershey, palomitas de microondas, Pop—Tarts de fresa —sencillos, porque odio los glaseados— y los estúpidos duraznos de mi papá.

Cuando la mamá de Marina vio nuestro carrito, le dijo en español que nos dolería el estómago y tendríamos pesadillas por la indigestión, y que no la llamáramos para quejarnos en la noche. Ella no habla inglés y, como yo lo hablo todo el tiempo, cree que no entiendo el español.

—Por eso le pusieron Dolores —susurró Marina, exagerando todas las os. Siempre dice eso cuando su mamá se pone insoportable.

A Marina le parece una locura que mi papá me dé su tarjeta de crédito así como así. Mi papá es un papá mexicano, como el de ella; querría enchiladas rojas para cenar, como el señor Salazar, si tuviera quien las cocinara. Cuando tiene que llevarme de compras, me espera en el estacionamiento con la troca encendida; cada agosto viaja a las tiendas de descuentos cerca de San Marcos para comprar mi ropa de la escuela y siempre está molestando con lo de ser niña buena. Pero ya lleva un buen rato en caída libre. En casa o fuera, siempre está borracho. Su vida no tiene un eje que la unifique, o si lo tiene, no soy yo.

En realidad, nadie está al volante. Él hace lo suyo y yo hago lo que tengo que hacer, así que, o morimos de hambre, o me manda a la tienda con alguien —por lo general nuestra vecina, la señora Flippo— y escojo lo que quiero. Hace un par de años ya que falsifico su firma.

Mi papá no sabe cocinar y yo tampoco. Mi papá es botanero: prefiere comer papas fritas todo el día que tomarse el tiempo para comer con regularidad. Casi siempre comemos fuera o en casa de la abuela... pero ya lo único que queda es la opción de comer fuera. Yoli *no* piensa cocinar en familia para nosotros.

—Bueno, ¿y qué onda con tus quince? —me preguntó Marina una vez que guardamos los víveres y subimos a mi cuarto, donde los acordes lastimeros de Eric Clapton tocando su *Bell Bottom Blues* sonaban por enésima vez, lo bastante lejanos como para ser ruido de fondo.

—Dice que sigue en pie —me dejé caer en mi cama, malhumorada—. Eso apesta.

—Necesitas aceptarlo. No sé cuál es tu problema. Los míos estuvieron increíbles.

—Sí —mascullé—. Para ti.

—Maldición —dijo ella, mirando por mi ventana hacia el cobertizo en el patio—. ¿Cuántas veces va a poner ese disco?

—Todo el día. Está de malas. Eso hace.

—Guau.

—Al menos no tenemos que aguantar eso —dije. Puse mi *cassette* de *Rock con guitarras resonantes* en la casetera y subí el volumen. Marina soportó un par de canciones de The Smiths, pero paró la cinta cuando empezó a sonar *The Killing Moon*.

—No, no. Basta de música triste de blancos.

—Cállate, es una chingonería de mezcla.

—Ya estoy harta de Echo & the Bunnymen —frunció la boca y cantó, llorosa—: *Evvvery day is like Sundaaaay. Evvvvery day is silent and graaaay*. Quejidos, quejidos, quejidos.

—Ése es Morrissey, estúpida.

—Pero está en la cinta, ¿no?

—¿Y? Es bueno.

—Si quieres suicidarte. En serio, Lulú, con razón eres tan amargada.

—Tienes mal gusto. Admítelo y ya.

Abrió la caja de zapatos donde guardaba mis *cassettes*.

—Quiero algo para bailar. ¿Dónde está *Boda 76*?

De todas mis compilaciones, *Boda 76* era la favorita de Marina. La grabé el verano pasado, después de encontrar las cosas de mi mamá en el desván. Es pura música de sus álbumes, casi toda disco.

—Te haré una copia —le ofrecí. Otra vez.

—¡Claro que no! Es la mezcla de homenaje a tu mamá. No debes dársela a nadie —la puso en la casetera.

Empezó a sonar "*Dancing Queen*". Marina se puso a bailar por el cuarto, con los brazos extendidos. Se contoneó por toda la habitación, dando lentos giros.

—*You are the dancing queen! Young and sweet! Only fii–iif–TEEN!* —cantó, cambiando la letra para hacer referencia a mis quince años.

Me apuntó con ambos índices, como pistolera—. *You can dance! You can jive! Having the time of your life!*

—¡Por Dios, ya cállate!

Bailó toda la canción y la siguiente. Era tan ágil que no importaba que no se supiera los pasos. Thelma Houston empezó a rogar que no la dejaran así.

—¿Qué tal un tema setentero para tus quince? —preguntó Marina, girando—. Podríamos hacer un tributo a tu mamá, con todos sus discos.

—No sé. Puede ser.

—¡Tiene que ser *Dancing Queen*! ¡Es perfecta! —Marina se me acercó, jadeando—. Yo y otras cuatro chicas como damas—. Y a ver si tu papá deja que Art sea mi chambelán.

Prácticamente podía ver su cerebrito girando a un millón de millas por hora. Marina tenía unos cuarenta mil primos, así que no hubo modo de que yo estuviera en la corte de sus quince. Y gracias a Dios, porque eligió "Vogue" de Madonna para su coreografía.

—Ni siquiera sé a quién pedírselo —dije, de malas.

—Si no eliges, tu papá elegirá por ti. Así es la cosa.

—Lo sé.

—Rebobina la cinta —ordenó.

No hay forma de eludir la fiesta de quince años. Me amenaza en el horizonte, como un choque de trenes. Primero fueron las hijas mayores de los compadres de mi papá, las nietas de las amigas y vecinas de mi abuela; caray, parece que en algún momento de sus vidas todos en el pueblo tienen una hija de quince años.

Tal vez soy estúpida, pero solía ir a esas fiestas con mi papá, y no relacionarlas conmigo. Sí, soy una chica. Sí, en febrero cumplo quince. Pero en serio, cuando eres una niña de nueve años muriendo de sueño en su silla después de comer cuatro tazones de mentas rosas y verdes del centro de la mesa, y tu papá todavía no está listo para volver a casa porque lleva unas catorce cervezas y está contando chistes que tú no entenderás en los siguientes tres años, y el retumbar de los bajos de polka tras polka es interminable, no piensas, "Esto me pasará a mí". Solo buscas dónde hacerte bolita para dormir.

Cuando eres mayor, como de doce o trece, pasas todo el tiempo enojándote porque sigues atrapada en esa mesa redonda con el mantel rosa, y sigues comiéndote las mentas, pero no tienes sueño. Todos los demás niños dan vueltas por ahí como si la fiesta también fuera para ellos; hablan en grupos, algunos hasta bailan, y otros salen al estacionamiento a escuchar música de verdad en los estéreos de los autos de sus padres en vez de las pinches polkas de siempre a las que son adictos los viejos gordos y casados. Y tu papá sigue muerto de borracho, pero ahora piensa que deberías salir a bailar con él una o dos veces. Pero no en esta pinche vida. Para empezar, tú nunca bailas polkas.

Y no, no vas a bailar con tu estúpido papá borracho que está portándose como un idiota. Porque ya no tienes cinco años ni nueve, tienes trece y eres lista, y puedes ver que cuando está borracho se convierte en un tipo mezquino que fastidia, que busca y busca un motivo para pelear. Puedes ver cómo sus ojos se vuelven pequeños y rojos y feos y angostos.

"A tu mamá le encantaba bailar", dice con desprecio. "Supongo que no te pareces mucho a ella, ¿verdad? Y además era bonita".

Te lanza eso, en espera de ver que te encoges, pero no lo haces. Ya no. Y sus estúpidos amigos borrachos se sonríen, pero sus sonrisas tiemblan un poco, porque no es gracioso.

"Ah, al diablo", dice a veces. Y tienes que quedarte en la mesa hasta que él vuelva, que a veces es una hora después o más, mientras baila y baila con muchas mujeres distintas. Siempre dicen que sí.

O, si insiste, te lo ordena, y eso es peor, porque te levantas y bailas, y la música es estruendosa, y la multitud te aplasta, tibia y brillante con los trajes de gala que usa la gente en esas ocasiones, y tal vez sientes el roce de algún vestido de satín al pasar una de las damas de honor de la quinceañera, pero más que nada estás encabronada, furiosa, porque no querías hacerlo y él está obligándote. Así que mueves los pies con toda tu torpeza, bailas lo más flácida y desangelada que puedes, de modo que duele verte. Es el baile más mustio que te sale, hasta que él prácticamente tiene que caminar a tu lado mientras te haces tonta en el círculo de cumbia, con la cara torcida y tiesa.

Y entonces él se enoja. Está muy, muy enojado, porque todos pueden ver que no quieres bailar con él.

Pero eso no es algo malo, porque al cabo de un rato, se molesta tanto contigo que te lleva de regreso a la estúpida mesa, ya vacía de mentas, y te sientas ahí a solas el resto de la noche mientras él se va a beber cerveza con sus amigos. Y te preguntas por qué él puede andar por toda la fiesta, como los adolescentes, pero tú tienes que sentarte en tu silla como si fueras una bebé.

Así se quedan las cosas, en ese inevitable tiempo de peleas, hasta el año siguiente, cuando tienes catorce. Tu papá desaparece todas las noches. Sigue yendo a trabajar, sí, a diario, pero el tío Cero lo cubre cada vez más en el taller. Nunca dejará de cubrir a tu papá. Prácticamente vives con tu abuela, y el olor rancio de la cerveza está desbaratando tu vida, pero se supone que debes estar feliz, porque pronto serás una señorita. Tu papá te dará permiso de crecer; a pesar de tu propio cuerpo, la decisión es suya. El espectáculo elegante es una farsa, llena de la zalamería de tu papá, pero a todos les parece maravilloso: a tu abuela, a tu tía, a tu mejor amiga. A todos. Nadie ve que estás en la periferia, porque tu nombre está en el pastel; estás atrapada en tu papel de linda muñequita de papi, y después de tu fiesta, sí, con todas esas mesas llenas de mentas, te devolverá al estante y desaparecerá en la oscuridad donde vive todo el tiempo.

De pronto, lo ves ante ti: se te revela como una horrible pesadilla. Las chicas que conoces están bailando el baile de padre e hija; andan por ahí con sus vestidos de satín de dama, con sus peinados adornados con joyas, su maquillaje, sus aretes, sus tacones elegantes. Ya no son segundonas, son debutantes. El horror de todo, las mentas y la estúpida muñeca que te dará tu papá ¡cuando ni siquiera te gustan ni te han gustado jamás las muñecas! Las interminables prácticas en el parque con la corte de la fiesta, y la coreografía y, lo peor de todo, bailar con tu padre delante de todo mundo, cuando odias bailar con él más que cualquier otra cosa.

Pero Marina no lo entiende. Su papá es gruñón, pero no es un imbécil. Además, en la escuela todos están de acuerdo en que su fiesta de quince fue la mejor de este año, con todas las chicas con vestidos de satín blanco de Jean Harlow como en el video de "Vogue". Se salió con la suya porque sus padres nunca ven nada que no sea Univisión o Telemundo. Ni siquiera saben quién es Madonna. Si la vieran bailando con su sostén de conos, les daría un ataque.

Es porque los padres de Marina son auténticos mexicanos de rancho. Marina sabe que su mamá ni siquiera sabe quiénes son los Beatles.

—¿Pues dónde creció? —le pregunté—. ¿Bajo una piedra?

—Más o menos. En Rosita —rio—. Allá los hombres andan en burro por la calle.

—Entonces, ¿qué te parece? —me preguntó Marina más tarde. Yo me había puesto a doblar la ropa otra vez, y ella estaba planchando los cuellos de las camisas de trabajo de mi papá como una experta. Me saca un poco de onda lo buena que es para todo. Y que, además, se sienta obligada a planchar camisas. Los cuellos arrugados la vuelven loca. Si yo quiero quitarle las arrugas a algo, solo lo meto a la secadora en nivel alto.

—Es buena idea, pero no me sé ningún paso —dije.

—Chica, por favor. *Yo* estoy planeando tu rutina de baile —pasó la plancha sobre un cuello, con un suave movimiento, y, por supuesto, lo alisó a la perfección. Mañana mi papá querrá saber si Marina puede enseñarme a planchar. Quiero vomitar.

Nuestro plan para esta noche era que Marina me enseñara a hacer espagueti mientras grababa el conteo de los 20 mejores videos de MTV. Más tarde, como a las nueve, cambiaríamos al canal tres para ver la función doble del Festival de Sustos de Octubre de sábado por la noche: *El hombre lobo* y *La noche de los muertos vivientes*. Y después de eso, si mi papá seguía escondido en su cueva del patio, veríamos *Headbangers Ball*. Era un plan infalible. Desde la sala a oscuras notaríamos de inmediato la línea de luz cuando abriera el cobertizo, a tiempo para cambiar de canal.

No, no tiene sentido que pueda ver zombis devorando víctimas aterrorizadas toda la noche, pero no me permita ver ni un mísero video de Slayer. Nadie ha acusado jamás a Jules Muñoz de ser coherente. Cree que todo el rock actual es satánico. No sé de dónde sacó eso, tal vez de la abuela. Ella era fan de *El club de los 700*. Pero tal vez sea cosa de él. Aunque nunca va a la iglesia, se pone raro con las cosas religiosas; ni siquiera puede ver *El exorcista*. Le tiene miedo al diablo como nadie más que yo conozca.

Pero en serio, el satanismo es cosa de los ochenta. Pasó de moda con el *glam rock*. Además, si nos ponemos técnicos, es un hipócrita, porque le gusta Black Sabbath. No sabe una mierda de música nueva; cree que Prince es joto y le desagrada que su héroe, Eric Clapton, ahora se vista como Arsenio Hall. Está en algún estado de negación, supongo. Pero ¿qué otra cosa se puede esperar de alguien que dejó de comprar discos después del *1984* de Van Halen? Parece haber decidido que la buena música se acabó. Al menos puedo decir que tiene razón en una cosa: Van Halen debió terminar después de ese álbum. Sammy Hagar apesta.

Estaba tratando de recordar cómo programar la videocasetera para grabar *Bangers Ball*, para que no importara a qué hora entrara mi papá. Ya había decidido ver la grabación el lunes después de clase, haciendo mi tarea, cuando mi papá entró a la cocina.

Apenas eran las seis treinta. Extraño, pero supuse que se le había acabado la cerveza. Se sentó ahí a mirarnos, esperando a que nos fuéramos para que no lo viéramos sacando la lata de cerveza de emergencia que guarda en el cajón de las verduras.

—Están cocinando, ¿eh? Huele bien.

—Marina está cocinando.

Dorando, decía ella. Dorando, no cocinando, porque solo era la primera parte. Se cocinaría más cuando pusiera la pasta con la salsa.

—¿Estás poniendo atención? —me preguntó Marina.

—Claro —dije. Siempre decía eso cuando me enseñaba a cocinar o a planchar cuellos de camisa para que quedaran bien tiesos en el gancho. No es que no aprecie sus intentos de armarme con lo que ella llama habilidades de mujer de verdad. Es que, mientras más me enseña, más ganas tengo de nunca ser esposa. Qué pinche fastidio. Lo único que había aprendido bien de ella era a preparar un budín de arroz para morirse, y eso porque me gusta comerlo.

—No estás escuchando —me reprochó Marina.

—Sí estoy escuchando. Dijiste que dorar es solo parte del proceso de cocinar.

—Nada más repites lo que dije.

—¿Y?

—¿Qué vas a hacer cuando te cases? —se puso las manos en las caderas, con cuchara de madera y todo.

—¡Ja! —exclamó papá mientras robaba un pedazo de pan de ajo de la bandeja de hornear—. Quien se case con Lulú se morirá de hambre.

—Me da igual.

Pero es verdad. A quien se case conmigo debe gustarle todo lo que a mí me gusta; si no, lástima por él.

Marina meneó la cabeza.

—Bueno, siempre hay comida para llevar, ¿verdad?

—O él podría aprender a cocinar.

—¡Órale, eso es! —mi papá rio y me abrazó. Olía a Bud Light y estaba al menos medio borracho—. Consíguete uno bueno, mija. Un hombre educado que te trate bien. ¡Nada de esa mierda de machos! No tuve una hija para que sea la criada de algún pinche pelado.

Así es mi papá borracho: puede pasar de la burla al sentimentalismo sin parpadear. Debe ser la persona más ridícula del mundo.

—Nunca voy a casarme, papá.

El teléfono sonó, y mi papá me quitó el brazo de los hombros. Casi saltó a la pared de la cocina.

—¿Hola? —se quedó ahí un minuto, luego se encogió de hombros y colgó—. No era nadie.

Sin embargo, noté que no me miró. Buscó su cerveza de emergencia en el fondo del refrigerador.

—Oigan, damas adultas —dijo, abriendo su cerveza y guiñándonos el ojo. Eso se le da muy bien—. Ya tienen edad para cuidarse solas un par de horas, ¿verdad? Ya estuve encerrado todo el día. Voy a jugar billar un rato con Cero.

Me le quedé mirando. Nunca antes me había dejado sola. Pero no tenía con quien dejarme. Cuando regresó, Yoli le dijo que había usado su única cortesía. No pensaba ser mi niñera cuando él quisiera, como hacía la abuela.

—Quieres que te trate como adulta, ¿no? Pues demuestra serlo. Pórtate bien mientras no estoy.

—Okey —asentí.

—Se fue a su cuarto, cantando: "*Hello cowgirl in the sand, is this place at your command?*".

—¿Está drogado? —preguntó Marina.

—No. Solo se le quitó lo enfurruñado.

A eso de las ocho treinta salió de su cuarto bañado, perfumado y elegante, con traje vaquero.

—Guau, tu papá —dijo Marina cuando él se fue a buscar su sombrero negro—. ¿Es como el Vaquero Urbano o qué?

—Sí —mentí. Por supuesto que no se vestía así y dejaba la cocina apestando a Drakkar Noir únicamente para ir a Clicks con el tío Cero. Sí, estamos en Texas, pero por favor. La NASA también está aquí, pero la gente no se pone traje espacial para salir de noche.

Quizá Cero sí estuviera en Clicks, pero de ninguna manera mi papá iba a ir ahí con sus Wranglers de ochenta dólares. El único lugar que conozco para ir a bailar country es La Salvia Morada, que está a un lado de la autopista que entra al pueblo. He oído a mi papá decir que es el tipo de lugar donde las peleas siempre ocurren a media carretera, por lo que si conduces de noche y no tienes cuidado, podrías arrollar a una multitud, porque toda la gente sale a ver cómo los tipos se agarran a golpes.

—Las llamaré a las diez para ver cómo están —advirtió—. Más vale que contesten.

—Lo haré.

—Bueno —dijo—. Pórtate bien. Llama a Yoli si necesitas algo.

—Adiós, papá.

Marina agrandó los ojos. Libertad. O algo así.

Esperó unos veinte minutos y luego llamó a su novio, Art. Yo terminé acostada en mitad de la sala, viendo la mayor parte de *El hombre lobo* sola, lo cual estuvo bien, porque en vez de hablar durante la película, como siempre hace, Marina se quedó en la cocina vigilando el espagueti. Otra cosa que yo no quería aprender a hacer.

—¡No estás mirándome! —gritó un par de veces. Y luego, por fin—: ¡Lulú, ven aquí!

—¡Puedo verte! —grité. No quería tener que escuchar lo que fuera que estuvieran diciendo ella y Art. Más que nada era ella quien hablaba; decía que no quería cuidar a sus hermanas menores otra vez.

—No, esta noche me quedo en casa de Lulú —dijo—. Viendo películas —una pausa—. Lulú, ¿qué estamos viendo?

—*El hombre lobo*. Oye, si suena otra llamada, más vale que contestes.

—No, ni siquiera estoy mirándola —aclaró ella mientras regresaba a la sala para soltar un puñado de M&Ms de cacahuate sobre mi cabeza. Me hizo una mueca—. Porque Lulú no quiere levantarse, así que tengo que preparar la cena sola —pausa.

—Sí, nada más estamos nosotras. ¿Qué? —Marina dejó de hacer caras y volvió corriendo a la cocina. Todavía alcanzaba a oírla, aunque susurraba—. Murió, ya lo sabes —pausa—. No, esa era su abuela. Su mamá murió cuando estábamos como en primero, estúpido —pausa—. Pues sé que te lo dije. Tal vez no pusiste atención.

Una hora después, Marina estaba enojada porque Art iba a una fiesta en la calle sin ella. No era culpa suya que no pudiera ir, pero aun así. Estaban pasando *La noche de los muertos vivientes*, pero a ninguna de las dos le interesaba.

—Pinche Art —gruñó Marina, y tiró un cojín del sofá al piso—. Podía haber venido aquí. Pero no quiso.

Casi escupí mi Dr. Pepper.

—¿Estás loca? Mi vecina me delataría si viera un hombre entrando.

—No sabe que tu papá no está —señaló Marina—. Podría estar invitando amigos. Ella no conoce la troca de Art.

—Nadie vendrá —dije.

—Ya lo sé. Se lo pedí y dijo que irá a esa cosa.

—No puedo creer que hayas hecho eso sin decirme.

—Como sea, no viene.

Y entonces pasó algo súper estúpido. Mi papá llamó desde algún salón de baile ruidoso. Y juro que oí a esa pinche señora casada en el fondo.

—¿Estás de broma con esto? —grité—. ¿Dónde está su esposo esta noche, matando a otro perro?

—No empieces conmigo, Lulú.

—De verdad no te importa que hayan matado a Gonzo, ¿verdad?

—¡Se acabó la pijamada! Voy a llamar a tu tía para que vaya por ti —colgó.

La cosa estúpida que pasó fue esta: cuando colgué, Marina estaba sentada en el sofá, abrazando un cojín y mirándome.

—Ay, Dios, ¿alguien mató a Gonzo?

—Sí —dije. ¿Qué más podía decirle?—. Un tipo lo mató porque mi papá está acostándose con su esposa.

—Ay, Dios —repitió.

—No quiero hablar de eso. Olvídalo.

Asintió.

—Lo siento.

El teléfono volvió a sonar. Mi tía, muy irritada.

—Tu papá dice que él y Cero van al casino. Quiere que vaya por ti ahora mismo porque estás castigada. ¿Qué diablos está pasando?

—No sé. Supongo que no quiere venir a casa hoy.

—No voy a conducir treinta minutos y atravesar el pueblo porque tu papá tiene un berrinche.

—Se va a enojar —dije.

—Es un hombre adulto. Si no te quiere sola en casa, debe quedarse en casa. ¿Estás bien?

—Sí. Estamos bien.

—Tengo el inalámbrico aqui junto a la cama por si me necesitas. No más recuerda poner la alarma de la casa.

—Lo haré.

—No dejes que te afecte, mija. Mientras más pronto aprendas a no soportar las pendejadas de un hombre, mejor estarás. Y eso incluye a tu padre.

—Sí.

—Iré allá por la mañana. Haremos *hot cakes*.

—Okey. Buenas noches, tía.

Cinco minutos después, el teléfono *volvió* a sonar. Contesté, creyendo que mi papá llamaba para quejarse un poco más. Era Art.

—Hola, Lulú —dijo—. Mari dice que no quiere hablar conmigo, pero ¿puedes decirle que no iré a esa fiesta? Solo dile.

Marina lo oyó y gritó:

—¡Mentiroso!

—Cambio de planes —anuncié. Yoli no estaba siguiéndole el juego a mi papá. Comprendí, con una sensación de triunfo, que yo tampoco tenía que hacerlo—. Vamos para allá.

—Órale, chingón. Allá las veo —dijo Art como de rayo. Colgué.

—Llámalo otra vez —ordenó Marina—. Necesitamos que nos lleve. Es lejos, cerca de la cárcel.

—Da igual. Llevaremos la pinche Harley que está en el taller de mi papá.

La Softail sería demasiado pesada para mí, y además, ¿por qué no llevar su tesoro?

—Carajo —dijo Marina sin inmutarse. Eso es lo mejor de ella—. Vamos a ponernos la cara.

"Pedal de arranque o nada", le gusta decir a mi papá. Arrancar con un botón es para mariquitas. Tienes que conocer tu moto. ¿Cuántas veces ha repasado el ritual conmigo? ¿Cuántas veces lo ha presumido ante sus amigos? "Hasta mi nena puede hacerlo. A ver, Lulú, enséñales". Metes la llave, abres la llave de purga, abres la válvula del carburador, le das al pedal hasta que se ponga rígido, giras el acelerador una, dos, tres veces, enciendes la ignición y luego pisas el pedal, lo pisas con todo tu peso, porque así de duro está, con el acelerador abierto, y entonces suena el hondo gruñido en estacato al despertar la máquina: TAK tuca TAK tuca TAK.

Oh, ese sonido me hacía cantar el corazón. Recordé, sentí, lo mucho que lo amaba. Además, arrancar con el pedal seguía siendo un buen espectáculo, porque Marina dijo:

—Ay, Dios. Eres genial.

Habíamos saqueado el fondo del armario de mi papá. Como acumulador que era, todavía guardaba ahí todas sus pertenencias y las de mi madre. Me puse la chamarra de cuero de mi papá y mis Converse, porque me parecieron lo más seguro para la moto, aunque Marina dijo que con la motocicleta los chicos iban a pensar que yo era una lesbiana.

—Voy a conducir —informé—. ¿No viste lo difícil que es arrancar esta cosa?

—Tienes razón, tienes razón —admitió Marina. Se había puesto unos jeans porque le dije que así tenía que ser, pero sacó del mismo armario una blusa *halter* y los viejos zuecos de tacón alto de mi mamá—. Pero en serio, el guardarropa de tu mamá es genial. Qué suerte que fuera pequeña —reflexionó—. Mi mamá es como el *Titanic*.

—Ay, qué mala —dije, pero me reí.

Llevamos la moto caminando hasta el final de la calle, para que el ruido no hiciera que la señora Flippo se asomara por su ventana. Marina dijo que no nos reconocería con los cascos, pero ¿para qué arriesgarnos?

—Súbete —ordené—. Sube los pies a los reposapiés, y recuerda, inclínate cuando yo me incline.

—Entendido.

—Agárrate de mí —dije. Se aferró a mi chamarra—. ¿Te da miedo?

—No —dijo con voz amortiguada—. ¡Vamos!

—Baja tu visor, a menos que quieras bichos en tu cara.

—Ah, claro, gracias.

Yo también bajé mi visor, y arrancamos. No fue como viajar en la Kawasaki verde de César, que es baja y se mueve como una bala. La Sportster tiene el tanque alto, y mi papá le había puesto manubrios cuelgamonos, así que era como estar reclinada en una mecedora que iba a cincuenta millas por hora mientras balanceaba un huevo de quinientas libras lleno de gasolina en mi regazo. Tuve que ir hablando sola todo el camino. "Embrague a la izquierda, acelerador a la derecha, velocidades en mi pie izquierdo, suave con las velocidades y los frenos, suave, suave, suave". En dos semáforos en rojo ahogué el motor, pero para cuando salimos a la carretera que iba a la cárcel, todo fue viento en popa. Casi deseé que mi papá pudiera verme. De verdad creo que si no hubiera estado ocupado comportándose como imbécil, habría estado orgulloso de mí.

Cuando llegamos a la fiesta, al bajar la pierna de la motocicleta, hubo un momento en el que todo me pareció tan perfecto, tan mágico, que de verdad pensé, "Carajo, soy *cool*. Yo".

Para empezar, logré estacionarme como todo un veterano de veinte años de los Ángeles del Infierno. Fui hacia el terreno herboso frente a la fiesta, me detuve entre las hileras de autos estacionados, y puse el pie en la tierra. Mantuve el motor encendido mientras Marina bajaba, y lo hice rugir una sola vez, por diversión.

Era una fiesta callejera, todo al aire libre, y alguien estaba brindando por un tal Lico, así que había suficiente silencio para que todos voltearan cuando un tipo gritó:

—¡Auuuu! ¡Miren a esas mujeres tan sexys! ¡Carajo, qué buena moto traen!

De inmediato, me quité el casco y me di cuenta de que el que gritaba era un gordo borracho y viejo. Tendría unos cuarenta años.

—Ay, qué asco —dijo Marina a mi lado—. Creo que es uno de los tíos de Art. ¡Qué enfermo!

—Pensé que era una fiesta-fiesta repuse, mirando con el ceño fruncido la casa al otro lado de la calle. Había niños pequeños corriendo por el patio.

Marina se encogió de hombros.

—Art dijo que era una fiesta callejera. Pero parece algo familiar.

Y tal como era de esperarse en una fiesta en las afueras del pueblo, celebrada por un montón de rancheritos en honor de un tal Lico, alguien le gritó en español al del discurso:

—¡Ya córtale!

...Y la música resonó: un conjunto con acordeón, y la canción empezó con gritos alocados, como una manada de coyotes aullando. La gente enloqueció, lanzando sus propios gritos entre el estruendo del bajo y el cencerro.

—¡Sí! —dijo Marina, asintiendo—. Al menos la música es buena. Vamos a buscar a Art.

Me tomó de la mano y me llevó entre la multitud. Esquivamos al tío pervertido, que volvió a gritarnos al pasar.

Art estaba junto a un barril de cerveza, llenando un vaso de plástico. Tenía un sombrero vaquero y botas Red Wing, al estilo rancherito. Supongo que, como era su familia, a él no le parecía raro, pero a mí me pareció que era una persona distinta.

—Guau —soltó al ver a Marina—. Te ves fantástica. Hola, Lulú —dijo, volviéndose hacia mí—. ¿Quieres una cerveza?

—No, gracias —respondí—. Soy la conductora.

Odio la cerveza. Además, no pensaba beber y luego tratar de conducir a casa. Si algo le pasaba a la motocicleta, podía darme por muerta.

Martina se bebió un vaso entero de cerveza de un trago, y luego se fueron a bailar. Reconocí algunas caras de la escuela, pero no eran gente que conociera, y lo más que hacían al pasar era sonreírme o asentir.

Aquello era aburrido, y quería irme a casa. No soportaba la idea de tener que meterme entre esa multitud para encontrar a Marina, y ser la aguafiestas que quería llevársela a rastras cuando estaba pasándola tan bien con Art. ¿Por qué no podía ser como ella, amar la fiesta, tener un chico con quien bailar, estar feliz? Pero no podía. No dejaba de pensar en que iba a tener que concentrarme en las velocidades otra vez de camino a casa, y que tal vez algún policía me detendría o, peor, chocaría la moto.

A medianoche sirvieron menudo. Eso y los niños que corrían por todas partes me confirmaron que era una fiesta familiar. Me formé en la fila para servirme, pensando que si al menos comía, estaría haciendo algo. Alguien me tocó la espalda. Era Jorge.

—*Hey*, ¿qué haces aquí? —tenía un plato de papel con nachos en la mano, y masticaba rápido, con los cachetes completamente llenos. Lo que dijo sonó como "*¿Eh hafef aguí?*".

—Art nos invitó a Marina y a mí. ¿Y tú?

Tragó su bocado.

—Mi primo Lico acaba de salir de la cárcel. Es su fiesta. Todos estamos por allá junto a los autos. Olmeca trajo un Jack.

—*Cool* —dije, sin molestarme en decirle que no estaba bebiendo. Lo seguí a donde estaban estacionados todos los autos. El de Ernie estaba en la parte más lejana del estacionamiento, a oscuras. Allá estaban Ernie y Olmeca, recargados en el capó. Las dos puertas estaban abiertas, y sonaba Black Flag, menos fuerte que la música de la fiesta, pero aun así reconocible. Ernie fingió no verme, pero sí me vio; lo supe por cómo apartó la mirada.

Respiré hondo y enderecé los hombros. Cuando la cagas como yo la cagué, lo único que queda es aceptarlo y disculparte. No fue mi intención ser una mierda con él, pero aun así. Me sentí muy mal al pensar en el tiempo que debió esperarme. Él no merecía eso.

—Aquí viene Houdini —anunció Olmeca, sonriente. Tenía unos gruesos trazos de delineador bajo las pestañas del párpado inferior. Le encanta el maquillaje, aún más que a Marina—. La pierdes en un lugar y aparece en otro. No sé, hermano, esta chica te va a dar mil vueltas.

—Nah —dijo Ernie. Estaba muy enojado conmigo, eso era obvio—. A mí no.

Justo entonces apareció Ximena. Vestía jeans negros y un ajustado top rojo que mostraba la mitad de sus pechos, pero estaba demasiado de malas para verse sexy. Siempre se ve enojada. Nunca la he visto sonreír.

—Fui yo misma por mis nachos —le reprochó a Jorge—. ¿A dónde fuiste?

—Por tus nachos —respondió Jorge.

—Y te los comiste todos.

—Pues no te encontraba —dijo Jorge.

—Tu tía está buscándote —replicó ella. Me miró con ojos muy suspicaces—. Anda, vamos.

Jorge suspiró.

—El deber me llama. Nos vemos, chicos.

Olmeca pateó una piedra y la mandó a volar entre el polvo.

—Viejo, nunca vamos a armar esta banda en serio. Tú nunca estás, y Jorge está pidiendo a gritos que lo maten en un crimen pasional.

—Tú fuiste el que dijo que ya no podemos usar tu cochera —le recordé.

—Mi mamá dice que le provocamos migrañas —respondió Olmeca—. Es una enfermedad de verdad.

—Okey, lo siento.

Lo vi servirse otro trago de Jack Daniels. No debí haber dicho nada. La mamá de Olmeca no tiene problemas con que sea él mismo. No le importa que le guste el maquillaje, o que salga con chicas y chicos por igual. Caray, una vez Olmeca nos contó que en séptimo año unos chicos estaban molestándolo después de clases, llamándolo "fumapitos" y cosas así. Su mamá los persiguió en su auto como por veinte minutos, gritándoles que eran un montón de mariquitas. "Los hizo llorar", nos dijo Olmeca. "Mi mamá es una pinche chola".

Sonaba tan loca como mi papá, pero en un sentido positivo. Ojalá yo pudiera decirle a él: "Mira, estoy en esta banda. Esto es lo que quiero hacer, ¿okey?", y mi papá dijera, "Claro, no hay problema".

—Tengo el dinero de tu perrito —dijo Ernie—. Te lo habría traído si hubiera sabido que venías.

—¿Dinero de su perrito? —repitió Olmeca—. ¿Qué?

—Le vendió un perro a un tipo que conozco —dijo Ernie, como de pasada. Puede que esté enojado conmigo, pero no va a contarle a nadie lo de nuestra noche en el lago. Gracias a Dios, pero eso me hizo sentirme aún peor por haberlo abandonado en el restaurante—. Pagó doscientos.

—Chingón —dijo Olmeca—. Esa Epiphone sigue en donde Cheve, Lulú. Llamándote por tu nombre.

—¿Crees que Cheve tenga sistema de apartado? —pregunté.

Olmeca se encogió de hombros.

—Me la guardaría a mí si le diera la mitad del dinero por adelantado, y me haría un descuento. ¿Quieres que le pregunte?

—Ay, Dios mío, sí —dije, súper emocionada. No tenía idea de dónde guardaría la guitarra cuando la tuviera, pero ¿y qué?

—*Cool, cool* —dijo Olmeca entre sorbos a su vaso de plástico—. Voy por menudo. ¿Vienen?

—Guácala —exclamó Ernie, negando con la cabeza. Yo hice finta de vomitar.

En cuanto Olmeca se fue, le dije a Ernie que lamentaba haberlo abandonado. Le apreté la mano.

—Sé que estuvo muy mal. Pero tenía que regresar. Mi papá se pondría como loco si no me encontrara. Perdón por dejarte ahí.

—Ni siquiera dijiste nada. Desapareciste y ya.

—¡Me asusté! Y tú únicamente me decías que teníamos que esperar —lo atraje hacia mí, y me lo permitió—. Perdón. Perdón. Perdón.

—No puedo creer que hayas saltado por la ventana del baño —dijo en tono decididamente más amistoso. Volteó la palma de mi mano hacia arriba y me tocó las yemas de los dedos—. Cuando tengas esa Epiphone vas a tener callos como los míos.

—Bien —asentí. También me recargué en el auto, bajo su brazo. No me soltó.

—¿Quieres algo de esto? —me preguntó, inclinando su vaso hacia mí.

—Nah —respondí—. Creo que me iré a casa pronto. Si Marina está lista para irnos.

—Ven —dijo, acercándome más hacia sí.

—¿Qué? —ah, yo sabía qué.

Me sentó sobre el capó del auto. Está muy pinche flaco; es raro que pueda levantarme tan fácilmente. Pero sí, me gusta. Dejé que mis pies rozaran sus piernas.

—Quédate un rato —murmuró, con la frente contra la mía.

—Okey.

Nos besamos y nos besamos y nos besamos. Ni siquiera sé por cuánto tiempo. Tenía la cara entumida de frotarme contra él. Me tocó a través de mis jeans. Sentí que me temblaba el cuerpo entero, hasta que no pude mantenerme erguida. Él apoyó la cadera contra mi muslo y me equilibró contra el auto. Me tocó y me tocó mientras yo me aferraba a él. "Así es como le saca la música a su guitarra", pensé, "así lo hace", y una gigantesca ola de temblor me estremeció.

—¿Quieres escuchar música? —murmuró entre mi cabello. Creo que nunca será capaz de simplemente preguntarme, "¿Quieres hacerlo?".

—¿Tienes condones?

—Sí.

Lo seguí al interior del auto. Puso My Bloody Valentine y lo hicimos. Dos veces.

—Oye —dije una vez que nos desenredamos y quedamos recostados, realmente escuchando música—. Quiero volver a practicar después de clases. Conozco un lugar, tal vez. Tenemos que ir y pedir permiso.

—¿Sí? —quiso saber Ernie—. Chingón. Okey, el lunes.

—Okey, pero tengo que estar de regreso en la escuela a las seis. O sea, no puedo llegar tarde.

—Sí, claro, no hay problema.

—Me pregunto si todavía tienen nachos —dijo Ernie—. ¿Quieres unos?

—No. Tengo que buscar a Marina. Necesito irme a casa.

—Yo la busco —dijo Ernie—. Voy por nachos de todos modos.

Al poco rato Ernie regresó y me dijo que Marina juraba por su mamá que su novio la llevaría de regreso antes del amanecer. Yo sabía que lo cumpliría. Marina es la reina de llegar hasta el límite y nunca cruzarlo.

—Está bien —dije—. Mejor me voy.

—¿Cómo llegaste aquí?

—Ven a ver.

Ernie me acompañó hasta la motocicleta, y frunció el ceño al verla ahí estacionada, lanzando destellos morados y negros bajo la luz del farol.

—¿Qué pasa contigo, Lulú? Esto es... No sé.

Quería decirle, pero no podía decirle. Sería una estupidez decir, "Ah, me enojé mucho porque mi papá es un imbécil, así que me robé su preciosa Harley por una noche". Sonaría como una pinche bebé. Tal vez lo era.

—Vi una oportunidad y la tomé —dije, esperando que se riera.

—Esa cosa es peligrosa.

—Llegué hasta aquí, ¿no? Sé manejarla.

—Sí, okey —consideró—. Mira, avísame cuando llegues a tu casa. Solamente quiero saber que llegaste, ¿okey? Tu casa está lejos y ya son casi las dos.

Mierda, qué doble moral. Él todavía no se iba a su casa. Quién sabe si regresaría a su casa en absoluto.

—Sí, claro, papá. Yo te aviso.

—Carajo, qué bueno que no soy tu papá.

Se marchó, fue de regreso a la fiesta, o a su auto, o a alguna parte. No alcancé a verlo en la oscuridad.

—¡No olvides lo del lunes! —grité.

¿Qué sabía Ernie, en todo caso? Recorrí toda la autopista, hasta el pueblo, sin problemas. Tomé el camino del río, más allá de la calle de mi abuela, con el único motivo de hacerlo, de estar ahí, en el último lugar donde estuvo mi madre.

Entonces hice lo que de verdad quería hacer. Pasé por Clicks, el billar favorito de mi tío Cero. Era verdad que él y mi papá iban mucho allí. Pero esta noche, solo estaría la vieja Ford verde de Cero en el estacionamiento. Le encantaba salir de noche con mi papá, pero él no habría ido al casino en Lawton. El tío Cero no sale del pueblo sin avisar. Es casado.

El estacionamiento de Click estaba casi vacío, pero yo tenía razón: ahí estaba la vieja troca del tío Cero, bajo el gran letrero de neón. Me puse furiosa nada más verla. Mi papá mentía sobre todo.

Me fui a casa, con la motocicleta rugiendo en la oscuridad, ya sin humor de fiesta. En vez de eso, iba llena de una soledad que no podía dejar atrás, un sentimiento muy pesado, pero claro. "Nadie me ve. Nadie me ve nunca".

Capítulo diez

Jóvenes coyotes

PILAR AGUIRRE, 1994

—No tiene sentido conservarla, financieramente hablando —le dijo Pilar a Wicho mientras levantaba nueces del pasto con el recolector de metal. Era otoño, y caían de los árboles constantemente—. Nunca lo tuvo.

Wicho, que dormitaba en el porche, movió las orejas. No tenía opinión al respecto. Pilar suspiró. Podía vender la casa. Debería venderla. Y sin embargo...

Todavía tenía energía para limpiar el patio de nueces. Si Wicho necesitaba ayuda para subir a la troca, podía levantar sus setenta libras. Aun así, la realidad era que tenía más de sesenta años. Las ocho horas de camino de Dallas a La Ciénega eran cada vez más difíciles. ¿Por cuánto tiempo podría seguir haciendo ese viaje?

Tendría que vender la casa para mudar a Joselito. Pilar cerró los ojos mientras el viento le alzaba el cabello. Mudarlo era lo correcto. Y entonces estaría hecho. No podía hacerlo de otro modo, y era su madre. No pensaba dejarlo aquí, solo y sin nadie que lo recordara. Ya había comprado las dos parcelas en el cementerio, una para él y otra para ella. Fueron caras, y costaría aún más exhumarlo y volver a enterrarlo. Pero así los huesos de Pilar reposarían junto a los de Joselito mientras la tierra siguiera girando.

Tenía una vida ordenada en el suburbio de Mesquite, en Dallas. Se había retirado de su trabajo de intérprete en el juzgado, donde había traducido incidente tras incidente de monstruosidad humana del español al inglés, transcribiendo las desordenadas historias en limpias narraciones mecanografiadas. Tenía su propio hogar, ordenado exactamente a su gusto: libros, discos, carteles enmarcados de la Época de Oro del Cine Mexicano, una colección de hermosas variedades de cactus, de fácil mantenimiento. Corría tres millas todas las mañanas, hábito adquirido a los pocos años de volverse citadina. Por las tardes veía telenovelas, sobre todo *Marimar*, con Thalía. Una vez por semana, la visitaban las artesanas con las que había cultivado relaciones amistosas e impersonales en tardes de tejer y beber vino. Y una serie de perros grandes, cuatro desde que salió de La Ciénega en 1968.

Por mucho tiempo se había negado a despejar la casa de Loma Negra. Los objetos ahí reunidos en aquellos breves años, todo lo de antes, todavía suyo. Los juguetes de Joselito. Su ropa. Los aperos y lazos de José Alfredo. Su colección de herramientas de trabajo. Las fotografías de esa vida. No podía llevarse nada de eso a Mezquite, un lugar completamente desconectado de aquellos preciosos seis años. ¿Dónde guardaría esas cosas? No en su departamento.

No estaba lista, todavía no, para renunciar a su peregrinación anual por el cumpleaños de Joselito. Todos los años pasaba un fin de semana de tres días, el más cercano al cumpleaños de su hijo, en la casa de Loma Negra. Visitaba su tumba y la limpiaba, aunque le pagaba a Jacinto González por mantener la tumba, junto con su casa y su patio. Durante ese largo fin de semana, habitaba la vida que había tenido. La recorría con detenimiento. Se entregaba a ella.

Este año Joselito habría cumplido cuarenta y ocho. Probablemente sería padre de familia, y ella abuela, ¿de cuántos nietos? Se había prometido a sí misma que en el cumpleaños número cincuenta de Joselito venderá la casa. Había transcurrido casi medio siglo, efímero como sombra de nube. No estaba segura de que fuera suficiente.

Ahora estaba aquí sin que fuera el cumpleaños de Joselito. Romi Muñoz había fallecido. Jacinto, el empleado de mantenimiento, la había llamado para darle la noticia. "Salió en el periódico de hoy", dijo con esa rara voz como trino. "El funeral es este sábado". Pilar regresó a despedirse de Romi, la única persona a la que aún podía decir con sinceridad que amaba. No estaba precisamente triste por Romi. Romi había alcanzado una buena edad. Tenía familia.

Pilar vació el recolector de nueces en un cesto en el porche. No había pasado tanto tiempo en La Ciénega desde que se fue, tantos años atrás. Los accidentados senderos para vacas se habían convertido en calles mal pavimentadas. Todas las fábricas habían cerrado y se habían mudado al otro lado de la frontera. Pero el viento en los nogales —los mismos árboles de antes, con sus persistentes murmullos— no había cambiado.

Ante sí misma podía admitirlo: estaba quedándose por la muchacha. De hecho, estaba recogiendo esas nueces para que la muchacha jugara con Wicho. Había dicho que regresaría esta tarde.

Lulú. El sonido de una madre arrullando a su bebé. Lu-lu-lú, lu-lu-lú.

Wicho corrió hasta la orilla del patio, y ahí se quedó, gruñendo, con la cola tiesa. Venía un auto. Pilar ya podía oír las llantas sobre el camino de caliche. El auto se detuvo fuera de su vista, y por un momento pensó que alguien debía haberse equivocado de camino.

—*Chssst* —le dijo Pilar al perro—. ¡Vuelve acá!

Abajo la cuesta estaba cubierta de gatuño y mezquites, pero Pilar alcanzaba a ver una silueta negra que se acercaba. La muchacha estaba abriéndose paso entre las zarzas. Lo negro era su enorme suéter. Iba mirando al suelo, pisando con cuidado entre las espinas y el caliche suelto, y Pilar le veía la coronilla, con un chongo de rizos castaños.

Wicho se lanzó hacia la muchacha, ladrando como si nunca la hubiera visto. La muchacha era bastante pequeña, no medía más de cinco pies. Para las setenta libras de Wicho era fácil hacerla volar por los aires. Ella no se veía intimidada en absoluto.

—Hola, chico —dijo en voz baja, tomando la cara de Wicho entre sus manos—. ¿Qué es esto? Ya me conoces, tonto.

Alzó la mirada y la trabó con la de Pilar, como si fuera un blanco. Pilar se sintió, otra vez, sobrecogida por un deseo tan fuerte que la asustaba. ¡Ay, qué corazón tan salvaje! ¡Galopaba hasta casi reventar! Ahí estaba su propia belleza perdida, fresca como un chabacano: ahí, esa muchacha de pie entre las altas hierbas. Pilar quería encerrarse en la casa, bajar las persianas y quedarse a oscuras para siempre. Cualquier cosa con tal de borrar esa carita seria, ofrecida como regalo de San Valentín bajo la luz suave.

Entonces un muchacho salió de entre la maleza. El perro volvió a ladrar y corrió más allá de la muchacha. La voz del chico era abrupta, masculina:

—¡Ay, mierda!

—No te muevas y no lo mires. Deja que te huela —sugirió la muchacha por encima de su hombro.

—¡Wicho! —exclamó Pilar con su voz más severa.

Wicho la ignoró y regresó con la muchacha, que parecía agradarle mucho más que el chico.

—Te lo dije —le dijo Lulú al muchacho, triunfante. Le acarició la ancha cabeza a Wicho—. Eres un cachorrito enorme, ¿verdad?

—Si tú lo dices —respondió el muchacho, nada convencido. Era larguirucho. No exactamente guapo, aunque su cara tenía un par de ojos oscuros con gruesas pestañas. Por su forma de pararse junto a la muchacha, vigilante y serio, Pilar supo que sería capaz de soportar una mordedura de perro por ella. Y la muchacha, tan franca, sin temor. Tal era la fe entre ellos, luminosa, insoportable.

—Eres tú —dijo Pilar, tratando de sonar indiferente—. Otra vez.

—Hola —dijo la muchacha, acuclillándose para mimar a Wicho. Inclinó la cabeza hacia Pilar y ya el muchacho solamente era un pensamiento flotando a sus espaldas. A Pilar, su actitud le recordaba mucho la forma en que Chuy esperaba a Romi. Siempre tras ella.

—Usted dijo que podía venir.

—Sí —dijo Pilar. Había encontrado la nota de Romi dos años atrás, bajo la puerta de la vieja casa. "Haz las paces con Julio cuando yo me haya ido". ¿Cómo había logrado Romi subir la loma sola, a su edad? Tal vez todavía conducía. No parecía probable para una octogenaria, pero era la letra de Romi.

Pilar no hizo caso a la nota, pero sí le pagó a Jacinto para que la informara si Romi estaba bien, si no lo estaba, si pasaba cualquier cosa. Ahora que algo había ocurrido, Pilar no creía que fuera a honrar el último deseo de Romi. La última vez que había visto al muchacho, Julio, él había escupido su desprecio a sus pies.

—Este es mi amigo Ernie —indicó la muchacha. A sus espaldas, el muchacho saludó con la cabeza—. Ernie, ella es, eh... una vieja amiga de mi abuela Romi.

—Pili —dijo Pilar—. Llámame Pili.

—Hola —. Ernie estaba incómodo, eso era evidente.

—Traemos una propuesta de negocios —anunció Lulú—. Nos gustaría alquilar su cochera.

—Si tiene electricidad —añadió Ernie.

—No entiendo —vaciló Pilar. Ya sabía que Lulú quería algo, de lo contrario, no habría vuelto. Pero esto era desconcertante—. ¿Por qué necesitas una bodega?

—No es para eso —intervino de pronto el muchacho—. Bueno, más o menos. Tenemos una banda. Necesitamos un lugar para ensayar. Si le damos cien dólares, ¿nos deja ensayar en su cochera?

—¿Y dejar nuestro equipo, si es necesario? —preguntó Lulú—. Puede que necesite dejar mis cosas aquí.

—¿Quieren tocar música aquí? —quiso saber Pilar. No podía quitarle los ojos de encima. Lulú era baja, con un tono de piel cálido que Pilar habría llamado "aperlado". Vestía, junto con el suéter amorfo, jeans manchados de pasto y tenis enlodados. Tenía los ojos completamente embadurnados de maquillaje negro. Romi había escrito la nota sabiendo que esa muchacha estaba ahí. Sabiéndolo y amándola.

—Está muy lejos de todo —se apresuró a decir la muchacha—. Y no la molestaríamos.

—¿Hacer barullo en mi cochera no me molestaría?

—Por eso le pagaríamos —dijo Lulú—. Por el espacio y por el inconveniente.

–¿Qué tipo de música?

—¿Importa? —preguntó la muchacha. Era firme, decidió Pilar al mirar su barbilla levantada. Acostumbrada a salirse con la suya—. Es rock. Pero ¿de verdad le molesta? No pensé que así fuera.

—No me molesta —dijo Pilar, exasperada—. Pero tengo derecho a saberlo, si me piden que les preste mi cochera.

—Tocamos una variedad —dijo el muchacho con soltura.

—¿Qué tal si, en vez de pagarme, limpian mi cochera? —preguntó Pilar, pensativa. Ahí tenía una oportunidad de ver a esa niña y de afianzar sus planes para Loma Negra—. Está llena de cosas. Tendrían que ordenar y empacar todo. Limpiar todo el lugar.

—Podemos hacer eso —dijo Lulú—. Somos cuatro, así que no sería difícil.

—Necesito conocer al resto de tu banda —pidió Pilar—. Si no, no puedo aceptar.

—Bueno, ¿podemos echar un vistazo primero? —preguntó el muchacho—. No sé cuánto trabajo es.

—No es problema —replicó Lulú, dirigiéndole una incisiva mirada a Ernie. El muchacho puso los ojos en blanco, pero no discutió.

—Solo pueden usar la cochera cuando yo esté aquí —concedió Pilar. Romi había querido que conociera a esta muchacha, un vínculo entre ellas, una nieta—. Y tendrán que darme su horario por adelantado. No pueden aparecer a cualquier hora.

—Entiendo —dijo Lulú.

—De cuatro a seis de la tarde entre semana, excepto viernes —apuntó el muchacho—. Eso vale limpiar su cochera. Digo, es grande. Y si además empacamos cosas, organizarlas también.

—Está bien —respondió Pilar. El muchacho haría la mayor parte del trabajo, y lo sabía—. Trato hecho. ¿Por cuánto tiempo?

—Hasta enero, si podemos —dijo Lulú, casi con timidez, como si esperara que la respuesta fuera no.

—Aquí estaré. Estoy remodelando el lugar —se oyó decir Pilar, vencida por el evidente anhelo de la muchacha por ser aceptada, por ser bien recibida. Un escalofriante deseo se adueñó de Pilar, pero se obligó a estar quieta, a no mostrar nada. ¿Y qué si la muchacha quería el viejo cobertizo? Podía quedarse ese tiempo. Al fin y al cabo, necesitaba hacer las remodelaciones si quería estar lista para vender en los cincuenta años de Joselito. Eso era verdad. "Tampoco tengo que quedarme", se recordó a sí misma. "Puedo cambiar de parecer. Puedo irme cuando quiera".

—*Cool, cool* —dijo Lulú. Luego hizo una mueca—. Después de eso, probablemente no en un buen rato. Tendré ensayos de quince años.

Pilar tuvo una visión de esa niña mugrienta, transformada por un vestido de satín y tul. ¡Qué imagen sería! Y detrás de ese pensamiento, otro, delgado como un cabello. "También podría quedarme a eso. Podría quedarme a los quince años de Lulú". Por supuesto, no podría asistir. Pero Lulú podría contarle todo.

—Necesitas tiempo para planearlo —dijo Pilar—. Tu madre tendrá muchas cosas que organizar.

—La abuela Romi estaba haciéndolo —confesó Lulú—. Mi mamá murió.

—Oh, lo siento —respondió Pilar. Ahora podía verlo: la compostura de Lulú, su actitud audaz. Una niña criándose sola, solamente con una vieja Romi como timón. Quería decir, "Entiendo". No lo hizo. No diría eso delante de aquel muchacho.

—Está bien —dijo Lulú, con la practicada eficiencia de quien está habituado a rechazar condolencias—. Pasó hace mucho tiempo.

—¿Necesitas ayuda con la fiesta?

—Es idea de mi papá —aclaró Lulú con tono decidido—. Que él se encargue de todo eso.

Su padre. Aquel día en la iglesia, Pilar no lo había mirado, ni una vez. Era un espacio negativo en su interior. "Haz las paces con Julio cuando yo me haya ido". Si ayudaba a esta extraña chica, tal vez eso contaría. Además, ¿a quién tenía Lulú ahora que Romi ya no estaba?

—Está bien, pues —respondió Pilar—. Entonces, nada más la cochera.

—Gracias —dijo Lulú. Se volvieron hacia el sendero, pero Lulú vaciló un momento. El muchacho le hizo una seña para que lo siguiera. Ella se negó y le indicó que él siguiera adelante. Volvió con Pilar.

—¿Me lo dirá? —le preguntó—. Lo que le dijo a mi abuela. En la iglesia.

—Eso no es asunto tuyo —respondió Pilar. "Romi y yo estamos a mano, se recordó a sí misma. Esta muchacha no me pertenece". Y, sin embargo, ahí estaba, en medio de su camino.

—Pero fueron amigas —indagó Lulú, examinando a Pilar.

—Cuando estuve casada, sí.

"Cuando estuve casada". Vaya frase, como si aquella época siguiera definiendo su vida. Pero ¿acaso no era así? ¿No era por eso por lo que había vuelto a este lugar de otro tiempo, para despedirse de Romi? Lulú, una fiera brujita, le sacaba esas cosas de algún modo.

—Lulú, vámonos —insistió el muchacho.

—Sí, okey —dijo Lulú, y se dio la vuelta para seguirlo—. Nos vemos luego...

—Pili —le recordó Pilar—. Solo Pili.

La muchacha asintió, con la boca hacia abajo, insatisfecha. Siguió al chico por el camino de grava. Se perdieron entre el matorral como un par de jóvenes coyotes. Pilar oía sus voces que discutían susurrando sin discreción por la cuesta. Quizás el muchacho le decía que dejara de hacer preguntas. A los hombres nunca les gustaba que una hiciera preguntas. Sin embargo, una chica como ella jamás dejaría de preguntar. Jamás dejaría de querer las cosas a su modo. Pilar reconocía esa arrogancia, y no era de Romi.

"Ay, muñequita", pensó. "El ángulo de tu barbilla cuando me miraste. Tanta bravura, con tu ropa de muchacho y tu delineador negro. No tienes miedo a nada. Eres joven. Crees que el mundo está a tus pies y que siempre lo estará. No sabes lo que puede quitarte".

Capítulo once

Vándalos

LULÚ MUÑOZ, 1994

Grité toda la letra de *Wasted* de The Runaways, con los dientes pelados, poniendo mi mejor cara de perra a lo Joan Jett. Sacudí la cabellera al ritmo de los platillos de Olmeca. Ernie rasgueaba su guitarra, sacándole acordes ardientes, con los pies bien plantados en el suelo. El bajo de Jorge era el motor debajo de todo. Todos juntos latíamos como un corazón.

Mi voz rabiaba por encima del volumen de la música. Saqué todo lo que tenía dentro. Golpeé el aire con mi cuerpo entero. Cuando canto, el sonido que sale no es lindo, pero es mío.

La canción terminó con un abrupto golpe de tambor. Jorge pasó a la siguiente, tocando las primeras notas de bajo de *Waiting Room* de Fugazi. Los chicos retumbaron, gruñeron, y yo volví a saltar. Empezamos la canción, con Ernie y yo en el micrófono. Nos gritábamos el uno al otro, gritábamos juntos. No me equivoqué ni una vez con la letra. Ernie tocaba como bestia, y yo me movía junto a él, con la espalda contra la suya. Podía sentir su sudor a través de mi camiseta, su dura espalda tensándose contra mí, los acordes que salían palpitando de su cuerpo. Dentro de este muro de sonido, dentro de este momento, en todo mi interior, supe no que lo amaba, sino cuánto lo amaba. Dentro de la música, siempre lo sé.

—¡Sí, carajo! —exclamó Jorge en cuanto terminó la canción—. Tenemos que abrir con esa.

—Otra guitarra engrosaría el sonido —dijo Olmeca. De todos nosotros, él era el perfeccionista—. Lulú, no es tan difícil aprender lo básico del ritmo.

—No va a aprenderlo tan rápido —dijo Ernie, sonriendo—. Sin ofender, Lulú.

—Nah, está bien —respondí. Ernie estaba siendo amable. Sabe que soy pésima con la guitarra. Casi puedo tocar *The Man Who Sold the World*, pero la cago en todos los cambios de acordes. Mi problema es la falta de destreza, y que no tengo mucha práctica. Todavía no me alcanza para la Epiphone. Ernie dice que si no puedo practicar dos horas al día, debo jugar mucho Nintendo.

Me acabé mi botella de agua de un trago, sobre todo para evitar el contacto visual con él. Hice como que estaba cansada. Era más o menos cierto. Llevábamos una hora ensayando en el cobertizo de Pilar. Tanto gritar y saltar deja exhausto a cualquiera. Sobre todo, quería un poco de espacio entre Ernie y yo. No sé por qué cuando estamos tocando me siento como, "Sí, sí, eres tú para siempre", pero después, todas las otras cosas vuelven y se amontonan. No es que él no sea el indicado. Es que no quiero ser la novia de alguien. No quiero reportar dónde estoy o hacer cosas nada más porque es mi novio. Así son Marina y Art. Siempre están vigilándose el uno al otro: a dónde van y con quién, y a veces hasta qué ropa usan.

No. Yo solo quiero ser yo.

—Ese tipo que trabaja en el Mini Mart. Tal vez él sea bueno —estaba diciendo Olmeca.

—No necesitamos hacerlo elegante —respondió Jorge—. Somos punk. Así es nuestro sonido.

Nada mata nuestra onda más rápido que Olmeca y Jorge discutiendo sobre nuestro sonido. Jorge piensa que estamos bien tocando versiones de punk. Olmeca dice que Jorge simplemente no quiere aprender nada nuevo.

—Digo, si ese es todo tu rango... —replicó Olmeca.

Ernie salió a jugar con Wicho, que estaba durmiendo la siesta en el pasto, bajo el sol. Ernie nunca toma partido cuando discuten.

—No es un rango —dijo Jorge. Se pasó los dedos por el cabello marrón y se lo ató en un corto chongo—. Es un ethos.

—Voy a descansar —anuncié, cansada de escucharlos.

—Sí, ya terminamos —dijo Jorge. Siempre se ponía de malas cuando alguien no estaba de acuerdo con él—. Me voy a casa.

—Oigan —dijo Pilar, saliendo al patio—. Todavía no se vayan. Tienen que traer esas sillas de montar a la casa —señaló un rincón al fondo de la cochera, donde había cajas y cajas llenas de cosas, y sí, un par de sillas de montar.

—Sí, está bien —respondió Jorge, aunque parecía molesto—. Ernie, ven a ayudarme.

Lo vi entrar al oscuro y telarañoso fondo del cobertizo. La casa de Pilar ya había perdido toda su mística sobrenatural. Era igual a cualquier otra casa en Barrio Caimanes: necesitada de remodelación y llena de cosas para vender en el mercado de pulgas.

La cochera estaba muy bien. Era grande, más que una cochera normal para dos autos. Había mucho espacio para la batería de

Olmeca, y podíamos hacer todo el ruido que quisiéramos. La desventaja era que estábamos tardando mucho en limpiarla. Pilar no había exagerado. Ya habíamos despejado la mitad, el espacio suficiente para nuestros ensayos. Pero seguía llena de cachivaches, la mayor parte de los cuales teníamos que guardar en cajas para llevarlos al basurero, o venderlos, o guardarlos en el mayor de los dos dormitorios de la casa.

Pilar debía ser una acumuladora en recuperación. Juguetes viejos, una cuna de bebé, herramientas manuales de aspecto antiguo, ropa y, bueno, cosas para caballos. Esas sillas de montar que quería que sacáramos: dos pesadas sillas mexicanas, de esas con un enorme pomo redondo del tamaño de un queso. Varios pares de chaparreras de cuero, de verdad, raspadas como si alguien hubiera trabajado en serio en un rancho. Un par de sombreros, de paja tejida y de fieltro, no de los de fiesta. Bridas, botas, cepillos para caballo y un par de viejas y sucias botellas de Absorbine. Esa cochera era como una mezcla de galpón de aperos y desván.

—Pili —dijo Jorge mientras cargaba una de esas enormes sillas de montar mexicanas hacia la casa. Estaba sucia, cubierta de telarañas. Jorge la puso sobre el barandal del porche—. ¿Usted fue estrella de rodeo, o qué?

—Es una silla de hombre —respondió Pilar con tono fulminante, y se puso a aceitar la silla con un trapo.

—Aquí hay otra caja de zapatos —señaló Ernie desde la entrada del cobertizo—. ¿La quiere en la casa?

—No —respondió Pilar—. Ponla en la caja de mi troca. Más tarde iré al basurero.

Me senté en la escalinata de entrada, cerca de Pilar.

—¿Qué va a hacer con esa silla?

—Venderla —anunció—. Si puedo dejarla en mejor forma. El cuero no está partido, pero sí muy seco.

Asentí. Aunque apenas tenía unas semanas de conocerla, era evidente que Pilar no era como ninguna otra viejita que hubiera conocido. En mi experiencia, a mucha gente mayor le encanta hablar del pasado. "Ay, las cosas eran diferentes en ese entonces. Ah, cuando yo era joven". A Pilar no. Si le hacías muchas preguntas, se ponía de malas. Pero estaba bien, porque ella tampoco preguntaba mucho.

El aceite dejaba vetas oscuras en el cuero. Lo frotó hasta que quedó completamente saturado. Luego levantó con cuidado cada correa de la silla, aceitándolas una por una hasta que quedaron colgando, empapadas y grasosas, sobre el barandal del porche. Iba a pasar al menos una semana antes de que la silla quedara flexible. Tendría que aceitarla todos los días.

Yo sabía un poco de esas cosas. Hasta el año pasado, la abuela Romi todavía había guardado las viejas sillas de montar del abuelo Chuy. Por lo general mi papá, o mi primo Carlos cuando estaba de visita, la ayudaba a aceitarlas. Yo lo hice un par de veces, pero ella decía que hacía mucho batidillo. Cuando Carlos se fue a la universidad, la abuela decidió regalar las sillas. Algún vecino tenía un nieto que acababa de conseguir trabajo de jinete del río. La abuela Romi se puso feliz, porque en eso había trabajado también el abuelo Chuy.

Siempre me hablaba del abuelo Chuy, que venía del sur de Texas, de algún lugar cerca de Laredo, de una familia de vaqueros en uno de los grandes ranchos de allá. Que fue uno de los primeros jinetes del río hispanos, inspectores de ganado montados al servicio del gobierno federal. Patrullaba millas y millas de frontera, inspeccionando ganado en busca de garrapatas transmisoras de la fiebre bovina, y cuidando que las reses no cruzaran la frontera. Oh, sí. La abuela sabía todo sobre la vida del vaquero.

Claro que eso no me hacía una experta, pero ver a Pilar aceitando esa silla de montar me hacía echar mucho de menos a la abuela Romi, e incluso, en cierto modo, al abuelo Chuy. Seguramente jamás volvería a oír una historia de vaqueros sobre él.

—Mi abuela hacía pan vaquero —dije, pensando que cuando volviera a la casa de mi abuela, le preguntaría a Yoli si sabía hacerlo.

—Pan de campo —corrigió Pilar—. Debe cocinarse al aire libre, sobre una fogata.

Aunque la viera aceitando la silla como una profesional, no podía ver a Pilar como una vaquera. En La Ciénega hay muchas vaqueras. Hay varias en mi escuela, por supuesto. Las carreras de barriles son populares entre las chicas blancas de 4-H, pero también algunas latinas lo hacen, o son escaramuzas, que es un equipo que hace complejos entrenamientos a caballo, pero como es algo mexicano y son chicas, tienen que usar grandes vestidos como si estuvieran en una fiesta de quince años. Sí, mientras montan a caballo. Si eres una chica mexicana, nunca puedes dejar de ser súper femenina.

Sin embargo, a caballo o a pie, esas chicas siempre usan botas. Camisas vaqueras. Jeans Rocky Mountain. Incluso las mamás que fueron corredoras de barriles o escaramuzas en su juventud. En inglés, es *western chic*. En español, es ropa vaquera. Si eres una chica de a caballo, es como una marca de honor andar taconeando por todos lados.

Pilar solamente usaba sandalias enjoyadas o, a veces, unos Reebok rojos. Era un poco... popera para su edad. Tenía el cabello largo, hasta la mitad de la espalda, en una gruesa trenza sobre un hombro. Usaba mucho maquillaje para alguien que se la pasaba en casa. Además, ¿qué señora usa jeans Calvin Klein? Solo conozco la marca porque Marina está desesperada por tener unos, y se los prueba siempre que vamos al centro comercial. Son demasiado caros para Marina. Bueno, pues Pilar los usa.

Tenía un montón de cosas de moda. Ernie y yo habíamos visto su armario una vez, cuando metíamos cajas a la casa. No era nuestra intención husmear, pero nada más había dos cuartos, y pusimos las cajas en el cuarto equivocado. Por alguna razón, Pilar estaba usando el cuarto chico, no el grande. Ese cuartito tenía un sofá cama en vez de una cama normal y un papel tapiz descolorido con un patrón de trenes de caricatura.

Pilar nos encontró ahí y nos dijo que saliéramos. Obedecimos, pero no antes de que yo viera que el armario estaba lleno de mascadas y vestidos, cosas que usaría una persona mucho más joven: marcas de diseñador, y muchos zapatos de tacón. El buró infantil estaba cubierto de botellitas y frascos. Parecía que Pilar nunca había superado la adolescencia. Marina habría enloquecido con las cosas de esa señora. Pero había otra cosa desconcertante: que una mujer súper femenina como Pilar supiera sobre el pan vaquero, e incluso lo llamara por su nombre verdadero.

—Ojalá supiera cómo hacerlo —dije. De verdad extrañaba a mi abuela.

—No es difícil —aseguró Pilar—. Romi y yo discutíamos sobre quién lo hacía mejor. Ella decía que el mejor era el de Chuy.

—¿Mi abuelo le enseñó? —pregunté. No sé por qué. Quizá porque por fin podía ver cómo mi abuela y esta mujer habían podido ser amigas.

—El pan de campo es la única cosa que un hombre enseña a cocinar a una mujer. Los vaqueros lo hacían cuando estaban en una corrida, arreando el ganado desde el rancho.

—¿También a usted le enseñó mi abuelo Chuy?

—No, él no —dijo Pilar, repentinamente molesta. Se levantó bruscamente y se fue.

Me sentí estúpida: el vaquero que le había enseñado a hacer pan de campo. Esta silla era suya.

Una cosa que era distinta desde que mi abuela murió era que podía caminar por su vecindario a mi gusto. La tía Yoli no era como mi papá, que estaba obsesionado con tomar decisiones por mí. Tampoco era como mi abuela, que quería darme de comer y cerciorarse de que hiciera mi tarea, y vigilar todo lo que yo hiciera. Yoli se ocupaba de sus asuntos. Yo decía que regresaría de la escuela con Marina, que haría tarea en su casa hasta la hora de la cena. Mientras llevara la cuenta del tiempo y estuviera pendiente de cualquier mensaje de emergencia de Marina, no había problema.

—Si alguien llama diré que estás en el baño —me dijo Marina cuando le dije que ensayaríamos en casa de Pilar después de clases—. Entonces te envío un mensaje y regresas a casa de tu abuela.

En realidad, el bíper es de Ernie. Dice que somos lo peor, y que se arrepiente de habernos dado su número, porque recibe más mensajes para nosotros que para él. Y es verdad, sobre todo cuando Jorge estaba terminando con Ximena. El código de Marina es 1118, el cumpleaños de Kirk Hammett. El mío es 0416, el de Selena. Olmeca usa 666. El de Jorge es 80085, que es *BOOBS*, o sea "chichis", escrito con números.

Pero nadie me buscaba a mí. Yoli decía que se quedaría hasta mi cumpleaños, y me ayudaría a planear mis quince. Me daba igual. Sabía que no se quedaba por mí, aunque sí quería ayudarme a organizar los armarios de la abuela.

—¿Por qué? —le pregunté. Era un domingo por la tarde. Estábamos los tres, Yoli, mi papá y yo, sentados en la cocina de la abuela, comiendo pollo frito del restaurante favorito de mi tía, Chucho's—. ¿Ya quieres vender la casa?

Yoli frunció las cejas.

—No sé qué voy a hacer con ella —dijo—, pero no puedo hacer nada si se ve así.

—Tranquila, Lulú —dijo mi papá con voz de piloto automático. Tenía resaca y estaba de malas. Miraba la puerta de mosquitero, casi sin decir nada.

—Dios, creo que preferiría planear tres fiestas de quince que lidiar con esta casa —suspiró Yoli—. Hay al menos sesenta años de cachivaches que ordenar.

—Vas a ayudarle, Lulú —ordenó mi papá—. Ella está planeando tu fiesta.

"¿Mis quince? ¿Desde cuándo es idea mía?", pensé, pero mantuve la boca cerrada. Antes de la muerte de mi abuela, ese comentario me habría puesto de inmediato en modo de pelea. Pero ahora mi furia era distinta. Era mayor, y esperaba.

El teléfono sonó y sonó. Todos sabíamos que era el tío Charlie, pero Yoli nos había prohibido contestar. Era infiel. Por eso no había dado la cara en el funeral de la abuela. Yoli no le hablaba.

Al menos, eso nos dijo cuando volvió de Houston. Apenas estuvo ahí un día, para recoger algunas cosas suyas. Desde su regreso, el tío Charlie llamaba mucho.

—¿No lo dejaste venir al funeral de mamá porque te fue infiel? —preguntó mi papá—. Mira, eso fue una mierda, pero era el funeral de mamá. Es una enorme falta de respeto. ¿Estás diciendo que eso fue cosa tuya?

—No —respondió Yoli—. Estoy diciendo que tiene una amante. Abandonó a su familia.

Simplemente que, como todo en mi familia, lo que decían que pasaba no era lo que pasaba en realidad. Yoli comiendo pollo frito y haciendo como que el teléfono no sonaba cada veinte minutos, con ojos asesinos. Mi papá, sin comer nada, despatarrado en su silla y tratando de fingir que no estaba hecho un zombi de tanto beber la noche anterior. Los tres ahí, en casa de la abuela, y ella no estaba, pero su olor persistía. Por todas partes, por toda la casa, todo olía a abuela.

Extraño tanto a mi abuela que me deja exhausta. Puedo fingir cuando estoy fuera, en la escuela o con Marina, y sobre todo en las sesiones con la banda. Puedo hacerlo a un lado. Pero cuando estoy con mi familia, no hay espacio a donde huir. No tengo energía. Mi cuerpo se siente pesado, lento. Me cuesta esfuerzo moverme. La brutal verdad es que nunca va a volver. Es un golpe en el estómago que nunca termina.

Estar en su casa era la razón por la que no podía comer nada, ni siquiera el pollo frito de Chucho's. Es horrible, pero ya no me gusta estar en casa de mi abuela. Es demasiado raro sin ella. No sabía cómo mi papá y Yoli podían soportarlo, pero ahí estaban, hablando como si no se dieran cuenta.

—Si no tuviera a Carlos, pediría el divorcio ahora mismo —dijo Yoli—. Pero no voy a hacer nada mientras él esté en la universidad.

Mi papá no dijo nada. Sin embargo, yo sabía que tenía opiniones. Lo notaba por su manera de no responder, por su manera de tardar un largo rato buscando en la cubeta la pieza de pollo que quería.

Exprimí un sobre entero de salsa de miel sobre mi pan únicamente por aplastar algo. No es que crea que nadie deba aguantar a un infiel, pero de verdad no podía imaginar a la tía Yoli dejando al tío Charlie. ¿En serio estaba dispuesta a perder su casa de cinco dormitorios, su vida con country club? O tal vez ella se quedaría con todo.

El teléfono sonó siete veces. Las conté. Mi papá se llevó las manos a la cara. El ruido debía estar dándole jaqueca. Qué bueno.

—Jesús —suspiró—. ¿Lo tiene programado?

—Sí, estoy segura de que pone la alarma en su reloj —respondió Yoli—. Eso hace para todo.

—Si no vas a contestar, al menos descuelga el auricular. Me está volviendo loco.

—¿Y darle esa satisfacción? Claro que no. Que hable con su sucia.

—Yo digo que es mentira —dijo mi papá, resoplando. Tenía los ojos rojos y llorosos, pero enfocados—. Si siempre está llamándote, ¿cuándo tiene tiempo de cogerse a su amante?

—¡Cállate! —Yoli le arrojó una pieza de pollo directo de la cubeta. Rebotó en la pared cerca de su cabeza.

Así es mi familia: berrinches y gritos. Con razón mi primo Carlos decidió ir a la universidad a tres estados de distancia.

—Todavía lanzas de lado —se burló mi papá, y salió antes de que la tía Yoli pudiera arrojarle otra cosa. Le arroja muchas cosas. Nunca le da. Yo succioné el interior de mi mejilla para reprimir un espasmo de risa. Mi papá es el campeón de peso pesado de los comentarios mordaces.

También así es mi familia: las peleas que oscilan en el borde de la violencia, y a veces lo cruzan, pero al mismo tiempo todo es gracioso. Porque sabemos que es estúpido. Sabemos que es absurdo. Pero de todos modos lo hacemos, todos. Es lo que mi maestra de inglés llama un error fatal. Cuando ya sabes, pero de todos modos lo haces. Nuestra manera de lidiar con eso es reír. Más tarde, tal vez mañana, mi papá llamará a Yoli por teléfono y dirá: "Órale, ¿Nolan Ryan, o qué?", y ella se reirá. Yo me reiré. Seguiremos enojados, pero así acabará la cosa. Por esta vez.

Pero entonces oí que su troca arrancaba. Salí corriendo tras él. Ya estaba saliendo del patio.

—¡Oye! ¡Oye! —le grité.

Pisó el freno y bajó la ventana eléctrica del lado del copiloto, pero no se estacionó. Steppenwolf sonaba en la cabina. No bajó el volumen.

—¿Cuándo regresas? Mañana tengo clases.

—Mañana vendré por ti antes de la escuela. No más dile a tu tía.

—Mi mochila está en casa. Con toda mi tarea —dije. Deseé tener una pierna de pollo para tirársela. Era obvio que ni siquiera había pensado en mí.

—Te la traeré. No te preocupes, mija —aseguró, con la voz un poco quebrada. Normalmente, mi papá es un tipo de buen ver. Como el oficial Frank Poncherello. Pero bajo la fuerte luz de la tarde, se veía enfermo, como si no fuera él. Su piel morena se había puesto amarillenta. Tenía la cara surcada de pliegues y arrugas, y oscuras ojeras. Además, a pesar de que debía estar a cincuenta grados afuera, estaba sudando. Un montón.

—Papá, ¿estás bien?

—Estoy bien. ¿De qué hablas? —me miró como si estuviera loca. Es lo que hace: actúa como si no pasara nada, sobre todo cuando pasa algo. De todos modos, insistí.

—¿A dónde vas?

—Tengo cosas que hacer —dijo con brusquedad—. Vuelve adentro, Lucha.

—No olvides mi mochila —insistí no para recordárselo sino para retenerlo un poco más. Le urgía una cerveza, y yo estaba impidiéndole ir por ella.

Chasqueó los labios. Subió la ventana. Se fue antes de que yo entrara a la casa.

—Supongo que me quedaré esta noche —dije al entrar. Mi tía se encogió de hombros.

El teléfono volvió a sonar. Yoli siguió masticando con fuerza, como si la pieza de pollo la hubiera agraviado. Casi podía sentir cómo su gigantesca voluntad de ignorar el teléfono llenaba el espacio.

La miré comer con furia, triturando el pollo con sus gordos cachetes. Antes se parecía a Julie Newmar. Tenía cara como de puma: pómulos prominentes y un par de relámpagos oblicuos por ojos. Grandes y cafés, como los de la abuela Romi, pero con cuerpo. Sirena y peleadora callejera. "Caray", dijo Marina cuando vio las fotos de la luna de miel de Yoli y el tío Charlie en Hawái, donde el tío Charlie es todo pecas y hombros quemados, y la tía Yoli está en su bikini blanco. "Debieron elegirla a ella para ser la Mujer Maravilla, no a esa gabacha Lynda Carter". Con razón el tío Charlie se enamoró de ella. Con razón.

Pero ahora está harto de ella, porque es vieja y está gorda. Eso dice ella. Pero el teléfono no deja de sonar.

Ocurre que yo sé notar cuando una de dos personas es la que manda. Entre Marina y su novio Art, es ella. Es bonita, pero no es por eso. Si tuviera que explicar qué es, diría que es una especie de exigencia nata. Como que ella ya incluye ciertas expectativas, y a él más le vale cumplirlas o largarse. Con Ximena y Jorge, los dos quieren mandar, y por eso siempre pelean.

Entre Yoli y el tío Charlie, siempre ha sido Yoli. Sí, ahora está gorda. Sí, es mandona. Pero el tío Charlie la idolatra. A pesar de que es blanco y hombre, y un ingeniero petrolero que gana un chingo de dinero, ella es la que dirige el show. Yoli podría dejarlo sin nada y él seguiría amándola, queriendo estar con ella, queriendo luchar por ella. Apuesto a que ella ni siquiera ha pensado en eso. Mi papá dice que así es ella y ya.

Así que no. No me trago lo de que el tío Charlie es infiel. Hasta mi papá, crudo como estaba, supo reconocer la mentira. Yo también. Si te hartas de una persona, si crees que está demasiado vieja y gorda, no dejas que te grite por teléfono. No sigues llamándola.

En ese momento, el tío Charlie debía estar en su espaciosa cocina, en el suburbio de Woodlands en Houston, donde vivían, marcando y marcando a la casita de la frontera, ansioso de hablar con su esposa.

—¿De verdad tiene un romance? —pregunté. El tío Charlie estaba por ahí, muriendo de amor. Eso era obvio.

—Ve y empieza a ordenar los armarios. Mucha de esa ropa es tuya, ¿no?

No le contesté. No cuando ella estaba de ese humor. Llevé mi plato al fregadero y me fui al cuarto.

Encendí la radio y me dejé caer en la cama. Estaban pasando *El Top 40 de Estados Unidos*. Aburrido, pero al menos ahogaba el ruido del teléfono. ¿A dónde había ido mi papá? ¿Cuándo volvería? Estaba harta de preguntármelo.

Muy pronto comprendí que Yoli me quería al fondo de la casa porque quería contestar el teléfono. La oí decir que jamás volvería, y llamar "pedazo de mierda" al tío Charlie. Pelearon al menos una hora. Parecía que aunque él cavara mil años, jamás llegaría al fondo de su ira.

Supongo que Yoli pensaba que si me hundía en medio siglo de abrigos y zapatos de la abuela, no la escucharía. Se equivocaba. El tío Charlie no era infiel. Yoli estaba gritando, pero sobre mi primo Carlos.

—No me importa. Soy su madre. Siempre lo elegiré a él. Siempre.

Lo sé desde que era niña. Una vez, cuando vinieron a visitarnos desde Houston por Acción de Gracias, Yoli y el tío Charlie fueron al casino en Lawton con mi papá. Carlos se quedó a cuidarme. Él tenía quince años y yo unos nueve, creo. Desperté por la noche y lo vi en la sala con otro chico.

Su amigo me vio parada en el pasillo, después de unos cinco minutos: tiempo suficiente para que yo viera el rubor de sus mejillas y oyera sus jadeos entrecortados. Carlos estaba de rodillas ante el chico. No se le veía la cara, así que lo que más recuerdo de ese momento son sus manos: cómo se aferraban al pantalón de mezclilla del chico, reteniéndolo. El sonido húmedo de su boca.

—Oh, Dios —se asustó el chico y salió de inmediato de la boca de Carlos. Tenía el pito gordo y rosa, y lustroso de saliva. Lo metió en sus pantalones y, con el mismo movimiento, bajó del sofá. Carlos se levantó a toda prisa y se acomodó el cabello.

—Hola —dijo con voz casi normal—. ¿Tuviste una pesadilla? ¿Necesitas un vaso de agua?

—No. Pero ¿puedo desvelarme viendo la tele?

Entrecerró los ojos.

—¿Vas a acusarme?

—No.

—Entonces está bien.

Él y su amigo salieron al patio trasero. Yo me quedé despierta viendo una repetición de *Lobo del Aire.*

Ahora me avergüenzo, pero no sabía que no debía verlo. No sabía que era descortés. Digo, no sabía nada de nada. Ahora quisiera haber vuelto a la cama, haberlos dejado en paz. No me gustaría que nadie nos viera a Ernie y a mí.

No sé por qué Carlos decidió decirles a sus padres ahora. Tal vez porque es más seguro porque está lejos, en la universidad. Pero es lo único que tiene sentido: debe haberles dicho. El tío Charlie está portándose como un pendejo y Yoli está mintiéndonos para que no sepamos que Carlos es gay.

Además...

Además, unos meses antes de la muerte de la abuela, algo pasó. Era verano, y yo acostumbraba a estar despierta hasta tarde. Creo que eran las cinco o seis de la mañana, porque llevaba poco rato dormida.

Me había desvelado escuchando *Bleach*, tratando de aprender lo suficiente para hablar sobre él con Ernie. Ernie adora a Nirvana. Quedó devastado cuando Kurt Cobain se suicidó. Tal vez nunca lo supere. *Bleach* era genial, sobre todo porque Ernie me había dicho que la producción solamente costó seiscientos dólares. Me fui a dormir después de decidir que le diría a Ernie que, de todas las canciones, *About a Girl* era la rara, un homenaje pop a los primeros tiempos de los Beatles metido en medio de un álbum grunge. Porque con

Ernie no se trata de que la música te parezca buena o no. Se trata de lo que puedas decir sobre la música, porque lo que digas dice algo sobre ti. Fue una de las primeras cosas que dijo cuando nos conocimos: que alguien de verdad me había enseñado sobre música. Pues sí. La única persona que piensa en la música como Ernie es mi papá.

Oí que Gonzy metía la cara entre las tiras de la mini persiana de mi cuarto. Las tiras hacían un ruido raro al arrugarse. Gonzy siempre las rompía, y mi papá se enojaba mucho. Le dije que se calmara, más o menos, porque no estaba completamente despierta.

Lo que digo es que estaba muy atontada, porque eso pasa cuando nada más duermes dos horas. Gonzy no me obedecía, así que por fin me senté en la cama. Ahí estaba él, con la cara metida entre las tiras de plástico de la persiana y el cuerpo en alerta, meneando la cola de ese modo que quería decir que alguien conocido estaba afuera. Entonces oí a mi papá.

Mi papá estaba hablando en voz muy baja y ronca, un tono que no le conocía, y eso que lo he oído enojado muchas veces.

Bajé de la cama y me asomé con Gonzy. Afuera había niebla, pero alcancé a ver un auto desconocido estacionado junto a la acera. Un auto grande y verde, tal vez un Buick. Alguien estaba de pie fuera de mi campo visual. Alcanzaba a ver la espalda de mi papá y su postura. Los puños cerrados, como si estuviera a punto de atacar.

—Y tampoco vayas a molestar a tu abuela —dijo, así que supe que debía estar hablando con Carlos. "Pasó algo", pensé. "Una emergencia". Pero ¿por qué no llamar? ¿Por qué no decirle a la abuela?

—Ella ya lo sabe. Me ama —era la voz de Carlos. Desafiante, pero a duras penas.

—Enfermito de porquería. Si vuelves a acercarte a ella te corto los putos huevos.

—Carlos, vámonos —lo apuró alguien en el auto.

Mi papá soltó su fea risa. La que usa cuando está burlándose, cuando quiere herirte aún más. Odio esa risa.

—Hazle caso a tu amigo joto —dijo—. Lárgate de aquí.

Entonces vi a Carlos, porque se acercó al lado del copiloto del auto. Vestía una camiseta anaranjada sin mangas, y shorts. Tenía el cabello recogido en una cola de caballo.

—Sigo siendo tu familia, tío —sostuvo.

Mi papá no respondió. Carlos entró al auto, y quien estuviera al volante arrancó para salir a la calle.

Ahora me preguntaba si la tía Yoli sabría que mi papá había amenazado a Carlos. Apuesto a que no, o le habría arrojado más que una pierna de pollo. Si la abuela viviera, sé que habría defendido a Carlos.

Estuve tendida en la cama del cuarto del fondo una hora entera, mientras sonaba el *Top 40* y Casey Kasem daba datos curiosos sobre cada canción. Por fin, la tía Yoli entró para decirme que iba a cenar con sus comadres. No notó que no había hecho nada con los armarios.

—¿Puedo ir a casa de Marina? —pregunté. No pensaba pasar el resto del día sola en casa de la abuela. Solo de pensarlo sentía que me ahogaba.

—Sí —respondió Yoli—. No más regresa antes de las ocho. Que te traiga su mamá si está oscuro.

—No hay problema.

—No sé si estaré en casa a esa hora —dijo Yoli—. Pero tienes llave de la casa, ¿no?

—Sí —dije, mirando al techo—. No te preocupes. Estaré bien.

Solamente hay unas cuantas personas con las que puedo estar cuando ando de malas. En realidad, Marina es la única. Ella no me dice que no esté triste ni me pregunta qué razón tengo para estar molesta. Nunca dice que necesito hablar al respecto. Si quiero hablar, puedo. Si quiero estar sentada con mala cara, también. Mis cambios de humor no la asustan. No sabía si quería hablar de mi primo Carlos, pero sabía que podía. O podía sentarme en su cocina y escuchar a la señora Salazar chismeando por teléfono con su hermana. Podía ayudar a Marina a hacer tortillas de harina, aplanando la masa con rápidas pasadas de rodillo. Marina dice que es lo único que sé hacer bien en la cocina. Amasar me alivia mucho.

Para mi mala suerte, el camión de su papá estaba estacionado en la entrada. Por supuesto, era domingo. Debí haberlo recordado. No iba a tocar el timbre con el señor Salazar en casa. Técnicamente no estaba afuera sin permiso, pero mi papá no lo sabía. No quería que me viera otro papá que pudiera mencionárselo al mío la próxima vez que se toparan. Nop.

Decidí ir a la casa de Pilar. Últimamente iba mucho, incluso a veces sin los chicos. Ella siempre me recibía bien. Quizá podía jugar un rato con la batería de Olmeca. La verdad es que tenía muchas ganas de aporrear algo.

Vi la troca café de Pilar estacionada junto a la casa. Ella estaba en casa. Toqué la puerta y me quedé parada un momento en el porche. Pilar no abrió. Por una ventana, la vi sentada ante una mesa de cocina de Formica, con unos enormes audífonos puestos. Sobre la mesa había un gran estéreo portátil y una máquina de escribir eléctrica. Pilar estaba escribiendo. Imagino que era muy buena, porque no vacilaba y no parecía detenerse por algún error. Su perro no se veía por ningún lado.

Golpeé con fuerza el cristal de la ventana. Por fin, Pilar levantó la vista. Apagó el estéreo y levantó una mano para indicarme que esperara. Recogió sus páginas y las guardó en un fólder. Salió unos minutos después, acomodándose un mechón de cabello teñido de negro detrás de la oreja.

—Vaya —dijo—. Estás aquí. ¿Dónde están tus compañeros?

—Hoy nada más soy yo. ¿Puedo usar el cobertizo un rato?

—Tengo que ir por Wicho a la estética canina.

—Oh —me lamenté. Estaba teniendo mala suerte con todo—. Sí, okey, no hay problema.

—Puedes venir conmigo —dijo—. Está en el centro. Cuando regresemos puedes estar en la cochera todo lo que quieras. No tengo otros pendientes.

Pilar era rara. No intentaba hacer amistad como hacen algunas mujeres, que usan un falso tono amistoso pero solo quieren sacarte información, quizá para el chisme o para meterte en problemas. Y no era como mi tía Yoli, que iba directo al grano y se ocupaba de todo. Lo suyo era una peculiar inexpresividad, una especie de silencio que la envolvía y que llevaba consigo todo el tiempo.

—Sí, okey —dije; no quería contradecirla, aunque tampoco quería hacer mandados con ella—. Si vamos al centro, ¿podemos parar en donde Cheve?

—¿La tienda de música? Claro, si quieres.

—Suena bien —admití.

Subimos a su troca. Condujo sin hablar, y yo tampoco hablé. No era difícil estar ahí sentada con ella y seguir mi propia mente. Me aseguré de ir agachada, por si alguien me veía en su troca. Sentí una punzada de culpa. En un principio había querido conocerla para vengarme de mi papá, pero mientras más tiempo pasábamos juntas, más me agradaba. Sabía que estaba portándome como una cretina. Con ella, no con él.

Pilar tarareó con la radio —una estación de AM que tocaba rancheras—, marcando el ritmo en el volante con sus largas uñas rojas. A la luz de la tarde podía ver la textura de su piel bajo el polvo y el rubor. Tenía una cara fuerte: el trazo de lápiz labial rojo, la proa de su nariz, recta y prominente, casi arrogante con sus lentes de sol blancos. Era hermosa como puede serlo un águila, no como una viejecita. Mi papá había dicho que era una persona horrible, y yo seguía sin saber por qué.

—Pili, ¿por qué le cae mal a mi papá?

Para mi sorpresa, no se enojó. Quizá sabía que se lo preguntaría en algún momento.

—Nunca he conocido a tu padre.

—¿No lo conoce?

—Solo de vista —dijo, sin quitar los ojos del camino—. Pero no lo culpo. Tu abuela y yo... no estuvimos de acuerdo en algo. No pudimos recuperarnos.

La abuela Romi no podía tener la culpa. No pude disimular el escepticismo de mi voz.

—¿Mi abuela le hizo algo?

—No. Ella era puro corazón —respondió Pili—. Yo no soy buena para querer a la gente. Por eso sus hijos me tienen rencor.

Debe haber visto en mi cara que tenía un millón de preguntas más.

—Ya no quiero hablar de eso.

—Está bien —dije. Por el momento.

No fue un viaje largo: dos cuadras a la iglesia de San José, luego vuelta a la izquierda, otras dos cuadras, pasando el viejo Bar Lucky, vuelta a la izquierda otra vez, luego tres cuadras y ahí está el centro. Solo una calle, la Principal. La mayoría de las tiendas populares están en el centro comercial, al otro lado del pueblo. El centro de La Ciénega es más bien como la calle alta en una película de vaqueros: larga, con algunas tienditas olvidadas. La tienda de música de Cheve está en la esquina, después de la casa de empeños y una tienda de telas.

Acabábamos de entrar a la Calle Principal cuando vi el pequeño Honda CRX con la calcomanía de La Gente Mala Apesta en la defensa. Estaba estacionado junto al Café de Toni, frente a la estética canina.

—Ay, mierda —dije, olvidándome de todo. Era esa pinche fulana, por la que habían matado a mi Gonzy.

—¿Qué pasa? —preguntó Pilar.

—Nada. Me pareció ver a alguien que conozco. No importa.

Me miró un momento más, pero, fiel a su costumbre, no me preguntó nada más.

—Vuelvo en unos minutos.

—Sí, okey.

Una vez que estuvo adentro, crucé la calle en ángulo. No quería que pareciera que iba al café. Me detuve frente a la tienda de al lado, Flores de Mimí, que al parecer se especializaba en arreglos florales de seda y plástico. Incliné la cabeza ante un ramo de lirios blancos de seda, como si tratara de decidir si quería comprarlo, pero en realidad estaba mirando el escaparate del Café de Toni.

Era un negocio pequeño. No había muchas mesas, y era un domingo de poca actividad. Fue fácil detectar a la que debía ser Margarita. Estaba sentada con un hombre que, por fortuna, no era mi papá. Quizá fuera su esposo. Tal vez era el tipo que había matado a Gonzy. De ser así, era el estereotipo de un vaquero citadino, con camisa vaquera y pantalones que seguramente eran Wranglers. Su sombrero estaba en la silla desocupada entre ambos. No se le veía la cara, porque tenía la espalda vuelta hacia mí. Pero sí vi la de ella.

Quería que fuera hermosa. Tal vez si hubiera sido hermosa, mi papá no habría podido evitarlo, como si lo hubiera sobrecogido su belleza, o cegado de amor, cegado por una belleza espectacular. Pero no lo era. Ni siquiera era pelirroja, no de verdad. Era una mujer mexicoamericana de mediana edad, de piel lo bastante clara para ponerse mechas rojas en el pelo. Probablemente había empezado a pintárselo todo una vez que empezaron a salirle canas. Estaba comiendo un club sándwich.

La odiaba. Sentía en todo mi ser, ardiente y pulsante, lo mucho que la odiaba. Quería vomitar de tanto que la odiaba. No podía respirar por el puro peso sofocante de mi odio. Esa perra. Esa perra sin nada de especial había provocado que mataran a mi perro. Ya ni siquiera podía fingir que estaba viendo flores falsas. Pero ella nunca miró hacia donde estaba yo.

—Oye, estamos listos —era la voz de Pilar, desde el otro lado de la calle. Me tragué todo lo mejor que pude. Ella estaba parada junto a su troca, con Wicho. Supongo que eso fue lo que me llevó al límite: verlo todo esponjado, como recién salido de la secadora. No soy llorona, casi nunca. Pero, de pronto, estaba llorando de furia ahí a media acera. No podía parar. Era vergonzoso.

—¿Qué ocurre? ¿Qué pasó? —preguntó Pilar. No pude mentir bajo sus penetrantes ojos negros. Ni siquiera quise.

—La dueña de ese auto de ahí —señalé el CRX con el dedo, sin importarme si esa perra de Margarita me veía—. Su marido mató a mi perro.

Pilar asintió, un gesto lento y deliberado. Miró el auto con detenimiento, y dijo:

—A causa de tu padre.

—¡Sí! ¡Sí, por él! —escupí las palabras. Por fin, alguien que decía la verdad sin asustarse—. ¿Cómo lo supo?

—Sé cómo se ve la traición —respondió.

—Pues era mi perro, no de mi papá. Era mi buen chico. No lo merecía.

—Por supuesto. Los perros no son como los hombres y las mujeres. Son inocentes —dijo Pilar. Hundió los dedos en el grueso cuello de Wicho, sin dejar de mirar el auto—. Sube a la troca. Vamos a la plaza.

—No me voy —repliqué—. Vaya usted si quiere.

—Confía en mí —dijo Pilar, con ojos inexpresivos y brillantes. Su cara lucía más viva de lo que la había visto jamás. Me dio un poco de miedo, pero eso fue lo que me hizo escucharla—. Tengo un plan para ellos.

Subí a la troca. La plaza estaba más arriba; era un parquecito donde terminaba la Calle Principal y empezaban las calles residenciales. No entendí por qué ella prefería conducir en vez de caminar hasta allí. Wicho subió al asiento, entre nosotras. No pude evitar abrazarlo.

—¿Cómo se llamaba tu perro? —preguntó Pilar mientras encendía el motor.

—Gonzy. Doctor Gonzo —abrazada a Wicho, me era más fácil hablar de Gonzy—. Todos pensaban que se llamaba así por el Gonzo de *El show de los Muppets*, pero no. Mi papá le puso Doctor Gonzo por el abogado samoano de *Miedo y asco en Las Vegas*.

—Lo querías mucho —dijo Pilar. No era una pregunta.

—Mi mamá me lo regaló el año de su muerte, así que era muy viejo. Pero aun así... —vacilé. Wicho no era como Gonzy, pero tenía la misma corpulencia canina. Lo envuelves con tus brazos y, de alguna manera, te ancla. Eso es algo que siempre amé de Gonzy. También lo sentía con Wicho—. Ese hombre le disparó en la cabeza. Le voló los sesos. Así encontré a Gonzy. Un día, sucedió nada más.

Pilar hizo un ruido gutural, casi un gruñido. Estacionó la troca y salió junto con Wicho.

—¿Puedes ver el auto desde aquí?

—Sí.

—Bueno, no dejes de verlo.

Llevó a Wicho a caminar por el pasto hasta que cagó. Luego sacó una bolsa de plástico de su bolsillo y se puso a recoger la caca. Hice ademán de vomitar.

Ella puso los ojos en blanco.

—Tienes que limpiar tras tu perro. No puedes dejar caca por todos lados. Eso es sucio. En la ciudad hasta pueden multarte.

—Tal vez.

No estaba convencida. No me importaba parecer una pueblerina. Recoger caca de perro era demasiado asqueroso, incluso con una bolsa. Y Wicho era un perro grande, así que la cagada era grande.

Pilar ató la bolsa y la puso sobre el tablero, con cuidado.

—Mira el auto.

—¿Qué carajos? Al menos tírela a la basura.

—Tengo un mejor lugar para ella —dijo. Dimos vuelta a la cuadra y nos estacionamos en una calle un poco alejada, pero todavía con el café a la vista. Esperamos tres canciones rancheras, con el motor en reposo y Wicho entre nosotras, jadeando suavemente. No me sentía ansiosa. No me importaba cuánto fuéramos a tardar.

Salieron del café. Al parecer, el vaquero sí era su marido. Se sentó en el asiento del conductor.

—Son ellos —señalé.

—Lo supuse.

Pilar esperó hasta que llegaron al semáforo, y entonces los siguió. Sabía aguardar. Sabía cuándo avanzar. Condujeron hasta un barrio residencial. Era el barrio cercano a la biblioteca pública, el que tiene algunos monstruosos edificios históricos y mucha gente blanca, vieja y esnob; de ésos que tienen apellidos reconocibles. Pasaron junto a la biblioteca y dieron vuelta a la derecha un par de cuadras después. Gardenia. Así se llamaba la calle. Todas las calles tenían nombres de flores.

Pilar no dio vuelta tras ellos. Pasó de largo por Gardenia y regresó en círculo. Entramos al estacionamiento de la biblioteca. Ahí esperamos unos minutos más. Estaba dejándolos llegar a casa.

Por fin, bajamos por Gardenia. Despacio, pero no demasiado. El auto estaba estacionado junto a un Chevy Silverado, en la entrada de una casa de estilo español colonial. No era una de las mansiones históricas cubiertas de hierba, sino una casa de tamaño normal. Había un gran roble en el patio frontal, y rosales bajo las ventanas de la fachada. Pasamos por ahí, ni muy despacio ni muy rápido. Ahora sabía dónde vivía. La había encontrado, al fin. Pilar la había encontrado por mí.

—Tal vez necesiten que les recordemos a Gonzo —dijo Pilar cuando pasamos por ahí—. ¿Qué te parece?

Miré la gran bolsa de mierda de perro. Mi corazón latió con fuerza.

—Sí.

—Hazlo y corre —dijo—. No mires atrás.

Se detuvo una casa más adelante. Tomé la bolsa, e hice una mueca de asco al sentir la mierda fría y blanda envuelta en delgado plástico. La sujeté con cuidado.

Nadie afuera. Nadie en la calle. Corrí hacia la puerta de entrada lo más rápido que pude. Extendí el brazo y mandé la bolsa a volar. Chocó con la puerta y estalló: mierda de perro, de color café oscuro, por toda la puerta y el tapete de bienvenida. Una voz en el interior, alarmada. Tal vez ella. Esperaba que fuera ella. Por alguna razón, la odiaba más que a él.

La puerta se abrió bruscamente. Ahí estaba la perfectamente ordinaria Margarita, con la cara torcida de susto.

—¡Sí! ¡Jódete! ¡Jódete! —grité. Fue una estupidez, pero no lo lamentaba. Quería que supiera que fui yo. "Yo te hice esto, perra. Yo fui". Deseaba tener otras diez bolsas de mierda de perro. Me conformé con escupirle. ¡Cómo se encogió! Me tenía miedo. Quería golpearla en la cara, arrancarle esas estúpidas mechas rojas. Le enseñé los dos dedos medios.

—Margie, ¿qué sucede? —era la voz el hombre. Salió y ahogué un grito. Se había quitado el sombrero vaquero, así que pude verlo con claridad. Estaba desfigurado, con el lado izquierdo de la cara marcado de la sien a la barbilla, como quemado. También había perdido parte del brazo izquierdo: tenía una prótesis, de esas con un gancho de metal.

—Voy a llamar a la policía —dijo mirándome directo a los ojos.

—Llámalos, hijo de puta enfermo. Fuiste a mi casa y mataste a mi perro.

Se encogió cuando lo dije, así que supe que era cierto. Era él.

Solté un grito salvaje.

—¡Vamos! ¡Llámalos ya! Apuesto a que pueden identificar tu arma con la bala en la cabeza de mi perro.

—Pequeña loca —masculló el hombre. Llevó a su esposa adentro y cerraron de un portazo.

Corrí como el diablo hasta la troca de Pilar.

—¡Vámonos, vámonos!

Pilar tenía a Wicho agarrado del collar para que no saltara. Estaba riendo a carcajadas. Nunca la había visto reaccionar a nada. Pisó el acelerador y nos fuimos a toda velocidad. Wicho estaba emocionado y me pasaba por encima. Pilar lanzó un grito, un profundo *ay-ay-ayyyyyy* que era a la vez risa salvaje y aullido triunfal.

—¡Sí! —grité, golpeando el aire con los puños—. ¡Les di! ¡Carajo, les di!

—Así es —celebró—. Así es. Bien por ti.

Debo haberla impresionado, porque cuando llegamos a la intersección antes de la Calle Principal, me preguntó si quería conducir.

—No sé cómo —dije.

—Yo te enseño —respondió—. A ver, cambiemos de lugar.

junto al río

Semilla obstinada, te expulsé, pero germinaste en una grieta del camino para incordiarme. Prosperas, vives —¡vives!— ante mi vista y fuera de mi alcance. Qué amargo este remordimiento que se aferra y te anhela todavía. Soy un nudo de sangre que no puede llorar ni sanar.

Antes de que llegaras, yo ya era un campo sembrado de sal, maldito y abandonado. Estaban muertos mis hijos. Mi marido, desaparecido en alguna otra vida. La gente se estremecía y murmuraba, y me eludía poniendo de por medio la solitaria tierra de su miedo. Todo eso es mío aún, pero ahora lo empuño en mi defensa.

Tú, el último pedazo de tu padre. No te quise. No te amé. Recuerdo eso: cuando llegaste, miré tu rostro, arrugado y sin pestañas, recién salido de mi vientre, y no pude sentirte en mis brazos. Me parecía no tener brazos, ni corazón, nada de la fiera ternura de una madre. Tú y yo no éramos sino espíritus expulsados de mi cuerpo. No sentí nada más que un destello de aflicción.

Qué cosa, verte crecer robusto cuando ya te he perdido. Juegas a la pelota, descalzo y moreno bajo el sol. Peleas en la calle y gritas tus victorias con boca ensangrentada. Mi radiante perdición, es bueno que seas feroz. Cuando tengas edad, te arrancarán de las calles y te enviarán a Vietnam.

Que otras mujeres lloren y se desgarren las caras. Mi ira se ha entretejido en tus huesos, en el puño de tu corazón, y es un encantamiento sobre tu vida. En tus ojos he visto tu destino. La muerte no te llevará mientras esa furia se agite en tus adentros. Mala hierba nunca muere, y así es contigo. Hierbita que no muere, nadie puede arrancarte.

Aun así, cumplo mi penitencia en el negro fango junto al río. Te marco con mi rosario, encierro tu nombre en plegarias. Julio, Julio, cuenta tras cuenta, diez veces cinco, en la hora más profunda de la noche, cuando la leona tose en las sombras y los colmilludos cerdos cimarrones hacen murmurar los cañaverales del río.

No tengo miedo. Conozco el camino a la orilla del agua.

Capítulo doce

Gatos negros

PILAR AGUIRRE, 1968

Julio era apuesto y bromista. Día y noche rondaba el Barrio Caimanes, como perro callejero. Se juntaba con muchachos temerarios, ladrones que se atiborraban de sandías robadas y se acostaban a gemir en la hierba, que saqueaban el maizal de Aurora Ramírez y corrían risueños cuando ella les acribillaba las espaldas con sal de roca. El padre Isidro le había prohibido la entrada a la iglesia, uno a uno, para todo el año escolar, después de que se emborracharan con vino de consagrar y le prendieran fuego a un armario lleno de hábitos de monaguillo.

En el verano y el otoño, los contrataron como jornaleros para cosechar alfalfa en ranchos de las afueras y uvas en el viñedo del señor Lee. Juntaron su dinero para pagar el enganche de un viejo Bel Air en el Taller Mecánico de Pete. Lo tendrían para Navidad, y los viejos del barrio apostaban a que se matarían chocando con un árbol o un poste de luz, espera y verás.

Sí, el espectáculo de Julio merodeando por todo el barrio era tan ineludible como su propio corazón, pero Pilar procuraba nunca mirarlo. Se parecía y no se parecía a Joselito, tanto que posar su vista en él era simplemente insoportable, sobre todo cuando se hizo mayor y se convirtió en una especie de muestra del hombre que habría sido su hijo perdido. Y sin embargo, a veces, no podía evitarlo.

No lo habría visto, ni siquiera habría estado en casa entre sus turnos laborales —en el último mes se había vuelto obligatorio el medio turno en la noche, encima de su turno diurno completo en la farmacia—, pero el cielo amenazaba y sus sábanas estaban en el tendedero. Había caminado las dos millas a casa con la intención de recoger su ropa de cama y regresar al trabajo.

"Una semana más de esto", pensó Pilar al llegar al pie de Loma Negra y detenerse en su buzón. Una semana más y se acabarían los turnos extra. Las partidarias de Juan Cárdenas, candidato a la junta escolar, mujeres con pulcras cofias y zapatos de domingo de tacón bajo, estaban reunidas como gallinas en ese lado de la calle, donde terminaba sobre el canal de riego. Una de ellas, la mujer de Aureliano Sánchez, el carnicero del barrio, miró a Pilar y susurró algo a sus comadres. Una rigidez, un giro de espaldas, y echaron a andar en la dirección contraria. Pilar metió el correo a su bolso con indiferencia. Sí, la evitaban, ¿y qué? Le daba gusto no hablar con ellas.

Una súbita ráfaga de viento frío se cruzó en su camino, y un sonido de voces que gritaban ahogó todo lo demás. "Ahí viene por quien lloras", como decía el viejo dicho.

Julio saltó sobre el canal como un pájaro al alzarse en vuelo. Corrió por el dique rocoso hasta la calle, tirando guijarros blancos sueltos al arroyo, pero sin perder jamás el equilibrio. Las esposas en campaña lanzaron chillidos de miedo cuando corrió entre ellas, y cayó de bruces en el polvo con una de las mujeres. Pilar vio que era la señora Sánchez, que se incorporó sin gracia, despatarrada y con las medias por debajo de las rodillas.

El muchacho estalló en risas. Se levantó presuroso y no ofreció ayuda a la mujer, que lo maldijo. Pilar contuvo el aliento. Casi nunca lo había tenido tan cerca. Él pasó corriendo a su lado sin mirarla, hacia la casa en el otro extremo de la calle, la de la esquina. La de Romi. Pilar lo vio llegar a la entrada, pasar corriendo junto a la troca de Chuy y meterse a la casa, siempre riendo.

Su perseguidora era una llorosa adolescente con un cuchillo de carnicero en la mano. Pilar podía ver los destellos plateados de la hoja en el crepúsculo. Una de esas muchachas con cabello negro y suelto, y espeso maquillaje en los ojos, pero sin lápiz labial ni sostén. Sus pechos rebotaban furiosos mientras corría hacia el arroyo. La larga falda floreada le estorbaba, de modo que más de una vez tropezó al salir del arroyo lodoso. Para cuando subió a la calle, enfangada y sollozando de un modo que hizo saber a Pilar que Julio jamás volvería a dignarse mirarla, él ya había entrado a su casa.

—¡Julio! ¡Julio, sal acá! —gritó la muchacha de pie en la calle frente a su casa. Pero ya no había fuego en ella. Lloraba más que gritar, y el cuchillo colgaba, enlodado e inútil, a su costado.

"Las muchachas aprendían lento", pensó Pilar. Así eran siempre. Esta estaba haciendo el ridículo ante los ojos de todos los vecinos de la cuadra. Sin duda, él estaría sentándose a cenar o escuchando sus discos en su cuarto. Fue Romi quien salió al porche.

—Vete a casa —le dijo Romi a la muchacha—. O te quito ese cuchillo y te saco los ojos. Así ya no tendrás que llorar.

La muchacha retrocedió, todavía llorando. Romi se quedó de pie en la entrada, esperando a que se fuera.

Para sorpresa de Pilar, Romi se volvió hacia ella y la miró a los ojos en vez de fingir, como hacía siempre, que Pilar era invisible. Fue incómodo, y Pilar fue la primera en apartar la mirada, notando de nuevo que la troca de Chuy estaba en la entrada. Era raro que estuviera en casa entre semana, pero Pilar supuso que estaba ahí para votar en la elección de la junta escolar.

Se dio la vuelta, molesta consigo misma por poner atención a cosas que sabía que le harían perder el sueño. Todavía tenía que subir la loma y recoger sus sábanas, y luego caminar dos millas de regreso al parque industrial para su siguiente turno. "Una semana más", se recordó a sí misma, más para expulsar sus pensamientos indeseables que otra cosa. Una semana más. Después de la elección, todos volverían a sus vidas.

Durante años, la junta escolar había estado proponiendo la integración de las preparatorias. La política de "separados pero iguales" ya estaba prohibida, pero nadie hacía cumplir esa ley en La Ciénega. Hasta lo de Vietnam. Entre tantos males —magnicidios nacionales, los jóvenes convocados a la lotería de reclutamiento, y todos los que, sobre todo después de la ofensiva de Tet, regresaban muertos, mutilados o con la mente permanentemente torcida—, parecía que este año la junta por fin aplicaría la medida. Ciénega Norte, donde estudiaban los anglos, y Ciénega Sur, la escuela de barrio para alumnos mexicanos y negros, así como los pocos Kikapúes que vivían dentro de los límites del pueblo, se integrarían en una preparatoria moderna y centralizada: la Preparatoria Davy Crockett. Una escuela más grande, de primera división 5 A, traería más oportunidades para becas deportivas. Repentinamente, los padres de todo el pueblo estaban listos para el cambio si implicaba que sus hijos podrían ir a la universidad y evitar ser reclutados.

No todos en Barrio Caimanes estaban de acuerdo. Media docena de mujeres hacían campaña en el barrio. Pilar las veía tocando puertas, entregando folletos como si fueran Testigos de Jehová. Esposas haciendo la voluntad de sus maridos. Eran la generación más vieja, y se oponían a la integración por principio: los semejantes debían estar con los semejantes, y además, ¿quién querría que sus hijos sufrieran a manos de compañeros blancos? El lado pro-integración parecía estar compuesto por pura gente joven y familias con hijos adolescentes, cuyo apoyo a la designación de primera división había iniciado el asunto.

"No es que a mí me importe", pensó Pilar mientras subía por el sinuoso camino cubierto de hierba. Ninguno de los bandos tocaba jamás a su puerta.

Aunque no tenía relevancia personal para ella, Pilar seguía con interés el debate local, y luego, al acercarse las elecciones de la junta escolar, con creciente irritación. Los periódicos en español y en inglés estaban llenos de opiniones. Los mexicoamericanos opuestos a la integración apoyaban a Juan Cárdenas, que decía a los padres en el supermercado, después de la iglesia, que ya era bastante malo que sus hijos se toparan con chicos blancos, pero ¿qué sería de sus hijas, excluidas del coro y la corte de la reunión de exalumnos y, peor, sometidas a toscos muchachos anglos que no las respetarían?

Las esposas de los rancheros locales escribían mordaces editoriales en el periódico: ¿Acaso sus hijos anglos tendrían que soportar no solo a compañeros de clase inferiores, sino también, muy probablemente, a los profesores mexicanos y negros que estarían en la nómina de la nueva escuela? Era un ultraje moral. La ola de corrupción ya estaba infectando a La Ciénega: dos mexicanos ya competían por asientos en la junta escolar.

En los periódicos mexicanos, la respuesta no se hizo esperar. Allí está el detalle, la enmarañada cabellera de la historia: el Tratado de Guadalupe Hidalgo en 1848, el ingreso de Texas en la Unión Americana, concedían, dentro de estrechos límites, que los mexicanos de Texas, los tejanos, eran ciudadanos blancos. Podían estar excluidos de tiendas, hoteles, clubes sociales y otras entidades privadas, pero no de aquellas gobernadas por el estado, incluidas las elecciones de la junta escolar.

Sí, dos mexicoamericanos competían en la elección. Juan Cárdenas hacía mucho ruido, pero no tenía apoyo financiero y únicamente sus compinches hacían campaña por él. Félix "El Gato" Gutiérrez, él sí que daba pelea.

Félix era un joven flaco y greñudo con vista lo bastante mala para no ir a Vietnam, pero con un don para hablar en público. Sus partidarios hacían animadas parodias de la comunidad y gritaban cosas como "¡Justicia!" y "¡La Causa!". Impúdicos locutores de radio, con apodos como Cero, Muy Romeo o ContraIndio, leían al aire los comentarios de furiosos escuchas anti-integración, con rebuznos de burro de fondo. El Gato alborotaba a los mexicanos —Chicanos se hacían llamar estos nuevos radicales—, inspiraba también a jóvenes anglos, y sobre todo movilizaba a los adolescentes que, como no podían votar, se desahogaban pintando gatos negros con aerosol por todo el pueblo.

Pilar había visto grafitis de gatos negros en las aceras, en la tienda de abarrotes de Rufino, y hasta había oído decir que los encontraron en el capó del Oldsmobile del alcalde. Con tanto jaleo, Pilar opinaba que El Gato no habría tenido oportunidad de no ser por la ofensiva de Tet y lo que significaba para su prima, Margarita Gutiérrez.

Margarita tenía diecinueve años y era hermosa. Había sido una chica popular en la escuela, y a los diecisiete se comprometió con Simón Ávila, un joven cabal con reputación de atleta en su pasado. Cuando Simón fue reclutado a mitad de su último año de escuela, Margarita no flaqueó. Fue a la graduación con un grupo de muchachas cuyos novios también habían sido enviados a Vietnam —se hacían llamar las *Stagg-ettes*—, y bailó con la temeridad y el aplomo que da el terror. Se graduó y trabajó medio tiempo como secretaria en la Parroquia de San José, y medio tiempo en el restaurante de carnes Sizzler.

Margarita había esperado a Simón Ávila por dos años. Él por fin volvió a casa porque una granada lo mutiló. Perdió un brazo hasta el codo y un ojo (y se murmuraba que también su hombría), pero estaba vivo y recuperándose en Fort Sam Houston, en San Antonio. Margarita iba a casarse con él.

Ahora, este dechado de feminidad —paciente, persistente, fiel— reunía a la gente como haces de trigo. Cuando, en los mítines de El Gato, Margarita subía al estrado y decía con su voz suave y dulce que la gracia de Dios mismo le había devuelto a su Simón, todos los escuchas se conmovían hasta las lágrimas. Simón había sido el mejor *pitcher* de la liga, pero los cazatalentos únicamente iban a las escuelas grandes, las de blancos. Si Simón hubiera jugado en primera división, decía Margarita, le habrían dado una beca de beisbolista para la universidad.

"No está bien que nuestros muchachos no tengan oportunidad", decía, con la elegante seriedad que había adquirido cuando Simón partió a la guerra. La multitud sentía su verdad.

Hasta Pilar, a su cáustico modo, sentía su atracción. No había nada tan inspirador como una mujer fiel. Sobre todo si era tan linda como Margarita, reflexionó Pilar. La guerra le había devuelto a su amado en pedazos, pero ella no se había doblegado. Seguramente Margarita tenía miedo a veces, ¿no? Seguramente comprendía las dificultades. Sin embargo, lucía radiante. Se casarían en Navidad, cuando Simón fuera dado de alta del hospital militar, y el verano siguiente se mudarían. Él iría a la Universidad de Texas a prepararse para estudiar derecho, auspiciado por la Ley de Asistencia a Veteranos. Tal vez en un año o dos Margarita empezaría a estudiar en la universidad comunitaria de Austin. *Depende*, decía, sonrojada, y todos sabían que hablaba de bebés.

Debido a Margarita, los rancheros y dueños de fábricas habían recurrido a los tradicionales métodos de palo y zanahoria: los rancheros daban fastuosas fiestas en los barrios y regalaban cabezas de ganado. Los dueños de las fábricas —la de zapatos, la embotelladora, casi todas las manufactureras del parque industrial— instituyeron tiempo extra obligatorio hasta después de la elección, para impedir reuniones y votación en bloque. La única excepción fue la planta tapizadora de automóviles, propiedad del señor Ira Rosen, que se negó a seguir el juego de los demás peces gordos blancos porque, en sus palabras, esto era Estados Unidos, no la maldita Alemania nazi, y hasta el perrero tenía derecho a votar según le dictara su conciencia. Según rumores, en realidad estaba vengándose del Country Club de La Ciénega por el insulto de negarle a su hija Shoshanna el acceso a su inmaculada piscina.

Fueras cuales fuesen sus razones, se sabía que el señor Rosen era el principal financiador de El Gato. Con el dinero de Rosen y el carisma de Margarita, El Gato seguramente iba a ganar un lugar en la junta. Una Preparatoria Davy Crockett integrada estaba en el horizonte.

Chuy estaba sentado en la escalinata de entrada de Pilar, fumando un cigarrillo, que apagó apresuradamente al verla llegar al patio. Se guardó el cigarrillo en el bolsillo del abrigo y se puso de pie. Estaba flaco como siempre, y ya debía ser viejo de verdad, pensó Pilar. Tenía las cejas tupidas y grises.

—Nos llamaron de la oficina del sheriff en Fort Worth —dijo Chuy antes de que Pilar pudiera hablar—. No más vine a darte el mensaje.

Antes, quizá Pilar se habría sorprendido de que Chuy hubiera venido, y no Romi. Ya no. Romi ya no quería tener trato con Pilar. Algo debía andar muy mal para que Chuy viniera, pero eso no cambiaba la realidad. Se puso nerviosa: la troca en la entrada, entre semana. Romi mirándola.

—¿Es José Alfredo? —preguntó. Chuy había subido la loma a pie, no en su troca, donde todo el barrio lo habría visto y se habría hecho preguntas—. ¿Le pasó algo?

—No lo sé con exactitud —respondió Chuy. Fijó la vista sobre la cabeza de Pilar, más allá del nogal—. Solamente pidieron que les devuelvas la llamada. Te traje el número telefónico.

Chuy le entregó un papel doblado, con cuidado de no tocar su mano con los dedos. No quería estar ahí, y seguramente tampoco quería saber qué noticias había de su marido, si José Alfredo seguía siendo su marido. Si lo había sido alguna vez. O quizá Chuy temía que pudiera haber preguntas atrasadas sobre el muchacho. Pilar no podía permitirse considerar esa posibilidad.

—¿Por qué los llamaron a ustedes?

—Dijeron que nuestro número es el que tienen a tu nombre. Tal vez José Alfredo no sabe que tienes teléfono.

Pilar soltó una breve risotada.

—No teníamos cuando se fue. ¿Por qué sabría que tengo uno ahora?

—Quieren que los llames —repitió Chuy, arrastrando los pies hacia el camino de regreso a Caimanes—. No te quito más tiempo. Buenas noches.

El viernes llegó antes de que Pilar reuniera valor para llamar a la oficina del sheriff del condado de Tarrant.

José Alfredo estaba muerto. Tenía cuarenta y ocho años. Un infarto masivo: el enviudador, lo llamó el suplente al teléfono. José Alfredo se había derrumbado en el patio de trenes de la Union Pacific donde trabajaba. El suplente anglo dijo que lamentaba su pérdida.

—Pasó muy rápido —dijo el suplente—. No sufrió.

Le dio el número de la oficina de Union Pacific, donde otro anglo le dijo que tenía una póliza de seguro de vida por cobrar. Una cuenta de banco. Probablemente una troca. Simplemente tenía que presentar el acta de defunción de José Alfredo, que podía conseguir en la oficina del secretario del condado. Él también le dijo que lamentaba su pérdida.

—También la necesitará para los arreglos del funeral —añadió el hombre.

—Sí —respondió Pilar—. Sí, lo sé. Gracias.

Colgó, y luego se hundió ante la mesa de la cocina. Contrariamente a lo que decía el dicho popular, lo pasado no era pasado, al menos cuando se trataba de hombres que se iban. Debía existir algún proverbio dedicado al limbo de penumbras que sobrellevaban las mujeres dejadas atrás. Era extraño que por fin terminara, tras casi diecisiete años. José Alfredo había estado en Fort Worth todo ese tiempo.

Quizá José Alfredo había conseguido ese empleo a los pocos meses de abandonarla. Sí, y había puesto el nombre de su esposa como beneficiaria. La enfurecía pensar que quizá pensaba volver algún día, que era una idea lejana, el acto de perdón suspendido, guardado en una repisa como un cachivache descartado, mientras ella se dedicaba a otros asuntos.

Y luego, ¿qué? ¿Qué le habría dicho ella? Fue a su cuarto y abrió el cajoncito más alto de su cómoda. Ahí, apretujado entre los bastos calcetines de trabajo y las pantaletas de algodón, estaba el sobre que había recibido más de un año después de la partida de José Alfredo. Un sobre blanco, con el remitente escrito con claridad. No había carta, solamente el par de aretes que Pilar había vendido para el entierro de Joselito. Así se había enterado de que estaba en el norte de Texas: el domicilio del remitente, tan claramente escrito.

Apretó los aretes en su puño, sintiendo una fuerte oleada de ira. Así la había conquistado José Alfredo, tantos años atrás. Con su acción. Con sus regalos.

José Alfredo había ido al pueblo de Pilar el domingo posterior a aquella primera charreada, y todos los domingos durante varias semanas más. No caminaba con los otros jóvenes en la plaza, gritando piropos a las ventanas, ahuyentado por perros.

Tenía entonces un rostro moreno y liso, con un bigote delgado como línea trazada a lápiz, de modo que se parecía a Pedro Infante excepto por el tono de piel, que era oscuro y aterciopelado. En esos domingos vestía un saco oscuro y una corbata de moño que lucía sombría. Nunca hablaba con nadie; se sentaba a fumar en una banca junto a la fuente en mitad de la plaza. Pilar recordaba haber estado sentada en la plaza con tres compañeras cuando José Alfredo cruzó la plaza y le pagó al trío de músicos para que tocaran "Ramito de Azahar".

José Alfredo había esperado a que lo viera hacerlo. Envió a los músicos al otro lado de la plaza, no cerca de las muchachas, lo cual habría sido demasiado atrevido, sino al otro lado de la calle, para que pudieran mantener su recato fingiendo no oír la canción. Los músicos se pararon en la acera, frente a los vendedores que rodeaban la plaza, y tocaron para Pilar. Media docena de cabezas asomaron de las ventanas de sus segundos pisos, pero Pilar estaba sentada con la cara entre las manos, fingiendo no escuchar, de modo que todos supieron que era para ella.

Más tarde, esa misma semana, una muchacha de su clase de catecismo le dijo que había una carta para ella en la oficina de correos. Se lo había dicho un desconocido, no sabía quién. Pilar fue a la oficina, y el jefe de correos le dijo que no, que no había nada para ella. Pero su compañera insistió, y por fin Pilar preguntó si había algo para Ramito de Azahar.

—Sí —respondió el jefe de correos con una sonrisa furtiva—. Esto es para Ramito de Azahar.

Era un pedazo de ámbar envuelto en papel. Cada semana, José Alfredo le regalaba algo pequeño, algo fácil de esconder o explicar: un pedazo de chocolate, una tarjeta con la imagen de un ángel. Unas cuentas de vidrio azul, sin hilo.

José Alfredo no era analfabeto, pero apenas podía leer y escribir. Un peón del rancho. Aun así, debía saber que le era posible elevar su mirada hacia ella, con su educación de convento y su ropa elegante. No era tan descabellado. Alguien le habría dicho que Pilar era una hija de la tierra. Una ilegítima. Solo ahora, tantas décadas después, mientras recorría con los dedos las vetas de la vieja mesa de formica de la cocina, Pilar comprendió que José Alfredo le había enviado esos cariñitos porque no podía escribir una carta de amor.

Y después de que sus hijos murieron, después de que él la dejó, después de que estuvo ausente más de un año, tanto tiempo que ella se convirtió en un ser encadenado y enfermo, tanto tiempo que abandonó entre los juncos del río al último hijo que José Alfredo le dio, para que él, dondequiera que estuviese, sintiera de algún modo el golpe, tanto tiempo después, él le había enviado ese par de aretes. Su última deuda con ella.

Pilar recordó la horrenda, tormentosa furia. Le había devuelto los aretes. Ella había desechado a su hijo. Sí, y a pesar del dolor que sufrió, en ese momento no lo lamentó. Ni un poco, con los aretes en la palma de la mano, con su orgullo y su furia palpitando en sus adentros, desechada pero no sin dignidad, pensó entonces. Desechada, pero no sin dignidad. "Yo también he devuelto algo, José Alfredo, aunque no lo sabes". ¡Qué amargo! Qué amargo y qué salvaje. No lo había lamentado. Ni un poco.

El sobre, quizás ésa fuera la verdad. Los aretes eran algo para enviar, algo para dar peso al papel, una cosa, un pretexto.

Levantó el sobre bajo la luz. Sí, ahí estaba, esa terrible y silenciosa verdad. Esas letras claras del domicilio del remitente: letras grandes, minuciosamente escritas. José Alfredo no había sido bueno para escribir, como no lo había sido para leer. Le había costado trabajo escribir su domicilio.

Eso era lo que le había enviado: la manera de encontrarlo.

Ahora lo veía con claridad. José Alfredo había suplicado, y ella no había respondido. Aunque nunca volvió, no la olvidó. Era su esposa. Siempre lo había sido y siempre lo sería. Estaba segura, por fin.

Miró al cielo por la ventana. Las estrellas lucían brillantes y frías entre las ramas desnudas de los nogales. José Alfredo no supo lo que Pilar había hecho. A donde hubiera ido, ahora lo sabía.

—No creíste que fueras a morir primero, ¿o sí? No anticipaste eso —murmuró. ¿Por qué era fácil hablar con él ahora, cuando estaba ausente?

Se puso el abrigo. Sin importar lo demás, ya casi era hora del turno nocturno en la fábrica de zapatos. Decidió caminar de regreso al parque industrial por los cenagales a la orilla del río. Era un camino sucio, pero más rápido que la calle. Aquí, en el río, el mundo estaba lleno de sonidos del ocaso. Los animales venían a beber al río; los oía entre los juncos a su alrededor, aunque no los veía. Venados, probablemente.

En la orilla del agua había espadañas, enormes y llenas de sombras, y al caminar entre ellas obstruían el cielo en lo alto. Aquí hacía más frío, y el olor del agua verde y fangosa se sentía opresivo, pesado y oscuro en su garganta, tan fuerte como si se lo hubiera comido. Encontró su camino: el estrecho sendero de venados entre el cañaveral y la ciénega.

Había venido por este camino para purificarse, por el silencio, para rezar por su esposo muerto. Pero ahora que estaba aquí, se sentía indispuesta a rezar; incapaz, en realidad. ¿Cuáles eran las palabras? No las recordaba. No había orado desde la novena de Joselito, e incluso entonces había pronunciado las palabras sin sentirlas. Su corazón había estado lleno de rabia y sospechas. Todavía estaba lleno de lúgubre ira. La sentía, dura e implacable, en todo su ser. ¿Quién podía rezar? ¿Quién podía pedir perdón? Ella no.

"He agraviado al muchacho", se recordó a sí misma. "Debería lamentarlo". Pero cuando trataba de pensar en el daño que había hecho, solo encontraba la imagen de su marido, tal como lo había visto por última vez: su perfil ensombrecido mirando por la ventana desde la oscuridad de su habitación. Diciendo, "Dime qué necesitas" mientras pensaba en abandonarla.

El viejo nudo de ira volvió a surgir. Al fin y al cabo, el muchacho no había muerto. Ahí estaba, ante sus ojos, en todo momento. ¿Qué más penitencia podía haber para ella?

Aquella noche remota, Pilar había venido al recodo del río, donde las espadañas ceden ante la ribera arenosa. Había un cruce poco profundo, para quien supiera buscarlo. Era estrecho, pero hombres y mujeres pasaban de un lado al otro para cruzar la frontera, zapatos en mano, y apenas si salían con el dobladillo del pantalón mojado. De ese lugar había partido aquella noche. Había caminado por horas en la oscuridad, abriéndose paso a lo largo del río, seguida por la luna, hasta llegar tan lejos de las luces del pueblo que solamente la luz plateada de la luna le permitía ver dónde ponía los pies. Los mosquitos la atacaron con saña. Se detuvo a embadurnarse de lodo los brazos y la cara.

Entonces lo sacó de entre la cobija azul y le embadurnó la coronilla de lodo. Recordaba lo nauseabundo que era el lodo, frío y fétido, y cómo había embarrado el fino cabello negro con sus dedos sucios. Él no hizo ningún ruido. La miró con sus grandes ojos oscuros que destellaban a la luz de la luna como la superficie del río mismo. Y entonces ella le tapó la cara con la esquina de la cobija, lo acomodó de nuevo en el bulto que llevaba a sus espaldas y siguió caminando.

En lo profundo de la noche, a lo más remoto de los ranchos en las afueras de La Ciénega, ella cargó a ese niño. Había un punto donde el río se ensanchaba y se embravecía. Oyó el estruendo del agua mucho antes de llegar ahí. Tomó al niño en sus manos y caminó hasta el centro del río. Estaba lo bastante hondo para plantar los pies en el fondo, lo bastante hondo para helarle los senos, tan hondo que no sabía si volvería a salir. Eso no la molestó. Le pareció un precio razonable a cambio de cumplir su voluntad.

Levantó la cobija una vez más, pero no pudo lanzar al niño al agua. Salió del río con los brazos en alto, helada hasta los huesos, temblando no por del frío sino por el salvaje terror de casi haber caído por un precipicio. Dejó al bebé acunado entre los juncos de la ribera. En ese momento, un terrible odio hacia sí misma tronó en sus adentros. Era una cobarde por dejar a la criatura a merced de los animales. Mejor se hubiera tirado al río. Pero había sido débil, demasiado llena de tinieblas.

Una semana después, en el pasillo de verduras de Piggly Wiggly, Pilar oyó a dos mujeres que hablaban sobre el bebé que Chuy Muñoz había sacado del río.

—Andaba buscando vacas sueltas —dijo una mujer—, ¡y encontró un bebé!

—Ah, todo el tiempo encuentran gente —apuntó la otra.

—No con vida —respondió la primera—. Pero a este sí. Caray, dicen que no ha dejado de chillar.

—Pues cómo no —coincidió su amiga—. Yo también estaría enojada —ambas rieron.

No era verdad. Chuy no había encontrado al niño. Había sido Romi, por supuesto.

Romi la noble, la terca, la metiche, que seguía visitando a Pilar aun cuando ella le decía una y otra vez que se fuera. Que no dejaba de preguntar: "¿Qué harás?". Que no estaba preocupada por el hecho de que Pilar hubiera conseguido empleo en la fábrica de zapatos, sino porque se había alejado por completo de todo y de todos en Caimanes, porque no bajaba de Loma Negra excepto para trabajar, y, aun entonces, únicamente tomaba el camino entre el cenagal. Lejos de los ojos del barrio.

Romi, que se había enojado tanto, que había gritado y gritado cuando Pilar no quiso ir al médico. "No es un bebé", había dicho Pilar tras la puerta de mosquitero cerrada. "Es cáncer. Me estoy muriendo". Romi al otro lado de la puerta, la miró en silencio un minuto entero. "Diosito mío, Pilar. Has perdido la cordura".

Romi, que siguió viniendo por meses, cuando ya a nadie más en Caimanes le importaba, cuando ya Pilar no le abría la puerta.

Romi, tan buena para espiar y para seguir, incluso a pie. Esa noche debía haber seguido a Pilar por horas. Salió corriendo del matorral de bambú, comprendiendo al fin lo que ocurría.

—¿Qué hiciste? —dijo entre jadeos—. ¿Qué hiciste?

—Nada —respondió Pilar, sin aliento—. Está ahí. Está ahí en el suelo. No hice nada.

Al oír su voz, el bebé rompió en un llanto furioso. Romi la empujó a un lado, con brusquedad, sin consideración.

—¡Asesina! —bufó Romi, empujándola. Era fuerte. Era muy fuerte, siempre. Pilar cayó pesada al suelo—. ¡Aléjate del niño!

Romi guardó el secreto de Pilar, pero jamás volvió a hablarle. Nunca se dignó siquiera mirarla. Se quedó con el niño. La absurda historia de que Chuy se lo había encontrado en una expedición en el río era pura tontería. Circularon rumores sobre posibles madres solteras. Circularon rumores sobre Pilar, cuyo marido la había abandonado tan abruptamente. Rumores, porque de pronto ella y Romi ya no eran amigas. Rumores y conjeturas que siguieron a Pilar para siempre.

Lo cierto, y todos en el barrio lo sabían, era que el viejo doctor Mireles había llenado un acta de nacimiento para un niño nacido en casa. Julio Muñoz, hijo de Jesús y Romelia Muñoz. Ciudadano de los Estados Unidos.

Aun ahora, Pilar solamente podía pensar en las orillas de él: el bebé con la cabeza cubierta de lodo, y el suave peso de la cobija azul, el rumor de su roce. Ese bebé sin nombre habría podido ser suyo. Pero el muchacho, Julio, no lo era y jamás podría serlo.

Ahora estaba en la oscuridad, en el cenagal, descubriendo que no quedaba nada de ella misma que pudiera ofrecer por su salvación. José Alfredo nunca había vuelto. Pilar veía que él había cumplido su propia penitencia. Su valiente charro se había condenado a trabajar en las vías férreas el resto de su vida. Quizá nunca más había tocado un caballo. Y su último hijo había crecido como hijo de otra mujer. Pilar no lamentaba que José Alfredo no hubiera vuelto a casa. ¿Qué habría ocurrido? Ella no le habría contado nada, jamás, aunque hubiera dormido a su lado todas las noches hasta que Dios se lo llevara.

Brotó por todo su cuerpo un sudor frío y agrio. Ahí estaba, ahí, en el profundo pozo de terror y de alivio, por fin, su plegaria. "Gracias, Jesús, por su ausencia. Gracias, Jesús. Porque no habría podido decírselo. No habría podido. Gracias por quitarme esa copa de los labios. Me humillo a tus pies, mi Señor. Me humillo.

Reunió las cuentas de su rosario, con su primera plegaria en los labios, y de inmediato vino a su mente otro pensamiento. ¿Podía rezarle al Hijo, cuando ni siquiera podía pedir a la Madre que intercediera por ella? ¿Podía pedir la misericordia del Hijo cuando no tenía ninguna para su propio hijo? ¿Podía pedirle algo al Padre, cuando había traicionado a su propio marido, aunque él no lo supiera? No, no podía.

"Me he condenado", pensó. "¿Por qué no lo supe antes? ¿Por qué recién ahora?".

Se oyó un estallido a lo lejos, seguido de sirenas. Seguramente tenía que ver con la votación. Las elecciones eran esa noche.

A los pocos minutos, oyó un estruendo entre el muro de enormes juncos que la rodeaba. Hombres corriendo, a juzgar por la respiración entrecortada. Se quedó quieta, sin saber por dónde emergerían. Pero no aparecieron; en vez de eso, una sacudida desesperada y tronido de juncos rotos. Una voz gritó de dolor. Se notaba que era un joven asustado.

—¡Órale, vato, mueve el culo! —exclamó una voz ronca, igual de joven y asustada.

—¡Pinche Cero, estoy atorado! ¡Órale, hombre, ayúdame!

Los oyó gruñir y forcejear. El primero debía estar atascado en el fango de la ciénega. Por la forma en que habían llegado corriendo entre los juncos, Pilar se sorprendió de que no se hubieran atascado los dos. Ahora se veían faros de autos brillando a lo lejos. Se oían otras voces, distantes, pero se acercaban.

—¡Mi zapato está atorado en el lodo! —dijo la primera voz.

—¡Déjalo! —bufó el otro—. ¡Tenemos que irnos de aquí!

Corrieron entre el bambú hasta la arena. Ahí estaban los dos, arañados y sangrantes: un muchacho alto, fornido y moreno, con un greñero negro y grueso como tentáculos que le caía sobre la cara sucia, y uno más pequeño, flaco como un látigo, con los pantalones manchados de lodo fresco. Era Julio. Iba renqueando, sostenido por el otro muchacho.

—¿No puedes apoyar tu peso? —preguntó el joven corpulento. Julio hizo una mueca.

—Eso intento.

—¡Ay, mierda! —exclamó el otro al ver a Pilar. Ambos echaron a correr hacia el cañaveral.

—No regresen por ahí —les dijo ella—. Los oyen, ¿no?

—Madre santísima —murmuró el alto, mirándola. Conocía las historias sobre ella. Le tenía miedo.

Julio no dijo nada. Bajo el lodo, Pilar podía ver su cara distorsionada de dolor. Olía el fango que lo cubría, familiar y horrible. Húmedo y verde. Podía sentirlo de nuevo, frío y viscoso en sus dedos.

Pilar fijó la vista en el muchacho alto.

—Sé dónde es poco profundo. Puedes cargarlo por ahí.

—No necesitamos su ayuda —bufó Julio, con los ojos entrecerrados de dolor—. No necesito nada de usted.

Alguien se lo había dicho. No podría haber sido Romi. Chuy, quizá. Chuy, que no podía mirarla, ni siquiera al dar la noticia de José Alfredo. "No sabes todo", estuvo a punto de decir; casi abrió la boca para explicarle. "No sabes lo que pasó".

Él le escupió. Aunque no la tocó, fue suficiente.

Ella se estremeció al sentir el poder de su odio. Mucho después, el recuerdo del rostro desdeñoso de Julio a la luz de la luna, oh, era el dedo de José Alfredo oprimiéndole el corazón. "¿Me perdonaste en todos esos años? No. No lo hiciste. Recoges lo que siembras, mi amor".

—Escúchame, por favor. Por favor —suplicó Pilar, dando un paso atrás, dándole espacio. Él tenía que escapar. Era lo único que podía hacer por él. Señaló el lugar del río—. Ese es el vado, pasando el recodo.

—Mentiras —le dijo Julio al otro muchacho—. Podemos escondernos en el cañaveral.

Llegaron gritos con el viento. A lo lejos parpadeaban luces, linternas.

—Vato, tenemos que irnos —se desesperó Cero. Levantó a Julio y echó a andar hacia el recodo del río, removiendo las piedras en el agua. Pilar se asombró de lo fuerte que debía ser.

No fue difícil encontrar el rastro de los muchachos. Habían roto todo a su paso, presas del pánico. Pilar siguió el rastro hasta el lugar donde Cero había sacado a Julio del lodo. Había ahí un hueco negro, húmedo, que ya empezaba a llenarse. Si el zapato estaba ahí, nadie lo encontraría. Pero lo buscó con paciencia, con cuidado, ignorando la luz intermitente de las linternas entre los juncos.

Encontró el zapato al pisarlo. Un tenis de lona, negro de lodo. Lo metió bajo su blusa y se agachó en uno de los senderos de venados. Pasaron otros veinte minutos antes de que se topara con un oficial de policía. Para entonces ya estaba fuera del cañaveral, sobre el camino de terracería que llevaba a la fábrica. Había un retén, pero el oficial le indicó que se fuera. Ella no era nada. Solo una mujer de mediana edad con overol de obrera.

—Váyase a casa —ordenó el oficial—. Las fábricas están cerradas esta noche.

No dijo nada más, y Pilar no lo presionó. En casa, examinó el zapato. Bajo el lodo, era un tenis rojo de lona. En un lado, dibujada con marcador permanente, tenía la cara de un gato negro, como las que estaban pintadas por todo el pueblo. El hijo de Romi era un Gato Negro. Uno de los agitadores que pintarrajeaban edificios y rompían ventanas de autos.

Por la mañana, Pilar encontró la fábrica cerrada por órdenes de la policía. Habían matado a Félix "El Gato" Gutiérrez en el estacionamiento. Murió a manos de incendiarios, o por instigación de los incendiarios. Nadie lo tenía muy claro.

Habían estallado peleas en el estacionamiento de la fábrica de zapatos, justo antes del turno de la noche. Los partidarios de El Gato se habían reunido allí para convencer —u hostigar, dependiendo de la versión— a los obreros de faltar al trabajo e ir a votar. La policía y el personal de seguridad de la fábrica intervinieron, argumentando que el estacionamiento era propiedad privada de la fábrica. Los gritos derivaron en violencia. Entonces ocurrieron las explosiones.

Alguien había incendiado un auto y el primer piso de la fábrica. Aquí, otra vez, las historias degeneraban en rumores. El auto estalló, y un pedazo de metal golpeó en la cabeza a El Gato, o alguien lo golpeó en la cabeza con un pedazo de metal. O lo mató la policía. Hubo veinte arrestos y seis personas hospitalizadas, pero nadie supo si El Gato había muerto por accidente o si había sido asesinado. Lo que se sabía era esto: algo lo había golpeado de lleno en la cara, con fuerza suficiente para hundirle la frente y un ojo. Encontraron sus lentes de fondo de botella en pedazos a su alrededor.

—Ni siquiera debía estar aquí —dijo el capataz de la fábrica, sacudiendo la cabeza—. Vino en el último momento solo para alborotarlos. Lo siento, pero es la verdad.

La gente argumentaba conspiraciones de ambos bandos. Podrían haber sido esos vándalos de los Gatos Negros, que prendieron fuego a la fábrica para impedir el turno de la noche. Pero ¿por qué atacarían ellos a El Gato? Por otro lado, ¿podrían haberlo orquestado los mismos dueños de la fábrica? Después de todo, ¿a quién más beneficiaría el seguro contra incendios? No podían dejar pasar una oportunidad de deshacerse de El Gato.

En los días siguientes, las cosas cambiaron con rapidez. La fábrica de zapatos cerró permanentemente. Las preparatorias se integraron de manera oficial. Pilar se preguntaba si habían descubierto a Julio, si estaba involucrado, como ella suponía. Escondió su zapato en la vieja cochera de José Alfredo, y se arrepintió de entrar allí. Por alguna razón, no soportaba ver las pertenencias abandonadas de José Alfredo ahora que lo sabía muerto.

La última sorpresa fue Romi. Apareció unas noches después, mucho después del anochecer. Llegó a pie, por el sendero de la ladera, que tenía la ventaja de ser el más discreto, pero era puro caliche pedregoso y estaba lo bastante empinado para ser toda una hazaña para cualquier mujer de casi sesenta años. Las fuerzas de Romi no estaban menguadas. Ni siquiera respiraba con dificultad cuando se paró en el porche a esperar a que Pilar le abriera la puerta.

—No enciendas la luz del porche —indicó cuando Pilar se acercó a la puerta de mosquitero.

—¿Qué pasa?

—Vine a agradecerte —dijo Romi—. Por mostrarle el camino para cruzar.

—Me sorprende que te lo haya contado.

—Me lo dijo Eliseo. Algo tenía que decir después de llevar a Julio a casa en ese estado. Dijo que iban regresando del cine y cortaron camino por el cenagal. Que por eso Julio se atoró.

Pilar no preguntó por la pierna del muchacho, ni Romi ofreció detalles. Lo que sí dijo fue:

—Culpan a los Gatos Negros por lo que ocurrió en la fábrica. Temo saber dónde estaba Julio.

—No sabría decirte —respondió Pilar. No mencionó el zapato rojo en su cochera. Eso podría arruinarle la vida a Romi. Su conciencia podría obligarla a delatar a su propio hijo, y tendría que vivir con haberlo traicionado; o no lo entregaría, y tendría que vivir sabiendo que él, o alguien en esa banda de Gatos Negros había matado por accidente a Félix Gutiérrez. Pero de este modo, apenas era una sospecha. Un rumor nada más. Los rumores no eran reales.

—Mi Chuy es un hombre de casa —dijo Romi cuando quedó claro que Pilar no iba a hablar del asunto. Sacudió la cabeza y bajó del porche al patio—. Pero supongo que Julio no aprendió eso.

De nuevo, Pilar no dijo nada. ¿Qué esperaba Romi? Después de todo, José Alfredo había resultado ser un vagabundo. Se quedaron calladas un largo rato.

—Mi marido está muerto —anunció Pilar. Se sentía extraño que, después de diecisiete años, todavía pudieran hablar de sus hombres y guardar cada una los secretos de la otra.

—Bueno, entonces la espera terminó —respondió Romi, con la contundencia que Pilar recordaba—. ¿Dónde estaba?

—En Fort Worth. Era trabajador ferroviario.

—¿Te recordaba?

—Sí —dijo Pilar. Le costó decirlo, pero lo dijo—. Me dejó todo lo que tenía. En unos días iré al norte a hacer los arreglos.

—¿No crees que ahora deberías buscar otro lugar para vivir? —dijo Romi al fin—. Tienes los medios.

Pilar no dijo nada. Romi, pese a su franqueza, no la miró. Al cabo de un momento, dijo:

—Un día, haz las paces con mi hijo. Hazlo cuando yo esté muerta.

—No lo creo.

—No te des más remordimientos, Pili. ¿No has aprendido nada?

Romi se adentró en el matorral, sin vacilar. Pilar sabía que la oscuridad no la molestaba en lo más mínimo. Romi siempre había tenido los pies firmes, en la luz y en las tinieblas.

Capítulo trece

Gritonazo

LULÚ MUÑOZ, 1994

Después de Acción de Gracias, ya no hubo forma de ignorarlo: mis quince años estaban en el horizonte. En febrero.

La tía Yoli quería que la fiesta tuviera tema de Disney. Le gustaba *Aladino*, sobre todo por la canción *Un mundo ideal*. Vino a mi casa un viernes por la noche. Llevaba un catálogo de artículos para fiestas, con todas las servilletas y decoraciones temáticas. ¿Dónde encuentras un catálogo así? Guácala, en serio.

—No va a usar un top corto y pantalones de odalisca —dijo mi papá con el ceño fruncido al ver la sección de Jasmín del catálogo. No sé cuántas se había bebido ya, pero tenía esa expresión somnolienta que reconozco como la Cara de Borracho de Papá.

—¿Qué tal *La Bella y la Bestia*?

—Si todavía tuviera a Gonzy, quizá —dije. Gonzo habría sido una Bestia genial. Era uno de esos pastores alemanes muy peludos con marcas rojizas. No me importaba que mi papá se enojara. No pensaba fingir que no extrañaba a mi perro. Ni por él, ni por nadie—. Tal vez todos los chambelanes pueden ser perros.

—Lulú, ponte seria —dijo la tía Yoli.

—Disney es genérico. ¿Cuántas personas escogen a Bella? Por eso está en este catálogo.

—¿Qué tal un tema del oeste? —sugirió mi papá—. Será fácil conseguir sombreros y botas vaqueras.

—No —respondimos mi tía y yo al unísono.

Mi papá soltó un suspiro de exasperación.

—Qué melindrosas son todas.

—Julio, es una presentación en sociedad —dijo la tía Yoli—. Se supone que debe ser especial. ¿De verdad quieres hacer esto?

—Por mí no hay problema si no se hace —añadí de inmediato—. En serio, está bien.

Él puso los ojos en blanco.

—Chingado, Lucha. Ya hablamos de esto. Vas a tener tus quince. ¿Cómo se verá si no lo hago? ¿Qué voy a decirles a todos, que eres demasiado *cool* para eso?

—No dije que soy demasiado *cool* —dije. Me quedé mirando la encimera de la cocina, tratando de concentrarme en el patrón granuloso, tratando de mantener la boca cerrada. No me gusta hablar con él cuando bebe. Aunque no estaba arrastrando las palabras, ni actuando demasiado raro, así que supongo que por eso mi tía no lo notó. O lo notó y simplemente le dio igual.

—Lulú, ¿quieres ayudarme, por favor? —preguntó mi tía, frotándose las sienes. Empujó el catálogo hacia mí—. Necesitamos escoger algo para poder ordenar todo de un solo lugar. Así es más fácil.

Pasé las páginas, odiando todo. Demasiadas princesas y cosas de cuentos de hadas. Cenicienta. Blanca Nieves. La Sirenita. Incluso

Rapunzel, con accesorios relacionados con su cabello. Un momento, había algo que no me daba ganas de vomitar. Un tema de mascarada. Las máscaras eran llamativas, hermosas. Una azul cubierta con plumas de pavorreal. Una roja, enjoyada, con forma de ojos de gato. Máscaras de satín negro, largas, para cubrir la mitad de la cara. A Marina le encantaría ese tema. Y era caro.

—Este —dije, poniendo el dedo en la página de la mascarada—. Me gusta este.

—¿Cuántas damas planeas tener? —preguntó mi papá, muy amargado. Pero era idea suya, así que a la chingada.

Antes de que mi tía pudiera abrir la boca, dije que dos, porque era el menor número posible. Dos damas, cada una con su chambelán. Conmigo y mi chambelán ya seríamos seis personas.

—Okey —asintió mi papá. Estoy segura de que estaba empezando a comprender cuánto costarían las máscaras y los vestidos, y quizá incluso el dolor de huevos que sería poner a media docena de chicos a practicar coreografías por varias semanas—. ¿Quiénes?

—Marina —dije—. Sin duda.

—Y la hija de Cero —sugirió mi papá. Rosalie apenas tenía doce años. Traté de no hacer caras.

—Julio —dijo la tía Yoli, con el ceño fruncido. Ya no se veía irritada. No, en su cara había preocupación. Era raro ver esa expresión—. Déjala escoger a sus amigos.

Me encogí de hombros.

—Marina es mi amiga.

En realidad no conocía gente a la que pudiera invitar. No iba a invitar a Carla ni a Ximena, porque ni siquiera me caían bien. De ninguna manera podía invitar a Ernie. Mi papá querría saber de dónde lo conozco, y Ernie no podría fingir ser campeón de matemáticas o algún otro tipo de nerd. Era cien por ciento mexicano de barrio. Ernie podía usar camisas polo y pantalones caqui todo el día (no es que fuera a hacerlo), y aun así mi papá lo reconocería como su semejante. Jorge estaba absolutamente descartado. Olmeca tal vez estaba bien, pero jamás aceptaría a menos que Jorge y Ernie estuvieran incluidos.

—¿Qué tal Carlos? —pregunté. Si mi primo aceptaba, podía pedirle a Marina que llevara a su novio Art como chambelán. Únicamente faltaría alguien para Rosalie—. Podría aprender el baile en las vacaciones de Navidad y solo venir el fin de semana de la fiesta.

—Es buena idea —dijo Yoli—. Le preguntaré.

—No —dijo mi papá—. Escoge a alguien más.

Esta vez fue mi tía quien se erizó.

—¿Cuál es tu problema?

—No quiero un marica en los quince años de mi hija —dijo mi papá—. De ninguna manera.

A veces es demasiado. La hipocresía. Las mentiras. La puta doble moral, todo el tiempo. Ahí estaba él, borracho, juzgando a alguien que probablemente era mejor persona todos los días de lo que mi papá había sido en su vida. No pude cerrar la boca.

—Tú sales con mujeres casadas y te la pasas bebiendo. Y está bien que yo tenga eso cerca, pero ah, ¿mi primo gay no puede estar en mis quince? Preferiría bailar con él que contigo, cualquier día.

Mi papá saltó de su silla.

—¡Soy tu padre! ¡A mí no me hablas así!

—Solo está diciendo la verdad —señaló Yoli con voz tranquila—. Si no quieres oírla, pues lástima.

—La verdad —se mofó mi papá. No aguantaba nada—. Charlie no te es infiel. Prefieres mentir sobre él que decirle a la gente que tu hijo es joto. Charlie no piensa tolerar eso. Bien por él. Yo tampoco.

—¿Sabes qué? —dijo mi tía, levantándose. Su voz ya estaba gélida—. Búscate alguien más para que planee los quince de tu hija.

Mi papá soltó una risa como ladrido, como si fuera de lo más gracioso. Cómo odio esa risa. Lo odié a él. Nunca podía parar. Nunca.

—Lulú —me dijo la tía Yoli. La calma de su voz era terrible—. Me quedaré hasta el año nuevo para cuidar la casa de mamá. Puedes seguir viniendo a verme después de clases. Pero no puedo planear tu fiesta. Lo siento.

—Entiendo —murmuré, con los labios incómodamente temblorosos. Mi tía estaba del lado de su hijo. Lo entendía. Lo respetaba por completo. Aun así, dolía. Aunque ni siquiera deseaba una fiesta de quince años, me dolió. Nadie estaba nunca de mi lado. Era yo sola. Como siempre.

—Quédate con el catálogo.

—Sí, gracias —dije. No sabía cómo iba a hacerse esa fiesta sin Yoli. No sabía nada sobre cómo planear un evento así, pero ni siquiera el hecho de que mi tía se saliera iba a impedir que mi papá exigiera que siguiéramos adelante. Qué pesadilla. Mi cerebro estaba en plan de "no, no, no, no voy a pensar en eso ahora".

La tía Yoli recogió su bolso y salió de la casa. Mi papá se quedó mirando. Supongo que, después de tantos años de que la abuela le aguantara todo, le costaba creer que alguien pudiera decirle que no.

—Escoge lo que sea de ese catálogo —dijo y azotó su tarjeta de crédito en la encimera de la cocina—. Voy a estar en mi taller. Pide una pizza.

Bueno, que se jodiera mi papá y que se jodiera también Yoli. Esperé hasta oír la música en su taller. Entonces llamé a Pilar y le pregunté si podía ayudarme a planear mis quince. Dijo que sí.

Como de costumbre, Pilar no preguntó nada cuando aparecí en su casa un lunes, una hora antes de lo acostumbrado. Vestía pantalón deportivo azul marino y camiseta. Nada de maquillaje porque estaba corriendo de un extremo a otro del patio. La vi dar dos idas y vueltas completas antes de detenerse.

—Caray, yo no podría cruzar el patio ni una vez —admití. Era impresionante.

—Sí, sí podrías. Eres joven —me acarició la cara con los dedos, lo cual me sorprendió—. Pero no tendrás catorce años para siempre. Recuerda eso.

—Por eso estoy aquí. Planes de quince años —le mostré el catálogo que me había dejado mi tía.

—Por supuesto. Lo principal son los vestidos, el lugar y la comida —dijo entre jadeos, mientras se sentaba en el pasto y se estiraba—. En la mesa de la cocina hay una lista. Quiero que te la lleves a tu casa. Pon una marca cada vez que cumplas algo de la lista.

—*Cool* —fui a la cocina y regresé con el pedazo de papel amarillo a rayas. Lo examiné. Al principio de la página estaba escrito con letras grandes "*¿Cuál es tu presupuesto?*". Luego, una lista, con su letra pequeña y precisa. Datos de una costurera, servicio de comida, música, lugar. Cada uno con sugerencias y números telefónicos.

—Yo diría que Villa Verde es el mejor lugar para eventos del pueblo. Si quieres ese, necesitas llamar antes de que termine la semana —dijo Pilar—. Resérvalo con una tarjeta de crédito. ¿Sabes hacer eso?

—Sí, siempre uso la de mi papá. No hay problema.

—¿Y elegiste el tema de ahí? —preguntó, señalando el catálogo.

—Solo hay uno bueno.

—Tráelo. Tengo unas muestras de tela para mostrarte.

La seguí a la cocina. Apenas se lo había pedido tres días antes. Esto era mucho trabajo. Debía haber pasado todo el fin de semana haciendo planes.

—Vamos a ver los estilos de los vestidos, y escoges una tela.

—Sí, okey —suspiré. Me senté frente a ella y abrí el catálogo en las páginas del baile de máscaras—. Es este.

—Ah, sí, qué hermoso —murmuró Pilar, pasando el dedo por la página lustrosa—. ¿Y vas a querer que todos los invitados usen máscara?

—No puedo obligarlos a usarla. Pero las chicas y los chambelanes sí, por supuesto.

—Puedes conseguir unas extra para los invitados. Pueden tomar una cuando se registren a la entrada.

—Supongo —dije—. Parece un gasto de más. Se supone que el tema nada más incluye a los chicos del baile, ¿no?

—Ay, Lulú, podemos ordenar unas máscaras sencillas al mayoreo y tal vez nos den un descuento —su cara se veía despierta, un poco como cuando tiramos la mierda en la casa de Margarita. Extendió las manos, con los ojos encendidos—. Así será más divertido. Más interesante. Un baile de máscaras de verdad. Nadie más en este pueblo aburrido lo haría.

—Eso es cierto —asentí—. Marina hizo la suya sobre el viejo Hollywood, pero por aquí casi siempre son princesas o cosas de vaqueros.

—Qué corriente —dijo Pilar—. La tuya debe ser única. Inolvidable.

—Okey —dije. Sí sonaba *cool.* Además, al menos sabía que podía confiar en su buen gusto.

—¿Qué tal estas muestras? —puso varios retazos de tela sobre la mesa. Rechacé de inmediato el rosa aperlado, por supuesto. Marina odiaría el verde esmeralda sobre su tono de piel, así que ese tampoco. Lo hice a un lado. Quedaba un lustroso satín negro, un rojo oscuro y dos tonos metálicos, plateado y dorado.

—El plateado, creo —dije, frotándolo entre pulgar e índice—. Me gustaría el negro, pero mi papá jamás lo aceptaría. Lo mismo para el rojo. Dice que algunos colores son "demasiado adultos".

Pilar me miró con una expresión muy extraña. Ernie tenía razón: tenía ojos de loca.

—Si pudieras tener el rojo o el negro, ¿cuál preferirías?

—Bueno, ¿si pudiera? Rojo, pero no este rojo. Un rojo aterciopelado, como el que usó Armand en esa nueva película de vampiros—. Lo curioso es que nunca habría admitido eso delante de nadie más, ni siquiera Marina. Era ñoño querer algo tan gótico. Pero Pilar no me juzgaría—. Uno de esos vestidos amplios, ¿sabes?

—Ah, sí —dijo, asintiendo—. Esa película tenía buen vestuario.

—¿La vio?

—Dijiste que era buena, así que fui a verla —respondió Pilar.

Se soltó la cola de caballo y sacudió el cabello hasta que le cubrió los hombros. Volvió a mirar el catálogo, con las cejas fruncidas, marcando cuidadosamente los números de los diferentes estilos de máscaras. La imaginé sola en la sala de cine, viendo la película con esa misma intensidad. Porque me gustaba la película y eso le importaba.

—De todos modos no puedo usar terciopelo rojo —dije—. Eso sería carísimo. Además, ¿dónde encontraríamos algo así?

—Bueno, ¿qué tal el dorado?

—Me gusta más el plateado.

—Okey —coincidió Pilar, tocándose la barbilla con una uña manicurada a la francesa—. Quieres plateado, así que las otras muchachas usarán un tono de joya. ¿Tal vez azul? Un azul celeste.

—Eso me gusta —dije.

—Eso pensé —respondió, sonriente—. Tenemos gustos parecidos.

—¿Sí? ¿Qué usó usted en sus quince?

—No tuve —dijo y la frialdad cayó sobre ella como un velo. Recogió todos los retazos de tela en un montón y volvió a meterlos en la bolsa de papel.

—Tal vez podría ayudarme con lo de la costurera —sugerí, fingiendo no notar que estaba enojada. Ella tenía esos destellos silenciosos de ira con frecuencia, yo ya lo sabía a estas alturas. También sabía que la causa de su enojo, fuera cual fuese, no tenía nada que ver conmigo. Y no iba a explicármela—. Nunca he ido con una costurera.

—No te preocupes por el vestido —dijo en un parpadeo, de nuevo emocionada—. Yo me encargo de eso. Hay una mujer al otro lado de la frontera. Sé exactamente lo que quieres.

Suena como una locura, pero Pilar era la única persona a la que le habría confiado ese vestido. A Yoli no le habría importado lo suficiente. Marina habría querido algo a su gusto. Ni siquiera la abuela Romi, por mucho que la amara, había tenido la creatividad ni el buen ojo de Pilar. A Pilar solo le importaba la belleza. Tenía talento para eso. Si ella se encargaba de mi vestido, sería absolutamente hermoso, y de mi estilo, sin que yo tuviera que hacer nada.

—Ven a mi cuarto —ordenó Pilar, mirándome con evidentes ansias—. Voy a tomarte las medidas.

⁂

Organizar la fiesta no era ni la mitad del asunto. Los quince años estaban resultando un caldo de cultivo para todo tipo de dramas. Marina le pidió a Art que fuera su chambelán, y él accedió. Yo tenía que buscar un chico para Rosalie y uno para mí, el que fuera. Hice lo que me pareció buena idea en ese momento, pero resultó ser la peor estupidez: le pregunté a César Allen si quería estar en mi corte de quince años.

—Voy a Mazatlán para Navidad —dijo en español.

—Es en febrero.

Soltó un enorme y exagerado suspiro.

—Cuando tenía quince años estuve como en cien de esas fiestas y ya estoy harto. Ya cumplí mi condena durante todo el segundo año.

—Vamos, hombre —dije—. ¿Cuántas estúpidas tareas te he dejado copiar? Me lo debes.

—Vas a inscribirte a Física II el próximo semestre, ¿verdad? Porque harás mi tarea el resto del año.

Accedí. Luego cometí el error de decirle a Marina que César iba a ser uno de los chambelanes. Caray. Marina le dijo a Art que mi papá había dicho que no podía estar en mis quince. Ella salía con Art desde fines del año anterior, pero prefería a César como su chambelán. Entonces Art se enojó conmigo. Y cuando Ernie se enteró de que César estaría en los quince, también se enojó, pero no dijo que estaba enojado, sino que dejó de hablarme de cualquier cosa que no fueran asuntos de la banda.

—¿Por qué hiciste eso? —le pregunté a Marina—. Ella y yo estábamos comiendo la terrible pizza de la cafetería escolar. Yo estaba furiosa. No podía creer que Marina hubiera causado tal desastre.

—Dijiste que no te gusta César —dijo, poniendo esos ojos redondos e inocentes que pone cuando finge que no entiende un chiste vulgar o que nadie puede oler sus pedos—. Digo, no te gusta, ¿o sí?

—Ya sabes que no. Ese no es el punto. Ernie piensa que soy una esnob porque no se lo pedí a él pero sí a Don Fresa. Y ahora tengo que conseguir a otro chico, ya que Art no estará.

—Bueno, ¿y por qué no se lo pides a Ernie? —preguntó Marina—. Dirá que sí, aunque ahora esté enojado. *Duh.*

—Esto es una mierda, Mari —dije—. Todos están enojados conmigo.

—Oye, yo te he cuidado la espalda todo el mes cuando vas a ensayar a casa de Pilar. Solo quiero una oportunidad con César.

—Podrías haberme dicho antes de hacerlo.

—No sabía que ibas a invitar a César hasta después de que invité a Art. Perdón.

Olmeca se nos acercó, pacheco. Estaba bebiendo un Dr. Pepper, con los ojitos todos hinchados y entrecerrados de tanto fumar hierba.

—Qué onda —dijo, y se sentó con nosotras—. ¿Tus compañeros de banda estamos invitados a tus quince, o no te merecemos?

—Cállate. No puedo creer que Ernie esté enojado. Ni siquiera es mi culpa.

—Tiene razón —admitió Marina—. Es culpa mía.

—En realidad no me importa —dijo Olmeca, resoplando—. Jorge y yo iremos de todos modos.

—Sí, pero ahora me urgen unos chicos para la corte. ¿Tú lo harías?

—¿Y Ernie? —preguntó Olmeca con tono furtivo—. Los he visto besuqueándose. ¿Por qué no se lo pides a él?

—Vete a la mierda —le dije. No iba a dejar que me hiciera sentir como una sucia.

—Morra, cálmate —replicó Olmeca—. Lo único que digo que deberías pedírselo, ya que sales con él. Me contó que te llevará a ver a Selena.

—Oh, guau. En tus quince y te lleva a ver a Selena —dijo Marina, chasqueando la lengua—. Eso es una relación seria.

—¡Ay, Dios! —estallé—. Todavía ni siquiera tengo la corte completa. Todavía no tengo chambelán. Básicamente, no he hecho nada.

—Oye, no te estreses —medió Olmeca—. Claro que seré chambelán. Pídeselo también a Ernie.

—Digo, si tú estás, tengo que hacerlo —admití con pesar. Si César y Olmeca estaban en los quince y no invitaba a Ernie, dejaría de ser mi amigo. Simplemente tenía que inventar una explicación de cómo lo conocía. Al menos Olmeca estaba en las clases avanzadas conmigo. Tal vez podía decir que él y Ernie eran parientes.

—Como sea —dijo Olmeca—, tengo noticias.

El tipo de Chaparral Disco Rodeo había aceptado dejarnos tocar. La tocada era el 17 de diciembre, el fin de semana antes de las vacaciones escolares. Nosotros seríamos la última banda, y tendríamos que tocar al menos dos norteñitas.

—¿Jorge aceptó eso? —se mofó Marina—. ¿No es *punk* a morir?

—Solo quiere subir al escenario. No le importa.

—No tenemos acordeonista —protesté—. Y es Chaparral.

Chaparral Disco Rodeo es un bar norteño en toda regla. No había forma de que subiéramos al escenario sin acordeonista. El público nos comería vivos. Sería como tocar rock sin guitarrista.

—Confía en mí —dijo Olmeca—. Tengo un conocido.

—¿Vamos a vestirnos para la ocasión y todo? No tengo botas vaqueras.

—Yo sí —dijo Marina—. Mis botas rojas te quedarán. Pero ¿cuánto dinero le toca a ella?

—La paga es muy mala. No importa. —Olmeca tomó el cuadrado de pizza aguada de mi bandeja y le dio una mordida—. Ponte a practicar tus gritos y ya.

—¿Es en serio?

—No me digas que no puedes. ¿Eres mexicana o no?

—¿Tú puedes? —pregunté.

Olmeca se metió a la boca lo que quedaba de mi pizza. Tragó y lo bajó con su lata casi llena de Dr. Pepper. Eructó fuerte.

Echó atrás la cabeza y lanzó un grito penetrante que atravesó el comedor. Brotó de su boca abierta como el ulular de una sirena de ambulancia. Duró al menos quince segundos. Un grito primigenio desde el sótano de su alma. Hasta hizo el "ja-ja-jayyyy" al final. Fue un grito mexicano de verdad.

—No mames —dijo Marina, con ojos como platos—. No puedo creer que tuvieras eso dentro de ti.

Por toda la cafetería, la gente vitoreaba y lanzaba sus propios gritos. No se puede lanzar solo un grito entre una multitud de mexicanos, porque oír un grito chingón es como ver a alguien bostezar: tú también tienes que hacerlo. Pronto sonaban gritos por doquier. Los rancheritos y los fresas armaron una competencia de intensas acrobacias vocales, lanzando gritos desde sus mesas hasta que los profesores encargados de vigilar el comedor los callaron a todos.

—Vamos, señor Tovar —le dijo uno de ellos a Olmeca—. Esta no es su hora del almuerzo. A la oficina. Ya.

Olmeca me sonrió.

—Nos vemos luego. Pero en serio, practica.

—Se cree muy galán —bromeó Marina al ver a Olmeca contoneándose hacia la oficina del director—. Espera a que se entere de que su compañera de baile es una niña de doce años.

Olmeca tiene razón. No puedo lanzar un grito de verdad. Pero mi papá me ha enseñado sobre música mexicana toda la vida. Eso debe contar.

—Todos conocen a Ritchie Valens —me dice cuando pone rock 'n' roll chicano de los viejos tiempos—. Pero ¿qué hay de los Royal Jesters? ¿Qué hay del Sir Douglas Quintet? ¡Y mira a Domingo Samudio! El vato tenía que usar turbante y hacerse llamar Sam the Sham.

Aunque a nadie más le importara eso, le importaba a mi papá. Por él sé que el verdadero nombre de Freddy Fender es Baldemar Huerta.

Esa tarde, revisé la colección de discos de mi papá para investigar un poco. Me parecía ridículo que de pronto Vómito Rosa tocara música de conjunto. ¿Nos llamarían "El Vómito Rosado del Norte"? De hecho, "El Vómito" sonaba chingón. Pero algo que sé gracias a Ernie es que la versatilidad es importantísima para cualquier músico. Es estúpido ser como Jorge y que nada más te guste un tipo de música, porque así no puedes crecer como músico. Te quedas atorado, te limitas.

Ernie toca en la banda de su familia, el Conjunto Vega. Eso no significa que no pueda *rockear* como los mejores. Es el mejor guitarrista de la escuela. Eso es un hecho. Porque viene de una familia de músicos y no solo toca la guitarra. Sabe tocar el trombón, la trompeta, el bajo, el piano y la batería. Toca todos los estilos, y eso lo hace un muy buen músico. Porque sabe muchas cosas distintas. Son diferentes conjuntos de habilidades.

Además, lo que tienen en común mis bandas favoritas es que son mutables. Selena canta tejano, pero en realidad es más que eso. Y eso la hace increíble. Tiene toda una carrera cantando en español cuando ni siquiera lo habla. Canta disco, canta pop, canta rancheras. Hace de todo.

Así que no, yo no le hacía ascos al norteño; pero ¿de verdad podía Vómito Rosa ser una banda de fusión, realmente bicultural? Por suerte, papá tenía montones y montones de discos. Su gusto abarca *blues*, *soul*, un montón de *rock* desde los años cincuenta hasta mediados de los ochenta, country tan viejo que es *country & western*, y música mexicana. Mucha música mexicana.

La colección de música de mi papá tiene un orden específico, que tiene que ver con los formatos más que otra cosa. Desde los años cincuenta hasta mediados de los ochenta, todo es vinil. Guarda los discos en el armario, y los que no escucha mucho están al fondo. En los estantes altos tiene algunos cartuchos de ocho pistas, de esa breve época en los años setenta cuando se creía el tipo más *cool* con su reproductor de ocho pistas en su troca. Hay *cassettes* por todas partes, no solo en el armario. Cajas de zapatos llenas de *cassettes*, por toda la habitación. Ésos son los que todavía escucha, aunque últimamente ha empezado a comprar discos compactos.

Los CD están junto a su estéreo. El estéreo es un monstruo con tocadiscos, dos caseteras y reproductor de CD. Cada bocina mide unos cuatro pies de alto. Mi plan era escuchar discos toda la tarde y decidir qué canciones podía aprender a tocar, y luego empezar a grabar *cassettes* en el fin de semana. Planeaba grabar otro de puras canciones con buenos gritos, para poder estudiarlos. Podía ser cualquier tipo de música, hasta mariachi, que siempre tiene al menos uno o dos miembros cuyo trabajo es lanzar algún grito titánico que resuene por sobre todos los instrumentos.

Mi papá llegó como a las ocho y me encontró hurgando. Sabía que lo haría. Siempre estoy revisando su música. Sobre eso nunca peleamos: mi papá ama que yo escuche su música, porque ama hablarme sobre las bandas. Cuando era pequeña, me enseñó cómo manejar los discos sin ensuciarlos. Me encanta manejarlos: son tan lustrosos, hasta los más viejos. Mi papá los tiene en buen estado.

—Los Relámpagos del Norte —dijo cuando oyó la música—. ¿Estás enferma o algo?

—Marina dijo que debo darles chance —mentí.

—¿Le gustan estos tipos?

—Sí —asentí. Los Relámpagos del Norte son una de las mejores bandas norteñas de todos los tiempos. Sin embargo, quería patearme a mí misma: no había modo de que mi papá creyera que a una chica de noveno año le gustaba una banda norteña que se había separado en los setenta. Debí haber dicho que al papá de Marina le gustaban. Pero ¿por qué querría ella que escuchara la música de su papá?

—Buena elección —dijo mi papá, pensativo y serio. No estaba escuchándome. Estaba reflexionando—. También tengo el álbum que Ramón Ayala grabó justo después de que se separaran. Está en algún lugar.

Fue al fondo del armario. Lo oí hablando todavía, su voz amortiguada.

—Tengo los primeros álbumes en solitario de Cornelio y de Ramón —se ufanó—. Ya sabes que siguieron con sus carreras después de separarse.

—Sí —dije. Me ha contado esa historia muchas veces. Ramón y Cornelio eran el dúo dinámico: Cornelio cantaba y tocaba el bajo sexto, y Ramón el acordeón. Pero entonces Ramón le robó la esposa a Cornelio. Ramón Ayala fundó su propia banda, Los Bravos del Norte, y Cornelio siguió con su carrera en solitario.

Mi papá no pudo resistirse a repetir que Cornelio lanzó el éxito "Tu traición" después del incidente. Me aguanté las ganas de decirle: "Sí, sí, ya me lo has contado". Porque entonces me echaría a patadas de su cuarto.

Salió del armario con dos discos.

—Todavía no puedo creer que estés escuchando esto.

Pero yo estaba lista para eso.

—Hoy en la cafetería unos tipos estaban portándose como idiotas, lanzando gritos. Un montón. Dije que sonaban estúpidos, pero Marina dijo que lo estúpido era que yo no supiera hacerlo.

—Ah —dijo mi papá—. Ah, okey. Entonces quieres saber cómo hacerlo.

—Tal vez —dije, esperando que se riera de mí. Pero no lo hizo.

—Nosotros lo hacíamos en la prepa —confesó, sonriendo—. Los gringos lo odiaban de a madre. Pero sabes que fue justo cuando desegregaron la preparatoria.

—La segregación terminó en los años cincuenta, papá. Caso Brown contra el Consejo de Educación.

Él gruñó.

—En La Ciénega no. Aquí terminó cuando integraron la preparatoria en 1970. Yo estaba en último año.

—Qué locura.

—Echábamos gritos todo el tiempo, únicamente para molestarlos. El director Thompson me odiaba —dijo. Luego frunció el ceño—. Pero más vale que tú no lo hagas o te meterás en problemas.

—No lo haré —respondí—. No estoy en una lucha por derechos civiles.

—Ya luchamos por ti —dijo en el tono de sermón que siempre usa cuando habla del Movimiento—. Por eso vas a la escuela y esos gringos pelados no te chingan. No sabes cómo era.

—Sí, gracias, papá —dije. No pude evitar poner los ojos en blanco—. Eres un héroe.

—¿Quieres aprender esto o no? —preguntó.

—Sí.

—Entonces cierra la boca. Y guarda ese disco.

Quité el álbum de Los Relámpagos. Él regresó al armario para buscar otros discos. Lo oí decir "güerca malcriada", lo cual me encabronó. No, no soy malcriada, pero si lo soy, es culpa suya, porque ¿quién me crio? Él.

Quería aprender gritos, así que cerré la boca. Pero no me disculpé.

Él volvió a salir del armario; todavía se veía irritado. Esta vez traía discos del Mariachi Vargas de Tecalitlán, Canciones de mi padre de Linda Ronstadt y uno de Vicente Fernández. Los puso en el estéreo.

—Okey —comenzó—. Antes de poner cualquier cosa, practiquemos. Hay tres tipos básicos.

—Okey —dije.

—Está el grito con erre —dijo e hizo un sonido como un gorjeo, que repercutía con la rapidez de un latigazo—: ¡*Rrrrrrrrrr–ah!*

—Ese es fácil —dije, y lo imité varias veces.

—Okey, okey, bien. Solo recuerda que la nota final tiene que ser aguda. Explosiva, pero aguda.

Lo hice de nuevo. Asintió en señal de aprobación.

—Sí, así está bien. No sé por qué no hablas español si tus erres son perfectas.

—¿Cuál es el siguiente? —pregunté, ignorándolo. Ese es otro de sus berrinches: no entiende por qué su hija no habla perfecto español. Me da igual.

—El clásico "ay-ay-ay" —dijo—. El número de "ayes" depende de la canción, pero tú "ay" debe ser grave. Y no solo eso, además tienes que cantarlo.

Puso el álbum del Mariachi Vargas, lo acomodó de modo que "Cielito lindo" saliera por las bocinas y levantó la aguja.

—Okey, vamos a calentar cantando con ellos.

—No me sé la letra —me excusé. Eso era algo que no habría admitido ante nadie más. "Cielito lindo" es la canción mexicana de cajón. Es la que más piden los turistas a los mariachis en los restaurantes mexicanos.

Mi papá frunció los labios.

—Bueno, de todos modos puedes entrar en el coro. Es "ay-ay-ay-ay". O solo mírame un par de veces.

—Okey —dije.

Mi papá bajó la aguja sobre el disco. El mariachi es hermoso y operístico. No cualquiera puede cantarlo. No puedo decir que mi papá estuviera increíble, pero no lo hacía mal. Yo ya sabía que tenía una voz de tenor decente. Lo había oído cantar muchas veces cuando bebía. Pero no sé, verlo cantando para que yo aprendiera algo se sentía diferente.

Cerró los ojos. Así sabes cuando alguien no está jugando, cuando de verdad tiene el sentimiento. Y cuando llegó a la parte del "ay-ay-ay-ay", cada "ay" le salió extendido, amplio y elevado, simplemente majestuoso. No le importó quién escuchara, solamente yo, pero cantó como si no importara quién estuviera en la habitación. Únicamente existían él y esa canción; su intensa voz tratando de igualar a la del disco y, la verdad, casi lo logró.

Me puse llorosa y me enojé, porque estaba haciéndome recordar lo mucho que lo extrañaba, y me dolía. Me dolía como un viejo moretón que crees que ya desapareció, pero alguien lo toca y te destroza. Vi los músculos de su garganta en acción, la redonda O de su boca, la canción que brotaba de él. En cualquier momento la burbuja iba a reventar, pero en ese instante, cantando, era más mi papá de lo que había sido en mucho tiempo. Recordé todas las veces que me había cantado, y cómo me cargaba y me hacía bailar. Quería decirle: "Yo también canto. Yo también canto, papi". Quería contarle todo sobre mi banda, y que íbamos a hacer punk mexicano. Y le encantaríamos. Deseaba tanto poder decirlo...

Pero no lo hice. Parpadeé mucho, para que no viera mis ojos empañados. Al menos estaba conmigo en este momento, durara lo que durase.

—Guau —dije cuando calló.

—Tu viejo sabe unas cuantas cosas —dijo con una sonrisa.

—Creo que yo podría hacerlo —admití—. Pero tendría que practicar mucho con el disco.

—¿No vas a intentarlo?

—Ahorita no.

—No seas gallina.

—No lo soy. No me sé la canción.

—No necesitas aprender toda la canción. Nada más la parte del "ay-ay-ay-ay".

—No puedo aprender solo eso —insistí—. Tú ya te sabes la canción. Es distinto. Además, ni siquiera es ese el grito que quiero aprender.

—Debes aprenderlos todos —volvió a poner "Cielito lindo", pero no traté de cantar—. Ándale.

—No, papá.

—Bueno —dijo—. Pero no sé cómo vas a aprender el tercer grito si ni siquiera intentas el "ay-ay-ay-ay". Es más difícil.

—Solo explícamelo.

—Bueno.

Encendió el reproductor de CD. Era una banda norteña, toda acordeón y trompetas sobre el denso bajo *tumpa-tumpa* de la polka.

—Okey, aquí viene el verdadero gritonazo —anunció mi papá—. La base es un "wa-ja-ja", como una risa.

—Wa ja ja —intenté.

Negó con la cabeza.

—Espérate.

En la pausa antes de que el acordeonista empezara un solo de antología, había una serie de gritos. Gritos breves, agudos. Mi papá gritó con la grabación: "¡Ja-ja-ja-yyyyyyy!".

—Mírame —dijo, y soltó un grito que sin duda habría igualado al de Olmeca. No era una serie de notas hermosas y desoladoras, como el "ay-ay-ay-ay". Un gritonazo era el chillido de un águila cazadora, salvaje y claro en su descenso triunfal. El grito de mil mexicanos borrachos y al borde de las lágrimas, puro coraje y sentimiento. Y, aún más que eso, era el grito de mi papá adolescente. Me invadió un sentimiento de ternura por él. Nunca había pensado en mi papá a mi edad, pero de repente pude hacerlo, y lo amé. Imaginé con claridad el muchacho que había sido, sus convicciones, su fiero corazón. Un adolescente lleno de luz y furia, indignación justiciera y un montón de estilo. Él y Cero con sus pantalones acampanados, su cabello largo y su piel morena, lanzando sus gritos ante los chicos blancos, ante sus maestros, alzando la voz en puro desafío y revolución. Porque sí, el gritonazo es un grito de guerra.

—Ese es —dije—. Ese es. ¿De verdad hiciste eso con el director?

—Sí —respondió—. El pinche vato me detestaba. Iba a expulsarme de la escuela, pero supongo que como era de último año, pensó que era mejor dejar que saliera y no regresara.

—¿Solo por echar gritos?

—Lo hacía mucho —dijo mi papá, pero yo sabía que no estaba contándome todo. No te echan de la escuela solo por gritar—. Y no fui el único. Mis amigos y yo logramos que todos los mexicanos votaran por "La chiva flaca" como canción de la graduación. ¡Cómo se enojaron los gringos! No nos dejaron ponerla.

—¡Ay, Dios! —reí—. Era 1970. Podrían haber elegido algo bueno; ¿qué tal Zeppelin o los Beatles? ¡Esa canción de la chiva es tan tonta!

—Los Beatles. No mames —chasqueó los labios—. "La chiva flaca" es mexicana como la chingada. ¡Queríamos esa canción únicamente para mostrar que era nuestra escuela!

—Qué mal que no les permitieron ponerla.

—Pero sabíamos que habíamos ganado. Ese es el punto.

—Digo, creo que ni siquiera ahora nos dejarían elegir una canción norteña —comenté. Era extraño darme cuenta de eso, pero era verdad. A mucha gente le gustaba el conjunto, pero nadie lo admitía excepto los rancheritos o alguien como Ernie, que escuchaba sin vergüenza todo tipo de música.

Caí en la cuenta de lo jodidas que estaban mis ideas. ¿Por qué Ernie debería esconderlo? ¿Por qué tantos de nosotros nos avergonzábamos de nuestra propia música? La lucha de mi papá por la justicia ya no parecía tan remota.

—Apuesto a que tendremos que conformarnos con algo aburrido de Amy Grant o lo que sea —supuse. Probablemente nuestro grupo elegiría algo blanco y contemporáneo, pero por Dios, yo estaba enardecida. Vómito Rosa sí que iba a tocar música mexicana. Claro que sí.

—Tuvimos que conformarnos con el estúpido "Tema de amor de Romeo y Julieta" —dijo mi papá—. A nadie le gustó. La administración lo eligió después de que ganaran Los Relámpagos.

—Qué estupidez —sentencié. Sin embargo, estaba impresionada. Era muy punk lograr que todos votaran por esa ridícula canción mexicana. Mi papá había sido más *cool* que yo, por mucho. Pero claro, él era de último año. Y hombre. Apuesto a que la abuela Romi nunca le dijo nada sobre meterse en problemas o llegar tarde a casa. Ni le importaba quiénes fueran sus amigos.

—Entonces, ¿vas a intentarlo, o qué? —quiso saber mi papá—. Pero no puede ser a medias. El gritonazo exige compromiso. No puedes asustarte.

—No estoy asustada —dije. Lancé unos grititos, como una risa aguda, "ja-ja-ja-yyyyyy". Mi papá asintió, me indicó que siguiera.

Respiré hondo y me imaginé a mí misma haciendo algo realmente audaz, realmente desmesurado. Gritando en la escuela, como mi papá. Gritándoles a los estúpidos chicos fresas. Gritándole a mi papá todo lo que me hacía enojar. Sentí en mi interior esa cosa negra y lustrosa, siempre espesa y dura, pero también lista para hacer erupción. La sentí subir a la superficie. Abrí la boca y chillé, un gran aullido de furia, mucha furia. Pero una furia dosificada, porque quería que durara y durara. Era algo que expulsaba de mi cuerpo respirando. Un muro de sonido. Era agudo y vibrante. Al terminar, añadí esas risotadas de coyote.

—Órale —me animó mi papá—. ¡Eso es!

—Te dije que podía —dije.

—Nunca lo dudé.

Pasamos otros diez minutos echándonos gritonazos, hasta que mi papá dijo que teníamos que parar o ninguno de nosotros tendría voz al día siguiente. Fuimos a la cocina por unas cocas para aliviarnos las gargantas. Bueno, yo tomé una coca. Él abrió una cerveza. Me senté en un banco ante la encimera de la cocina y bebí mientras él hablaba. Al parecer, los gritos le habían traído viejos recuerdos.

—No sé si te lo he contado —confesó—. En la prepa fui locutor por un tiempo. Gritábamos al aire y todo.

—Pensé que trabajabas en la planta embotelladora.

—Eso fue cuando era más joven. De tu edad. Pero a los dieciséis, diecisiete, mis amigos y yo teníamos un programa de radio.

—¿De qué?

Rio al recordar. Era típico de mi papá. Podía ser terrible —lo era—, pero también, a veces y yo nunca sabía cuándo, se sinceraba conmigo. No era mi papá, sino su yo verdadero. Solamente Jules.

—Era muy tonto. Hablábamos del pueblo y de problemas sociales. Nos creíamos activistas de verdad. Y poníamos música. Zeppelin o Cream. Esas cosas. Y también conjunto. Hasta teníamos nombres de *disc jockey* para que nadie supiera quiénes éramos en realidad.

Me reí.

—¿Cuál era tu nombre de *disc jockey*?

—El Perro —dijo—. Mi nombre de barrio. Porque siempre estaba corriendo por las calles como perro sin dueño.

—*Pffft*, no es cierto —reí—. La abuela me dijo que tu nombre de barrio era Romeo. *Muy* Romeo.

—Lo que sea —continuó—. Fue hace mucho tiempo.

Lo dejé pasar.

—No puedo creer que KTBD los dejara tener un programa.

En La Ciénega había dos estaciones de radio: KLTX, de puro country, y KTBD, que entre semana, de medianoche a seis de la tarde, transmitía *El Top 40 de Estados Unidos*, y, de seis de la tarde a medianoche, ponía música en español. Conjunto, en su mayor parte, pero también basura latina contemporánea como Luis Miguel. Los fines de semana nada más ponían música en inglés.

—No era en La Ciénega —dijo mi papá—. Teníamos un programa en Estéreo Bravo, al otro lado de la frontera.

—Oh, guau —exclamé, sorbiendo mi coca ruidosamente, aunque mi papá decía que eso era de mala educación—. ¿Te contrataron como locutor en México?

—Bueno, a Cero. Pero como lo hacía de noche, no les importaba lo que hiciera. Así que teníamos un programa llamado *Cuéntame* a las dos de la madrugada. Todos en la escuela lo escuchaban. Teníamos muchos seguidores.

Mi papá es como una piñata llena de historias, y de las buenas, que yo quiero escuchar pero siempre salen en pedazos. Siempre me habla de música, de las bandas que eran importantes y por qué, del Movimiento, pero casi nunca sobre él. Está lleno, lleno, lleno de secretos. Todo el tiempo.

Básicamente, mi papá estaba admitiendo lo que yo ya sabía: que había vivido su vida haciendo lo que le venía en gana. ¿Al otro lado de la frontera a las dos de la madrugada? ¿A los dieciséis años? Y mientras tanto, se supone que yo debo ser una niña súper obediente.

Estábamos llevándonos bien por primera vez en varios meses, y yo me sentía muy inspirada por su plática y enseñanza, pero en el fondo, la parte de mí que estaba harta de que me mintiera empezaba a despertar.

Todo eso pasó por mi mente mientras lo escuchaba. Sabía que no debía mencionarlo. Él diría: "Es distinto". Pero la diferencia es que soy una chica. Lo único que las chicas deben hacer a las dos de la madrugada es dormir en sus camas, de lo contrario, son unas zorras.

—Nadie hace nada *cool* como un programa de radio —dije—. Lo único que oigo es gente que llama para dedicar canciones.

—Bueno —señaló sin sospechar nada—, era otro tiempo. Mija, no sabes cómo era.

—¿Cómo era?

Se terminó su cerveza. Abrió otra. Fingí no notarlo.

—En este lado de la frontera no ponían música mexicana en la radio. Pero no era eso y ya. Caray, cuando yo estaba en primer año todavía eran prepas separadas. Una para los chicos morenos y negros, y otra para los blancos. Y eso apenas era una parte. Digo, sí, en otros lugares la segregación había terminado. Pero aquí en La Ciénega no. No nos dejaban tener voz en nada.

—Pero apenas eras un chico.

—Me refiero a todos los mexicanos. A los chicanos. A todos nosotros. Así que sí, alzábamos la voz. Y donde podíamos hacerlo era en la radio mexicana, donde nadie podía detenernos.

—Eso es muy *cool* —admití.

—Sí, nos hacíamos oír. En la escuela. En el programa —bebió su cerveza. Esperé—. Tal vez nada de eso habría pasado de no ser por un tipo. Se postuló para la junta escolar. Movía mucho a la gente.

—¿Uno de tus amigos se postuló para la junta escolar? —reí—. No puede ser.

—No, no. Era joven, pero mayor que nosotros. Veintiséis años. Félix. Lo llamábamos El Gato.

—Ah, sí —dije. Conocía su nombre desde el séptimo grado: la Escuela Secundaria Félix Rodríguez—. Murió en un accidente.

—Sí —asintió mi papá, mirando su cerveza—. Pero eso está en el pasado.

—¿Dejaste de ser locutor porque él murió?

—Sí —dijo—. Después de lo que pasó, ya no me gustó hacerlo.

—¿Por qué? ¿Lo conocías?

—No —respondió—. No lo conocí mucho. Es que era el dirigente. Había movilizado a todos.

—Pero la cosa no terminó cuando él murió —agregué—. Digo, de alguna manera la prepa se integró. ¿Y tú te aburriste de todo? No te lo creo. Siempre estás hablando de la lucha por la justicia.

Pensé que seguramente iba a callarme y salir hecho una furia, como siempre que no tenía ganas de lidiar conmigo. No, siguió mirando su cerveza. Debía haber bebido varias antes de llegar a casa; por supuesto que sí. Con su manera de beber, esas dos no lo habrían afectado así. Eso supongo. De otro modo, no me habría respondido. No sobrio.

—Mija, puedes amar algo. Puedes tener pasión. Y puede ser lo correcto. Lo que hacíamos era por el bien —dijo, sin mirarme a los ojos—. Digo, tú estás en esta escuela y es normal para ti. Así sé que teníamos la razón.

—Pero es cierto lo que dicen, que el camino al infierno está pavimentado de buenas intenciones —bebió más cerveza—. Yo nací bajo un mal signo. Maldito. Todo lo que hago sale mal.

—Papá, no me vengas con eso —le pedí, tratando de no sonar fastidiada. Siempre dice que nació maldito, que atrae la mala suerte. Solo es su lástima por sí mismo—. La mala suerte no existe.

—Bueno, puede que tengas razón —dijo, pero empezaba a molestarse, ya podía verlo—. Yo no más quería cambiar las cosas. Pero me junté con la gente equivocada. Supongo.

—¿Qué quieres decir? —aquello no tenía sentido—. A mí me suena a que estabas haciendo cosas geniales.

—Sí, pero algunos del grupo… —se quedó callado, un largo rato. Me quedé lo más quieta que pude para no sacarlo del momento—. No sé. Eran demasiado intensos. Fueron demasiado lejos.

—¿Qué hicieron?

—Te quiero mucho, mija —dijo, y puso su mano sobre la mía. Parecía estar al borde de las lágrimas—. Ya estás creciendo, así que necesito decírtelo. Ten cuidado. Puedes hacer algo incorrecto, incluso por las razones correctas, y nunca podrás deshacerlo. Nunca.

—¿Estás hablando de cuando mamá murió? —pregunté, confundida—. Eso no fue tu culpa. Lo sabes.

—No, eso no. Cuando era un poco mayor que tú, me junté con esos amigos, esa gente. Pasó algo que quisiera poder deshacer. Siempre lo deseo —se levantó y sacó otra cerveza del refrigerador—. Por eso sé que traigo mala suerte.

—Papi, basta —supliqué. Era tan miserable todo el tiempo. Éramos miserables todo el tiempo—. Que te sientas culpable no significa que traes mala suerte. No digas eso.

Abrió su estúpida cerveza y bebió un largo trago. La hora de las historias había terminado.

—En fin…hablemos de otra cosa. ¿Qué tal esos gritos? ¿Vas a enseñarle a Marina cómo se hace?

—Supongo.

Quería preguntarle qué había hecho que fuera tan malo, pero no iba a decirme. Ya era difícil de creer que me hubiera contado tanto.

—Estaría chido si hiciéramos unos gritos para el baile de padre e hija en tus quince. Quiero que esa parte sí sea de conjunto, en todo caso —me sonrió. Sentí un afecto que se revolvía lentamente. No recordaba cuándo había sido la última vez que hablamos por tanto tiempo sin pelear.

—Okey, lo practicaré —dije—. Y hablando de eso, por fin conseguí los chicos para la fiesta.

—¿Ah, sí? ¿Quiénes son?

—César Allen —dije.

—¿Él es tu chambelán? —preguntó, alzando las cejas.

—No, el de Marina.

—Okey —dijo mi papá, con una mueca de sorpresa—. Bueno, ella es muy bonita, pero no imaginé que saldría con ella.

—Va a acompañarla en el baile, no a ser su novio —dije.

—Sí, okey. Claro —puso los ojos en blanco. Después de todo, me daba gusto que César no fuera mi chambelán. Mi papá no creería que hubiera accedido a hacerle la tarea por el resto del año—. ¿Quién más?

—Óscar Tovar. Está en mis grupos de inglés y biología. Los dos estamos en la Sociedad Nacional de Honor —mi papá asintió. Había dicho las cosas correctas. Marqué el tercer nombre con el dedo—. Y su primo Ernie.

—¿Ernie?

—Ernesto Vega. Está en una banda de jazz con Óscar.

Me dio mucho miedo que mi papá no dijera nada por un largo momento. Por fin, dijo:

—¿Es pariente de esos músicos? ¿El Conjunto Vega?

—No sé —mentí, procurando sonar insegura—. Creo que está en la banda de jazz de la escuela.

—Tocó con los Vega en el funeral de tu abuela —dijo mi papá—. Es un muchacho alto.

Me encogí de hombros, fingiendo que el corazón no me aporreaba el pecho. Por suerte, mi papá ya empezaba a perder el interés. O tal vez solo estaba listo para empezar el fin de semana. Dijo:

—Bueno, podemos reunirnos con los chicos en una semana para planear los ensayos.

—Está bien —dije.

—Voy con Cero por una cerveza —anunció mi papá—. Practica tus gritos.

—Sí —dije, con total sinceridad—. Eso haré.

Una vez que mi papá se fue, llamé a Ernie. Quería mostrarle los gritos que había aprendido.

Me interrumpió de inmediato.

—¿Le pediste a César que sea tu chambelán?

—¿Qué? No —respondí—. Es el chambelán de Marina. Mi primo iba a ser el mío, pero eso se vino abajo. ¿Puedes hacerme el favor? Es una idiotez, pero ¿lo harás?

—Bueno, supongo que sí —dijo Ernie, todo un tipo *cool*.

Entonces todo estuvo bien. Perfecto. Echamos gritos por teléfono por una hora, hasta que la mamá de Ernie le gritó: "¡Ave María Purísima, cállate ya!". Me dio un ataque de risa y tuve que taparme la cara con la almohada al imaginar a su mamá enojada.

—Vamos a romperla en Chaparral Disco Rodeo —propuso.

—Sí —dije—. Estaré lista.

Capítulo catorce

Gato Negro

Una semana antes de la tocada en Chaparral, encontré a mi papá roncando en el patio del frente. Su troca estaba encendida, y la puerta del conductor abierta. Sonaba George Jones en el estéreo.

Había vomitado mucho. Había vómito embarrado en su camisa y en el pasto junto a él, como si hubiera rodado. Olía agrio, como a queso cottage viejo. Era atroz.

—Papá —dije, tocándolo con el pie—. Papá, levántate. Anda.

—¿Qué? —murmuró.

—Levántate. Tienes que entrar.

Barrió el aire una vez con la mano, supongo que para ahuyentarme. Seguía borracho. Apagué la troca. Azoté la puerta del conductor lo más fuerte que pude. Al menos había logrado estacionarla, o se habría estrellado contra la cochera. O tal vez se habría arrollado a sí mismo.

A veces odio ser una niña, lo odio mucho, y así era ahora. Sí, me daba vergüenza verlo dormido en el mismo lugar donde había caído, en el patio. Completamente ebrio. Pero también me daba miedo. Ya no tenía a mi abuela y hacía tanto tiempo que había perdido a mi mamá, que a veces sentía que siempre había estado sin ella. Gonzy también estaba muerto. ¿Qué me quedaba, excepto este estúpido papá borracho? Tenía muchas ganas de patearlo, pero por supuesto no lo hice.

Tirado en el pasto, se veía pequeño. No como el tornado salvaje que yo conocía. Y también se veía enfermo. Su cabello negro se agitaba contra su mejilla, como siempre. Era lo único normal.

—Papi —dije, con vergüenza, pero no pude evitarlo. Mientras más bebe, más me asusto. Nada más hay que ver cuántas leyendas del rock han muerto en su propio vómito—. Papi, levántate.

—¿Qué está pasando?

—Estás en el patio —dije—. Necesitas ir a la cama.

Abrió los ojos. Los tenía enrojecidos e hinchados, pero muy despiertos, así, de repente. Se incorporó.

—Entra a la casa —ladró.

—¿Qué?

—Entra —ordenó—. Ya voy.

—Okey, okey —dije, molesta. No era mi culpa que hubiera dormido en el patio toda la noche. ¿Por qué se desquitaba conmigo?

Fui a la cocina a prepararme un poco de cereal. Sobre el fregadero hay una ventana que da al patio frontal. Así que sí, lo oí vomitar de nuevo y perdí todo el apetito. Cuando entró, no me miró para nada; fue directo al patio trasero, a su preciado taller.

—¿Cuándo vas a levantarte? Hoy necesito trabajar en un proyecto de historia con Marina.

—Llama a Yoli para que vaya por ti —respondió, y cerró la puerta corrediza de vidrio. No soportaba que lo hubiera encontrado así; por eso estaba enojado conmigo.

No, no pensaba llamar a Yoli. Caminaría al centro comercial para tontear un rato, y luego llamaría a Ernie para que me recogiera, e iríamos a casa de Pilar a ensayar con el nuevo acordeonista. Mi papá no iba a vigilarme, en primer lugar porque iba a dormir todo el pinche día, de eso no me cabía duda; pero también porque él y mi tía estaban en un punto muerto, esperando a ver quién parpadeaba primero. No se hablaban en absoluto. Yo no le hablaba a ninguno si podía evitarlo.

Enjuagué mi tazón en el fregadero. Podía hacer más que tontear en el centro comercial. Fui a su cuarto, que estaba oscuro y olía mal. Había ropa sucia amontonada junto a la cama. La puerta del armario estaba abierta. Me metí bajo la cama, hasta el fondo. Ahí estaba: una enorme Biblia, empastada en cuero blanco, con una imagen de Jesús mostrando el Sagrado Corazón en llamas en la portada. La Biblia de la boda de mis padres. Ahí guarda papá su reserva de emergencia: dinero pegado a las páginas.

Tomé doscientos sesenta dólares, todos los billetes de veinte que había, y volví a meter la Biblia bajo la cama. Quizá se daría cuenta de que había sido yo, o quizá lo achacaría a otra noche de juerga. Lo más probable era que no lo notara.

Una hora después, remití nuestra línea telefónica a la biblioteca pública y salí. Era un lindo día, fresco pero soleado: el tipo de clima invernal que me gusta. No pude contener una sonrisa mientras caminaba por el barrio, con dirección al centro comercial. Ahí me encontré con los chicos.

Tuvimos una reunión de la banda ahí mismo, en la Parrilla de Orlando, comiendo *chili dogs*. Ellos querían que nos presentáramos como Gato Negro. Era idea de Jorge, que decía que Vómito Rosa sonaba *cool*, pero ¿qué tal si queríamos camisetas de la banda? ¿Cuál iba a ser nuestro logo, vómito en el piso? ¿Un tipo vomitando? Eso era demasiado aburrido.

Gato Negro era un nombre genial. Simple, pero chido. Aun así, me molesté, porque nuestro viejo nombre había sido idea mía, y, por supuesto, Jorge tenía que cambiarlo.

—¿Cuál iba a ser nuestro logo cuando éramos El Bebé Demonio de Ximena? —quise saber—. ¿Una foto tuya?

—Un bebé demonio es mucho más *cool* que simple vómito —respondió Jorge.

—Como sea —intervino Olmeca—, necesitamos hacer nuestra bandera para la tocada. El logo que Jorge encontró está muy chingón.

—Es muy bueno —admitió Ernie, dando sorbos a su coca—. Y, de hecho, lo conseguimos gracias a ti.

—¿Qué?

—Cuando estábamos limpiando el cobertizo de Pilar —dijo Jorge. Abrió su mochila y sacó un tenis Chuck Taylor maltrecho. Era de caña alta, de un rojo deslucido. Viejo y manchado de lodo—. Lo encontré en esa caja de zapatos que ella quería que tirara. Mira esto.

Inclinó el zapato hacia mí. Con un grueso marcador permanente negro, alguien había dibujado un gato negro en un lado. Era un gato de caricatura, con la cabeza gigantesca y casi con la forma de un cráneo humano. Una oreja estaba rellena de negro y la otra solamente delineada. Los ojos eran enormes círculos dobles, tan grandes que parecían túneles o tal vez el gato usaba lentes. Detrás de la cara del gato estaba la cola, una delgada línea que se enroscaba por el tobillo del zapato. En la parte inferior, sobre la suela de hule, estaba escrito "Gatos negros" con letra de molde. Pensé en El Gato,

Félix Gutiérrez, el tipo que murió luchando contra la injusticia, el héroe de mi papá. Por eso era un nombre chingón, aunque los chicos no lo supieran. Seríamos Gato Negro, *mexi-punks* con sonido prieto.

—Es perfecto —admití.

—Si no hubieras elegido nuestro lugar para ensayar, no lo habríamos encontrado —dijo Ernie, apretándome el brazo. A su lado, Olmeca suspiró y mordió su *chili dog*.

Me sentí incómoda porque Jorge había tomado algo de Pilar. Ella era muy atenta a los detalles, y, a diferencia de mi papá, se daría cuenta.

—¿Le dijiste a Pilar que lo tomaste?

Jorge puso los ojos en blanco.

—Por Dios, eres una niña exploradora. No le importará un zapato viejo. Ni siquiera era un par. Busqué el otro. Además, dijo que quería tirar toda la caja.

—Ibas a usarlos —rio Olmeca—. Unos zapatos viejos y feos.

—Unos Chucks clásicos con el logo de nuestra banda —comentó Jorge—. Claro que sí.

—Ella iba a tirarlo, de verdad —me dijo Ernesto—. Así que lo tomamos.

—Bueno, pues es muy pinche *cool* —admití.

—¡Gato Negro! —exclamó Olmeca, apuntándome con dedos de pistola—. Como Black Flag, pero con un gato. Y mexicanos.

—Nerd —dijo Jorge, y le sonrió a Olmeca. Sabía que le encantaba. A mí también.

—Oigan —les pedí, sobre todo a Ernie—. Alguien lléveme con Cheve. Estoy lista para ir por esa guitarra.

—¡Sí, carajo! —dijo Olmeca—. Vamos.

Nos reunimos con el acordeonista esa tarde en casa de Pilar. Se llamaba Antonio. Era mayor que nosotros, de veintitantos quizá, y se hacía llamar Toño, no Tony. Toño usaba lentes y era imposiblemente flaco, con una melena negra recogida en una cola de caballo que le bajaba por la espalda. Olmeca fue trotando hacia él antes de que Toño pudiera hablar siquiera con nosotros. Por la forma en que el tipo le sonrió a Olmeca, un poco tímido pero muy feliz de verlo, supe que algo se traían.

—¿Es tu hombre? —le susurré a Olmeca mientras Toño sacaba su equipo de su auto.

—¿Qué? ¿Tú eres la única que puede cogerse a miembros de la banda? —rio y esquivó mi patada.

Pilar no estaba en casa, pero nos había dejado el cobertizo abierto. Supongo que estaba harta de tener que estar en casa cuando estábamos nosotros. ¿Cómo se tomaría que lleváramos a un nuevo integrante de la banda a su casa sin presentárselo? No sabía dónde estaba ella, ni cuándo regresaría, pero no pensaba retrasar el ensayo por ser una *niñita exploradora*. Así que, cuando Ernie dijo que le enseñaría a Toño lo que teníamos, me entregué a la tarea.

—Sinceramente, es mucho punk para Chaparral —dijo Toño después de oír un par de canciones—. Pero el público aguantará lo que sea si incluyen algo de Ramón Ayala.

—Eso es viejo —sentencié. Me sabía sus canciones más famosas, por supuesto. Mi papá adora a ese tipo.

—Sí, pero es fácil —me animó Jorge—. Lo siento, Lulú, pero nada de Selena. Eso es como ser la vocalista en una banda de homenaje a Journey. Tienes que tener una voz increíble si quieres sonar como Steve Perry. Con ella es lo mismo.

—Duh —dije—. No estaba sugiriendo a Selena.

Claro que no iba a contonearme cantando *Bidi bidi bom bom* con mi cuerpo de ejote. Me sacarían del escenario a carcajadas. Además, Jorge tenía razón: Ramón Ayala sería mucho más fácil. Tiene una voz ronca, quejumbrosa, muy poco distinguida. Básicamente, es un fenomenal acordeonista que además canta.

Los chicos querían armar nuestro repertorio para la tocada, pero yo no quería aguantar otra discusión entre Olmeca y Jorge. Saqué mi Epiphone del auto.

—¡Qué chulada! —opinó Toño con un silbido mientras yo atravesaba el patio caminando como pato.

—Venga acá —dijo Ernie—. Te la afino.

Se la di, deseando poder hacerlo yo misma. Pero él era mucho más rápido. Jugueteó con las cuerdas, tocando algunas notas.

—Es fantástica —decía una y otra vez—. Es preciosa.

—Me encanta, de verdad. Oíste a Cheve, ¿no? Puede darme clases.

Ernie resopló.

—Yo te enseño. Soy mejor que Cheve.

—Lo sé, pero él es *cool.*

—Una vez que aprendas podremos tocar muchas más cosas —dijo Ernie—. Olvídate de Jorge y su estúpido *ethos* punk.

—Nadie está comprometido —señaló Jorge, fingiendo tristeza—. Son una bola de vendidos.

Por fin decidimos nuestra lista de canciones: Runaways y The Stooges para mí, Black Flag y Suicidal Tendencies para Olmeca,

Fugazi y Primus para Jorge. Ernie quería presumir sus solos con *Seasons in the Abyss*, de Slayer, cerca de la mitad de la presentación y cerrar la tocada con *Sleep Walk*, de Santo & Johnny.

Decidimos hacer el cambio a conjunto cerca del final. Tres canciones. Dos de Freddy Fender, canciones tejanas bilingües con suficiente sonido de rock 'n' roll para hacer la transición de las canciones en inglés a las meras norteñas: el famoso éxito de Ramón Ayala "Rinconcito en el cielo". Toño ya sabía tocar todas las canciones. Eran polkas lentas dominadas por el acordeón, así que lo único que tuve que hacer fue darle espacio para tocar, y básicamente acompañarlo cantando.

—Okey, okey, así lo haremos —dijo Olmeca—. Pasamos al punk chistoso a la mitad, ¿no? Toquemos *Detachable Penis* y luego *Punk Rock Girl*, porque es chistosa y además tiene acordeón. Ésa es nuestra transición a *Hey, Baby Qué Pasó*, de Freddy Fender.

—Oh, sí —coincidió Toño—. Eso funcionará. Me encantan los Dead Milkmen.

Justo entonces llegó Pilar con Wicho de pie en la caja de su troca. En cuanto se estacionó, Wicho bajó de un salto y fue corriendo hacia mí.

—Hola, chico —saludé, agarrándole las orejas. Estaba agarrándole mucho cariño, aunque su umbral de atención fuera de cinco segundos. Y, cómo no, un momento después echó a correr tras una ardilla.

—¿Están cambiando de estilo? —preguntó Pilar. Llevaba una funda de traje en los brazos, como si viniera de la tintorería.

—Estamos metiendo variedad —dijo Olmeca con una sonrisa—. Él es Antonio. Se nos unirá en los ensayos.

—Mucho gusto —dijo Toño. Pilar asintió, evidentemente sin el menor interés en él.

—Ya casi tengo la primera mitad de la canción —dije—. Quédese a escuchar.

—Déjame meter esto primero.

Yo sabía que lo haría. Ahora que la abuela no estaba, Pilar era la única adulta en mi vida que siempre me escuchaba. No sabía por qué, pero era verdad. Regresó y se sentó en una caja en la cochera.

Empezamos por el principio. A lo que más necesitaba acostumbrarme era a cantar despacio y dejar que las vocales llevaran cada verso. No era como el punk, rápido y gritón y discordante. "Rinconcito", como mucha música de conjunto norteño, tiene una estructura formal y simétrica, como el blues. Así que, aunque no es difícil aprenderse la letra, para mí es un poco aburrida.

Pilar lo notó.

—Bueno, no eres mala cantante. Pero creo que esa canción no va contigo.

—Es verdad —admitió Jorge—. Suena bien, pero no le entras de verdad.

—¿A qué puedo entrarle? Habla de encontrar un pedacito de cielo con tu novio —dije, fastidiada—. Es melosa.

—¿Qué tal Paquita la del Barrio? —preguntó Pilar—. Creo que te gustaría más.

Toño rio.

—Cualquier cosa de ella funcionaría. Sé que te gustaría.

—*Tres veces te engañé* —sugirió Pilar—. Ésa es buena.

—Es popular —intervino Ernie, asintiendo—. Sobre todo entre las mujeres.

—No la conozco —dije. Ni siquiera había oído hablar de Paquita la del Barrio. Mi papá no tenía nada de ella. De pronto, caí en la cuenta de que no tenía ningún disco de mujeres mexicanas. ¿Qué diablos?

—Yo tengo un *cassette* —informó Pilar.

Escuchamos la canción. Es sobre una mujer que por fin se hartó de un pendejo. Le dice en su cara que le fue infiel tres veces. La primera por coraje, la segunda por capricho y la tercera porque ya empezaba a gustarle hacerlo. Jorge soltó una carcajada cuando Paquita, a mitad de la canción, dijo: "¿Me estás oyendo, inútil?".

—¡Por Dios, ésa es la canción! —exclamé entre risas. Los chicos estuvieron de acuerdo. Ernie y Toño sabían quién era Paquita, ninguna sorpresa ahí. Pero el hecho de que Olmeca también la conociera me hizo sentir muy tonta. Odiaba estar en el mismo nivel que Jorge.

—Puedo tocarla —dijo Toño. Me pregunté si habría alguna vieja canción de conjunto que no se supiera. Debía tener todo un repertorio.

—Sí, chido —respondió Jorge. Ya eran casi las cuatro—. Hagámoslo mañana. Tengo que irme. Voy a cenar con Ximena.

—Con cuidado, viejo —agregó Olmeca con voz solemne.

Olmeca y Toño se fueron juntos, probablemente a la casa de Olmeca. Ernie me preguntó si quería que me llevara a casa.

—Yo la llevo —dijo Pilar—. Necesito hablar con ella de unas cosas para sus quince.

—Oh, claro —respondió Ernie, mirándome medio raro—. Bueno, ven por tu chamarra, Lulú.

—¿Qué pasa? —le pregunté cuando Pilar entró a la casa.

—¿Está ayudándote?

—¿A quién más tengo? Mi tía me dejó sola porque mi papá es un pinche homofóbico.

—Si, pero *¿ella?* Hizo una mueca. Sí, Ernie la llamaba "Ojos de Loca" a sus espaldas, pero hasta ese momento no me había dado cuenta de lo mucho que le desagradaba—. ¿No puedes pedírselo a Marina y su mamá?

—¿Y qué razón se supone que les daría? ¿Le explico a la mamá de Marina toda la mugre de mi familia?

—Únicamente digo que esa señora es rara. Es rara, Lulú.

—Tal vez yo soy rara.

—Así no —dijo—. No lo eres.

—¿Así cómo?

—No sé —soltó al fin—. Ella... A ella no le importa nada. Está en blanco.

—Solo es tímida —dije, aunque era una mentira—. Mira, ella va a llevarme, ¿okey? Está bien.

Pilar se asomó por la puerta de mosquitero.

—¿Vienes?

—Sí —respondí.

—Llámame cuando llegues a casa —dijo Ernie.

Accedí para que se fuera. No quería tener que llamar a alguien para reportarme. Caray, todavía ni siquiera era mi novio, pero ya estaba empezando.

La funda de traje contenía mi vestido de quinceañera. Tule y satín, con escote en V y mariposas bordadas en el cuello y en el corpiño. El tule estaba todo en la falda, como de bailarina. Era como una nube de plata que se podía vestir. De algún modo, Pilar había logrado que la costurera lo hiciera rápido, rápido, rápido.

—¿Qué? ¿Le pagó el doble? —pregunté asombrada—. Nada más han pasado tres semanas.

Pilar se encogió de hombros.

—Pero ¿qué te parece?

—Me encanta —respondí, levantando las capas de tule vaporoso—. ¿Cómo supo que lo quería corto?

—Porque tu papá seguramente quería un vestido largo —supuso—. Así que, por supuesto, tú ibas a quererlo corto.

—Tiene razón —reí.

—¡Pruébatelo!

—Okey, okey —dije, sintiendo emoción por mis quince años por primera vez. Era muy bonito. Corrí al cuarto de Pilar para cambiarme. Por supuesto, me quedaba a la perfección, y me llegaba arriba de la rodilla , que era como me gustaba. Giré en la sala para florear la falda.

—Oh, sí —dijo Pilar—. Está muy bien. Muy bien.

Creo que nunca la había visto tan feliz. No sonreía, pero se veía orgullosa. Radiante, incluso. Tomó mis manos entre las suyas y me abrió los brazos para admirar todo el conjunto.

—Pili, gracias —dije, sintiéndome una mierda de repente. Una mierda y avergonzada—. Aprecio mucho este vestido, pero no puede. Digo, no puedo...

—Sé que no estoy invitada —agregó, y se encogió de hombros—. No te preocupes. Solo tómate una foto para mí.

—Por supuesto. Y en serio, ¿cuánto costó este vestido? Puedo sacar el dinero de la tarjeta de mi papá.

—Es tu regalo de cumpleaños de mi parte —dijo con un movimiento de mano—. Es tuyo. Ve a cambiarte para que te lleve a tu casa.

—¿Quiere venir al concierto este fin de semana? —pregunté. Al menos a eso podía invitarla—. Es en Chaparral Disco Rodeo. Tocamos a la una y media de la mañana.

—Guácala, es muy tarde —respondió Pilar, poniendo cara de asco—. Y no sé dónde es eso. Pero iré.

Entonces Pilar dijo la cosa más adulta que yo había oído salir de su boca. Sonó igual a la abuela Romi:

—Escúchame, cuelga ese vestido en cuanto llegues a casa. No quiero que se arrugue. De hecho, no lo saques de la funda hasta tus quince.

—Sí, sí, lo prometo.

La noche de Chaparral, Marina y yo cortamos camino por el callejón detrás de mi casa, manteniendo un paso casual mientras pasábamos hileras de patios traseros cercados con malla metálica. No queríamos lucir culpables.

Era una noche fría y despejada, como a unos treinta y tantos grados, y estrellada. Yo tenía frías las orejas y el cuello. Marina me había peinado el cabello en dos chongos sobre la coronilla. Con grueso delineado alado, una gargantilla de hematita y el lápiz labial Revlon Blackberry que había robado para mí, parecía una chola *skater*. Era perfecto.

Ernie iba a reunirse con nosotras en la intersección, calle arriba, a las diez. Cruzaríamos la frontera con él y luego nos reuniríamos con el resto de la banda. Gato Negro no tocaría hasta la una treinta de la mañana, así que tendríamos mucho tiempo para vagar antes de nuestra presentación.

—Si la troca está ahí cuando regresemos… —dijo Marina, dirigiendo una última mirada a mi casa por encima de su hombro. Se había pintado los ojos con un magnífico maquillaje color humo con brillos, y toda su cara parecía destellar a la luz de la luna. Nunca habíamos ido de fiesta a "Mex", como lo llamaban muchos de nuestros compañeros cuando iban allá los fines de semana. Marina no estaba preocupada, solamente volvía a confirmar nuestro plan de respaldo por si mi papá volvía a casa antes de nosotras.

—Dejé abierta la ventana de mi baño —informé—. Nunca nos oirá. Está al otro lado de la casa.

Por supuesto que llegaríamos a casa antes que él, pero eso no lo dije. Como era su costumbre últimamente, mi papá ya se había ido. "Al casino con Cero", dijo. Supongo que estaba reciclando sus mentiras. Lo encontraría a las siete de la mañana, dormido entre el fresco rocío otra vez, o quizá, como la última vez que Marina se quedó, no llegaría a casa hasta el mediodía siguiente, y no diría nada si yo no le preguntaba. No necesitábamos un plan complicado para salir a escondidas.

—Las llevaré a rentar películas y por una pizza —había dicho mi papá cuando la mamá de Marina llamó para cerciorarse de que Marina iba a quedarse conmigo. No mencionó que él no iba a quedarse en casa con nosotras. Dio por hecho que estaría ahí, porque ella es una adulta aburrida normal y eso hacen los adultos aburridos normales.

Y así estaba bien. Después de que mi papá se fue, me metí en su armario y saqué su chamarra de cuero de motociclista. ¿Por qué no usarla en el escenario?

—Veo a Ernie —dijo Marina, apretando el paso. Ahí estaba su viejo Chevelle con los faros apagados, cerca de la intersección, afuera del círculo de luz del farol.

—¿Qué hay? —preguntó Ernie cuando subimos al auto. Marina ocupó el asiento trasero. Yo me senté al frente, junto a Ernie. Él me miró y parpadeó.

—Guau. Te ves increíble.

—Gracias.

—Está lista para *rockear* —dijo Marina, inclinándose en el espacio entre nuestros asientos para revisar su labial en el retrovisor.

—Claro que sí —dije, mirando por la ventana del copiloto mientras Ernie arrancaba hacia la calle. Mi barrio se veía muy tranquilo: un montón de casas similares, hileras de luces encendidas en las salas. Hora de la televisión. Luego, así de rápido, ya estábamos en el entronque con la autopista, camino a la frontera.

Antes salía a viajes escolares muchos fines de semana: el club de física, los torneos de matemáticas, debate, el equipo de natación. Llamaba a mi papá a las ocho de la noche en punto. Hablábamos unos diez minutos. Me preguntaba si había ganado, qué había ocurrido, quién más había ganado qué cosa. Desde que entré a la secundaria, mi papá me había inscrito a cuanta actividad extracurricular podía meter en las tardes de una semana. Nunca tenía que recordarle contra qué escuelas competíamos, ni cuáles eran los marcadores. Decía que estaba orgulloso de mí.

Pero era un truco, ¿ves? Si volvía a llamarlo a las diez treinta, justo antes de apagar las luces, el teléfono solo sonaba y sonaba. Una vez lo dejé sonar tanto que ya no era un sonido, sino una palpitación en mi oído. Nunca contestaba. Así sabía que estaba enviándome a otro lado para tenerme guardada.

Nunca le dije que lo sabía, que sabía que mi vida siempre estaba al borde de este vacío. Ahora que mi abuela no está, también la simulación ha desaparecido. Él ya no pregunta mucho por mis clubes ni mis equipos. Le dije que me salí de algunos porque quería concentrarme en mis clases de nivel avanzado y planear mis quince años. Me dijo que era buena idea, y que tenía una buena cabeza sobre mis hombros. Creo que el verdadero significado de cumplir quince es que ya tengo edad para arreglármelas por mí misma.

Marina me tocó la espalda.

—¿Por qué tan callada? ¡Van a romperla esta noche!

—Es cierto —dijo Ernie, sonriendo. Se había puesto unos aretes de plata nuevos en las orejas, y su cabello, suelto y lustroso, le caía sobre un ojo. Tal vez tuviera que arreglármelas por mí misma, pero no estaba sola. Me incliné para besarle la comisura de la boca. Él giró y alcanzó mis labios. Besarlo mientras conducía por la autopista fue sorprendentemente intenso. Le agarré el cuello de la camiseta. Él siguió besándome a pesar de que estaba llenándolo de lápiz labial.

—Ay, por Dios —dijo Marina, riendo—. Vamos a chocar.

—No mames —respondió Ernie, rompiendo nuestro beso—. Puedo conducir con un ojo.

—Es verdad —dije, y los tres nos reímos mientras Ernie nos llevaba sobre el puente internacional.

El centro de Ciudad Bravo estaba lleno de luz y sonido, y atiborrado de vehículos. Desfilamos lentamente ante tiendas de curiosidades y consultorios dentales cerrados; íbamos pegados por detrás y por delante a otros autos llenos de fiesteros encaminados a la zona de los clubes nocturnos. De pronto, se abrió ante nosotros: varias cuadras de bares y salones de baile, todos con vistosos letreros de neón colgados sobre ambos lados de la calle, como arcos: Club Meneo, Aldo's, El Charro Bar, Las Palmas Bar, El Carnaval, Club Paco-Paco, El Koko Loco, Amigos Bar, El Palenque y otros tantos con nombres así.

Había gente por todos lados en la calle, gente sexy. Chicas con minivestidos y jeans apretados, brillo en los labios y tacones altos, y chicos con camisas de cuello almidonado, jeans nuevecitos y sus mejores botas vaqueras. Había enormes jardineras con arbustos bien podados a intervalos regulares en las aceras, cosa que nunca había visto en La Ciénega, donde el centro del pueblo estaba descuidado y lleno de tiendas medio en ruinas. Aquí la gente se sentaba en las jardineras como si fueran bancas, fumando, charlando, retocándose los labios y ahuyentando a los vendedores callejeros: mariachis, floristas y tipos que vendían paquetes de chicles.

Pasamos junto a un bar en cuya entrada un tipo gordo con guayabera gritaba: "¡Tragos de a dólar! ¡Tragos de a dólar hasta medianoche!", una y otra vez hacia la calle. En otra esquina, un hombre me miró y gritó:

—¡Estacionamiento, cinco dólares por toda la noche! ¡Cinco dólares, pasen!

—Es lo mejor que vamos a conseguir —dijo Ernie, y viró hacia la angosta entrada. El tipo nos hizo señas para que lo siguiéramos. Los autos estaban apretujados en el estacionamiento como sardinas dentro de una lata y apenas había espacio para abrir las puertas. Señaló un espacio diminuto entre dos trocas enormes.

—Ahí mero —señaló en español—. Sí caben.

—Va a ser un infierno salir al final de la noche —dije mientras Ernie pagaba al encargado.

—Para cuando termine nuestra tocada, el estacionamiento estará casi vacío —respondió—. Vamos a tocar muy tarde.

—Voy a dejar mi chamarra en el auto —anunció Marina—. Hará mucho calor en los bares.

Se veía espectacular con sus jeans Rocky Mountain ajustados y una blusa blanca con tirantes delgados. Llevaba el cabello negro y rizado suelto sobre un hombro desnudo, dejando al descubierto su brillante piel morena y sus grandes arracadas de oro. Ya la había visto con ese atuendo en mi baño, pero era distinto en el estacionamiento de grava, con el retumbar del bajo de diez clubes nocturnos distintos a pocos pasos de distancia. Solo con verla me daban ganas de dejarme la chamarra puesta toda la noche.

—Yo me quedo con la mía —aclaré y cerré la puerta del auto.

—Tu chamarra es parte del conjunto —dijo Marina mientras salíamos a la calle—. Pero yo no pienso usar mi pinche sudadera en el club.

—Te vas a congelar —dijo Ernie, sacudiendo la cabeza. La verdad, me extraña mucho que él no vea lo hermosa que es Marina. Digo, ¿qué le pasa? Pero la trata como a una hermana menor.

—Soy ruda —respondió ella, sacudiendo la cabellera—. Vamos.

Los chicos iban a encontrarnos en Paco-Paco a las once, dijo Ernie, y de ahí iríamos a Chaparral. Él caminaba por el lado externo de la acera, poniendo el cuerpo entre los vendedores de la calle y nosotras. Marina me dirigió una sonrisita. Yo puse los ojos en blanco, pero me sentí bien porque Ernie estaba cuidándonos.

—¡Lo sabía! —chilló Marina justo cuando entrábamos a Paco-Paco. Se detuvo en seco, con los ojos entrecerrados—. ¡Arturo, pinche mentiroso!

Cruzó la calle a saltos, zigzagueando entre los autos que, por suerte, no se movían: todos estaban atascados en el tráfico.

—Ah, mierda —mascullό Ernie entre dientes, pero me siguió cuando eché a correr tras ella. Art estaba de pie con otros chicos del equipo de atletismo, formados a la entrada de un lugar llamado Tragos que, como alcancé a ver, no era más que una ventana donde la gente compraba vasitos de papel con alcohol para llevar.

—Mari, ¿qué haces aquí? —preguntó Art, mirándola de pies a cabeza con furia—. ¿Qué traes puesto?

—¿Qué haces *tú* aquí? ¿Cuántas veces has venido a mis espaldas?

—¿Cuántas veces has venido tú? —gritó él—. No me dijiste que ibas a salir.

—La banda de Lulú tocará en Chaparral esta noche —tronó Marina, sin ceder una pulgada—. Te lo dije. Tú fuiste el que me dejó en casa como una pinche pendeja mientras estás aquí bebiendo con tus amigos.

—¿Y qué si no te dije? —Art chasqueó los labios—. No tengo por qué contarte todo. Vete a vigilar a tu novio fresa.

—Ay, Dios —dije—. ¿Tan celoso estás por lo de mis quince años? Guau, viejo.

—Uuuuuh —exclamaron sus amigos, y Art dijo con una voz dura, letal:

—Cierra la puta boca, Lulú.

—Viejo, no le hables así —advirtió Ernie, y se colocó frente a mí. Los de atletismo se movieron un poco, juntándose más. Yo agarré a Ernie por la chamarra, por reflejo. Aunque el pendejo de Art creyera que podía portarse así conmigo, yo tenía miedo por Ernie. Ellos eran cuatro, y estaban bebiendo. Yo estaba furiosa porque estaba asustada.

Pero Marina no. En absoluto. Miró a Art directo a los ojos. Extendió las manos, con las palmas al frente y los dedos extendidos en el aire.

—¿Sabes qué? Ni siquiera lo vales. Haz lo que quieras, Art. Terminamos —se volvió hacia nosotros—. Vámonos. Tenemos que ir a prepararnos para su tocada.

No sé si habría pasado algo más, pero justo entonces oí la voz de Jorge en la acera, a mis espaldas.

—Oigan, ¿dónde estaban?

Ahí estaba él con Ximena. Detrás de él estaban Olmeca, Toño y un par de tipos que no reconocí. Amigos de Toño, supongo. Nunca en mi vida había estado tan feliz de ver a mis compañeros de banda. Art y sus amigos de atletismo decidieron ignorarnos. Se fueron.

—¿Qué diablos interrumpimos? —preguntó Olmeca.

Ernie señaló a Marina.

—Pregúntale a ella. Yo no sé.

—Ay, Dios, Marina —dije—. ¿Sabías que él estaba aquí?

—Hace tiempo que sospechaba de él —respondió ella—. Como sea. Qué bueno.

—Ya hubo drama —dijo Jorge, riendo—. Va a ser una buena noche.

Entramos a Paco-Paco, que estaba a oscuras, con una luz estroboscópica en la pista de baile. El DJ había puesto pop latino. Nos amontonamos en una gran mesa junto a la ventana, con vista a la calle, y un mesero se acercó casi de inmediato. Olmeca ordenó kamikazes para todos. Le dije a Jorge que podía beber el mío. Yo nunca voy a beber alcohol.

Toda la situación estaba poniéndome nerviosa, y me sentía rara. Decidí tomarme un respiro. Marina tenía razón, hacía calor en el club. Me quité la chamarra de cuero de mi papá y se la di a Ernie.

—Cuídame esto. Voy a pedir una coca.

—Caray —dijo Jorge cuando me levanté—. Por fin pareces una punk de verdad. Buen trabajo.

—¿Por qué la miras? —increpó Ximena y la empujó. Jorge le devolvió el empujón. Siempre eran así entre ellos.

—Pasable —dijo Olmeca, inspeccionándome—. Un pulgar arriba.

—Cállate —reí. Había comprado un par de amplios jeans JNCO negros. Pilar les había hecho el dobladillo para que no quedaran demasiado largos, pero aun así ondeaban sobre mis Vans. Me los había ceñido a la cadera con un ancho cinturón blanco. Pero lo mejor era la parte de arriba. Llevaba puesto un top de red amarillo, ajustado, sobre un sostén deportivo negro. Eso era contribución de Marina, que había decidido que, aunque yo no tuviera curvas, podía tener un estilo *cool* de *skater*. Así que ahí estaba yo, fingiendo que mostrar todo el abdomen era algo normal para mí.

Ernie enganchó dos dedos en mi cinturón y me acercó un poco a sí. Sentí cosquillas, casi como cuando nos besamos en la autopista.

—Oye, ¿me traes una Dos Equis?

—Sí —dije. Me dio algo de dinero, suficiente para tres bebidas.

—Voy contigo —anunció Marina, y se levantó. Zigzagueamos entre la multitud, y vimos muchos rostros conocidos de la escuela. "Para ellos esta es una noche de sábado normal", pensé mientras Marina y yo nos acercábamos a la barra.

—¿Te imaginas cuánto dinero gastan cada fin de semana? —preguntó Marina—. Esto es ridículo.

—De verdad —dije.

—¿Lulú? ¿Qué traes puesto?

—Hablando de gente que gasta dinero cada fin de semana —ironicé—. Hola, César.

Ahí estaba, de pie junto a mí en la barra, en toda su fresa gloria. Alto y bronceado, con una camisa rosa salmón bien fajada en sus jeans oscuros. Cinturón trenzado café. Zapatos de cuero con relucientes monedas de un centavo metidas en la lengüeta.

—¿Tu papá te dejó salir? —preguntó César con incredulidad. Miraba los chongos de mi cabello como si fueran cuernos de diabla.

—Mi banda toca esta noche en Chaparral —respondí—. Me voy después de estos tragos.

—¿Es en serio?

—Son muy buenos —dijo Marina—. Deberías ir a verla. Ella es la vocalista.

César miró a Marina con la cabeza inclinada. Ella estaba de pie ante la barra, bailando suavemente en su lugar, al ritmo del pop latino que salía de las bocinas. Su actuación era perfecta: ni siquiera miraba a César al estirar el cuello sobre la barra para ver si lograba llamar la atención del barman. César la devoró con la mirada, tal como hacían tantos chicos. Marina tenía curvas de botella de Coca-Cola, piel de bronce que brillaba bajo la luz azul del bar, y la masa de su cabello se mecía con sus caderas. Oh, sí. César la notó.

—Bailemos —dijo César cuando empezó a sonar "La negra Tomasa" de Caifanes.

—Claro —respondió ella, tranquila, indiferente, como si no lo tuviera en la mira desde hacía meses.

—Diviértanse —dije mientras recibía mi coca y la Dos Equis. Le susurré en el cabello a Marina—: Ten cuidado con él.

—Sé lo que hago. Como sea, ahora irá a tu tocada.

—Tal vez —dije. No. César no iba a entrar a un bar de rancheritos una hora antes del cierre para verme gritar canciones de *punk* ante un montón de vaqueros solamente porque había sacado a

Marina a bailar. Eso era absurdo. Pero ¿por qué romper la fantasía de Marina esta noche?

Resultó que, a la una treinta de la madrugada, Chaparral Disco Rodeo estaba a reventar de parejas que bailaban en un enorme círculo en la pista de baile. La música era una mezcla de rock en español, norteñas, country y pop. Esperaba que también les gustara el punk.

Todo el club nocturno estaba al aire libre; al parecer era un viejo lienzo charro, con todo y ruedo y establos. La pista de baile era un enorme pabellón con un estrado en el centro. A juzgar por los aullidos que salían del ruedo cercano, los rumores de los jaripeos *amateur* eran ciertos.

—Voy a hacer eso después del concierto —dijo Jorge, con los ojos como platos, al ver a los jinetes.

—No lo harás —dijo Ximena, sorbiendo su Corona—. Te matarás.

—Piénsalo luego —intervino Olmeca. Él, Ernie y Toño acababan de acomodar el equipo—. Somos los siguientes. Suban esos culos al escenario.

—Esperen —dijo Marina. Sacó el lápiz labial Blackberry, y me retocó el labio inferior—. Okey, suerte. Van a estar geniales.

Asentí, y tuve que agachar la cabeza. Traté de respirar, y seguí a mis compañeros al escenario. Hubo un momento en que miré a la multitud, sus miradas curiosas e impacientes, y pensé, "¿Qué diablos estoy haciendo? Esto no va a funcionar".

—Somos Gato Negro —dije al micrófono, y odié el temblor de mi voz.

—¡Ven, gatito, gatito! —gritó alguien, y sonó una oleada de risas.

Siempre es Ernie quien me salva. Tocó los acordes iniciales de *Search and Destroy*, que me lanzaron por el escenario con relámpagos recorriendo mi cuerpo. Esa cosa dura en mis adentros se abrió, y encontré mi voz, fuerte y valiente, y lista para todo. Me acuclillaba y pisoteaba el escenario. Hacía girar mi cabello. Salté hasta el borde del escenario y le canté en la cara a un tipo, un gordo con un diente de oro y sombrero vaquero negro. Todos iban a verme. Nadie podría apartar la mirada. "Estoy aquí. Estoy aquí. Estoy aquí".

—¡Dale, dale, chiquita! —gritó el tipo, y yo ya estaba lanzándome hacia el otro lado del escenario. Ahí estaba Ximena, agitando su cerveza, y Marina gritando a su lado.

La canción terminó. Eché atrás la cabeza y lancé un penetrante gritonazo, largo y apasionado, furioso, como una súper chingona mexicana. Olmeca lanzó otro, y nuestras voces sonaron como aullidos de una manada en la noche. El público rugió. Nos respondieron con sus propios gritos mientras empezábamos a tocar *Wasted* de The Runaways.

Era Olmeca, acompañando mi voz con grititos entrecortados. Era Jorge, gritando, "¡Vamos!", cada vez que empezaba una nueva canción. Era Ernie, corriendo tras de mí por el escenario como en un loco juego de atrapadas. Éramos todos nosotros, palpitando canción tras canción, sabiéndolas como por memoria muscular, confiando unos en los otros, llenos de júbilo y gloria.

Para cuando llegamos a Freddy Fender, ya lo habíamos conquistado por completo. Bailaban de nuevo, girando en torno al estrado al compás del acordeón de Toño. Improvisé una polka alrededor de Ernie mientras tocaba su solo.

No tocamos mucho rato. Tal vez cuarenta minutos en total. Terminamos nuestra lista de canciones, y ya estaba Ernie despidiéndose con esa romántica pieza instrumental de Santo & Johnny. Tenía razón: era la forma perfecta de cerrar el concierto. La multitud quería enamorarse.

Me mecí al ritmo de la música, sintiendo cómo se secaba el sudor en mi cuerpo. Me alegré de que Marina se hubiera quedado con mi chamarra cuando subimos al escenario, de lo contrario, la habría sudado toda, y mi papá se habría dado cuenta. "O no", pensé mientras miraba a la multitud hipnotizada por los acordes de ensueño de Ernie.

Entre el montón de gente que bailaba atisbé un brillo de rubí bajo las luces estroboscópicas. Era Pilar. Tenía una brillante mascada roja atada bajo la barbilla. Se había delineado los ojos como gato, con trazos gruesos y ascendentes, y tenía los labios pintados en un arco de Cupido carmesí. En el club a oscuras y a esa distancia, no aparentaba su edad en absoluto. Casi habría podido ser la estrella de alguna película italiana de los años sesenta, una muchacha en un convertible. Solamente le faltaban sus lentes de sol blancos.

Estaba sentada a solas. No se movía con la música, solamente nos miraba con atención. Me vio mirándola y alzó su vaso. Le devolví el saludo, feliz de que estuviera ahí, aunque fuera raro verla en un bar en mitad de la noche.

Después de que bajamos del escenario, me acerqué a la mesa donde estaba Pilar.

—Tengo que ayudar a guardar el equipo, pero quería darle las gracias por venir.

—Por supuesto —respondió Pilar—. Si vas a practicar varios meses en mi cochera, quiero ver el resultado.

—Sí —dije—. Gracias también por eso.

Le dio un sorbo a su bebida. Era algo transparente. Tal vez un *gin and tonic*.

—Entonces, ¿tienes cómo ir a casa?

—Sí, eso creo. Estoy con Ernie y Marina. Aquí viene ella —señalé al reconocer la espesa melena de Marina iluminada desde atrás por las luces de la pista de baile. La acompañaba un tipo, así que supuse que había conseguido compañero de baile.

—Eso estuvo loquísimo —dijo César, sonriéndome al acercarse—. No sabía que podías cantar así.

—Sí, ya te había hablado de mi banda —respondí. Lo que me sorprendió fue su brazo casual sobre los hombros de Marina. Decidí decirle sin rodeos a Marina que eso no era buena idea. Seguramente no me haría caso, pero aun así, era mi deber.

—Este es César Allen —dije; no quería sonar grosera, pero no sabía si debía decirle a César quién era Pilar—. César, ella es Pili. Nos dejó practicar en su casa.

—Un placer —aseguró César, con sus modales impecables.

—Hola —respondió Pilar con voz inexpresiva. Se le quedó mirando, y luego a su alrededor—. ¿Este lugar es tuyo?

—De mi familia —respondió César, sonriendo—. Antes era un lienzo para charreadas, pero mi madre lo convirtió en esto —señaló a la pista de baile y a la barra—. Es mejor negocio.

—Oh, sí —comentó Pilar muy suavemente. Algo le pasaba, pero yo no entendía qué. Se puso de pie y alisó su abrigo—. Bueno, ya tengo que irme. Regresa con cuidado, ¿sí?

—Okey, buenas noches —dije, pero ella ya avanzaba con rapidez entre la multitud. Desapareció en un parpadeo.

—Más vale que también me vaya —agregó César con pesar—. Se supone que debía estar en casa hace dos horas.

Me abrazó para despedirse y luego se volvió hacia Marina. No la abrazó, pero definitivamente le coqueteó con la mirada.

—Te veo luego.

—Adiós —dijo ella, toda alegre.

—Ay, por Dios —suspiré y la fatiga se abatió de pronto sobre mí—. Busquemos a Ernie y vámonos de aquí. Estoy exhausta.

—Debes haber quemado mil calorías saltando en el escenario —rio Marina—. Vámonos.

Llegamos a casa casi a las cuatro de la mañana. Mi papá seguía fuera. En algún lugar.

Capítulo quince

Fallaste, corazón

—Solo quería darle las gracias. Por prestarnos su cochera tanto tiempo. Y darle esto —dije, buscando en mi mochila—. Feliz Navidad, un poco adelantada.

Habían pasado unos días desde la tocada. Había comprado para Pilar una camiseta de Selena idéntica a la que yo tenía, blanca con la foto de Selena de la portada del álbum *Amor prohibido*. Sabía que tenía que dársela antes de las vacaciones, porque de otro modo no tendría oportunidad de salir a escondidas.

—Gracias —dijo Pilar, desdoblándola y contemplándola. Aunque no sonrió, se notaba que le gustaba. O tal vez le gustó que le diera un regalo de Navidad.

—Es chica —señalé—. Creo que somos de la misma talla.

—Casi la misma —respondió Pilar—. Te tomé medidas, ¿recuerdas?

Asentí. Probablemente habríamos podido compartir ropa. Nunca había conocido a una mujer de su edad tan dedicada a mantenerse en forma, pero Pilar de verdad era así. Seguro que podía hacer más lagartijas que yo.

—¿Y reservaste el lugar? ¿La Villa Verde?

—Sí, pero ¿sabe qué es lo malo? Mis quince son la misma noche que el concierto de Selena. Se suponía que iría con Ernie, pero el once era el único sábado que tenían disponible en febrero.

—Es tu cumpleaños —dijo Pilar—. Es de buena suerte que tu fiesta sea el mero día.

—Preferiría ver a Selena —me quejé.

—Lástima, pero puedes verla la próxima vez —dijo Pilar.

—Supongo —respondí. Pilar no lo entendía. Al menos ella era una señora mayor, y tenía excusa. Ernie tampoco entendía. Me deprimía que no le importara que no fuéramos a ver a Selena. Estaba igual de feliz de ser mi chambelán. Más feliz, incluso.

Desde el lanzamiento de *Amor prohibido*, Selena ya no se presentaba tanto en pueblos pequeños. Cantaba en lugares grandes: Miami, Chicago, por todo México y hasta en Puerto Rico. Todavía daba algunos conciertos pequeños en Texas, pero estaba volviéndose súper popular. La vi en *Sábado gigante*, dando una entrevista sobre la explosión de su carrera. A fines de febrero iba a cantar en el Astrodome de Houston. ¿Por qué habría de volver a La Ciénega después de eso?

—¿Quién es tu chambelán? —me preguntó Pilar, terca con lo de los quince—. No será ese muchacho que conocí en el club nocturno.

—No. Él es el chambelán de Marina.

—No debe estar en la fiesta en absoluto —dijo Pilar, mostrando su extraño temperamento—. Es malo.

—Es decente —respondí—. A Marina como que le gusta.

—Bueno, pues que tenga cuidado. Conozco a su familia. Esos ricos se creen mejores que todos los demás —dijo en español.

Era más o menos lo mismo que yo le había dicho a Marina, pero por alguna razón sonaba peor en boca de Pilar. A mí no me desagradaba César, pero Pilar hablaba como si le guardara un rencor enorme a toda su familia.

—Solo es un chico. ¿Qué problema tiene con él?

Miró la camiseta en su regazo, con el ceño fruncido.

—Te lo diré porque debes tener cuidado. Sobre todo tú.

—Cuidado es mi segundo nombre —dije, tratando de quitarle ese humor tan raro.

—Hay gente que trae mala suerte —dijo—. Trae infortunios a los demás.

Sentí la carne de gallina en mis brazos. Sonaba como mi papá.

—¿Está diciéndome que César trae mala suerte? Porque yo no creo en esas cosas.

Volvió a doblar la camiseta y la guardó en la bolsa de regalo antes de responderme.

—Quiero que veas algo —anunció y fue a su cuarto.

La seguí. Sacó un gran baúl negro de debajo de su cómoda y lo abrió. Estaba lleno de recuerdos: un sombrero vaquero sucio, muy aplastado; flores atadas con un listón y aplanadas en papel de seda; unas antiguas botitas de bebé; y un gran álbum de fotos que sacó y abrió sobre la cama. Me senté en el colchón, frente a ella.

Era de esos álbumes con hojas de grueso papel negro, con las fotografías acomodadas de una en una o de dos en dos, con simetría y consideración, no amontonadas de a cuatro en cada página y cubiertas de plástico transparente como en los álbumes de mi casa. No me dejó tocarlo. Pasó las páginas hasta la mitad.

—Mira —dijo en español, tocando fuertemente la foto con la uña—. Mira aquí.

Era una fotografía en blanco y negro, de esas con bordes blancos y ondulados. Había un niñito de cabello largo de pie en una acera, frente a una casa. Debía tener cuatro o cinco años. Llevaba una camisa vaquera blanca y un pañuelo al cuello. Tenía un sombrerito de vaquero en la mano, como si lo agitara ante el fotógrafo. Estaba riendo. Se le veían los dientes de leche y los ojillos entrecerrados, felices.

—Mi hijo —dijo Pilar con voz pesarosa—. Murió ahí, en el lugar donde cantaste. Murió por culpa del padre de tu amigo, el médico.

—¿Su hijo?

Qué horrible que ese niño risueño estuviera muerto. Que llevara tanto tiempo muerto. Miré la cara de Pilar. Tenía los ojos secos y estaba tranquila como siempre, pero tenía ese destello, como el brillo del agua en el fondo de un pozo. "Ah, esto es", pensé. Pilar con sus extrañas pasiones, sus silencios crepitantes. Pilar, que apenas si decía una palabra sobre mi abuela, o sobre quien fuera. Era una persona que había llegado a su fin mucho tiempo atrás, probablemente cuando murió ese niño.

—¿Cómo se llamaba?

Una flecha de piedad me atravesó. Ese era el niño que todos decían que recorría Loma Negra como fantasma por culpa de Pilar. ¿Cómo podían decir eso de ella? Era obvio lo mucho que lo amaba.

—Joselito —dijo—. Como su padre.

Al mirar la foto, me di cuenta de algo más. Reconocía la puerta de mosquitero. Era negra con una filigrana de aluminio en el medio. Ya no había una mata de plátano frente a la casa, y por eso no la había reconocido de inmediato.

—Es la casa de mi abuela.

—Sí —respondió—. Antes de mudarnos aquí, alquilábamos el departamento de atrás.

—No hay ningún departamento atrás —respondí. Pensé en la construcción detrás de la casa de la abuela. Una bodega, pero con cocina y baño.

—Creo que Chuy lo convirtió en cochera —aclaró Pilar, como si me leyera la mente.

—Lamento lo de su hijo —dije, procurando sonar amable—. Pero el papá de César no era médico. Murió cuando éramos niños. Creo que era una especie de empresario, como un exportador.

—No —repuso Pilar—. Un médico. De Boston.

—Ese era el abuelo de César —respondí.

Pilar me fulminó con la mirada.

—No importa. Contrató a mi marido para que le enseñara a montar como charro. Quería ser buen jinete únicamente para impresionar a esos ricos Ruiz. Y mi hijo murió allí, en ese rancho.

—Por eso tenía esas sillas de montar —dije lentamente, recordando cómo las había aceitado como toda una experta.

—Mi marido era el mejor jinete —dijo Pilar con arrogancia—. El mejor charro. Tenía mucho talento en el ruedo. Todos lo sabían.

Volvió a pasar la página y abrió el álbum para que lo viera. Había una foto de un hombre joven a lomos de un caballo negro. Era moreno, muy moreno, con gruesos rizos negros alisados hacia atrás, en ondas. Vestía traje de charro, una combinación de pantalón y chaqueta corta que se parecía un poco al traje que usaba Ernie en su trabajo de mariachi, pero menos adornado. El hombre tenía el sombrero bajo el brazo, como un disco. Miraba a la cámara, pero como si alguien lo hubiera llamado y estuviera volteando al momento de tomar la foto. Debía haber sido alguien que conocía, porque estaba a punto de sonreír; ya se le veía en los ojos, luminosos y expectantes, como una risa esperando a la vuelta de la esquina. "Es hermoso", pensé. "Hermoso".

Mi cerebro se puso al corriente y el mundo pareció caerse bajo mis pies. Mi estómago dio un vuelco lento y desagradable. Vi, con toda claridad, que ese tipo de la foto, si hubiera tenido patillas al estilo de los años setenta y una Harley en vez de caballo, podría haber sido mi papá antes de mi nacimiento, ahí sentado en blanco y negro. La única diferencia era que el tipo tenía cabello rizado y el de mi papá es lacio como ala de cuervo.

Pilar estaba sonriendo; una sonrisa arrugada, llena de orgullo por su apuesto marido charro. Era la primera vez que deseaba darle un puñetazo en plena cara a una anciana.

—¡No me enseñe esto! —murmuré, apartando el álbum.

—Lulú... —comenzó a decir.

—¡No!

Ya estaba escabulléndome, tan rápido que me caí de la cama y caí sobre mi coxis. Todo empezaba a tener sentido, todos los fragmentos que había ignorado o sobre los que había bromeado. "Dinero o traición", había dicho Marina. Y tenía razón, pero era yo la traicionada. Yoli, mi papá y la abuela Romi: todos sabían, excepto yo.

La verdad había estado ahí todo el tiempo, esperando a que la viera y ahora me tragaba entera. Era real, de repente era completamente real y no un montón de cuentos sobre magia. No la ridícula historia que la abuela Romi siempre contaba sobre mi papá, el bebé milagroso traído a casa envuelto en una manta de montar. No los estúpidos rumores sobre una casa embrujada ni sobre Pilar como asesina de su propio hijo. Ni siquiera lo que Cero me había contado una vez, muy borracho, sobre cómo él y mi papá se toparon con ella en el río cuando eran jóvenes.

Mi familia no era mi familia. Y Pili, ay, Dios mío. Pili, que me había atraído hacia ella como atrae la flor a la abeja; Pili, a quien yo había defendido una y otra vez. Pili, que sí, me quería y era asqueroso, porque yo también la quería. Era un monstruo.

—¡Usted tiró a mi papi! ¡Lo tiró! —me levanté de un salto y salí corriendo de la habitación.

Pilar corrió tras de mí.

—¡Regresa! ¡Lulú!

—¡No voy a regresar! —abrí la puerta de mosquitero de un golpe—. ¿Cómo puede creer que quiero ver eso? ¡Sé lo que hizo!

No era una bruja. Solamente era horrible. Era una vieja egoísta que no podía pensar en nada excepto en presumir mostrándome esa foto. ¿Cómo podía haberlo abandonado? Y el hombre a caballo, el extraño con la cara de mi papá. ¿Qué le había pasado? Un hombre que yo no conocía, un abuelo ausente. Todas esas vidas cercenadas como una extremidad. ¿Y qué pensaba ella, que podía regresar y ser mi hada madrina?

—¡Espero que ese hombre la haya dejado! —grité desde el patio—. ¡Espero que haya descubierto qué mierda es usted y la haya abandonado!

Pili aullaba y aullaba. Era el sonido más terrible que había oído en mi vida. Largos, trémulos sollozos de locura, como si alguien la azotara con un fuete, como si el sonido la desgarrara al salir: el negativo fotográfico de un grito charro, puros bordes dentados y horror negro. Salió de la casa, con la cara empapada y surcada de arañazos rojos. Me quedé en la orilla del patio, enraizada en mi lugar, mientras ella se arañaba la cara otra vez. Pili la estoica, la elegante, había desaparecido. Solo quedaba esta *banshee* demente.

—¡Traté de recuperarlo! —gritó—. ¡Lo intenté! ¡De verdad! ¡Pero Romi no me dio a mi bebé! ¡No quiso devolvérmelo! ¡Se lo quedó y yo no tenía nada! ¡Yo no tenía nada! ¡Y ahora me toca a mí, es mi turno! ¡Yo soy la que está aquí!

—¡Usted no es mi familia! —le grité, pensando en mi padre, en la terrible oscuridad que habitaba. Él no era el de la mala suerte. Era ella. Siempre había sido ella.

—¡No digas eso! —chilló—. ¡No me digas eso!

Corrí como el diablo. Bajé la loma lo más rápido que pude, atravesando los arbustos, no el sendero y no me importaron las espinas que me desgarraban los jeans ni los cardos que llenaban mis zapatos. No me importó. Estaba aterrada de que me siguiera en su troca. Corrí todo el camino hasta la casa de la abuela, por los callejones para que no me vieran.

—Lulú, ¿qué pasó? —exclamó la tía Yoli cuando irrumpí en la sala. Estaba ordenando la ropa de mamá en varios montones sobre la alfombra—. ¿Estás bien?

No soportaba mirarla. Ahora que sabía la verdad, ella era una extraña. O tal vez la extraña era yo. "Solo di lo que sea", decidí. Cualquier cosa para poder pasar, para poder entrar al cuarto donde me quedo en casa de la abuela y dejar a todos afuera.

Soy igual que todos ellos. Nunca se me acaban las mentiras.

No le dije lo ocurrido a nadie de la banda. Les dije que Pilar me había contado que su hijo murió en Chaparral Disco Rodeo, mucho tiempo atrás, cuando era un rancho. Que culpaba por todo al abuelo de César y que se había enfurecido porque César iba a estar en mis quince.

—¿Crees que destruya nuestro equipo? —preguntó Ernie. Le había enviado un mensaje a su bíper en cuanto llegué a la casa de mi abuela. Él y Olmeca me llamaron desde un teléfono de paga en el Sonic—. Te dije que algo raro tenía.

—Tenemos que ir por nuestras cosas ahora mismo —dijo Olmeca al fondo.

—Está loca —convine. Sentí una pequeña punzada de culpa, y la reprimí. Pues qué diablos, si Pilar sí estaba loca. En eso no mentía.

Debí haber sabido que se vengaría y bien. Ernie me llamó más tarde para decirme que ella ya no estaba allí cuando llegaron, pero de todas formas que habían logrado sacar nuestras cosas de la cochera. O casi todas nuestras cosas.

—Lulú, lo siento —dijo Ernie. La línea crepitó—. Se llevó tu guitarra.

Unos días después, Marina me llamó para hablar de la coreografía de los quince años, y le dije básicamente lo mismo que les había dicho a los chicos. Ella fuc más empática.

—No puedo creer que su hijo haya muerto en Chaparral. Qué horrible. Con razón se volvió loca después de la tocada. Digo, ¿para qué fue?

—Creo que no se dio cuenta de que era el mismo lugar hasta que vio a César.

—Pero ¿por qué se quedó con tu guitarra y no con las otras cosas? —Marina hizo una pausa, y luego, como el sabueso que es, preguntó—: ¿Está enojada contigo?

—No que yo sepa —mentí—. A menos que esté enojada por César.

—Guau —exclamó Marina—. ¿Piensas regresar por ella?

—Creo que se fue del pueblo —respondí. Esa era la parte que no soportaba: no sabía a dónde se había ido. Jamás recuperaría mi guitarra.

—Mierda, eso está muy mal. Pero, cambiando de tema, ¿cuáles son las opciones para la canción del baile? Tendremos que empezar a ensayar después de año nuevo.

"Caray, todo mundo estaba obsesionado con esa fiesta de quince años", pensé.

—No sé. No me importa. No puedo pensar en nada que no sea mi pinche guitarra.

—Sí, pero por ahora no podemos hacer nada al respecto —dijo Marina—. ¿Qué tal *Bidi Bidi Bom Bom*? Es una canción feliz. Además, será fácil poner pasos de cumbia. No discutas. Amas a Selena.

Por supuesto, *Bidi Bidi Bom Bom* era la indicada. Yo no era la mejor cumbianchera, pero Marina me pondría en forma.

—Sí, está bien.

—¿Y para ti y tu papá? ¿Ya elegiste algo?

—No —no quería bailar con mi papá, por principio, pero ahora era peor. Me sentía rara y cohibida cuando estaba con él o con Yoli. Además, seguramente él mismo escogería la canción, sin importarle lo que yo pensara—. Estoy tratando de no pensar en el baile de padre e hija.

Cuando colgamos, me sentí inquieta. No era solo por mi guitarra. Deseé poder decirle a Marina, decirle a quien fuera, lo conmocionada que estaba ahora que sabía sobre Pili, sobre mi familia entera. Que vivía en una especie de penumbra genética. Pili con sus furias secretas. Mi papá existiendo a la sombra de un pecado del pasado. ¿Y acaso yo no vivía también en mis propias tinieblas?

Esa tarde, mi papá me pidió que fuera de compras con él.

—Ven a ayudarme a escoger regalos para tu tía y tu primo.

Me le quedé mirando. Él y mi tía no habían podido ni estar juntos en la misma habitación desde Acción de Gracias. Ahora actuaba como si nada hubiera pasado.

—Tu tía quiere celebrar la Navidad en casa de tu abuela, como siempre hacemos —dijo mi papá, sin mirarme a los ojos—. Tu primo también viene.

—Eso está bien —no le pregunté cuándo se habían reconciliado. Sabía que había algo más. Tenía que haber algo más.

—Dijo que ayudará a organizar los ensayos de tus quince. Y lo demás —hablaba en tono casual, como si creyera que podía engañarme. O tal vez no le importaba—. Después de Navidad, si quieres.

—Okey —dije, en el mismo tono—. Hablaré con ella.

Mi tía había ganado, probablemente porque mi papá necesitaba su ayuda. Me pregunté si mi papá lamentaría siquiera lo que había dicho sobre Carlos. Aunque lo lamentara, no lo admitiría. Jamás lo diría. Mi papá no se disculpa, punto. Seguramente hizo con mi tía lo mismo que estaba haciendo conmigo: empezar a hablarle como si nada hubiera ocurrido. Y tal vez mi tía le había seguido el juego, igual que yo. Supongo que cualquier cosa es mejor que arruinar la Navidad.

Cuando llegamos al centro comercial, llevé a mi papá conmigo al mostrador de Macy's. Escogí un frasco de perfume para Yoli: Carolina Herrera, una fragancia invernal, fuerte y almizcleña.

—Es bueno —dijo mi papá—. ¿Hay uno para hombre?

—Sí —respondió la mujer del mostrador. Le sonrió, probablemente con la esperanza de vender otro frasco de colonia de cincuenta dólares—. ¿Le gustaría probarlo?

—Papá, no vamos a comprarles regalos iguales. No creo que Carlos quiera colonia.

—¿Qué quiere entonces? No sé qué tipo de cosas le gustan.

—Pues un par de suéteres estará bien —dije, procurando no sonar molesta, pero me costó trabajo disimularlo. "Por Dios", quería decirle. "Que sea gay no impide que puedas pensar en un regalo de Navidad para él". ¿Qué pasó con las dieciocho Navidades anteriores a esta?

—La sección de caballeros está a la izquierda —indicó la mujer del contador—. Le guardaré el perfume.

Íbamos a medio camino hacia la sección de hombres cuando Margarita apareció ante nosotros. Ahí, en la tienda, con un estúpido villancico —"Blanca Navidad"— sonando en lo alto. Salió de entre un arreglo de maniquíes masculinos con chamarras esponjosas, rodeados de nieve de algodón. Vestía jeans y un suéter rojo con la leyenda "Feliz Navidad les desea la Escuela Primaria Félix Gutiérrez" en letras de molde, sobre un reno sonriente.

—Por Dios —dijo, y por la forma en que nos miró, supe que había estado siguiéndonos. Sin duda para vengarse—. Necesito hablar contigo.

Mi papá estaba furioso, eso era evidente. Se le puso roja la cara, y duros y chispeantes los ojos. Así de rápido pierde los estribos. Sin embargo, dijo con voz plana:

—No, no lo creo.

—Sí, tenemos que hablar —me señaló con el dedo—. Tu hija vandalizó mi casa.

Abrí la boca para decir algo. "No la conozco. No, yo no fui. ¡Sí, fui yo, y lo haría de nuevo!". Pero antes de que pudiera decidir cómo responder, mi papá dijo:

—Lulú, ve a esperarme en Sam Goody.

—No, necesitas oír esto —dijo Margarita, mirándome.

—No le hables a mi hija. Jamás —mi papá sonaba como solamente lo había oído una vez, en esa madrugada de verano cuando lo oí hablando con Carlos—. Ve, Lulú.

Me fui, pero claro que no fui a la tienda de discos. Me quedé junto a la entrada de Macy's, tratando de verlos. La voz de Margarita sonaba demasiado baja para entender algo. No dejaba de apuntar con el dedo hacia donde yo estaba. Sin duda, estaba contándole cómo le lancé mierda de perro, y lo que dije. Tal vez incluso con quién estaba, si es que ella conocía a Pili.

¿Era posible que la conociera? No lo creía.

Mi papá la dejó hablar. Tenía esa expresión que conozco tan bien. Esa sonrisita. Como si quisiera demostrar que no está escuchándote de verdad, porque ni siquiera lo mereces.

Y eso la puso furiosa. En voz muy, muy alta, dijo:

—¿Qué piensas hacer al respecto?

—Hace tres meses que terminamos —respondió mi papá en voz aún más alta. Nadie iba a gritarle a Jules Muñoz, y sobre todo, no en público—. No me importa qué pendejadas patéticas digas sobre mí, pero no te atrevas a hablar de mi hija. No le hables. No la mires. No te le acerques.

—Eres un pendejo, Jules.

—Pues haz de cuenta que estoy muerto. Así seremos más felices los dos —respondió mi papá. Fue al mostrador de maquillaje y pagó el perfume de mi tía mientras todos lo miraban boquiabiertos. Mierda. A veces odio a mi papá, pero caray. Eso estuvo brutal. E hilarante. Fui corriendo a Sam Goody antes de que pudiera verme afuera de Macy's.

—¿Todo bien? —pregunté, con el corazón acelerado, cuando llegó por mí. No me costó trabajo parecer nerviosa. Lo estaba.

—¿Has visto antes a esa mujer?

—No —mentí con descaro, suponiendo que no iba a mencionar el funeral de la abuela, porque entonces tendría que explicar de dónde la conocía él—. ¿Quién era?

Me miró un largo, largo momento y luego simplemente se encogió de hombros.

—Una loca, probablemente sin medicar. No te preocupes.

Una loca. Lo mismo que yo había dicho a todos sobre Pili. Mi papá y yo, mintiendo con todos los dientes. Feliz Navidad, supongo.

Fuimos a Abercrombie & Fitch porque mi papá dijo que tenían suéteres más del estilo de Carlos. Estuve a punto de decir: "Oh, pensé que no tenías idea de lo que le gusta". Pero no dije nada.

Mi papá me defendió delante de una tienda llena de gente. No creyó ninguna estupidez que Margarita quisiera decirle sobre mí. No quiso oír una palabra en mi contra, no de boca de ella. De camino a Abercrombie, lo abracé.

—¿Y tú? ¿Qué vas a querer para Navidad? —preguntó, jalándome la cola de caballo.

—Nada —dije—. No hay nada que quiera.

Parecía que la pelea con Margarita lo había puesto de buen humor. Me abrazó otra vez.

—¿Sabes qué? Voy a sorprenderte.

⁂

La Nochebuena fue ridícula. Antes de salir a la cena con Yoli, mi papá me dio mi regalo de Navidad: un collar con una medalla de la Virgen María. Una pieza de joyería de verdad, de oro de catorce kilates, con todo y caja de terciopelo negro.

—Ay, está bonito —aseguré procurando ocultar mi falta de entusiasmo. Seguro que era caro, pero ¿pòr qué algo religioso? Casi nunca vamos a la iglesia. Y jamás lo usaría. Ya podía oír a Jorge preguntándome cuándo iba a entrar al convento.

—Para tus quince —dijo mi papá. Me abrazó. Traté de no molestarme porque ya olía un poco a cerveza—. Es tradicional usar un símbolo de la Virgen, porque estás convirtiéndote en mujer.

Increíble. Se me permitía convertirme en mujer, pero únicamente si me colgaba un símbolo de castidad al cuello. Perdón, pero ese barco ya zarpó hace tiempo.

—Gracias.

—Feliz Navidad, mija.

La cena fue igual de incómoda. Mi tía y mi papá trataban de superar su pelea, supongo que porque ambos extrañaban a la abuela. Mi tía le dirigió una mirada de advertencia cuando nos recibió en la puerta, pero él se comportó. El tío Charlie no estaba invitado.

—Feliz Navidad, Lulú —se alegró Carlos cuando llegamos. Tenía puesto un suéter negro con un patrón de renos, que me recordó a Margarita, la amante despechada de mi papá. ¿Qué estaría haciendo esta noche? Probablemente, tramando algo contra mi papá. Eso haría yo en su lugar.

—Hola, Carlos —dije, y lo abracé. Estaba feliz de verlo, pero habían pasado muchas cosas malas en su ausencia.

—Chaparra —dijo, estrujándome—. Oye, no puedo ir a tus quince. Es a medio semestre, ¿sabes? Pero te enviaré algo.

—Está bien. Lo entiendo —asentí, fingiendo alegría para no parecer molesta. Por supuesto que quiere estar lejos. Solo que, ahora que la abuela no está, él es mi persona favorita. Al menos, es el único que no me miente. Que yo sepa.

—Feliz Navidad —dijo mi papá, y le dio un apretón de manos a Carlos. Carlos le dio la mano, pero no dijo nada. No tardé mucho en comprender que no le hablaba a mi papá ni a Yoli.

Cenamos y abrimos los regalos mientras en la tele sonaba un programa musical en Univisión. A mi papá le tocó un par de botas vaqueras nuevas. Yoli recibió su perfume y una *pashmina* preciosa. A mí me dieron un teléfono rojo con forma de un par de labios gigantes y una ridícula pijama de rayas como si fuera un bastón de dulce. Carlos recibió un suéter, boletos para ver a Janet Jackson y una nueva tarjeta Visa. Yoli había echado la casa por la ventana.

—Gracias, mamá —dijo Carlos, mordiendo las palabras.

—Feliz Navidad, mijo —Yoli intentó abrazarlo, pero él se apartó. Pensé que ella se enojaría, pero trató de fingir que no se daba cuenta.

—¿Es feliz? —ironizó Carlos—. Para mí no.

—Oye, está haciendo su mejor esfuerzo —dijo mi papá—. Es difícil ahora que tu abuela no está.

—¿Sabes qué, tío? —respondió Carlos, mirando a mi papá a los ojos. Caray, ésos eran huevos—. Al menos tú me dijiste a la cara que me odias. Mi mamá ha estado diciendo a todos en este pueblo que mi papá le es infiel, porque no quiere que nadie sepa sobre mí.

—¡Estoy apoyándote! —exclamó Yoli con la cara rosada—. No permitiré que tu papá te repudie. ¡Eres mi hijo!

—Mamá, te doy vergüenza —afirmó Carlos con voz suave—. Es verdad.

—¿Puedes culparla? —respondió mi papá.

—Papá, ya basta —solté. Nunca puede cerrar la boca y ya.

No importó. Carlos se encerró en un cuarto y ahí se quedó; ni siquiera a mí me contestó cuando toqué la puerta para darle las buenas noches.

Pasé el resto de la visita en el sofá, tratando de no pensar que era Navidad, cuando se supone que uno debe estar con su familia, pero Carlos y Yoli ni siquiera eran mis parientes. Traté de decirme a mí misma que no importaba, porque la abuela Romi nos amaba a mi papá y a mí igual que a su familia de verdad, pero entonces lloré porque yo no era su familia de verdad.

—No te quejes porque te regalaron un collar de Guadalupe. Al menos es joyería —dijo Ernie esa noche, cuando hablé con él por teléfono—. A mí me dieron calcetines y un certificado de regalo de diez dólares para Wal-Mart.

—Patético —dije y me reí, feliz de hablar con él. Feliz de burlarnos de nuestros tontos regalos. Solamente quería olvidar todo lo demás por un rato.

—Oye, tengo algo para ti.

—¡No! Yo no te compré nada. No me des un regalo.

Estaba tratando de no tener una Navidad de novios.

—No es un regalo —dijo Ernie—. Todos en la banda lo tenemos. Nos vemos esta noche al final de la calle. A las dos de la mañana.

Desde la tocada en Chaparral, nos veíamos dos o tres veces por semana. Él iba en auto hasta el final de mi cuadra, y yo salía a escondidas para verlo. Él conducía hasta la gasolinería Fina, a una milla de distancia, y se estacionaba detrás. Escuchábamos música y cogíamos. Después, hablábamos de qué canciones aprenderíamos para la siguiente tocada, hasta casi quedarnos dormidos. Entonces me llevaba a casa.

No era difícil ver a Ernie. Desde lo del centro comercial, mi papá *trataba* de pasar más tiempo en casa, pero eso no cambiaba gran cosa. En vez de salir y emborracharse, se quedaba y se emborrachaba. A veces yo regresaba de encontrarme con Ernie, me ponía la pijama y todavía iba a la sala a tirar todas las latas vacías de mi papá. Odiaba despertar con el olor agrio de la cerveza barata. Lo odiaba mucho.

Esta noche, salí con una de mis camisetas viejas de Selena, de su álbum *Dulce amor*, y el pantalón de mi pijama de bastón de dulce.

—¿Dónde está Waldo? —preguntó Ernie, riendo cuando me acerqué al auto.

—Cállate.

Nos estacionamos detrás de la gasolinería. The Cure sonaba a bajo volumen en la penumbra del auto, y los indicadores de la radio emitían una luz tenue. Estaba bien. Por mucho fue la mejor parte de la noche.

Ernie me había traído una camiseta, azul metálico con "Gato Negro" escrito en el pecho, en cursiva, sobre la imagen de la calavera de gato sonriente.

—Olmeca solo hizo cuatro, así que cuídala.

—¡Chingón!

—¿Verdad? —re reclinó en su asiento y subió los pies al tablero—. Feliz Navidad a nosotros.

En enero, la corte de mis quince empezó a ensayar la coreografía varias veces por semana. Como mi papá se quedaba más en casa, mi tía ya se había ablandado lo suficiente para llevarme a los ensayos. También estaba más suave conmigo. En cuanto a mí, lo que descubrí fue que, incluso cuando descubres escándalos familiares dignos de una telenovela, nada cambia en la vida real. Y, la verdad, eso es reconfortante.

—Ya tienes el lugar y tu vestido —dijo Yoli, impresionada—. Buen trabajo.

—Sí —respondí, como si no fuera la gran cosa. Desde que Pili se robó mi guitarra, quería meterle tijera a ese pinche vestido. Pero Marina dijo que no teníamos tiempo para conseguir un vestido nuevo y que, además, lo necesitábamos para el patrón del suyo y el de Rosalie. Yo sabía que tenía razón, y eso me hacía sentir todavía más enojada.

Después de clases, mis amigos y yo practicamos el principio de nuestro baile en el parquecito del centro, donde Pili y yo habíamos conspirado para lanzar mierda de perro a la casa de Margarita.

César asistía al menos a un ensayo por semana. Decía que se aprendería la rutina sin problemas. Un par de veces, él y Marina llegaron juntos, aunque Mari decía que "solamente estaban hablando". La pequeña Rosalie, la hija de sexto año de Cero, siempre estaba ahí. Podría haber sido peor: al menos no era malcriada. Se notaba que pensaba que éramos muy *cool*.

A todos les gustó que eligiera a Selena, básicamente porque al menos todos podían cumbiar un poco. Me negué a que hubiera un baile "sorpresa" a la mitad, y Marina tuvo el buen juicio de no ponernos movimientos ridículos tomados del manual del equipo de porristas. Así que, sobre todo, era cuestión de saber cuándo y a dónde girar, y Marina nos enseñó los giros a Ernie y a mí.

Ella y César eran increíbles juntos. Giraban y se retorcían, hacían fintas y daban patadas, y las caderas de Marina se mecían como la marea. César ya sabía cómo hacerla girar, cómo guiarla para que diera vueltas a su alrededor como un trompo.

—Ojalá ustedes dos pudieran ser los bailarines principales —suspiré, mirándolos. La fiesta era en dos semanas y yo todavía no lo hacía bien.

—Pues no podemos —dijo César en español—. Levántate ya. Ernie, tú también.

A Jorge, que no estaba en el baile pero de todos modos nos veía ensayar, todo el asunto lo mataba de risa.

—Lulú, perdón, pero eres pésima.

—Tal vez deberíamos usar delineador —sugirió Olmeca—. O sea, todos los vatos, para seguir siendo nosotros.

—Todos vamos a usar máscara —afirmó Marina—. Duh.

Jorge se rio.

—¡Háganlo de todos modos! Así podrán hacer un baile sorpresa de Type O Negative —se puso a cantar con voz impostada—: *She's got a date at midnight with Nos-fer-a-tu. Oh baby, Lily Munster ain't got nothing on you!*

—Ningún baile sorpresa —dije—. Con uno basta.

Mi papá llegó en su troca con Black Sabbath retumbando en la cabina. Me acerqué con Marina. Mi papá tenía puestos unos lentes de espejo con marco dorado, como de aviador. Llevaba una Coors entre las piernas.

—Oigan, ¿quieren unas hamburguesas?

—Claro —respondí—. Creo que ya casi terminamos.

—¿Qué es eso? —preguntó de pronto, apagando el motor—. ¿Qué diablos es eso?

Marina y yo nos miramos. Volteé a verlo, completamente perpleja por una vez.

—¿Qué es qué cosa?

—La camiseta. ¿De dónde sacaste eso?

Era mi camiseta de Gato Negro. No entendía cuál era el problema. Él no sabía que era nuestra banda; si siquiera sabía que yo estaba en una banda. Pero ya estaba fuera de la troca, y me agarró del brazo. Me dio miedo.

—Es una camiseta, papá —dije, apartándome de él—. Suéltame.

—¿De dónde la sacaste? —preguntó—. ¿Quién te la dio?

Todos estaban callados. Me pregunté si me arrastraría a la troca delante de todos ellos, y me enfurecí. Dios, siempre me ponía en vergüenza, tratándome como niña.

—Es de la tienda de segunda mano.

Tal vez me habría creído, pero entonces miró alrededor. Jorge también tenía puesta la camiseta de la banda. Maldición.

—Ese pinche pelado tiene la misma —escupió mi papá. Agarró a Jorge por el cuello de la camiseta—. ¿Quién diablos eres, vato?

—Jorge Acosta —balbuceó Jorge, asustado. Tenía los ojos como platos. Creo que nunca le había tenido tanto miedo a un padre como le tenía a Jules Muñoz en ese momento.

—¿Por qué traes la misma camiseta que ella? ¿Eh? ¿Fueron de compras juntos? Contéstame, chavo.

—Solo es una banda, hombre —chilló Jorge. Hasta César parecía ansioso, lo cual era algo nuevo.

—¿Es una banda? —preguntó mi papá, como si no lo creyera—. No, no es cierto. ¿Dónde la conseguiste? ¿Quién te la dio?

—¡Papá, cálmate! ¿Qué te pasa?

Pareció darse cuenta de que todos estaban viéndolo ponerse como lobo. Soltó a Jorge y lo apartó de un empujón.

—Todos váyanse a casa. Se acabó el ensayo.

Todos se dispersaron. César se llevó a Marina y a Rosalie. Olmeca y Jorge se fueron juntos. Ernie vaciló, pero yo negué con la cabeza. Desaparecieron en un instante. Únicamente quedamos mi papá y yo.

—¿Qué diablos, papá? Estás portándote como un loco.

—Mientes —me acusó—. Eso no es una banda.

Ya me importaba una mierda. Me había avergonzado demasiado.

—Es *mi* banda, papá.

—¿Tu banda?

—Sí. Estoy en una banda —me toqué el pecho—. Somos Gato Negro.

—Ese *punkcito* es tu novio? —preguntó.

—No —respondí—. Es el bajista.

—¿Cuál es tu novio?

—Estoy en la banda porque hago música —dije—. No para conseguir novio. Déjame en paz.

—Ah, eres una *artista* —se mofó, en el mismo tono que había usado con Margarita en el centro comercial—. Discúlpame.

—Qué risa —ironicé. Lo odiaba, simplemente lo odiaba, pero además, en ese momento me pareció muy pequeño. Pude verlo como lo que era en realidad, un simple bravucón. Mantuve mi voz normal, como si no pasara nada—. Yo no soy como Margarita. No me importa lo que pienses. Solo eres el tipo que hizo que mataran a mi Gonzo. Eres un perdedor.

Inhaló entre dientes como si lo hubiera abofeteado.

—¡Cállate! Cancelaría tus quince años ahora mismo, si no fuera a perder el depósito del lugar.

—Cancélalos. Qué bueno. Así no tendré que bailar contigo —me reí de él con la misma risa fea que él hacía—. No eres más que un borracho patético. ¡Te odio!

Me dio una bofetada. No tan fuerte como habría podido; me sorprendió más que dolerme. Pero sí. Me la dio. Luego abolló su troca a puñetazos. Supongo que para no golpearme a mí.

Capítulo dieciséis

Selena para siempre

Como era de esperarse, mi papá expulsó a Olmeca y a Ernie de los quince años. Me quitó mi camiseta de Gato Negro, mi estéreo y mi teléfono de labios. Hasta tiró el teléfono portátil de la sala para que solamente quedara el de la cocina y, por supuesto, el de su cuarto. Cerró las ventanas de mi cuarto con clavos, cosa que en secreto me mató de risa, porque yo nunca había salido por ahí. Pero eso fue lo único gracioso.

Siguió interrogándome: ¿De dónde había sacado esa camiseta? ¿Quién me había hablado de los Gatos Negros? Mientras más confundida me mostraba, más se enfurecía. No le dije nada del tenis Converse, porque entonces tendría que decirle dónde lo encontramos.

La tía Yoli apoyó a mi papá contra mí. Seguramente no le había contado lo de la bofetada. O tal vez sí y no le importó.

—Estoy muy decepcionada de ti. Si quieres que la gente te tome en serio, tienes que ser responsable.

—¿Sabías que yo llevo la cuenta de cheques de mi papá? —pregunté—. Y estoy en la lista de honor. ¿Qué más quieres de mí?

—Quítate esa actitud —dijo Yoli con brusquedad—. Solamente sé sincera con nosotros.

"Sé sincera". Casi me ahogué. Okey, no podía decir, "Me enteré de que no somos familia" sin delatarme a mí misma. No sabían que me había juntado con Pili, y así quería que siguiera siendo. Pero había muchas otras cosas.

—Oh, ¿como fuiste sincera tú cuando dijiste que el tío Charlie te era infiel? ¿O como él —apunté con la barbilla hacia el taller de mi papá— que "no tiene idea de por qué" alguien mató a Gonzo?

—Jesucristo —dijo ella, llevándose las manos a la frente—. No más terminemos con estos malditos quince años, ¿okey?

—¿Es verdad? —oí que Yoli le preguntaba a mi papá, más tarde. Estaban afuera, y supongo que creían que no podía oírlos—. ¿El marido de tu sancha mató al perro de Lulú?

—Me desquité. Dejé el cadáver en su troca. Le dejé una nota para que fuera a buscarme. El maricón nunca fue.

—¿Te oyes a ti mismo? —preguntó Yoli—. ¿Cuál es tu problema? Con razón tu hija necesita terapia.

Hubo un largo silencio. Luego mi papá dijo:

—¿Tú le hablaste de los Gatos Negros?

—¿Por qué haría eso?

—No lo sé. Alguien lo hizo.

Apreté la oreja contra la ventana.

—Mira, Julio —dijo mi tía—. Me quedaré a los quince años. Después de eso, me voy a casa. Si quieres que la lleve conmigo, eso haré. Tal vez necesite un cambio de aires por un tiempo.

—Entonces por fin vas a volver con Charlie, ¿eh?

—Le dije que volveré a casa si deja de ser un ojete con Carlos.

Escuché la risa fea y áspera de mi papá.

—Supongo que extrañas su cuenta bancaria.

—Síguele —lo desafió mi tía, con su tono de chingona—. Pero te lo digo de una vez: mamá ya no está. Ya no eres el consentido de nadie. Puedo llevarme a Lulú conmigo, o puedes lidiar tú con ella. Pero no pienso venir corriendo cada vez que hagas un desastre. Créeme, eso se acabó.

—Está bien, llévatela. Así es mejor de todos modos —dijo mi papá. No le gusta que le ordenen *nada*. Aun así, no podía creer que renunciara a mí tan fácilmente. Sentí la mejilla caliente contra el vidrio de la ventana. Supongo que si creciste sabiendo que tu propia madre te tiró, ¿por qué habría de importarte lo que le pase a tu hija? Yoli estaba actuando como la abuela Yoli, llevando niños desamparados a su casa. Pero esta vez, la desamparada era yo.

—Puede mudarse después de las vacaciones de primavera —dijo Yoli—. Entonces será un buen momento.

¿Sabes qué tan horribles son los adultos? No me dijeron nada. Nop. Un rato después, mi tía entró a mi cuarto para decirme que su comadre Élida había ofrecido a sus gemelas para ser escoltas en mis quince años. A partir de ahora, podíamos ensayar en el patio trasero de la abuela.

—Qué mierda —dijo Jorge cuando les conté a él y a Olmeca, en la escuela.

—Al menos en Houston hay una escena musical de verdad —apuntó Olmeca—. Mejor que aquí.

Sin embargo, con Ernie la cosa salió muy mal. Estábamos sentados en su auto, junto al lago. Nos habíamos saltado las dos últimas clases. Me dijo que todo iba a estar bien, que no me preocupara. Decía eso con mucha frecuencia.

—Vamos a estar bien —dijo, apretando mi mano en la suya—. Seguro que solo es hasta fin de año. Puedo ir a verte como una vez al mes. Y más seguido en verano.

—Ernie, ese no es el punto. Lo decidieron sin mí, así nada más. Ni siquiera me lo han dicho a la cara.

—Lo sé. Solamente digo que no tenemos por qué cortar.

Fui cruel. Lo sé. Pero no me quedaban energías para lidiar con el corazón roto de Ernie ni para planear viajes a Houston cuando toda mi vida estaba desintegrándose. Me sentía tan agraviada que dije:

—No podemos cortar. No soy tu novia.

Fue un largo e incómodo viaje en auto de regreso a la escuela.

La única que se puso de mi lado fue Marina. No le dije nada hasta la tarde, porque se había saltado sus clases para estar con César.

—¡Ay, Dios mío! —exclamó su voz temblorosa al otro lado de la línea. Es de las que lloran cuando están muy enojadas—. ¡Esto es una mierda!

—Lo sé —dije.

—Y ni siquiera podemos tener pijamadas, porque estás castigada. Maldita sea.

—Lo sé —repetí.

—¿Sabes qué? —dijo ella—. Que se jodan. Que se jodan todos.

Estoy lista.

Hoy pasé dos horas en el mostrador de Origins en Macy's para que me maquillaran toda la cara en estilo natural, y otras dos en el salón de belleza. Tengo el cabello peinado en una enorme trenza holgada, artísticamente dispuesta hacia un lado de modo que todos mis rizos caen sobre un hombro, con una guirnalda de flores doradas y plateadas entretejida. Tengo las cejas esculpidas. Tengo uñas francesas. Tengo puesto el collar de la Virgen María. Aretitos de diamantes en las orejas. Diamantes de verdad. Eran de mi madre. Mi papá me dejó usarlos para mis quince. Algún día , finalmente serán míos.

Ya hice la sesión de fotos oficial de mis quince años. Mi retrato está en Villa Verde, en un caballete junto al registro de invitados.

Solo falta que me ponga el vestido. Estoy sentada en mi cama. Espero.

—¡La limusina estará aquí en una hora! —grita mi papá desde la sala—. Voy a darme una ducha.

—Okey —le respondo. Sueno obediente. Sueno como una hija diligente justo antes de su fiesta de quince años. Estoy lista.

Oigo sus botas en la sala, cloc, cloc, cloc, rápidas, pero no apresuradas. La puerta de su cuarto se cierra. Tengo la cara caliente bajo la base y el polvo. Me aguanto las ganas de rascarme, aunque me da mucha comezón.

Ahí está mi vestido, colgado de la puerta de mi armario en una funda de plástico transparente, como un cadáver en espera de su autopsia. Abro el cierre de la funda y dejo caer el vestido sobre la cama. Este estúpido, odioso vestido: plateado y destellante, con todo ese tul de bailarina. Pero bueno. Me lo pongo y me paro frente al espejo.

Aquí estoy. Tengo quince años. Hoy es mi cumpleaños. Esta es la mujer. Según dicen todos, esto es lo que estuve esperando ser. No lo siento. Apenas soy una chica flaca con rizos tiesos, cubiertos en aerosol, y con maquillaje demasiado brillante.

Regreso al armario y saco mis tenis de la vieja bolsa del fondo, la que contiene el vestido de bodas de mi mamá. La tengo guardada detrás de mis chamarras viejas y ese horrible árbol para zapatos que saqué de la casa de la abuela Romi, el que todavía tiene un montón de viejas sandalias suyas.

Pongo los zapatos en el suelo, con delicadeza y vuelvo a buscar en la bolsa. Ahí está el sobre que sujeté con un alfiler al cuerpo del vestido de bodas de mi madre. Todo el dinero que me queda. Lo pongo en la cómoda.

Me quito el vestido plateado y lo dejo caer amontonado en mitad del piso, donde mi papá lo encontrará.

Me pongo mis jeans negros más ajustados y mi camiseta de *Amor prohibido*. A fin de cuentas, como que sí me gusta el peinado, así que me dejo las flores metálicas y la trenza. Lo último que saco del armario es la chamarra de cuero de mi papá. La tengo desde la tocada en Chaparral. No ha notado que le hace falta. Tal vez piense que la dejó en algún bar, dondequiera que vaya en esas noches que no está en casa. Entonces me pregunto cuántas cosas habrá perdido mi papá sin molestarse en buscarlas.

Bueno, ahora esta chamarra es mía. Me encanta el olor del cuero, su peso. Cómo cruje y tintinea. Hasta los rasguños que tiene. Me la pongo y la cierro. Salgo de mi cuarto en calcetines, con los zapatos en la mano, con cuidado de no hacer ruido. Salgo de la casa al patio, hacia el taller de mi papá.

Esta noche sí notará mi ausencia. Aunque sea solo porque arruiné su fiesta. No me importa. Ya no hay nada que pueda hacerme.

No es que no haya cosas buenas en Houston. Marina me visitará e iremos a The Galleria y a la pantalla IMAX. Colgaré el retrato de Gonzo que dibujó Ernie en la pared de mi cuarto y nadie me gritará por tenerlo. Hasta voy a enmarcarlo. Iré a la escuela con blancos ricos. Seré tan odiosa como esa serie, *El mundo de Ángela*.

En el patio, todo luce brillante; el césped nuevo de mi papá está súper verde, exuberante. Falso. Es brillante y frío, el invierno desértico, pura luz y nada de calor.

El taller está abierto. Me quedo parada un momento, mirando hacia la oscuridad, con los pies oprimiendo el pasto frío. Ahí está la sombra, dentro del cobertizo. Ahí está, cerca del fondo. La motocicleta, reluciente y negra, destellando en su falso reposo, como si su naturaleza fuera silenciosa y no el difuso trueno de su movimiento, su inquietud.

En silencio, entro y respiro el aire rancio, aceitoso. La motocicleta especial de mi papá, con la cabellera brillante y negra pintada en el negro tanque de gasolina, y el ojo de mujer apenas visible. Vigilando. Esperando. Parece que me mira a los ojos.

Te veo. Yo también te veo.

Entro y me pongo los tenis a oscuras. Salgo por detrás del cobertizo, a la larga reja al fondo del patio, la que mi papá usa para meter la troca, como cuando trajo el césped. La abro lo suficiente para que pase la motocicleta, pero no tanto como para que alguien note desde la ventana que está abierta.

Estabilizo la moto, levanto el caballete con el pie, y comienzo a empujarla fuera del cobertizo. Oigo el chapoteo de la gasolina en el tanque.

Ojalá pudiera quedármela, esta motocicleta que ha reconstruido mil veces. Es lo mejor de lo que él hace. Alta, pero con los ángulos correctos para que una mujer pequeña la monte, contoneando la máquina, contoneándose ella misma, ligera y chispeante. Era de mi mamá. Debería ser mía, más que estos aretes de diamantes.

Las llantas aplastan la grava, pero en silencio. Una vez que está en movimiento —un avance lento, como de algo pesado que acaba de cobrar vida—, resulta más fácil maniobrar para salir del cobertizo. Cuesta más trabajo avanzar sobre el césped, pero ni siquiera eso es para tanto. Entonces cruzo la reja y ya estoy en el callejón detrás de la casa. Hay caliche y polvo, el amarillo blancuzco del polvo de la tarde, seco por tantas semanas sin lluvia, levantándose en nubes a mis pies. Pero el avance ya es más fácil, incluso con las piedras.

Fijo la vista en el extremo del callejón. Más allá está la maleza, la parte sin urbanizar del barrio. Antes de que la despejen, ya no estaré aquí. Empujo la motocicleta entre la maleza y salgo al otro lado, junto a la autopista. Subo la pierna.

—Arrancar usando el botón es para mariquitas —murmuro. Y luego ya voy rugiendo por la autopista, con el viento arrancándome estrellas del cabello.

—¿Tienes puesto tu vestido?

Me río al entrar al estacionamiento del 7-Eleven. Marina está esperándome, toda *glam* con su vestido azul hielo y su chamarra blanca de falso pelo de conejo.

—Me veo fantástica —dice—. Además, pagamos dinero por este vestido. Pienso usarlo.

Ya se quitó las zapatillas color piel que mi tía consiguió para todas, y se puso un par de botas holgadas rosa mexicano. Con la falda de tul y la chamarra de pelo, se ve casi punk. O al menos, new wave a lo Cyndi Lauper.

—¿Y esas botas?

—Son de mi prima. ¿Quién crees que me dejó aquí? Cree que voy a tus quince con una pareja secreta.

—Te pierdes de que César sea tu chambelán —bromeo.

—Es asqueroso. Quería que se la chupara, y cuando dije que no, dijo que de todos modos no sale con chicas de primero.

—Qué cretino —digo. Hay una altivez en la forma en que Marina levanta la barbilla. Orgullo, y algo más. Tal vez no dijo que no. Tal vez pasó algo peor. Las palabras de Pilar me vuelven a la mente: "Es malo". Pero ¿lo creo? No lo sé.

—Ojalá pudiera ver su cara cuando se dé cuenta de que lo dejé plantado —ríe Marina. Sube a la moto detrás de mí—. Vámonos de aquí.

En un semáforo, justo antes de salir a la autopista, un hombre de la edad de mi papá nos grita desde la ventana de su troca.

—¡Oigan, chulas! ¿A dónde van?

—¡Selena! —gritamos María y yo cuando la luz se pone verde—. ¡Selena!

Hago rugir el motor, un rugido rompetímpanos para ahogar cualquier mamada que esté por salir de su boca. Nos alejamos, con la Harley gruñendo bajo nuestros cuerpos y el viento llevándose nuestra risa salvaje.

En la puerta, los boletos están a cuarenta dólares. Cerca de la entrada de la feria hay puestos por doquier: venden cerveza, comida, mercancía de bandas; los asistentes al concierto son un enjambre.

Marina y yo compramos un par de botellas de agua y avanzamos en dirección de la música.

Llegamos tarde, y la banda telonera, el Conjunto Vega, de la familia de Ernie, ya tocó. Él debe estar por aquí, en algún lado, pero no lo veo. Hay otro grupo en el escenario, uno que no conozco muy bien. Bronco, o tal vez Pesado. Marina seguro sabe cómo se llama. Sean quienes sean, todo el grupo viste ajustados trajes vaqueros de satín rojo, enormes hebillas doradas y sombreros negros. El acordeonista toca plañideros compases de polka con su centelleante acordeón dorado.

Es un teatro al aire libre. Hay un medio círculo de gradas que descienden hasta una zona de pasto abierto frente al escenario. Entre el remolino de luces rojas y negras veo muchos asientos disponibles, aunque tal vez sea porque muchas parejas están bailando en el pasto.

—¿Está cantando "Ojalá que te mueras"? —pregunto mientras avanzamos hacia el pasto.

—Es sobre alguien que lo dejó. Está amargado —dice Marina, y luego exclama—. ¡Ah, hola!

—¿Qué hay?

Es Ernie, que sale de entre la multitud. Marina se va de inmediato; dice que se va para poder apartar un lugar cerca del escenario. Traidora.

Ernie trae pura ropa vaquera: sombrero Stetson negro, jeans Wrangler súper ajustados, botas y hasta un saco vaquero con diseños en diamantes falsos, como un verdadero músico tejano. Se ve más alto y de mayor edad, como si de verdad pudiera ir de gira con alguna nueva banda tejana. Podría hacerlo. Es el tipo más talentoso que conozco.

—Te ves bien —digo. Es la verdad, y duele.

—Le abrí a Selena —responde con cierta arrogancia. Tiene un enorme gafete de VIP sobre el pecho, colgado de un cordón—. ¿Por qué no estás en tus quince?

—Mi papá va a deshacerse de mí. ¿Por qué no hacer lo que yo quiero?

—Eso haces siempre —replica Ernie. Tiene el ceño fruncido bajo el ala del sombrero. Pero no quiero pelear.

—Lamento haberme perdido tu tocada —digo, aunque no lo lamento. Me da gusto que Marina y yo hayamos llegado tarde. Verlo en el escenario me partiría el corazón en pedazos—. ¿Conociste a Selena?

—Sí —a pesar de estar tan enojado, esboza una sonrisa gigante. ¿Cómo no?—. Es genial. De verdad.

—¡Ay, Dios mío! —exclamo.

Quiero hacerle un millón de preguntas, pero alguien grita su nombre desde el área de comida:

—¡Ernesto!

Su papá o tal vez un tío. Ernie le hace una seña para que espere, pero cuando se vuelve hacia mí, noto que tiene que irse. Me guardo mis preguntas.

—Te buscan —digo, tratando de sonar casual—. No te retrases por mí.

—Sí, me tengo que ir —responde. No le veo muy bien la cara bajo el ala negra del sombrero y las luces intermitentes del concierto. Pero se agacha de repente, me acerca a sí y me da un beso en la mejilla—. Feliz cumpleaños, Lulú.

Me cuesta todas mis fuerzas no aferrarme a él. Ay, Dios, qué difícil es. Si lo hago, si tan solo aprieto sus brazos entre mis dedos, se quedará. Pero no puedo ser una perra egoísta en todo momento. Así que digo:

—Gracias, Ernie.

—Te veo luego —dice. Se va. Veo su sombrero vaquero negro mientras se aleja y la multitud lo absorbe. Trago saliva y empiezo a caminar.

Marina está hasta el frente, un poco a la izquierda del centro, con un brazo sobre el barandal metálico, guardándome el lugar. Agita el otro brazo como loca, como si no estuviera mirándola.

—¿Y bien? —pregunta.

—Estamos bien. Creo.

—La larga distancia nunca iba a funcionar —dice—. Amor de lejos.

—Amor de pendejos —confirmo.

Marina me rodea la cintura con un brazo y choca su cadera contra la mía, bailando una cumbia en su lugar.

—¡No te preocupes! —grita sobre el ruido de la banda—. Todavía me tienes a mí.

—Siempre —confirmo. Se mueve como la corriente de un río, y yo ondulo con ella.

La banda toca media hora más, polkas y cumbias. Varios tipos invitan a Marina a bailar, pero ella dice que no, que no quiere perder su lugar. No se enojan.

Me cierro la chamarra, feliz de haberla traído. Incluso bajo las luces y en el borde de la multitud que baila, hace frío. No desentono con mi chamarra de cuero de motociclista. La mayoría del público viste ropa vaquera, sombreros y Wranglers; jeans Rocky Mountain las mujeres, pero hay muchos tipos con camisetas de bandas de *heavy metal*, y hasta chicas con *baby dolls* negros y maquillaje gótico. Todos aman a Selena.

Ya son más de las ocho. Yoli debe estar en el gran salón de eventos en Villa Verde, flanqueada por sus comadres Renata y Élida. Sus familias estarán tomando sus lugares, todas las mesas cubiertas con manteles blancos, y en el centro un diminuto dulcero lleno de mentas. Cero y su esposa, y su hija Rosalie con su vestido abombado. El mamón de César, ahí parado, confundido y ridículo. Todas las personas invitadas por mi papá y mi tía, todas firmando el registro y tomando una máscara con diamantina de la mesa para combinar con el tema de mascarada. Invitados inquietos, quizá terminándose las mentas, esperando a que la corte de la quinceañera haga su entrada. El DJ poniendo una canción tras otra. Las libras y libras de barbacoa de costilla, el té helado. Ese enorme pastel de quinceañera con glaseado rosa.

¿Qué les diría mi papá? ¿Les daría de comer de todos modos? ¿Les daría a todos la rebanada de pastel obligatoria? ¿Le dejaría todo a Yoli? Tal vez inventarían una historia: que me torcí el tobillo, que me dio un resfriado. Ya puedo ver a mi papá inventando alguna loca mentira sobre mí, completamente improvisada. Me siento un poco mal por el desperdicio, todo el desperdicio de la fiesta, pero solo un poco.

Ahuyento ese sentimiento de inmediato. La banda de Selena ya está en el escenario. Ahí están sus hermanos, Suzette y A.B., y el guitarrista de lentes y cola de caballo es el esposo de Selena, Chris. Hay otros músicos en el escenario: coristas, un tecladista, otro guitarrista, pero los de la banda son los únicos que me importan. Todos visten camisas de satín color vino y jeans negros.

Irrumpen con el inicio de "Como la flor". La multitud a mi alrededor se vuelve completamente loca; todos gritan y corren al frente. Marina y yo nos aferramos al barandal metálico, apretujadas entre tantos cuerpos, pero no cedemos nuestro lugar.

Marina chilla en mi oído:

—¡Aquí viene!

Selena sale al escenario sonriendo ante todos, saludando, preguntando cómo estamos, diciendo lo feliz que está de vernos. Lleva el largo cabello suelto sobre la espalda, con un fleco rizado y ligeramente levantado sobre su frente. Viste un top color vino, si se le puede llamar top. Es diminuto, prácticamente un sostén, solo que tiene mangas con hombros descubiertos. Unas enormes mangas con volantes de flamenco, en negro y vino, como si estuviera en una banda de *swing* cubano. También viste unos jeans negros de talle alto, un cinturón plateado con hebilla de concha y botines negros. Sus jeans están ajustadísimos, pegados a cada curva de sus gruesos muslos y sus impactantes pompis con forma de corazón.

—Voy a cantar una canción para todos ustedes. Fue un gran éxito para nosotros, nuestro primer gran éxito —anuncia, paseándose por el escenario—. Y dice más o menos así.

Todos gritamos y gritamos.

Camina hasta el centro del escenario y se queda ahí parada, con un pie delante del otro, y en punta. Inclina la cabeza hacia el cielo y libera las palabras iniciales de la canción, con la voz ronca y clamorosa, como si tuviera el corazón roto. Medio cierra los ojos, y le tiemblan los labios con cada triste verso. Sus enormes mangas con volantes se sacuden de arriba abajo cuando gira las manos sobre su cabeza.

Y entonces sucede algo graciosísimo: abre los ojos y nos muestra una enorme sonrisa, con todos los dientes. Está jugando, y todos la amamos más por eso. Estamos de puntitas, pendientes de cada respiración suya. Susurra la palabra "pero", con voz anhelante, y la multitud grita "ay-ay-ay" con ella, y entonces el ritmo de cumbia estalla y todos bailan.

Selena baila en el escenario, moviendo las caderas, y sus brazos serpentean en el aire. Marina hace su mejor paso de lavadora. Yo echo atrás la cabeza y lanzo un grito penetrante, tan sonoro como cualquiera de Olmeca.

A mi lado, un hombre con sombrero Stetson negro y barba de chivo entrecana me rodea con un brazo y también lanza un grito.

Selena nos lleva de la mano por cumbia tras cumbia, y luego mete variedad con una canción de pop en español, "Enamorada de ti". Salta en el aire, de verdad salta, haciendo pasos de hip-hop como si fuera una de las Chicas Voladoras de *In Living Color*. El paso de Roger Rabbit, el del corredor, y termina entrecruzando los pies con energía furiosa. Atraviesa el escenario cantando, meciéndose, siguiendo el ritmo a la perfección.

La canción termina y Selena merodea en el escenario como una pantera. La banda sigue tocando, más despacio, un ritmo vibrante. Selena pasa frente a mí, tan cerca que la oigo recobrando el aliento. Por un segundo, me parece que me mira, tal vez, pero ya pasó, y se dirige al otro lado del escenario.

—Necesito un buen actor —dice, ladeando una cadera—. ¿Algún chico por ahí quiere ofrecerse?

La multitud ruge, y los hombres tratan de trepar unos sobre otros para subir al escenario. Marina y yo nos agarramos y resistimos la oleada de fans que nos oprime contra la valla del escenario.

—¿Estás bien? —me pregunta Marina, sin aliento—. ¿Puedes respirar?

—De aquí no me muevo —digo entre jadeos.

—Verdad —responde ella.

De algún modo, un tipo logra que lo pesquen de entre la horda de hombres. Es un chico de cabello oscuro, de veintitantos años, con Wranglers y camisa vaquera, pero sin sombrero. Debe haberlo perdido de camino al escenario. Nervioso, se alisa el cabello mientras Selena se le acerca.

—Okey, ¿cómo te llamas? —pregunta ella, apuntándole con el micrófono.

—Francisco —dice él—. Francisco Gómez.

—Esta noche, Francisco, vas a debutar como actor —Selena se pasea a su alrededor, lo mide con la mirada, y luego se para a su lado. Voltea hacia la multitud—. Esta noche, vas a ser mi exnovio.

Todos gritamos. Francisco le dice algo, pero nadie puede oírlo. Selena, llena de picardía, le responde:

—Nene, no tenemos tiempo para eso.

Extiende la mano y le toca el pecho.

—Okey, párate por ahí y pórtate bien —le guiña un ojo al público—. Solamente deja que yo hable.

Francisco asiente. Se sonroja por completo, pero no puede dejar de sonreír. Está ahí parado, como ella le dijo. Si le pidiera que mugiera como vaca, lo haría.

—Damas —dice Selena, y Marina y yo aullamos a todo volumen—. Pongan atención.

Selena se acerca lentamente a Francisco, hasta que sus narices casi se tocan, y levanta la cara hacia la de él, con el micrófono entre ambos, como si fueran a besarse. Creo que él piensa lo mismo.

—¿Qué creías? —susurra Selena al micrófono, delante de su cara.

A mi lado, Marina empieza a saltar y gritar:

—¡Sí, sí, sí, sí, sí!

Es su canción favorita de Selena. No es tejano ni pop, es una ranchera clásica con acompañamiento de mariachi.

A la señal de Selena, el mariachi entra en fila al escenario. Selena vuelve a jugar con Francisco, cantándole con toda su actitud de exnovia despechada y sus gruñidos guturales. "¿Qué creías, que te iba a perdonar?". Se pone de rodillas ante Francisco. "¿Que ibas a regresar y me ibas a encontrar contenta al recibirte?". Todos gritamos y pisoteamos el suelo. Selena arquea la espalda mientras canta, y sostiene la nota por un rato imposiblemente largo. Se levanta de un solo salto y vuelve a acercarse a Francisco. Él parece completamente hecho de sonrisas y rubor de betabel. Ella finge sacudirle algo de la camisa, y luego canta, llena de poder y respeto propio: "Pues ya ves que no es así". Atraviesa el escenario dando saltitos y hace como que arroja algo hacia la multitud. "Así es que puedes irte".

Marina y yo estamos apretujadas contra la valla del escenario, empujando a la gente para poder respirar. Cada pocos minutos alguien me pisa los pies. Nada de eso importa. No puedo apartar la vista de Selena. Es dueña del escenario. Es dueña del público. Es mi dueña.

—¡Esta es la mejor noche de mi vida! —grita Marina en mi oído. Apenas la oigo sobre el ruido de la multitud, sobre el hermoso canto de sirena de Selena y el acompañamiento del mariachi. Pero estoy completamente de acuerdo. No quiero que esta noche termine nunca.

Hacemos una parada en la tienda Peter Rabbit, porque ya es pasada la medianoche y Peter Rabbit es el único lugar abierto que vende Choco Tacos.

—Tienes que regresar adentro y lavarte las manos —le digo a Marina. Tengo su chamarra de pelo falso de conejo—. Vas a ensuciar tu chamarra con pedazos de Choco Taco.

—Pero me moría de hambre —explica Marina, y eructa—. Ya regreso. Me duelen los pies de tanto estar parada, y de tanto que me pisaron.

Arranco la moto para estar lista cuando Marina salga. A un par de pies, la persona que está detenida en el semáforo voltea al oír el motor de la Harley. Es Renata, la comadre de Yoli. Tiene la ventana abierta. Bajo la luz del farol, la veo tan claramente como si fuera de día. Tiene el maquillaje arruinado. Sus labios se retraen en una mueca tan grande que le veo todos los dientes.

—Escuincla cabrona —me grita justo cuando Marina está saliendo de la tienda—. ¡Pequeña hija de la chingada!

—¡Vámonos! —le grito a Marina. Sube de un salto a la moto y salimos del estacionamiento hechas la madre.

—¡Ay, mierda! —exclama Marina mientras nos alejamos—. Estás en graves problemas.

—¡Valió la pena! —grito al viento. Mi papá me quitó todo. Jamás podrá recuperar esta noche. Jamás. Lo valió por completo.

Sin embargo, Marina se equivoca. Cuando llego a casa, todas las luces están encendidas. Alguien debería estar aquí, esperando para decirme todo lo que piensa de mí, pero no hay nadie. El miedo me envuelve, frío y negro como el agua del lago en la que casi me ahogué la noche que murió mi abuela. Ya conozco este silencio, el sonido de mi propia culpa en una habitación vacía. ¿Qué he hecho?

Corro al teléfono de la cocina. Hay una nota en la encimera. "Ven al hospital. Tu papá sufrió un infarto".

La historia que contarán sobre esa fiesta de quince años dirá esto:

Fue como el baile de Cenicienta cuando el reloj marcó la medianoche, pero al revés. La fiesta había empezado, las mesas estaban llenándose, las luces giraban sobre la pista de baile, el aire estaba cargado de perfume y del murmullo del roce de los hermosos vestidos. Ahí estaban los chambelanes, de pie con sus trajes de gala. Estaba la alta pila de regalos sobre la mesa. Estaba el retrato de la muchacha en el caballete junto al elegante pastel rosa. Ahí estaba su padre, corriendo por las cocinas, por los baños, incluso por el estacionamiento. Por más que buscaran nadie encontraba a la quinceañera por ningún lado.

Pasó una hora, y nada. Solamente el DJ poniendo canción tras canción para mantener tranquila a la gente. Los meseros sirvieron la cena. Los invitados tenían vergüenza de comer, pero tuvieron que quedarse porque nadie quería admitir que la quinceañera no iba a llegar. Esperaron y esperaron, pero su padre no cancelaba la fiesta.

Dicen que había una mujer. Nadie sabía quién era, pero eso no era raro, porque era un baile de máscaras y casi todos tenían el rostro cubierto. Pero la de esa mujer era una hermosa máscara negra con los ojos bordeados de falsas joyas rojas y plumas teñidas de rojo en las sienes. Vestía un vestido de terciopelo rojo con amplias mangas. Su cabello era largo y negro, y le caía sobre un hombro en una gruesa trenza. Cuando salió corriendo al patio, fue como el aleteo de un pequeño cardenal. Porque el padre de la quinceañera la había visto y la había seguido.

El padre de la quinceañera le gritó bajo el negro dosel del cielo:

—¿Dónde está mi hija?

—Pensé que estaría aquí —dijo la mujer—. Vine a ver su hermosa fiesta.

—No tienes derecho.

—Tengo todo el derecho. Yo planeé esta fiesta para ella. Nadie más quiso ayudarla. Únicamente yo.

—Mientes —acusó el padre de la quinceañera—. ¡Vete! ¡Largo de aquí!

Oh, entonces ella inclinó la cabeza hacia él. Se quitó la máscara. Bajo la luz de la luna podría haber tenido cualquier edad. Sus ojos eran enormes y oscuros, y brillaban como los de un animal, como los destellos en la superficie de un lago.

—No soy mentirosa. Eso es algo que nunca he sido.

Dicen que dijo su nombre, solo una vez. Dicen que el padre de la quinceañera cayó en un trueno, en un relámpago, en lo que dura un aliento. Dicen que la mujer huyó y que dejó su máscara de plumas en el suelo junto a él.

Así se contará la historia mañana y después, en diez años o en treinta, cuando nadie recuerde ya de quién era la fiesta ni cuándo ocurrió. Recordarán a la mujer extraña con el hermoso vestido y cómo abatió a un tipo con solo pronunciar su nombre.

Capítulo diecisiete

Mala yerba nunca muere

Jules Muñoz, sobreviviente de un intento de infanticidio, de accidentes automovilísticos y peleas de cantina, de maridos vengativos y, de algún modo, de su propia locura por la bebida. Mi papá ha sobrevivido a todo. Como decía la abuela Romi: "Mala yerba nunca muere". Solo que esta vez no salió ileso.

Unos días después de la fiesta de quince años que no fue, seguía en el hospital. Recuperándose. Y también secándose. Temblaba y sudaba, enloquecido como perro que caga clavos, contradiciendo a los médicos y sus resultados de laboratorio. No, él no era alcohólico. No, no tenía síndrome de abstinencia. No, no, no, no. Absolutamente no.

Las pendejadas de mi papá casi le provocan un ataque a Yoli. A mí me reconfortaron. Todavía tenía su espíritu combativo. Saldría de esta.

No me permitieron visitarlo. Yoli dijo que verme le provocaría otro infarto. No podía culparla por pensar eso. Pero, aun así, usaba la chamarra de cuero de mi papá todos los días, para tener un poco de él conmigo. Tal vez, incluso, por eso la había usado todas esas veces que escapé de la casa.

Pero él quería hablar conmigo, así que Yoli por fin accedió. Íbamos a llamar a su cuarto de hospital a las siete, después de su cena. Yoli estaba erizada de advertencias:

—Me importa un carajo lo que te diga —advirtió antes de marcar, empuñando el teléfono como un arma—. *No puedes* pelear con él ahora. Podría morir. ¡Entiendes eso? No. Discutas. Con. Él.

Asentí. Desde el incidente, siempre me tocaba su parte más áspera. Estaba quedándome con ella en la casa de la abuela, así que por lo general mantenía la boca cerrada. La verdad es que no tenía ni las más remotas ganas de pelear. Ahora no. Solamente quería que mi papá estuviera bien.

Casi me hace pedazos cuando oí su voz. Sonaba alerta, pero más pequeño, como si el infarto se hubiera comido una parte de él.

—¿Mija?

—Papi —dije, y me ardían los ojos y la garganta. Siempre habría una niña de cinco años en mi interior, ansiosa por su cariño—. ¿Cuándo vendrás a casa?

—Tal vez en una semana —respondió—. Si la comida no me mata. Le digo y le digo a tu tía que me traiga algo de Chucho's, pero nunca me lo trae.

—Sí, estoy segura de que te traerá pollo frito.

—¿Y tú? ¿Estás bien?

—Sí —asentí—. Aquí en casa de la abuela. Hoy saqué noventa y cinco en mi prueba de matemáticas.

Se rio. Fue un sonido sorprendente, que sonó claro y líquido en mi oído.

—Mi hija es la única delincuente juvenil en la lista de honor.

—¿Por eso vas a mandarme a vivir con Yoli en Houston? ¿Por qué soy delincuente?

—Maldita sea —bufó Yoli. Salió de la habitación hecha una furia, harta de los dos.

—Ay, Lucha —dijo mi papá. Oí chasquidos en el teléfono, como si estuviera moviéndose—. Soy yo, ¿okey? *Yo* he estado cagándola. Necesito que vayas con tu tía por causa mía. Mira dónde estoy. Tú no me pusiste aquí. Ni esa pinche vieja loca.

—No sabía que iba a llegar. En serio, no tenía idea.

—Sí, se enojó porque no estabas.

No dije nada. Por Dios, qué tonta fui. Por supuesto que Pili había planeado asistir a mis quince. Por eso quería máscaras para los invitados. Y tampoco importaba que nos hubiéramos peleado. De todos modos iba a ir a la fiesta.

—Fue ella quien te contó, ¿verdad? —preguntó mi papá de pronto—. Sobre los Gatos Negros. Quiero que sepas que fue un accidente. Estábamos tratando de cerrar la fábrica para que la gente pudiera ir a votar por Félix —dijo—. Tal vez fuimos Cero y yo. Tal vez no. Esa noche había muchos de nosotros ahí.

—Félix —¿acaso no había pensado en él cuando vi el grafiti del gato? Debí haberlo sabido.

—Él era El Gato. Los Gatos Negros éramos sus seguidores. Lo hicimos por él, y mira lo que pasó —su respiración sonó trabajosa. No supe si estaba llorando o le dolía el pecho—. Por eso intento decirte que cuides con quién te juntes.

—¿Estás bien? —pregunté, alarmada—. Oye, ¿estás bien?

—Soy malo para ti —aseguró—. Por eso tienes que irte. Tienes que irte antes de que arruine tu vida como arruiné la mía. No seas como yo, hija.

—No eres malo, papi —dije, por reflejo. Sentí náuseas—. En todo caso, ¿por qué Pilar sabría eso?

—Ella me salvó esa noche.

—Eso no me lo contó —aclaré. En todo el tiempo que la conocí, Pili nunca me dijo una sola palabra sobre eso.

—Creo que lo hizo por tu abuela. Porque tu abuela hizo algo por ella. Algo grande. Tu abuela se lo dijo a Yolanda y Yolanda me lo dijo a mí, hace mucho tiempo.

—¿Qué fue?

Pensé en esas fotografías. El vaquerito. El charro a caballo. La historia sobre mi papá envuelto en una manta de montar, que era... ¿cierta? De pronto, caí en la cuenta de que no sabía nada sobre Pili y la abuela Romi juntas, como comadres. No sabía nada sobre ellas en absoluto. Jamás lo sabría.

—Tu abuela no le dijo a Yoli qué fue —por la forma en que lo dijo, comprendí que mi papá sabía quién era Pili en relación con él, con nosotros. Simplemente, no podía decirlo en voz alta.

—No te digo —dijo Renata, e hizo una pausa para inhalar una bocanada de humo—. ¡Cuando la vi en el Peter Rabbit en esa motocicleta! Señor mío, quería agarrarla de las puras greñas. ¡Meterle unas buenas! ¡Pero ella y esa otra, n'ombre! Se fueron de volada.

Renata y Yoli estaban sentadas en la escalinata de entrada de la casa de la abuela, fumando y bebiendo vino a oscuras. Las veía por la cortina azul translúcida de la ventana de la sala. Apenas eran como las ocho treinta. Probablemente se quedarían ahí al menos una hora más.

—Nena, la dejé regresar de la sala de urgencias a casa en esa motocicleta —respondió Yoli—. Quise que Cero la trajera, pero no pudo con el pedal de arranque. Y la pequeña Evel Knievel Jr. arrancó sin problemas.

—Me suena a que Julio tiene la hija que merece —dijo Renata—. ¿Quién más iba a enseñarle eso?

Se rieron juntas, como hacemos Marina y yo. Comadres, apenas empezando una buena plática.

—En serio —dijo Yoli en voz más baja, ya sin risas—. Cuando supe que Lulú pasaba tiempo con esa loca, a mí también me dieron ganas de jalarle las greñas.

—Pilar Aguirre —murmuró Renata—. Mi madre me contó que era muy hermosa, pero de verdad hermosa. Pero qué celosa. Con toda su belleza, estaba convencida de que su marido estaba casado con otra. Se volvió loca de celos. Por eso él la dejó.

—Alguien le dijo que él tenía otra mujer —dijo Yoli en voz baja. Me acerqué más para oír bien. Yoli estaba mirando hacia la oscuridad, hacia Loma Negra, y las volutas de humo de su cigarrillo flotaban en el aire—. Una señora vieja, vieja. Yo estaba jugando en el patio cuando pasó. Llegó exigiendo ver al marido de Pilar. Se pelearon.

—No me digas —respondió Renata, con los ojos como platos—. ¿De verdad tenía otra esposa?

—No era verdad. Unos meses después volví a ver a la vieja, cerca del cumpleaños de mi mamá —aseguró Yoli. Se pasó una mano por el caballo. Le dio una larga calada a su cigarrillo—. Al otro lado de la frontera. Yo estaba con mi papá en la panadería Gonzaga, comprando pan dulce para mi mamá —hizo otra pausa para fumar—. Esa vieja entró cuando todos estábamos ahí, y se puso a gritar que el hijo de Gonzaga era su marido. Armando, el mayor. Sabía su nombre y todo. ¡Pero él apenas tenía diecisiete años!

—¿Y quién era ella?

—Una señora nomás —respondió Yoli, y apagó su cigarrillo—. No estaba bien de la cabeza. Gonzaga dijo que hacía eso con muchos jóvenes. Él la conocía. Llamó a su hermano para que se la llevara.

—¿No le dijiste a tu mamá?

—No —dijo Yoli—. Yo tenía ocho años. Esa señora me mataba de miedo. No quería que regresara a mi casa.

Me quedé ahí escuchando un largo rato, pero Yoli no dijo nada más. Renata preguntó si mi primo Carlos seguía sin hablarle a Yoli. Entonces supe que hablarían de eso un buen rato, así que podía usar el teléfono.

Pili contestó después del primer tono. Supongo que sabía que acabaría por llamarla.

—¿Eres tú? —preguntó.

—Sí.

—Arruinaste mi fiesta.

Oí un golpeteo ligero y rápido: Pilar tamborileando furiosamente en la mesa de su cocina con una uña manicurada. Estaba enojada. Pero yo también lo estaba.

—Se robó mi guitarra. Quiero que me la devuelva.

—Ya sabes dónde estoy.

Colgó.

Faltaban unos minutos para las nueve. Llamé a Marina.

—¿Qué onda? ¿Alguna noticia de tu papá?

—Puede que regrese a casa la próxima semana —dije—. Oye, ¿puedes verme mañana junto a Loma Negra? ¿A las cuatro en punto? Voy a recuperar mi guitarra.

—Hagámoslo —respondió Marina.

Mi retrato de quinceañera estaba en la bodega de la abuela Romi. El antiguo departamento, recordé al entrar a la cocina en penumbra, al día siguiente después de clases. Alguna vez Pili había vivido ahí con su familia. Porque ella y la abuela eran amigas. ¿O se habían vuelto amigas por eso?

Alguien, probablemente Yoli, había acomodado el caballete junto al fregadero. El retrato estaba sobre el caballete, aunque esa misma persona le había puesto una vieja funda de almohada encima, para protegerlo o porque era evidencia de la humillación pública de mi familia. No le quité la funda. Estoy segura de haber visto la foto antes de la fiesta que no fue, pero no la recordaba, y no quería verla ahora. Marina estaba esperándome.

—Yo debería ir contigo —propuso cuando llegué al pie de Loma Negra. Estaba lista para la acción, con una sudadera enorme y tenis de caña alta, y el cabello recogido en una cola de caballo.

—No, solo vigila. Se pondrá rara si llevo a alguien.

—Ya es muy pinche rara.

—Quiero decir más difícil. Nada más quiero terminar con esto.

—Okey —Marina metió los puños en las mangas de su sudadera—. Pero voy a estar esperando ahí en la vereda. Si algo se siente raro, voy para allá.

Acepté. Empezamos a subir la loma.

Mi Epiphone estaba en el porche, lanzándome reflejos azules bajo el sol. No veía a Pilar por ninguna parte. No me engañaba. En cuanto me acerqué, Wicho llegó corriendo y ladrando como loco.

—Hola, buen chico.

Puse el retrato en el pasto, fuera de peligro, para poder acariciar a Wicho. Era cierto que lo había extrañado, y que lo extrañaría. Al menos sabía que él tenía una vida genial. Pili lo cuidaba muy bien, como a todas sus cosas.

Recogí mi paquete y atravesé el patio. La cochera que había usado durante varios meses tenía las puertas abiertas de par en par. Estaba completamente vacía, excepto por la pequeña troca roja estacionada adentro. En el pasto, cerca de la escalinata de entrada de la casa, estaba clavado un letrero: "Se vende. Bienes raíces Domínguez".

—Pasa —dijo Pili tras la puerta de mosquitero—. Habla conmigo.

Estaba sentada en la sala, en el sillón rojo que antes tenía en el porche. Se veía como siempre, pequeña y similar a un ave, absorbiendo todo con sus ojos veloces. La misma gruesa trenza negra sobre un hombro. Vestía un lanudo suéter blanco y un par de jeans rosas deslavados. El brillo de sus labios era del mismo color. Calzaba unos Reeboks blancos.

—Vende el lugar, ¿eh?

—Estoy envejeciendo —reconoció Pilar—. Necesito llevar a Joselito a su nuevo lugar de reposo, donde vivo ahora. Para que podamos estar juntos.

Se refería al vaquerito. Me estremecí. Amar a alguien, llorarle por tanto tiempo. Dios, cuánto dolor.

—¿Por qué lo hiciste? ¿Por qué arruinaste la fiesta? —preguntó.

—Estaba enojada con mi papá. Me va a mudar a Houston.

—Así que te desquitaste —dijo, más para sí misma que para mí. La venganza siempre tenía sentido para ella—. ¿Dónde estabas?

—Selena —lo dijimos al mismo tiempo. Ella preguntó y se respondió a sí misma. Casi sonreí. Me conocía bien.

—Así que fuiste, después de todo. Pero mira lo que le pasó a tu padre.

—Le dio un infarto... y no fue porque falté a la fiesta para ir a un concierto.

—Mi marido murió de un infarto. Años después de dejarme.

—Así que es genético —dije—. Y mi papá sigue vivo.

—Por supuesto que sigue vivo —añadió, con la voz más tranquila imaginable. Como si estuviera explicándome el funcionamiento de la gravedad o el ciclo del agua—. Nada puede lastimarlo mientras yo camine por la tierra. Él es mi penitencia.

—¿Qué?

—Ven a ver esto —se levantó y fue a su cuarto.

Por poco no la seguí. Era demasiado escalofriante. Desquiciada, quizá. Pensé en lo que me había dicho mi papá: que lo salvó de la abuela Romi.

—¿Qué estamos haciendo?

No respondió. Con reticencia, avancé por el corto pasillo. Casi todo había desaparecido de los cuartos. El más grande estaba completamente vacío. El más pequeño tenía muebles: una cama y un gran ropero con espejo. El papel tapiz descolorido con trenes de caricatura seguía ahí. Comprendí que era la habitación del vaquerito, y me detuve en el umbral.

—¿Pili?

—Quiero que lo veas —dijo, y sonó igual que en todas aquellas tardes de ensayos de la banda. Quería mi atención, mi opinión. Le importaba lo que yo pensara—. Mi vestido.

Sacó una funda de traje del ropero. Extendió un vestido sobre la cama: rojo Burdeos, de satín, con escote de corazón y faldas amplias. El corpiño y la falda tenían bordes de red negros. Era elegante, hermoso. Un verdadero vestido para un baile de máscaras.

—Dios —exclamé—. ¿Usted hizo esto?

Una vez más, no me respondió. Buscó en el fondo de la funda de traje y sacó una bolsa con jareta, de las que Yoli usa para guardar sus bolsos elegantes. Con cuidado, sacó una máscara emplumada. Se le llevó a la cara y se volvió hacia mí.

—La mandé hacer a la medida. ¿No es hermosa?

—Apuesto a que su traje fue el mejor de todos —dije con el corazón acelerado. Tras la máscara negra, sus ojos lucían aún más luminosos que de costumbre. La hacía aún más escalofriante.

—Tu abuela quería que hiciera las paces con... tu padre. No puedo. No puedo. Es demasiado difícil —Pili sostuvo la máscara sobre su cara y se examinó en el espejo del ropero—. Pero tú. A ti podía ayudarte. Te ayudé. ¿No?

—Sí —respondí. Era la verdad—. Pero vine por mi guitarra.

—¿Me trajiste un retrato, como dijiste qué harías? —preguntó, repentinamente huraña.

—¿Qué cree que hay en la funda de almohada?

Se quitó la máscara de inmediato.

—Déjame verlo.

—Pues salga. En el porche hay mejor luz.

Cuando Pili y yo salimos de la casa, Marina estaba de pie en la orilla del patio. Le hice una seña para que esperara. Le quité la funda de almohada al retrato y lo apoyé contra la casa.

—Aquí está —dije.

Es una foto de estudio. Estoy de pie delante de un diván retro de terciopelo azul y todo lo demás está ensombrecido, en claroscuro. Parece que emano luz plateada: la línea de mariposas brillantes que baja por el corpiño, la nube metálica de la falda de tule flotando en torno a mis piernas. Incluso mi cabello. Entretejido con hilos resplandecientes. En mis manos está mi máscara plateada, reluciente y enjoyada, adornada con plumas azul hielo. La tengo ligeramente levantada, como si estuviera a punto de ponérmela.

Lucía extraña, como si no fuera realmente yo. Alisada por el maquillaje y la extraña sonrisa de plástico que el fotógrafo me convenció de esbozar. Sin embargo, alcanzaba a ver, un poco, cómo sería de adulta.

—Es perfecto —aseguró Pili, mirando el retrato. Se cubrió la boca con ambas manos, y de entre sus dedos escaparon breves sollozos. No estaba llorando, pero casi. Esa anciana diminuta era la persona más extraña que conocería jamás—. Esto es justo lo que quería. Esto es lo que siempre he querido.

—Es suyo —le dije—. Como le prometí.

Me colgué la Epiphone a la espalda.

—Ya me voy, ¿okey?

—Sí, por supuesto. Entiendo —dijo, levantando el retrato y sujetándolo contra su cuerpo. Me miró con esa mirada que solo ella tenía, inmóvil, sin sonrisa, y, sin embargo, indescriptiblemente feliz.

Tal vez nada más se notaba si uno la conocía. Pero estaba feliz. Por fin, algo salía bien para ella.

—Gracias, mija.

Me descubrí incapaz de responder. Me despedí con un movimiento de cabeza y me di la vuelta con rapidez. Tal vez me vio irme. Tal vez no.

Ya casi atardecía cuando Marina y yo volvimos a Barrio Caimanes. Estábamos por cruzar la calle hacia la casa de mi abuela cuando un grito charro cortó el rumor del tráfico: un vato escuchando rancheras, asando carne en una tranquila tarde de invierno, sentimental como la chingada.

Yo también lancé un grito. Salió temblando de mí, salvaje, poderoso, como un maremoto a punto de romper sobre la costa: todas las cosas que mi cabeza y mi corazón no podían contener. Supongo que por eso lanzamos gritos, de lo contrario, quizá saltaríamos en pedazos. La música ranchera se interrumpió abruptamente.

Una voz de papá, sobresaltada.

—¿Quién chingados anda ahí?

—¡Corre! —exclamó Marina y tiró de mi mano.

Mano con mano, salimos disparadas hacia la casa de mi abuela, riendo a gritos, tan fuerte que apenas podíamos respirar y correr. Chocamos una con la otra, tropezamos, nos levantamos una a la otra, ahogándonos con nuestro propio júbilo, con el cabello en la cara, con todas nuestras vidas por delante.

Agradecimientos

Por su generoso apoyo durante la escritura de este libro, muchas gracias al Taller de Escritores de Iowa, a la Universidad Estatal de Georgia y al Instituto de Escritura Creativa de Wisconsin. Muchas gracias también al Taller de Escritores Macondo y a las buenas amistades que conocí en todos esos lugares. Gracias, en especial, a Connie Brothers, Deb West y Jan Zenisek, de Iowa, por su invaluable apoyo.

Muchísimas gracias a mi familia, y sobre todo a Robert y a Sam, mis hermanos y mis incondicionales, cuyo amor y confianza me han sostenido a lo largo de los años. A mis dos maravillosas cuñadas, Shelley y Angela, que se encargan del trabajo pesado en la familia. A mi madre Queta, mi tía Alma, mi tía Boni y mi abuela Ángela, por su fuerza y sabiduría, y por estar orgullosas de mí. Gracias, familia. Los amo a todos más de lo que pueden expresar las palabras.

Mil gracias a mis comadres Lety Contreras Moreno, Khaliah Williams, Ann Rushton y Kecia Lynn, por las charlas de corazón a corazón, las fiestas, las pláticas en el balcón y las llamadas telefónicas, y por su duradero amor. A Vanessa Chan por ser mi porrista y ayudarme a navegar estas aguas. A Jason England por su brillante inteligencia y humor, y por siempre cuidarme. Mucho amor y gratitud a Manuel Muñoz por sus consejos y asesoría, por darme ánimo cuando lo necesitaba, por su buen, buen corazón, por ser el tremendo e inspirador talento que es, y por creer en mí, siempre.

Muchas gracias a mi primer mentor y maestro de escritura, Mitch Berman. Gracias por enseñarme a amar las revisiones, y por alentarme todos estos años.

Un montón de gracias a mi súper chingona agente, Michelle Brower, por las canciones y el vino robado, y por luchar por mi libro con el corazón. A Nat Edwards, Allison Malecha, Khalid McCalla y a todo el equipo de Trellis por su incansable apoyo y su confianza en mí.

Un agradecimiento especial a mi editora, Laura Tisdel, por su perspicacia, por encontrar infaliblemente la profundidad emocional para mis personajes, y por las pláticas inspiradoras. Gracias por amar mi libro. A Brianna Lopez y a todo el equipo editorial de Viking por su cuidado y su agudeza. A Jason Ramirez por la hermosa portada de mi libro. A todos en el equipo de Viking, gracias.

Gracias a más amigos, familia y colegas escritores de los que puedo mencionar, por su gentileza, orientación, buenas conversaciones, ánimo y amistad a lo largo de los años. En particular, gracias a Eduardo C. Corral, Rigoberto González, Santiago Vaquera-Vásquez, Rolando Hinojosa-Smith, Norma Elia Cantú, Matt Sailor, Jocelyn Heath, Stephanie Devine, Rachel Wright, Kristin Hayter Amberg,

Angelique Stevens, Mary Terrier, Jeff Snowbarger, Sterling Holywhitemountain, Derrick Austin, Sarah Fuchs, Desiree Zamorano, Erika T. Wurth, Tisha Marie Reichle-Aguilera, Jamel Brinkley, Marta Evans, Pritha Bhattacharyya, Jemima Wei, Heather Swan, Jon Hickey, Dionne Irving, Denne Michele Norris, Ay□e Papatya Bucak, Laura Spence-Ash, Rubén Degollado, Eileen G'sell, Misha Rai, Elizabeth McCracken, Edward Carey, Rebecca Makkai, Tiana Clark, Alexander Chee, Lan Samantha Chang, Marilynne Robinson, Josh Russell, Judith Claire Mitchell, Jesse Lee Kercheval, Emily Shelter, Jenny Seidewand, Deborah Taffa, Isaac Zisman, Timothy Bradley, Xochitl Gonzalez, Danielle Evans, Bobby Muñoz, Chris Saldaña, Brian Argabright, Inez Reyna, Lety Ramos, Mari Sandoval, Aaron Martinez, Tony Moreno, Katy Peel Williams, Guillermina Bósquez Gallegos, Susan McBee, Regina Mills, Emily Johansen y Mikko Tuhkanen.

Mi más profunda gratitud y amor para mi padre, Roberto Fuentes, por ser el sol de mi cielo, por hablar constantemente en forma de historias, por su corazón de león, su fabuloso estilo, su sabiduría e insensatez, por transmitirme su amor por la música, la historia y la justicia, por enseñarme a soñar y soñar y soñar hasta que se haga realidad. Sin él no sería escritora. Papá, te amo con todo el corazón. Nos vemos en el otro lado, vaquero.